Küstenrau

SALIM GÜLER

Küstenrau

Ostseekrimi – Küstenkrimi

PAHLBERG

Salim Güler

www.salim-gueler.de

https://www.facebook.com/salim.gueler.autor

https://www.instagram.com/salimgueler

Lizenzausgabe des Pahlberg Verlags, ein Imprint des Belle Époque Verlags, G. Pahlberg, Wiesenstr. 7, 72135 Dettenhausen, mit freundlicher Genehmigung des Autors.

GPSR-Kontakt: GPSRinfo@be-verlag.de

Lektorat: Christiane Saathoff, *www.lektorat-saathoff.de*

Innenlayout und Schriftsatz: Hans-Jürgen Maurer
Umschlaggestaltung: Simone Holland,
hollanddesign@gmx.de, https://bit.ly/3HHlXxt
Foto: Torsten Vollbrecht/augenwey

Herstellung: Custom Printing, Wał Miedzeszyński 217/1,
04-987 Warszawa, Polen

ISBN: 978-3-98845-138-5

1

Timmendorfer Strand, 27. Oktober

Altwerden war nicht einfach, erst recht nicht, wenn man sich gar nicht alt fühlte. Aber Jutta Johannsen wusste, dass sie alt war. Immerhin hatte sie bereits ihren zweiundachtzigsten Geburtstag gefeiert.

Hier und da zwickte es in den Gelenken, doch alles in allem fühlte sie sich fit und war froh, dass sie ihren Alltag noch komplett eigenständig meistern konnte.

An diesem Sonntagnachmittag hatte sie ihren Sohn Gustav und ihren Ziehsohn Albert zu sich zum Kaffee eingeladen. In zwanzig Minuten würden sie da sein.

Vor langer Zeit hatten Jutta und ihr mittlerweile verstorbener Mann Mikkel Albert wie einen Sohn bei sich aufgenommen, nachdem dessen Eltern viel zu früh verstorben waren. Regina und Hans waren ihre besten Freunde gewesen, daher hatten sie keine Sekunde gezögert, deren Sohn genau wie ihre leiblichen Kinder zu versorgen und aufzuziehen. Sie hatten nie einen Unterschied zwischen ihren drei Jungs gemacht, und so war Albert ein Johannsen geworden, durch und durch. Ihre enge Verbindung war nie abgebrochen und auch Gustav und Albert waren noch immer die besten Freunde. Nein, sie waren Brüder. Dass sie sich dennoch ständig zankten, empfand Jutta nicht als problematisch, sie kannte die beiden nicht anders. Schon als Kinder hatten sie sich leidenschaftlich gestritten, sich aber ebenso schnell wieder versöhnt. Sie hielten zusammen wie Pech und Schwefel.

Zugegeben, Albert hatte keinen einfachen Charakter, in der

Hinsicht war er Juttas Mann Mikkel ähnlich. Trotzdem hatte sie nie an Mikkels unendlicher und aufrichtiger Liebe zu ihr gezweifelt. Bei Albert spielte es wohl auch eine Rolle, dass er seine Eltern als Teenager verloren hatte, daher hatte Jutta immer den Eindruck, dass er sich mehr beweisen musste als ihre beiden leiblichen Söhne.

Trotz all der lustigen und schönen Erlebnisse, die sie mit ihren Jungs verband, mischte sich auch Wehmut in ihre Erinnerungen, denn ihr jüngerer Sohn war viel zu früh bei einem Polizeieinsatz ums Leben gekommen.

Der Tod war bei den Johannsens stets präsent gewesen, er hatte Jutta Teile ihrer Familie, lange bevor sie ein hohes Alter erreichen konnten, entrissen, doch sie hatte gelernt, mit dem Verlust und der Trauer zu leben – für ihre Kinder und ihre Enkelkinder Mads und Lena.

In letzter Zeit hatte sie jedoch den Eindruck, dass der Tod auch an ihre Tür klopfte, und sie hatte keine Angst davor. Sie vermisste ihren Mann, ihren jüngsten Sohn und andere lieb gewonnene Personen, die ihr Leben bereichert hatten, wie zum Beispiel Irma. Sie hatte die über Hundertjährige durch Gustav kennengelernt und sie rasch ins Herz geschlossen. Leider war sie vor einiger Zeit gestorben.

Und Rikke, schoss ihr ein Name durch den Kopf. Die Erinnerung an Rikke traf sie unerwartet, dabei war sie nie aus ihren Gedanken fort gewesen.

Eine Träne löste sich aus ihrem Auge und sie schluchzte leise auf.

»Meine Rikke.« Sie wischte sich über das Gesicht. Es war, als wäre die Wunde noch ganz frisch, dabei war sie alt, sehr alt, aber sie war nie verheilt und würde niemals verheilen.

Jutta nahm das Bild von ihrem Nachtschränkchen, das dort seit Jahrzehnten stand. Es war eine Schwarz-Weiß-Aufnahme aus dem Jahr 1962. Sie zeigte Mikkel und sie, wie er hinter ihr stand und ihr die Arme über die Schultern legte, dabei beugte er sich weit herunter, um ihr einen Kuss zu geben.

Jutta lächelte. Mikkel hatte sich oft zu ihr herunterbeugen müssen, da sie mit ihren eins fünfundfünfzig bedeutend kleiner gewesen war als der stattliche Mikkel. Das Foto hatte Hans gemacht, Alberts Vater. Bis heute war es ihr Lieblingsfoto.

»Was für ein schöner Mann du warst«, sagte sie und strich zärtlich über den Rahmen.

In ihren Gedanken war sie längst in die alten Zeiten abgetaucht, als sie Mikkel das erste Mal begegnet war, als er sie mit seinen strahlend blauen Augen so verschmitzt angesehen hatte.

Mikkel war sehr groß gewesen, noch größer als ihr Enkel Mads, der fast einen Meter neunzig maß, und er hatte diese Ausstrahlung gehabt, die ihr stets das Gefühl vermittelte: Wenn ich in deiner Nähe bin, musst du vor nichts Angst haben, wir meistern jedes Hindernis gemeinsam.

Sie und Mikkel hatten eine wundervolle Ehe geführt, wenn auch mit ein paar Tiefen, was vor allem Mikkels Beruf und einigen persönlichen Schicksalsschlägen geschuldet war. Als Polizeichef in Timmendorfer Strand war Mikkel für seine strenge Hand bekannt gewesen, ebenso bewundert wie verhasst.

Das Läuten der Türklingel riss sie aus ihren Gedanken. Das konnten nur Gustav und Albert sein. Obwohl sie einen eigenen Schlüssel hatten, klingelten sie jedes Mal, um sie nicht zu erschrecken, wenn sie plötzlich in der Wohnung standen. Dabei war Jutta nicht besonders schreckhaft, sie war die Frau eines Polizisten, da lernte man, widerstandsfähig zu sein.

»Schuhe ausziehen«, hörte sie Albert sagen.

»Das wollte ich doch gerade«, meckerte Gustav.

»Sah mir nicht so aus.«

»Dann schau halt genauer hin. Kein Wunder, dass du immer nur die Hälfte mitbekommst.«

Jutta musste schmunzeln. Sie liebte diese kleinen Nickligkeiten zwischen den beiden und hoffte, dass sie niemals damit aufhörten.

Sie trat auf den Flur. »Moin, meine liebsten Kinder«, sagte sie und ging auf die zwei zu.

»Moin, Jutta«, antwortete Albert, gab ihr einen Kuss auf die Wange und umarmte sie, dann reichte er ihr einen Blumenstrauß, den er hinter seinem Rücken versteckt hatte.

»Der ist von uns beiden«, ergänzte Gustav und begrüßte sie ebenfalls mit einer Umarmung und einem Kuss.

»Nehmt doch im Wohnzimmer Platz, der Kuchen ist gerade fertig. Ich bringe ihn euch gleich mit dem Kaffee.«

»Albert kann dir helfen«, sagte Gustav und schenkte Albert ein gehässiges Grinsen.

»Liebend gern«, erwiderte dieser, ohne auf die Anspielung einzugehen.

»Nein, setzt ihr euch bitte ins Wohnzimmer, ich mache das.«

»Ich helfe dir wirklich gern.«

»Ich weiß, aber das kriege ich noch selbst hin«, versicherte sie.

»Daran zweifle ich keine Sekunde. Sogar beim 100-Meter-Lauf würdest du Gustav locker abhängen«, erwiderte Albert lachend.

Gustav sah ihn irritiert an, doch dann hoben sich seine Mundwinkel, vermutlich weil er sah, dass Jutta ebenfalls schmunzeln musste.

»Wo ist Meiko?«, fragte Jutta. Normalerweise brachte Gustav den Schäferhund, der ihm als ausgebildeter Polizeihund treu zur Seite stand, immer mit.

»Der ist bei Mads«, antwortete Gustav.

»Schön, dass Mads Zeit mit ihm verbringt.«

»Ich glaube eher, dass er mit ihm Eindruck bei den Mädels schinden will.«

»Sei nicht frech, Mads hat mit Victoria eine tolle Freundin an seiner Seite«, widersprach Jutta.

»Gustav hat nur Sorge, dass Meiko seinen Neffen als Alphamännchen ansieht und Herrchen Gustav nicht mehr respektiert«, stichelte Albert.

»So ein Quatsch. Ich habe Meiko mit der Milchflasche großgezogen«, reagierte Gustav gereizt und betrat hinter Albert das Wohnzimmer.

Jutta ging indessen in die Küche, zog das Blech mit Apfelkuchen aus dem Ofen, schnitt ihn in gleichmäßige Stücke und legte sie auf einen großen Teller, dann füllte sie zwei Becher mit Kaffee und bereitete für sich eine Tasse schwarzen Ostfriesentee vor. Als sie sich nach unten bückte, um ein Tablett aus dem Unterschrank zu holen, schoss ein heftiger Stich durch ihren Rücken. Sofort biss sie sich auf die Lippen, um keinen Schmerzenslaut von sich zu geben, und verharrte kurz in der gebückten Haltung.

Der Schmerz verging, sie richtete sich auf. Zum Glück hatte sie nicht aufgeschrien, weil sie wusste, dass Albert und Gustav sofort zu ihr gekommen wären und sich mehr Sorgen gemacht hätten, als es dem Anlass gerecht wäre.

Sie sammelte sich kurz, dann stellte sie Kuchen, Getränke, Teller und Besteck auf das Tablett. Als sie es gerade anheben und heraustragen wollte, kam Albert in die Küche.

»Lass mich das machen«, sagte er und schaute Jutta prüfend an, als ahnte er, dass etwas nicht stimmte.

»Wolltest du kurz Ruhe vor Gustav, mein Schatz?«, versuchte Jutta einen Scherz zu machen, weil sie sah, dass Albert sich um sie sorgte. Er schien zu spüren, dass es ihr gerade nicht gut ging.

Menschen, die Albert nicht so gut kannten, hätten ihr niemals geglaubt, wie unglaublich sensibel und feinfühlig er war, wenn es um sie und die Familie ging. Er hatte schon immer wahrgenommen, wenn es ihr nicht gut ging, da war er deutlich einfühlsamer als Gustav, der sich sofort übertriebene Sorgen machte, sobald sie über ein Wehwehchen klagte.

»Du weißt, wie anstrengend Gustav sein kann«, ging Albert auf ihre Andeutung ein. »Ich habe das ja nicht nur, wenn wir uns privat treffen, sondern auch bei der Arbeit im Büro.« Er schmunzelte und griff das Tablett, um es nach nebenan zu tragen. Jutta folgte ihm.

»Das habe ich gehört, mein Lieber. Von wessen Büro sprichst du überhaupt? Ich kann mich nicht erinnern, wann ich das letzte Mal im Rathaus gewesen bin, während du täglich bei mir auf der Dienststelle rumhängst, dabei bist du nicht mal mehr Polizist, sondern Bürgermeister«, regte sich Gustav auf.

»Jutta, was hat Mikkel über den Polizeiberuf gesagt?«

»Einmal Polizist, immer Polizist.«

»Du bist Bürgermeister«, gab Gustav zurück.

»Willst du damit sagen, dass Jutta lügt?«

Gustav brummte etwas vor sich hin, erwiderte jedoch nichts.

»Kinder, bitte zankt euch mal fünf Minuten lang nicht, so sehr ich euch liebe. Es hat nämlich einen Grund, dass ich euch heute zu mir eingeladen habe.«

»Wieso? Bist du krank?«, fragte Gustav mit besorgter Miene.

»Nein, aber ich spüre das Alter«, gab Jutta zu.

»Welches Alter? Du bist knackige achtzig«, antwortete Albert, während er den Kuchen verteilte. Zum Schluss reichte er ihr den Tee und sie gab ein Stück Kandiszucker hinein.

»Ich weiß, dass ihr nicht darüber sprechen wollt, aber es ist wichtig. Es geht mir gut, und ich hoffe, dass das noch lange

Zeit so bleibt. Trotzdem gibt es ein paar Punkte, die wir besprechen müssen.«

Jutta konnte regelrecht beobachten, wie sich Gustavs Magen bei diesen Worten zusammenzog, während Albert versuchte, sich nichts anmerken zu lassen.

»Ich habe einen Termin bei Dr. Stöcken.«

»Was willst du beim Notar?«, fragte Gustav erstaunt.

Dr. Hubert Stöcken war ein langjähriger Freund der Familie, Jutta war lange Jahre mit seinen Eltern befreundet gewesen, bis sie mit über neunzig Jahren gestorben waren.

»Es geht um mein Testament. Es wird Zeit, dass alles geregelt ist, ich habe es zu lange vor mir hergeschoben.«

»Was immer du entscheidest, wir sind damit einverstanden. Brauchst du dafür wirklich ein Testament?«, fragte Gustav.

»Ja, und euer Wort.«

»Das hast du schon«, versicherte Albert.

»Ich möchte euch beiden alles vererben, allerdings unter der Bedingung, dass ihr Mads und Lena als eure Erben einsetzt. Sollten sie in finanzielle Schwierigkeiten geraten oder Geld für eine Investition wie ein Haus brauchen, sollt ihr von dem Erbe Gebrauch machen.«

»Selbstverständlich, Jutta, das steht außer Frage. In meinem Testament sind die zwei längst als Alleinerben eingesetzt«, erwiderte Albert.

»In meinem auch«, ergänzte Gustav.

»Ach, und ich brauche keines?«, fragte Jutta.

Gustav schaute Albert an, der nur die Hände hob.

»Das hast du gesagt«, gab Albert zurück.

»Mikkel hielt nie viel von Dingen wie einem Testament, weil für ihn eh immer klar war, dass alles, was er und ich besaßen, euch gehört, wenn wir einmal nicht mehr sind. Aber die Zeiten ändern sich, all die Formalitäten werden euch viel leichter fallen, wenn alles notariell geregelt ist.« Jutta schaute erst

Gustav an, dann Albert. »Es gibt da auch noch was anderes, was ich mit Hubert besprechen möchte.«

»Was?«, fragte Gustav.

»Ich möchte eine Patientenverfügung.«

»Du möchtest was? Bist du krank?«

»Nein, aber für den Fall der Fälle möchte ich alles geregelt haben. Ich möchte nicht künstlich am Leben erhalten werden, wenn mein Leben nicht mehr selbstbestimmt ist. Bloß noch an Maschinen angeschlossen dahinvegetieren, das wäre das Schlimmste, was ihr beiden mir antun könnt, hört ihr? Ich hatte ein wundervolles Leben, mit einigen entsetzlichen Tiefen, aber sehr vielen Höhen.« Sie lächelte. »Wenn ich noch erleben darf, dass ich Uroma werde, wäre das mehr, als ich mir wünschen kann.«

»Bei Mads kannst du lange warten, der Trottel denkt immer noch, er wäre zwanzig. Lena ist unsere einzige Hoffnung, aber leider ist sie momentan Single«, hakte Gustav bei diesem Stichwort ein.

»Da irrst du dich, seit er mit Victoria zusammen ist, ist Mads deutlich reifer geworden. Ich würde mich jedenfalls freuen, wenn sie die Mutter seiner Kinder wird. Sie werden wunderbare Kinder haben, davon bin ich überzeugt. Obwohl ich mir auch Emma sehr gut an Mads' Seite vorstellen könnte. Sie war perfekt.«

Albert, der gerade einen Schluck Kaffee trinken wollte, hätte sich bei ihren letzten Worten fast verschluckt. Auch wenn er das ihr gegenüber nie zugeben würde, wusste Jutta, dass Albert mit Journalistin Emma ständig aneinandergeriet. Er und Gustav glaubten zwar, dass sie Streitereien mit anderen Personen oder Probleme von ihr fernhalten könnten, um sie nicht zu belasten, doch Jutta bekam mehr mit, als die beiden ahnten, und daran sollte sich auch nichts ändern.

»Wir verstehen dich, Jutta, aber glaub mir, du wirst locker

über hundert. Schau dir Tante Irma an, die war fit wie ein Turnschuh«, sagte Albert.

»Das ist ein schöner Gedanke. Dennoch möchte ich alles geregelt wissen.«

Gustav ließ ein letztes Stück Apfelkuchen in seinem Mund verschwinden, als wollte er damit eine Stellungnahme seinerseits unmöglich machen. Er schien mit der Situation überfordert zu sein, aber Jutta wusste, dass er es mit etwas zeitlichem Abstand akzeptieren und verstehen würde.

Ein Tod wie Irmas war ihr größter Wunsch. Einfach friedlich die Augen schließen, und wenn sie aufwachte, würde sie mit ihrem Mikkel, ihrem Sohn, Tante Irma und all den anderen lieben Menschen wieder vereint sein.

»Es gibt noch einen letzten Punkt, den ich mit euch besprechen muss«, sagte sie dann. Sie wusste, dass dies am schwierigsten werden würde, aber ihr Entschluss stand fest.

Gustav starrte sie nur an, als befürchtete er das Schlimmste.

2

Was konnte es an diesem sonnigen Herbstsonntag Schöneres geben, als am Strand zu sein? Mads war bis hinters Brodtener Steilufer gejoggt und anschließend zurück nach Niendorf, in Begleitung von Meiko, Gustavs Schäferhund, der ebenfalls sichtlich Spaß an der Runde hatte.

Eigentlich hatte Mads mit seinem Surfbrett ein paar Wellen reiten wollen, aber dann hatte er sich fürs Joggen mit Meiko entschieden. Offiziell war er zwar Gustavs Hund, in Wahrheit zählte er jedoch als echtes Familienmitglied, das bei jedem von ihnen willkommen war.

»Na, Meiko, das ist doch mal was anderes, als mit dem langweiligen mürrischen Mann am Strand herumzuschleichen, oder?«

Meiko bellte, als hätte er Mads' Worte verstanden.

Er streichelte den Hund, dann griff er sich ein Stück Treibholz und warf es, so weit er konnte. Außer ihnen waren kaum Spaziergänger unterwegs, sodass er nicht fürchten musste, jemanden zu treffen.

Sofort rannte Meiko los, während Mads ihm im schnellen Gehtempo folgte. Er hatte seine Kilometer für heute gelaufen, die restliche Strecke bis zum Restaurant *Seaside Lounge* würde er gemächlich am Strand entlang schlendern.

Zu dieser Jahreszeit waren Hunde am Strand erlaubt, da die Saison nun beendet war und die Hunde keine Strandgäste störten.

Meiko brachte den Stock zurück und legte ihn im Sand ab.

»Komm, Meiko, Zeit für eine Acai Bowl und du hast sicherlich Durst.«

Wieder bellte Meiko, als würde er antworten, und beide verließen den Strand.

Mads legte ihm die Leine an, auch wenn er ihn lieber freihätte laufen lassen, weil er wusste, dass der Schäferhund keine Dummheiten machen würde, er war ein sehr gut trainierter Polizeihund.

Wenig später betrat er die Terrasse der *Seaside Lounge*. Es herrschten immer noch angenehme 22 Grad an der Ostsee, so mild war der Herbst.

»Na, wenn das nicht der coolste Hund an der Lübecker Bucht und sein Anhang sind«, hörte er da die Stimme von Amir.

Erst jetzt bemerkte er, dass der Journalist der Ostseezeitung zusammen mit seinem Mann Pietro, Freund Gregor und Kollegin Emma einen Tisch weiter saß.

»Das mit dem Hund kann ich nur bestätigen, das andere konnte ich leider nicht verstehen«, antwortete Mads unschuldig und begrüßte die Runde.

»Setz dich doch zu uns«, sagte Amir.

»Mir bleibt wohl keine andere Wahl«, scherzte Mads und zog sich einen Stuhl heran, während Meiko es sich vor Amirs Füßen gemütlich machte.

»Er weiß halt, wer hier das Alphatier ist«, bemerkte Amir amüsiert.

»Meiko will nur im Schatten liegen«, entgegnete Mads.

»Ihr beiden und eure Sprüche«, antwortete Gregor mit seiner für einen Mann ungewöhnlich hohen Stimme. »Ich liebe das.«

Er war der Paradiesvogel in ihrem Freundeskreis, was Gregors Vater Frank Tackenberg, einem schwerreichen Immobilieninvestor, ein Dorn im Auge war. Er hatte ein großes Problem mit der Homosexualität seines Sohnes. Mads hatte für diese Vorbehalte kein Verständnis, jeder sollte so leben, wie es ihn glücklich machte. Das Leben war zu kurz, um sich nach anderen zu richten. Er zumindest versuchte nach diesem Grundsatz zu leben, und er glaubte, dass ihm das ganz gut gelang.

Kaum hatte er sich gesetzt, kam Kellnerin Jule zu ihnen an den Tisch, eine Exfreundin.

»Lass mich raten: eine Acai Bowl mit extra Whey-Protein und ein stilles Wasser«, sagte sie gut gelaunt.

»Und den Espresso nicht vergessen«, fügte Amir hinzu.

Jule gab Amir ein High five.

»Na gut, dann bestelle ich das. Eigentlich wollte ich Pommes mit Schnitzel.«

»Du?« Amir lachte. »Ist heute Cheatday?«

Es war allgemein bekannt, dass Mads streng auf seine Ernährung achtete, zumal er ein absoluter Sportjunkie war, was man ihm auch ansah. Einen so durchtrainierten Körper bekam man nicht ohne die nötige Disziplin.

»Wo ist Victoria?«, erkundigte sich Pietro, der ebenso sportbegeistert war wie Mads. Selbst Amir ging oft ins Gym, doch er konnte bei Süßem selten Nein sagen.

»Auf einem Geburtstag, deshalb habe ich den Nachmittag mit Meiko am Strand genutzt«, antwortete Mads, dann sah er Emma an. Sie war bisher ziemlich still gewesen, was gar nicht ihre Art war. »Was ist mit Stefan?«, fragte er.

»Er hilft einem Kumpel beim Umzug«, erwiderte sie.

»Habt ihr eigentlich schon eine Wohnung?«, erkundigte sich Gregor.

»Noch nicht, ich bin aber auf der Suche. Am liebsten eine schnuckelige Dreizimmerwohnung in der Mannheimer Oststadt, irgendwo da in der Ecke. Leider sind die Mieten echt durch die Decke gegangen im Vergleich zu der Zeit, als ich da gelebt habe.«

»Du findest schon was«, tröstete Gregor.

Emma nickte, dann warf sie Mads einen Blick zu, den er nicht so recht deuten konnte. Es fiel ihm noch immer schwer, zu glauben, dass Emma im kommenden Jahr Niendorf den Rücken kehren würde, um mit ihrem Freund nach Mannheim zu ziehen. Sie war für ihn weit mehr als nur eine sehr gute. Freundin.

Viel mehr, dachte er, doch er wischte diesen Gedanken hastig fort.

Jule kam mit seiner Bestellung und einem Wassernapf für Meiko, den sie für ihn am Boden abstellte, dann eilte sie gleich weiter zu den nächsten Gästen. Mads widmete sich seiner Bowl.

»Was gibt es Neues von der Front?«, fragte Amir und spielte damit auf seinen Beruf als Kripobeamter bei der Ostseekriminalpolizei an, wo sein Onkel Gustav sein Chef war.

»Derzeit ruhig. Und bei euch in der Redaktion?«, erwiderte Mads.

»Auch ruhig, bis auf die üblichen Themen. Emma dreht schon Däumchen, weil kein Mord geschieht«, scherzte Amir.

»Meinetwegen dürfte das so bleiben. Der letzte Mord steckt mir noch immer in den Knochen«, warf Gregor ein. Es war nicht lange her, dass ausgerechnet seine Cousine hier an der Ostsee einem Gewaltverbrechen zum Opfer gefallen war.

Mads konnte das gut nachvollziehen, die Ermittlungen in dem Mordfall hatten auch ihn an seine Grenzen gebracht, daher war er sehr erleichtert, dass es auf der Dienststelle gerade etwas ruhiger zuging, was natürlich nicht hieß, dass sie nichts zu tun hatten.

»Wie geht es Lena? Ich habe sie seit ein paar Tagen nicht mehr gesehen.« Pietro blickte Mads fragend an.

»Sie kniet sich komplett in ihre Selbstständigkeit, da hat sie keine geregelten Arbeitszeiten«, antwortete Mads. Er war am vergangenen Abend noch mit ihr zum Abendessen verabredet gewesen, und sie hatte berichtet, wie sehr sie die Arbeit gerade in Anspruch nahm.

»Das kennt sie ja von der Polizei. Ehrlich, für mich wäre das nichts. Ich brauche meinen geregelten Feierabend und vor allem meine freien Wochenenden«, entgegnete Pietro und griff nach Amirs Hand.

»Man geht ja auch aus Überzeugung zur Polizei, sonst sollte man einen großen Bogen um den Job machen.«

»Euch Johannsens steckt das echt im Blut«, sagte Pietro bewundernd. »Ich hätte zu gern deinen Opa kennengelernt. War er wirklich so gefürchtet, wie Amir behauptet, oder übertreibt er mal wieder?«

»Ich denke, er untertreibt«, antwortete Mads schmunzelnd, der mit Amir seit seiner Kindheit befreundet war. »Mein Opa war echt ein Original.«

»Wohl ganz anders als dein Onkel Gustav, der ist irgendwie süß, wie ein Monchhichi«, sagte Pietro lachend.

Mads stieg in das Lachen ein. »Der Vergleich passt sehr gut, nur dass er kein bisschen süß, sondern eher cholerisch ist.«

»Monchhichis sind aber süß«, wandte Emma ein.

»Dann passt es doch nicht. Außerdem hat er dunkelblonde Haare, keine braunen«, scherzte Mads weiter.

»Es gibt mittlerweile welche mit blondem Fell«, ergänzte Amir. »Sag mal, wir wollen nachher noch ins *Roof*. Kommst du mit?«

»Wann denn?«, fragte Mads.

Das *Roof* war ein angesagtes Dachterrassen-Restaurant in Scharbeutz, das auf dem Dach des *Bayside Hotels* lag.

»Um 20 Uhr.«

»Warum nicht? Victoria wird nicht vor Mitternacht zurückkommen.« Mads schob die leere Schüssel seiner Bowl zur Seite und winkte Jule zu sich.

»Bringst du mir die Rechnung bitte?«

»Mach das mal auf meinem Deckel«, ging Amir dazwischen.

»Auf keinen Fall, ich habe mich ja quasi bei euch reingedrängt.«

»Dann geht die erste Runde heute Abend auf deinen Nacken«, schlug Amir heiter vor.

»Deal«, sagte Mads, stand auf und verabschiedete sich von seinen Freunden. Er freute sich auf die Abwechslung am Abend, denn er hatte bislang nichts vorgehabt.

Als er ging, warf Emma ihm wieder diesen seltsamen Blick zu. Was hatte sie nur?

Zusammen mit Meiko verließ er die Terrasse, um nach Hause zu gehen und zu duschen. Anschließend würde er Meiko zu Gustav bringen und ins Gym fahren.

Auf dem Heimweg sah er Jutta, die ein paar Meter vor ihm ging. Mads erhöhte das Tempo und holte sie ein.

»Moin, Oma«, machte er sich bemerkbar.

Jutta blieb stehen. »Schön, dich zu sehen«, sagte sie erfreut.

»Na, und ich freue mich erst. Wohin des Wegs?«, fragte er und umarmte seine deutlich kleinere Oma.

»Zu Dr. Stöcken«

»Am Sonntag? Ist das nicht der Notar?«

»Ja, er hat mir angeboten, ihn heute zu besuchen, weil ich sehr eng mit seinen Eltern befreundet war.«

»Hast du was dagegen, wenn ich dich begleite?«

»Nein, natürlich nicht. Ich würde mich freuen. Aber nur, wenn du nicht schon was vorhast.«

»Was könnte wichtiger sein, als meine Lieblingsoma zu begleiten?«, erwiderte Mads mit einem verschmitzten Lächeln, das seine Oma so mochte.

Ihre rehbraunen Augen leuchteten bei seinen Worten. Was er sagte, meinte er auch ganz ernst, er hatte ein unglaublich enges Verhältnis zu Jutta, das war so, seit er denken konnte.

»Sind Onkel und Albert schon weg?«, erkundigte er sich, während sie langsam weitergingen.

»Ja, vor einer Stunde.«

»Warum begleitet dich keiner von ihnen zum Notar?«

»Weil ich das allein machen wollte«, antwortete Jutta.

»Allein?«, hakte Mads nach. Das klang doch sehr geheimnisvoll.

»Mach dir keine Sorgen, lieber Enkel. Es geht um mein Testament. Reine Vorsorge. Ich möchte, dass Gustav und Albert meine Erben werden unter der Bedingung, dass du und Lena ihre Alleinerben werdet und sie euch finanziell unterstützen, wenn ihr bis dahin Geld für Investitionen oder andere Dinge braucht.«

Dieses Thema traf Mads unvorbereitet. Obwohl er wusste, dass es nur vernünftig war, rechtzeitig Vorkehrungen zu treffen, bedeutete das Erbe, dass sie einmal nicht mehr da sein würde, und das konnte sich Mads einfach nicht vorstellen. Er wollte, dass seine Oma noch lange lebte, richtig lange.

»Mir geht es gut«, fuhr Jutta fort, da sie wohl sah, wie sehr Mads dieses Gespräch mitnahm. Mit fester Stimme und dem leisen Spott im Tonfall, den Mads so an ihr liebte, fügte sie hinzu: »Ich möchte nur, dass alles geregelt ist. Mach dir keine Sorgen, es reicht schon, wenn Gustav mich anschaut, als würde ich jeden Augenblick zusammenklappen.« Sie zwinkerte ihm zu.

Ihre standfeste, ruhige und zugleich humorvolle Art hatte sich Jutta über die Jahrzehnte angeeignet, weil ihr Mann und ihre Söhne alle Polizisten waren. Da brauchte es eine gewisse Resilienz und Zuversicht, die Mads seit jeher an ihr bewunderte.

»Du bist topfit, Oma, daran zweifle ich keine Sekunde, und ich hoffe, du weißt, dass weder Lena noch mir ein Erbe wichtig ist, wir wollen dich nur bei uns haben.«

»Das weiß ich. Aber mir ist es wichtig. Mikkel und ich haben hart gearbeitet und gespart, damit ihr es einmal einfacher im Leben habt. Albert und Gustav sollen das Vermögen zunächst verwalten, und wenn ihr es braucht, dürft ihr darüber verfügen. Als Mikkel und ich geheiratet haben, hatten wir nichts. Wir hatten nicht mal Geld für ein Telefon, geschweige denn für einen Fernseher oder ein eigenes Auto, aber wenn du oder Lena heiraten, möchte ich nicht, dass es euch an Geld mangelt, selbst wenn Albert und Gustav mein Vermögen zuerst erben. Deswegen möchte ich zu Hubert, er soll das alles rechtlich wasserdicht machen.«

»Wenn ich heirate, wirst du noch leben, und du wirst auch erleben, wie Mads Junior dich um den Finger wickelt«, erwiderte Mads schmunzelnd, dabei saß ihm bei diesen Worten ein dicker Kloß im Hals.

»Ein schöner Gedanke«, sagte Jutta. »Wirst du Victoria denn endlich einen Heiratsantrag machen?«

»Das habe ich nicht gesagt.«

»Aber wie soll das dann …« Jutta brach ab. »Ist Victoria etwa schwanger?«

»Nicht, dass ich wüsste.«

»Liebster Enkel, du bist über dreißig. Es ist Zeit, eine Familie zu gründen und Kinder in die Welt zu setzen. Ich kann nicht ewig auf einen Urenkel warten.«

»Ein bisschen gedulden musst du dich noch«, sagte Mads lachend und gab seiner Oma einen Kuss auf die Wange. »Tu es für mich, bitte.«

»Lass mich nicht zu lange warten, mein Schatz«, erwiderte sie mit ihrer liebevollen, sanften Stimme, die Mads so gern hörte.

Es gab Stimmen, die lösten bei ihm sofort ein positives Gefühl aus, ein Gefühl von Geborgenheit und Liebe. Die Stimme seiner Oma gehörte dazu.

Sie erreichten die Anschrift von Stöcken und betraten das Grundstück.

»Dem scheint es ja richtig gut zu gehen«, bemerkte Mads, er war von der modernen Villa schwer beeindruckt.

Plötzlich bellte Meiko und lief zu einem Wagen, der auf dem Grundstück geparkt war.

»Ruhig, Meiko«, rief Mads und ging zu dem Schäferhund, der noch immer bellte. Er ließ sich einfach nicht beruhigen.

»Was ist denn los?«, fragte er und schaute reflexartig durch das Fahrerfenster.

Der Anblick, der sich im Inneren des Autos bot, ließ ihm das Blut in den Adern gefrieren. Dort saß ein Mann – mit durchgeschnittener Kehle.

»Was ist denn mit Meiko?«, wollte Jutta wissen und steuerte auf Mads zu.

»Komm nicht, Oma«, warnte Mads. Er wollte auf keinen Fall, dass Jutta diese furchtbar zugerichtete Leiche sah.

3

Timmendorfer Strand

Nach ihrem Besuch bei Jutta waren Gustav und Albert noch ins *Café Wichtig* gegangen, um einen Espresso zu trinken. Es war ein zu schöner sonniger Herbsttag, um gleich nach Hause zu gehen. Außerdem beschäftigte Gustav das Gespräch mit Jutta noch immer, da war ihm ein wenig Ablenkung nur recht.

»Dein Espresso wird kalt«, holte Albert ihn aus seinen Grübeleien.

»Danke«, antwortete Gustav abwesend und trank von dem Espresso, der inzwischen wirklich nicht mehr die perfekte Temperatur hatte.

»Jutta geht es gut«, sagte Albert, als könnte er Gustavs Gedanken lesen.

»Warum wollte sie dann mit uns darüber sprechen?«

»Weil sie sichergehen möchte, dass wir in ihrem Sinne handeln, wenn …« Albert sprach das Offensichtliche nicht aus.

Gustav spürte, wie ihm plötzlich warm wurde, er begann zu schwitzen.

»Vielleicht steckt doch mehr dahinter«, sagte er mit rauer Stimme.

»Was meinst du?«

»Was, wenn sie krank ist, es uns aber nicht sagt? Letzte Woche war sie beim Arzt und heute spricht sie uns darauf an.«

»Glaubst du, sie hat eine schlimme Diagnose bekommen?«

»Möglich. Ich muss mit ihm sprechen.«

»Er wird dir nichts sagen. Arztgeheimnis«, wandte Albert ein.

»Dann mach du das. Du bist doch gut darin, Leute zum Reden zu bringen. Schuldet er dir nicht einen Gefallen?«

»Du möchtest, dass ich hinter Juttas Rücken Informationen über ihren Gesundheitszustand besorge?«

»Ja, verdammt noch mal. Ich muss wissen, ob da was ist.«

»Das mache ich nicht«, erklärte Albert bestimmt.

»Wie bitte?« Gustav konnte nicht glauben, dass Albert sich dagegen sträubte. »Du bist doch sonst nicht so zimperlich.«

»Stimmt, aber hier geht es um Jutta. Ich kann ihr nicht in den Rücken fallen«, erwiderte Albert. »Das fühlt sich wie Verrat an.«

Bei anderen Menschen wäre Albert weitaus weniger zögerlich gewesen, seinen Einfluss als Bürgermeister und seine exzellenten Kontakte auszuspielen, doch diese Bemerkung behielt Gustav für sich. Jutta hatte für Albert schon immer einen ganz anderen Stellenwert gehabt, als andere Menschen, er liebte Jutta nicht weniger als Gustav es tat.

»Du hast recht, verzeih. Ich bin halt in Sorge.«

»Dann lass Mads mit ihr sprechen.«

»Mads? Du machst wohl Witze. Der ist gar nicht sensibel genug, und wenn Jutta ihn abwimmelt, wird er sich damit zufriedengeben. Wir brauchen jemanden mit mehr Feingefühl.«

»Lena.«

»Ja, die ist die Richtige. Sie soll Jutta mal vorsichtig auf den Zahn fühlen.« Gustav leerte seinen Espresso, er war mittlerweile vollends kalt. »Wieso hat sie es so eilig mit dem Testament, der Patientenverfügung und der völlig irrwitzigen Idee, im Todesfall ihre Organe zu spenden? So etwas hat sie nie zuvor geäußert. Das muss einen Grund haben.«

»Beruhige dich. Ich werde Lena ansprechen, sie wird ihr die richtigen Fragen stellen. Allerdings sollten wir einen Moment warten, sonst könnte Jutta Verdacht schöpfen.«

»Du hast ja recht. Der Gedanke, dass Jutta ein gesundheitliches Problem hat, macht mich einfach verrückt. Ich meine – es ist Mama. Sie war mein ganzes Leben bei mir. Sie war der erste Mensch, den ich gesehen habe. Wen habe ich denn noch, wenn sie nicht mehr da ist?«, brach es aus Gustav heraus.

Er fühlte sich auf einmal mutterseelenallein auf der Welt, denn seine Ehefrau Alva war in jungen Jahren gestorben, ebenso sein Vater und sein jüngerer Bruder.

»Du hast mich«, antwortete Albert schlicht.

Gustav schaute Albert an, der eine so ernste Miene machte, dass Gustav plötzlich laut loslachen musste. Vermutlich war es ein Ventil, um den Druck loszuwerden.

»Was ist so lustig an diesem Satz?«, fragte Albert ein-geschnappt.

»Steht dir, diese empathische Seite.«

»Übertreib es nicht«, reagierte Albert schnippisch, doch seine Mundwinkel hoben sich.

»Du hast recht, Albert. Wenn es darauf ankommt, kann ich mich immer auf dich verlassen«, antwortete Gustav und klopfte seinem besten Freund, seinem Bruder, auf die Schulter. Dann ließ er seinen Blick über die Terrasse und zur Prome-nade wandern, die im Gegensatz zum Niendorfer Hafen gut besucht war. Timmendorf war schon immer der beliebtere Ort an der Lübecker Bucht gewesen, daher wunderte es Gustav nicht, dass es hier deutlich belebter war.

Kurz darauf sah er Enno Janssen und dessen Freundin Rita, wie sie an der Promenade spazieren gingen und dann nach rechts abbogen. Sie hielten Händchen und wirkten glücklich. Seit Enno mit der etwas größeren, rundlichen Rita zusammen war, blühte er geradezu auf. Gustav freute das, ob-wohl das Verhältnis zu dem Kripobeamten, dessen Chef er jetzt war, nicht von Anfang an das beste gewesen war. Auf Führungsebene der Lübecker Polizei hatte es vor nicht allzu langer Zeit eine Intrige gegen ihn gegeben. Dr. Clemens Eisenbraun, der Leiter der Zentrale, hatte Gustav in das kleine Dörfchen Gothmund zwangsversetzen lassen. In dieser Zeit war Enno Leiter der Dienststelle Timmendorfer Strand gewesen. Doch Gustav hatte sich seine Position zurückerkämpft, und da Enno sich in der Folgezeit als wertvoller Mitarbeiter erwiesen hatte, war er froh, ihn seitdem in seinem Team zu haben. Sogar Mads verstand sich, trotz massiver Startschwierigkeiten, mittlerweile hervorragend mit ihm, was Gustav sehr begrüßte.

»Ist das die Freundin von diesem Enno Janssen?«, fragte Albert, der Gustavs Blick gefolgt war.

»Das ist sie. Ich habe sie letztens kennengelernt. Sie tut ihm gut.«

»Ich werde nie verstehen, dass du Enno so schnell verziehen hast. Er wollte dich in die Wüste schicken, dich eiskalt abservieren«, stellte Albert fest.

»Nicht er, sondern Dr. Eisenbraun, und sieh es mal so, wenn er mich nicht nach Gothmund versetzt hätte, hätten wir niemals Tante Irma kennengelernt.«

»Das einzig Gute an der Nummer«, ätzte Albert. »Diese Rita scheint Janssen ja ziemlich im Griff zu haben.«

»Wie kommst du darauf?«

»Siehst du nicht, wie sie seine Hand in ihrer hält, die Körpersprache? Sie hat ganz klar die Hosen an.«

»Ich denke, die zwei führen eine Beziehung auf Augenhöhe.«

»Du bist echt naiv. Diese Partnerschaft mag vieles sein, aber nicht gleichberechtigt«, spottete Albert.

»Wenn du meinst«, sagte Gustav.

Dass Albert Enno nicht mochte, war kein Geheimnis, er war von Anfang an dagegen gewesen, Enno ins Team aufzunehmen. Da Gustav jedoch der Polizeichef war und Albert der Bürgermeister, hatte Gustav entschieden. Zudem vertrat er die These, dass jeder Mensch eine zweite Chance verdient hatte, wenn er sich grundlegend änderte.

»Bevor ich es vergesse, wie war eigentlich deine Reise mit den Jungunternehmern durch einige Partnerstädte? Ich habe ganz vergessen, Lena danach zu fragen.«

Albert hatte die zweitägige Tour in seiner Eigenschaft als Bürgermeister kurzfristig organisiert, und da Lena mit ihrer frischen Selbstständigkeit als Jungunternehmerin zählte, hatte er sie selbstredend mitgenommen.

Alberts Miene erhellte sich. »Das war ein voller Erfolg. Lena ist regelrecht aufgelebt, sie hat die cleversten Fragen gestellt und sich lange mit dem OB aus Emden unterhalten, Kevin Ulmann.«

»Das freut mich, zu hören. Wie ist dein Eindruck?«

»Dass wir auf dem richtigen Weg sind. Als sie Kevin im Rollstuhl gesehen hat und er ihr erzählte, wie er trotz dieser Einschränkung die Rolle des Oberbürgermeisters seit Jahren ausfüllt, war sie sehr aufmerksam. Sie hat kluge Fragen gestellt und ich habe dieses Funkeln in ihren Augen gesehen. Die Saat ist gesät, alter Freund. Wenn es eine würdige Nachfolgerin für mich gibt, dann Lena. Alle anderen in der CDU hier sind Flaschen.« Albert schnaubte abfällig.

»Das höre ich gern. Aber von wegen alt – hätte nicht ›sehr guter Freund und Vorbild‹ gereicht?«, erwiderte Gustav. Es war ein Running Gag zwischen ihnen, dass sie sich mit der Anrede »alter Freund« gegenseitig ärgerten.

Albert lachte. »Du bist halt älter als ich.«

»Nicht mal ein Jahr.«

»Es ist meine späte Rache, weil du mich als Baby geärgert hast.«

»Wer erzählt denn so einen Käse?«

»Jutta.«

Gustav musste schmunzeln. So weit reichte seine Erinnerung nicht zurück. Überhaupt konnte er sich an viele Begebenheiten aus seiner Kindheit nicht erinnern, und bei einigen war das auch gut so, an sie wollte Gustav nicht zurückdenken, zu belastend waren sie. Dass er Albert als Kind gern geärgert hatte, hatte Jutta ihm allerdings ebenfalls erzählt. Zumindest hatte er das getan, bis sich Albert hatte wehren können.

»Glaubst du, dass Lena sich durch die Reise für die Politik begeistern wird?«

»Auf jeden Fall. Sie kommt nächste Woche zu einer CDU-Sitzung mit.« Albert strahlte und Gustav nickte anerkennend.

Er hatte schon länger das Gefühl, dass die Selbstständigkeit nicht das Richtige für Lena war, zumal Albert herausgefunden hatte, dass ihr kleines Unternehmen kaum Gewinn abwarf. Sie konnte nicht einmal etwas für das Alter zurücklegen. Doch Lena war zu stolz, um andere um Hilfe zu bitten.

Das war den Johannsens gemein, es war das Erbe von Mikkel, der auch unglaublich stolz gewesen war und fremde Hilfe grundsätzlich abgelehnt hatte. Bei Lena kam vermutlich noch hinzu, dass sie nicht wollte, dass die Familie ihr vorwerfen könnte, es wäre ein Fehler gewesen, der Polizei den Rücken gekehrt zu haben. Lange Jahre hatte sie bei der Ostseekriminalpolizei gearbeitet, einige Zeit davon als Mads' Partner, doch Bei einem Polizeieinsatz war sie so schwer verletzt worden, dass sie seitdem auf den Rollstuhl angewiesen war. Dies hatte letzten Endes zu ihrer Entscheidung geführt, bei der Polizei zu kündigen und sich beruflich neu zu orientieren.

»Das hast du wirklich gut gemacht«, lobte Gustav seinen besten Freund.

»Wir sind auf einem guten Weg. Wart's nur ab, Lena wird noch Bürgermeisterin.«

»Bestimmt eine bessere als du.«

»Damit kannst du mich nicht ärgern. Es würde mich nämlich riesig freuen, wenn meine Patentochter da erfolgreich ist, wo es mir nicht gelungen ist.«

»Wo genau?«

»Hm, spontan fällt mir da gerade gar nichts ein.« Albert grinste breit und Gustav lachte.

So war Albert nun mal, an Selbstbewusstsein hatte es ihm noch nie gemangelt.

Gustavs Handy klingelte.

»Jutta?«, sagte er erstaunt. Sofort hatte er ein komisches Gefühl. War ihr etwas passiert?

»Moin, Mama«, nahm er das Gespräch an.

»Moin, Gustav. Bist du noch mit Albert zusammen?«

»Bin ich.«

»Dann kommt bitte sofort zu Dr. Hubert Stöcken, dem Notar.«

»Warum? Was ist passiert?«

»Mads ist auch hier.«

»Mads?« Gustav verstand gar nichts mehr. Warum war Mads mit ihr bei dem Notar?

»Wir haben eine Leiche«, erklärte Jutta.

4

Dass er ausgerechnet an diesem schönen Sonntag Albert Lange über den Weg laufen musste, dämpfte Ennos Laune, dabei hätte er es besser wissen müssen.

Lange war Bürgermeister dieser Gemeinde, somit war es naheliegend, dass er sich auch an den Wochenenden bei seinen Bürgern blicken ließ.

Als Enno vorhin mit Rita über die Promenade spaziert war, hatte er so getan, als hätte er Gustav und Lange nicht im Café sitzen sehen, und war weitergegangen. Er hatte das Schritttempo sogar etwas erhöht, weil er nicht wollte, dass Gustav ihn bemerkte und möglicherweise zu sich rief.

Enno mochte seinen Chef, er schätzte und respektierte ihn, menschlich und beruflich. Lange dagegen war eine andere Baustelle.

Enno seufzte und ließ den Blick über die Dachterrasse des *Peter Pane* schweifen.

»Schatz, geht's dir gut?«, fragte Rita.

»Ja, ja«, beeilte sich Enno zu sagen, er wollte nicht, dass sich seine Freundin Sorgen um ihn machte.

»Sicher? Du wirkst ein bisschen neben der Spur.«

»Nein, ich war nur kurz in Gedanken.«

»Warum?«

»Weil morgen schon wieder Montag ist. Die Wochenenden mit dir gehen viel zu schnell vorüber«, antwortete Enno und griff nach Ritas Hand, um sie zu streicheln.

»Das hast du aber süß gesagt.« Sie strahlte, dann sah sie

auf die Speisekarte. »Weißt du schon, was du bestellen möchtest?«

»Ich nehme das, was du bestellst«, antwortete Enno.

»Sicher?«

»Ganz sicher.«

Er lächelte. Hoffentlich wirkte es nicht so gequält, wie er sich fühlte. *Albert Lange wird dir deinen Sonntag nicht vermiesen,* machte er sich Mut und versuchte damit, die schlechte Laune zu vertreiben.

Der Kellner, der jetzt an ihren Tisch trat, lenkte ihn kurz ab.

»Wisst ihr schon, was ihr bestellen möchtet?«, fragte er.

»Zweimal den Smashed Burger als Menü mit Pommes, als Getränk bitte Cola für beide.«

»Gute Wahl, der Burger ist sehr lecker. Noch etwas dazu?«

»Gerade nicht, danke.«

Der Kellner nickte und ging zum nächsten Tisch.

»Ich muss sagen, Timmendorf ist wirklich schön, aber Haffkrug mag ich noch mehr. Hier wäre es mir zu hektisch. So ab und zu macht Timmendorfer Strand Spaß.«

»Mein Reden, Schatz«, bestätigte Enno. »Hier wäre mir auch zu viel Trubel, zu viel von der Hamburger Schickeria. Haffkrug ist wie wir, bodenständig und solide.«

»Und familiär«, fügte Rita hinzu.

Als sie das sagte, musste er daran denken, wie es wohl wäre, wenn er und Rita Kinder hätten. In seinem bisherigen Leben hatte er sich nie Gedanken über Kinder gemacht, geschweige denn den Wunsch verspürt, welche haben zu wollen. Er und Rita wären sicher gute Eltern geworden, aber Rita war zu alt, um noch schwanger zu werden, daher musste er sich darüber gar keine Gedanken mehr machen.

Sein Handy klingelte, er sah auf das Display.

»Gustav«, entfuhr es ihm erschrocken.

War es möglich, dass sein Chef ihn doch gesehen hatte und sie beide jetzt zu einem Kaffee einladen wollte?

»Moin, Gustav«, nahm er das Gespräch mit einem mulmigen Gefühl an.

»Moin, Enno, tut mir leid, dass ich dich an deinem freien Sonntag anrufe.«

»Nicht schlimm. Ist was passiert?«

»Wir haben einen Mord. Ich schicke dir die Anschrift, fahr bitte sofort dahin.«

»Mach ich«, erwiderte Enno und schaute seine Freundin mit bedrückter Miene an.

»Was ist los?«

»Das war Gustav. Wir haben einen Mord, ich muss leider zum Tatort.«

»Du musst gar nichts. Erst isst du deinen Burger, dann fährst du. Auf die zehn Minuten kommt es doch nicht an. Die Leiche wird sich kaum vom Tatort verdrücken«, sagte Rita und lachte.

»Aber …«, begann Enno. Er hatte ein schlechtes Gewissen, nicht gleich loszufahren.

Andererseits würde Rita bald für ein paar Tage weg sein, also ein Grund mehr, an diesem Tag noch etwas Zeit mit ihr zu verbringen. Wäre da nicht sein Pflichtbewusstsein als Polizist, das ihm sagte, dass er sofort aufbrechen müsse.

»Nichts aber«, fuhr Rita ihm ins Wort. »Erst isst du deinen Burger.« Dabei sah sie ihn mit diesem Blick an, der keinen Widerspruch duldete.

5

»Warum hast du Enno angerufen?«, fragte Albert.

»Warum nehme ich dich mit an einen Tatort?«, konterte Gustav.

»Weil Jutta darum gebeten hat.«

»Trotzdem war das ein Fehler, du bist kein Polizeibeamter, aber Enno ist in Mads' Team. Er hat deutlich mehr Gründe, am Tatort zu sein als du.«

»Ich sehe schon, du hast mal wieder den Schlechte-Laune-Onkel rausgeholt.«

»Hubert Stöcken wurde ermordet und Mads hat Jutta nicht vom Tatort weggeschafft. Ich will mir gar nicht vorstellen, wie sehr sie sich beim Anblick der Leiche erschrocken hat. Dazu noch eine Leiche mit durchgeschnittener Kehle.«

»Du weißt doch gar nicht, ob sie den Toten gesehen hat. Mads wird das sicherlich unterbunden haben.«

»Mads?« Gustav hatte da so seine Zweifel und er machte sich große Sorgen. Seine Mutter war nicht mehr die Jüngste, sie sollte in ihrem Alter keine so entsetzlichen Bilder sehen.

»Natürlich. Du bist manchmal wirklich zu hart zu deinem Neffen. Jutta hat in ihrem Leben schon so manches schreckliche Ereignis erlebt und es verkraftet. Sie ist aus viel härterem Holz geschnitzt, als du es wahrhaben möchtest.«

»Mama ist zweiundachtzig, verdammt noch mal«, reagierte Gustav gereizt.

»Kein Grund, so ausfallend zu werden. Ich weiß, dass du heute sehr dünnhäutig bist, aber ich erinnere dich gern daran, wer die Enkeltrickbetrüger hat auffliegen lassen.«

»Jutta«, gab Gustav zähneknirschend zu.

Vor einigen Wochen hatten Kriminelle mit dem Enkeltrick alte Menschen an der Lübecker Bucht um ihr mühsam Erspartes gebracht, bis sie es auch mit Jutta versucht hatten. Doch sie hatte den Trickbetrügern mithilfe von Mads, Enno und Lena das Handwerk gelegt, ohne ihn einzuweihen – was er nach wie vor für einen Fehler hielt. Er war schließlich der Polizeichef und Juttas Sohn, daher hätte er zuerst informiert werden müssen.

»Du sagst es. Jutta gehört noch lange nicht zum alten Eisen, schlag dir das aus dem Kopf, damit tust du weder dir noch ihr einen Gefallen. Du solltest echt Baldrian zu dir nehmen.«

»Ich nehme Baldrian.«

»Ernsthaft?« Albert sah ihn erstaunt an.

»Nein, du Holzkopf.«

Kurz darauf erreichten sie Niendorf. Gustav wählte den Weg am Hafen entlang, dabei bemerkte er Jörn, wie er ein Eis schleckend über die Promenade spazierte. Gustav mochte den jungen Mann, der trotz einer leichten geistigen Behinderung ein eigenständiges Leben führte und immer gut gelaunt war. Er schien sie jedoch nicht erkannt zu haben, denn er winkte nicht, was er sonst garantiert getan hätte.

Schweigend setzte Gustav die Fahrt fort, bis sie vor der Villa von Hubert Stöcken ankamen.

Der Notar war ein paar Jahre jünger als Gustav, sie kannten sich schon lange, da Hubert wie er in Niendorf aufgewachsen war. Zu seinem engeren Freundeskreis hatte er jedoch nie gehört. Jutta dagegen war mit Huberts Eltern sehr gut befreundet gewesen.

»Wo ist Mads?«, fragte Gustav. Er hatte die Gegend während des Parkvorgangs durch die Windschutzscheibe rasch inspiziert.

»Sicherlich mit Jutta im Haus.«

»Er hat aber gesagt, die Leiche wäre in einem Auto.«

»Mensch, Gustav, steig aus und klingle, dann werden wir es erfahren.«

Gustav stellte den Motor ab und sie stiegen aus, doch bevor sie zur Haustür gingen, machte Gustav einen Abstecher zu dem himmelblauen Bentley, der daneben parkte.

»Würde mir auch gefallen«, bemerkte Gustav.

»Würde eher zu mir passen, du bist bei VW schon gut aufgehoben«, gab Albert trocken zurück.

Gustav ließ das unkommentiert und blickte durch das Fahrerfenster des Bentleys. Was er sah, entsprach exakt der Beschreibung, es war ein grauenvoller Anblick.

»Könnte auch ein Suizid gewesen sein«, stellte Albert fest, der ebenfalls durch die Scheibe schaute.

Gustav warf ihm einen zweifelnden Blick zu.

»Was?«, fragte Albert.

»Du bist so ruhig.«

»Einer muss ja ruhig sein. Soll ich lieber wie du eine Szene machen?«

»Nein, aber normalerweise kriegst du sofort Panik, wenn ein Bürger deiner Gemeinde ermordet wird, weil du Sorge hast, Emma oder Amir könnten darüber in der Ostsee Zeitung schreiben, und dann gehen die Gästezahlen zurück.«

»Diesmal nicht«, erwiderte Albert selbstbewusst.

»Warum? Hubert Stöcken dürfte als Notar allgemein bekannt sein. Dazu ist er sicherlich in der CDU, wie viele Selbstständige.«

»Er ist bei den Grünen.«

»Ernsthaft?«

»Beim Anblick des Bentleys würde ich mir diese Frage auch stellen, aber vielleicht hast du es vergessen, er hat bei einer Bürgermeisterwahl mal gegen mich kandidiert.«

»Ah, und das hast du ihm nicht verziehen. Deswegen lässt dich das kalt«, schlussfolgerte Gustav.

»Blödsinn, da gab es nichts zu verzeihen, weil er eh keine Chance hatte. Deinen gehässigen Kommentar hättest du dir also sparen können. Nein, es ist Nebensaison, daher muss ich mir keine Sorgen machen, auch wenn diese übereifrige Emma Falk sich umgehend auf den Fall stürzen wird.« Er verschränkte die Arme vor dem Oberkörper. »Trotzdem könnte es ein Suizid sein.«

»Komm«, sagte Gustav. Er wollte erst einmal mit Mads sprechen und auf die Kollegen von der Spurensicherung warten, die sein Neffe laut Jutta bereits kontaktiert hatte. Auch die Kollegen von der Streife waren schon vor Ort, zwei Streifenwagen parkten vor der Villa.

Als sie auf die Haustür zugingen, kamen vier Polizisten aus seiner Dienststelle auf sie zu.

»Moin, Gustav. Moin, Herr Bürgermeister«, grüßte ein Beamter.

Sie erwiderten den Gruß und Albert reichte sogar jedem der Beamten die Hand.

»Sperrt den Tatort bitte ab und achtet darauf, dass sich niemand dem Wagen nähert«, sagte Gustav. »Ole und sein Team von der KTU müssten in den nächsten fünfzehn Minuten da sein. Wenn Enno kommt, schickt ihn ins Gebäude.«

»Machen wir«, erwiderte der Beamte und Gustav und Albert setzten ihren Weg fort.

»Kennst du einen anderen Bürgermeister, der an seinem freien Sonntag zu einem Tatort geht?«, hörte Gustav einen Beamten sagen.

»Nein. Deswegen wähle ich ja seit Jahren Herrn Lange. Der ist ein Politiker, der anpackt.«

Albert schien das kurze Gespräch ebenfalls gehört zu haben und strahlte wie ein Honigkuchenpferd.

»Komm runter«, sagte Gustav spöttisch, da er annahm, Albert würde gleich wieder einen selbstgefälligen Spruch abgeben.

»Sie sagen nur die Wahrheit«, gab Albert zurück. »Du solltest etwas mehr Dankbarkeit an den Tag legen.«

Gustav stöhnte nur, im selben Moment öffnete sich die Tür und Mads schaute heraus.

»Moin, Onkel«, sagte er.

»Komm raus«, erwiderte Gustav. »Außerdem bin ich im Dienst nicht dein Onkel.«

Mads trat vor die Tür, ohne sie zuzuziehen.

»Warum hast du Jutta nicht nach Hause gebracht?«, fuhr Gustav verärgert fort.

»Weil sie das nicht wollte.«

Gustav sog scharf die Luft ein. »Oma ist zweiundachtzig. Wie konntest du zulassen, dass sie eine Leiche mit durchschnittener Kehle sieht?«

»Entspann dich. Sie hat überhaupt nichts gesehen. Für wie taktlos hältst du mich? Ich wollte sie nach Hause fahren, aber sie wollte unbedingt bleiben, um mit der Frau des Opfers zu sprechen.«

»Ist sie im Haus?«

»Logisch, wie hätten wir sonst reinkommen sollen?«, erwiderte Mads schnippisch und warf Gustav einen seltsamen Blick zu. »Geht es ihm gut?«, fragte er dann an Albert gerichtet.

»Ich bin unschlüssig«, antwortete der.

Gustav schüttelte nur den Kopf und drängte sich an Mads vorbei in das Haus. Drinnen war die ruhige Stimme seiner Mutter und die einer anderen Person zu hören. Als er das Wohnzimmer betrat, sah er, dass Jutta neben Carola Stöcken auf der Couch saß und ihre Hand hielt. Meiko stand bei Jutta, als wollte er sie beschützen, denn selbst als er Gustav bemerkte, rührte er sich nicht.

»Wie konnte ich das nicht mitbekommen?«, sagte Huberts Frau in diesem Moment verzweifelt.

»Moin Carola«, machte sich Gustav bemerkbar.

Sie sah auf und auch Albert grüßte sie, der mit Mads neben Gustav getreten war. »Unser herzliches Beileid«, ergänzte Albert.

»Danke«, erwiderte Carola, ihre Augen waren vom Weinen ganz rot. In der freien Hand hielt sie ein Taschentuch.

»Jutta, lässt du mich kurz allein mit Carola?«, bat Gustav.

»Natürlich. Carola, ich bin gleich wieder zurück«, sagte sie und strich ein letztes Mal über deren Hand.

Carola nickte nur.

»Nimm Albert bitte mit«, ergänzte Gustav.

»Komm, Albert«, sagte Jutta, stand auf und verließ mit Albert das Wohnzimmer.

Der Gesichtsausdruck seines Freundes zeigte deutlich, wie sehr ihm dieser kleine taktische Trick missfiel.

Meiko folgte den beiden und Gustav blieb mit Mads zurück. Sie setzten sich zu Carola auf die Couch. Huberts Frau wischte sich mit dem Taschentuch über die Augen, ihr Blick wirkte verloren, was nach so einer Tragödie nicht verwunderte.

Gustav fragte sich, ob es ein gezielter, geplanter Mord gewesen war, immerhin hatte der Mörder die Ehefrau verschont.

Wenn es wirklich ein Mord war, ergänzte er in Gedanken, um nicht voreilige Schlüsse zu ziehen. Er wusste noch viel zu wenig über die Umstände dieses Todes.

»Ich muss dir leider ein paar Fragen stellen«, begann er, »auch wenn ich mir sehr gut vorstellen kann, dass dir danach gerade überhaupt nicht zu Mute ist.«

»Frag nur, da muss ich jetzt durch. Jutta war mir schon eine starke emotionale Stütze.« Sie atmete zitternd durch. »Ich kann noch immer nicht begreifen, wie Hubert sich das antun konnte.«

»Wie meinst du das? Glaubst du, dass Hubert sich das Leben genommen hat?«, fragte Gustav.

Wie kam sie darauf? Zugegeben, Suizide geschahen in den besten Familien und häufig spielten Depressionen oder persönliche Schicksale eine Rolle. Zudem sah man suizidgefährdeten Personen ihre Verzweiflung oft nicht an.

So bitter und schwer verkraftbar diese Möglichkeit für Carola auch sein mochte, für ihn als Polizist waren Suizide die angenehmsten Fälle, da sie schnell aufgeklärt werden konnten und es keine Gefahr gab, dass ein Wahnsinniger durch seine Gemeinde lief und weitere Morde plante.

6

Sein Onkel war schlecht gelaunt, das war nicht zu übersehen, und warum er ausgerechnet Albert mit an den Tatort genommen hatte, war Mads ein Rätsel. Vermutlich hatte Jutta es ihm aufgetragen oder Albert hatte sich wie so oft einfach aufgedrängt.

Als Bürgermeister mit polizeilichen Befugnissen, auf die Albert stets pochte, genoss er für Mads' Geschmack viel zu viele Freiheiten, was polizeiliche Abläufe anbelangte.

Nachdem er den Toten im Auto entdeckt hatte, hatte Mads Gustav angerufen, danach Ole und die Kollegen von der Streife und zum Schluss den Rettungswagen. Enno hatte er nicht kontaktiert, er hätte hier nichts ausrichten können und sollte seinen freien Sonntag genießen. Mads wusste nämlich, dass Enno mit Rita nach Timmendorfer Strand fahren wollte, um sich einen schönen Tag zu machen, denn Rita würde bald für ein paar Tage unterwegs sein.

»Carola, wie kommst du darauf, dass sich Hubert das Leben genommen hat?«, wiederholte Gustav seine Frage.

Stöckens Ehefrau schaute Gustav so verwundert an, als verstünde sie die Frage nicht. Dass sie unter Schock stand, war nicht zu übersehen.

»Das hat Mads gesagt«, antwortete sie nach einer Weile.

»Mads?« Gustav warf ihm einen scharfen Blick zu.

»Ich habe nur gesagt, dass wir in alle Richtungen ermitteln müssen«, flüsterte Mads ihm zu.

Wie es schien, hatte Carola das aus seinen Worten heraus-

gelesen, was sie daraus lesen wollte, was angesichts des Schock-
moments durchaus nachvollziehbar war. Der Gedanke, dass
jemand direkt vor der Haustür ihren Mann ermordet hatte
und sie sich glücklich schätzen konnte, nicht ebenfalls zum Opfer geworden zu sein, hatte sie sicherlich ziemlich mitgenommen. Da war die Vorstellung, dass ihr Mann Suizid begangen
haben könnte, möglicherweise ein rettender Ausweg.

Alles in allem bezweifelte Mads, dass Carola Stöcken eine
brauchbare Zeugin war. Dennoch war es sinnvoll, sie jetzt zu
befragen, da sie vielleicht etwas bemerkt hatte, woran sie gerade nicht dachte und was man ihr mit klugen und behut-
samen Fragen entlocken könnte.

Das Klingeln der Türglocke unterbrach ihre Unterhaltung.

»Mads«, sagte Gustav und bedeutete ihm, zur Tür zu gehen.

Er folgte der Aufforderung, obwohl er fand, dass Albert das
genauso gut hätte tun können. Sicherlich saß er mit Jutta nur
ein Zimmer weiter.

»Moin, Enno. Was machst du hier?«, fragte Mads, als er
Enno vor der Villa stehen sah.

»Gustav hat mich hergebeten. Haben wir gar keinen
Mord?«, gab Enno etwas überrascht zurück.

»Doch, haben wir, aber du hättest dir deinen Sonntag ruhig
freinehmen können. Der Tote wird schon nicht weglaufen.«

Enno lachte ein wenig gequält. »Das Gleiche hat Rita auch
gesagt. Wo ist er?«

»Komm«, antwortete Mads und lehnte die Tür hinter sich
an. »Das Opfer ist im Auto.«

»In dem babyblauen Bentley?«

»Ja.«

»Schöne Farbe, wäre auch was für mich, wenn ich das nötige Kleingeld hätte. Was macht die Leiche im Auto und warum bist du im Haus?«

Mads klärte Enno kurz über die Umstände auf, inklusive der persönlichen Beziehung Juttas zu den Stöckens, denn Enno kannte seine Oma ebenfalls.

Die Kollegen von der Streife hatten den Tatort bereits mit Absperrband gesichert. Einige Neugierige standen außerhalb des Anwesens auf dem Fußgängerweg und sahen interessiert über die gepflegte Hecke, die das Grundstück begrenzte, während Ole und sein Team von der KTU mit ihrem Equipment zu ihnen kamen.

»Moin. Wo ist denn die Sonntagsüberraschung?«, fragte Ole in seiner gewohnt trockenen Art.

»In dem Auto hier«, antwortete Mads.

»Lass mich raten, wir finden jede Menge Abdrücke von deinen Fettfingern an der Tür«, stichelte Ole und fuhr sich über das kahle Haupt.

»Da irrst du dich, ich habe die Tür nicht berührt.«

»Das sagen sie alle. Ich will nur kurz spielen, dann stecken sie ihn trotzdem rein«, witzelte Ole. »Wo ist der Brummbär?«

»Gustav ist im Haus, bei der Ehefrau des Toten«, antwortete Mads. Er war an Oles schwarzen Humor gewöhnt, das gehörte bei ihm einfach dazu. Vermutlich war es ein Ventil, das ihn die schrecklichen Dinge, die er in seinem Beruf täglich zu sehen bekam, ertragen ließ.

»Wer ist der Tote?«

»Ein sehr guter Bekannter und zugleich der Notar meiner Oma.«

Ole pfiff leise. »Oh, dann wird der Fall persönlich. Ich hoffe, deiner Oma geht das nicht zu nahe.«

»Sie ist hier. Purer Zufall, dass ich die Leiche entdeckt habe und nicht sie.«

»Zufall?« Ole sah ihn skeptisch an und verzog den Mund. »Ihr Johannsens zieht Morde magisch an. Über die letzte Tote bist doch auch du quasi gestolpert.«

»Diesmal habe ich nur Jutta begleitet, es ist wirklich reiner Zufall.«

»Da wäre ich mir nicht so sicher.« Ole zwinkerte ihm zu.

»Am besten macht ihr beiden Platz, damit ihr keine Spuren und Hinweise verwischt. Wenn ihr lieb sein wollt, geht Gustav ärgern.«

Enno sah Ole verdattert an, während Mads versuchte, nicht zu schmunzeln.

»Komm, Enno«, sagte er und sie gingen in die Villa.

»Oles Humor ist mir manchmal echt eine Spur zu schräg. So wie eben, da weiß man nicht, ob er das ernst meint oder Witze macht«, sagte Enno.

»Ole darfst du nie ernst nehmen, sonst hat er dich als Opfer. Sein Humor ist extrem trocken und hart am Rand des guten Geschmacks. Vermutlich ist das seine Art, mit den schrecklichen Dingen klarzukommen, die er als Leiter der KTU sieht«, erklärte Mads.

»Oder er hat schon immer gern Scherze auf Kosten anderer gemacht, auch als Kind.«

»Wäre genauso denkbar.«

Sie betraten das Wohnzimmer.

»Mads, Enno, ich möchte, dass ihr die hiesigen Anwohner befragt, vielleicht hat jemand etwas gesehen oder gehört. Ich bleibe hier bei Carola«, erklärte Gustav.

»Machen wir«, bestätigte Mads und sie gingen wieder. Im Flur stießen sie auf Jutta.

»Moin, Frau Johannsen. Mein Beileid«, sagte Enno und reichte Jutta die Hand.

»Danke. Ist Gustav noch bei Carola?«, fragte sie.

»Ist er. Ich glaube, er braucht noch ein paar Minuten.«

»Hoffentlich weiß sich Gustav zu beherrschen. Carola hat gerade ihren Mann verloren, sie ist nicht ganz bei sich. Er soll sie nicht unter Druck setzen.«

»Das tut er gewiss nicht. Gustav ist ein Meister darin, einfühlsame Fragen zu stellen.«

Jutta lachte kurz auf. »Reden wir über denselben Gustav?«

Auch Mads musste lächeln, denn sein Onkel war vieles, aber sicherlich keiner, den er als besonders feinfühlig bezeichnen würde. In diesem Moment betrat Albert den Flur.

»Ist Gustav noch bei der Zeugin?«, fragte er und warf Enno einen kurzen Blick zu.

»Moin«, sagte Enno auffällig zurückhaltend, dabei schaute er Albert kaum an.

»Ist er«, antwortete Mads. »Gebt ihm noch ein bisschen Zeit. Enno und ich hören uns jetzt hier in der Gegend um.«

»Macht das«, sagte Jutta, dann sah sie Enno an. »Danke, dass du an deinem freien Sonntag hier bist. Das ist nicht selbstverständlich.«

»Als Polizeibeamter ist das meine Pflicht.«

»Du hörst dich fast wie ein Johannsen an«, erwiderte sie und berührte sanft Ennos Arm. Sie war nur unwesentlich kleiner als der rundliche, untersetzte Enno.

Alberts Miene wirkte während dieses kurzen Wortwechsels wie eingefroren, so als könnte er nicht glauben, dass Jutta derart wohlwollend über Enno sprach. Vermutlich lag es an Alberts grundsätzlicher Ablehnung Enno gegenüber. Er war von Anfang an dagegen gewesen, dass Gustav ihn ins Team geholt hatte.

Mads war es zu Beginn nicht anders ergangen, doch mittlerweile hatte er seine Meinung geändert und war froh, dass Enno sein Dienstpartner war. Jemand wie Albert würde seine vorgefertigte Meinung jedoch nicht ändern, dafür kannte Mads seinen Patenonkel zu gut, erst recht, seit er unablässig gegen Emma schoss.

Als sie draußen waren, schien Enno geradezu aufzuatmen. »Ich muss gestehen, deine Oma kann man nur gern haben. Sie findet immer die passenden Worte, um einen zu motivieren.«

»Dem ist nichts hinzuzufügen. Die Johannsen-Frauen sind ganz klar die Feinfühligeren. Soll ich mal mit Albert sprechen?«

»Mit Albert? Warum?«

»Damit er endlich akzeptiert, dass du Teil der Johannsen-Familie bist«, antwortete Mads.

Enno hob abwehrend die Handflächen. »Lieber nicht. Albert ist nicht bei der Polizei, daher habe ich kaum Berührungspunkte mit ihm. Aber danke für das Angebot. Ich komme damit schon irgendwie klar, und wer weiß, vielleicht gewinne ich irgendwann auch Herrn Langes Vertrauen, wenn ich ihm mal einen fetten Gefallen tue oder so.«

Mads lachte. »Albert geht es nur um seine Gemeinde und sein Ego, da kannst du ihm kaum helfen.«

Statt zu antworten, schaute Enno etwas gequält.

Während ihrer kurzen Unterhaltung hatten sie das Nachbarhaus erreicht, das links von der Villa stand. Es war eines der typischen Einfamilienhäuser, die in den Sechzigern gebaut worden waren, und längst nicht so opulent wie das Anwesen der Stöckens.

Auf ihr Klingeln wurde ihnen sogleich geöffnet.

»Moin«, grüßte eine Frau sie, die Mads auf Ende fünfzig schätzte. Sie war ziemlich groß und nicht besonders schlank.

»Moin. Wir sind von der Ostseekriminalpolizei …«, begann Mads, wurde jedoch sogleich von ihr unterbrochen.

»Sind Sie nicht der Enkel von Jutta?«

»Der bin ich.«

»Kommt doch rein«, sagte sie mit freundlicher Stimme, dabei strich sie sich über ihre langen blonden Haare, denen man ansah, dass sie gefärbt waren. Der Ansatz war grau, sie würde also in absehbarer Zeit wieder zum Friseur müssen.

Drinnen stellten sie sich noch einmal genauer vor. Die Nachbarin der Stöckens hieß Gunda Kremer.

»Sie haben so eine wunderbare, liebe Oma. Ich hoffe, Sie wissen das«, schwärmte sie.

»Das weiß ich. Danke.«

»Ihr Apfelkuchen ist einzigartig, einfach köstlich.« Sie lachte, dann fragte sie: »Wie kann ich Ihnen helfen?«

»Es geht um Hubert Stöcken.«

»Was ist mit Hubert?«

»Wie gut kennen Sie die Familie Stöcken?«, reagierte Mads mit einer Gegenfrage. Er wollte Gunda Kremer noch nicht sagen, dass Stöcken ermordet wurde.

»Wie gut man seinen Nachbarn halt kennt. Er ist freundlich und zuvorkommend. Aber soviel ich weiß, haben die beiden keine Kinder, oder habe ich da was nicht mitbekommen? Sie sagten Familie, nicht Eheleute.«

»Ehrlich gesagt, weiß ich das auch nicht, da müsste ich mal meine Oma fragen. Wie lange wohnen Sie denn schon hier?«

»Ich bin vor fünf Jahren hergezogen, nachdem mein Mann mich mit seiner deutlich jüngeren Sekretärin betrogen hat. Sie könnte seine Tochter sein. Schrecklich.« Der Stachel der Enttäuschung saß noch tief, das war kaum zu überhören.

»Gab es in dieser Zeit irgendwelche Vorfälle?«, erkundigte sich Mads.

»Vorfälle?«

»Na, Streit zwischen den Eheleuten oder etwas in der Art«, meldete sich nun auch Enno zu Wort. »Selbst in der harmonischsten Beziehung kommt es zu Unstimmigkeiten.«

»Nein, davon habe ich nichts mitbekommen. Allerdings bin ich beruflich auch ziemlich eingespannt, ich bin viel auf Reisen. Trotzdem habe ich nicht den Eindruck, dass sie besonders streitlustig wären, keiner von beiden.« Sie sah Mads prüfend an. »Wollen Sie mir nicht verraten, warum Sie diese Fragen stellen? Hat seine Frau Hubert etwa angezeigt?«

»Nein hat sie nicht«, antwortete Mads.

»Was ist dann der Grund? Muss ich mir Sorgen machen?«

»Hubert Stöcken wurde heute in seinem Bentley ermordet«, rückte Mads nun mit der Wahrheit heraus.

Kremer schlug sich erschrocken die Hand vor den Mund.

»O mein Gott. Wie geht es Carola?«

»Nicht gut. Meine Oma ist bei ihr.«

»Ich sollte auch zu ihr gehen.«

»Das ist derzeit leider nicht möglich, weil wir den Tatort nach Spuren absuchen. Heute Abend, wenn der Tatort freigegeben wird, können Sie gern rübergehen«, sagte Mads. »Ist Ihnen heute oder in den letzten Tagen etwas Ungewöhnliches aufgefallen? Jemand, der sich in der Gegend herumgetrieben hat, aber hier eigentlich nichts zu suchen hatte? Oder Klienten von Herrn Stöcken, mit denen es Probleme gab. Möglich, dass er das Ihnen gegenüber mal am Rande erwähnt hat.«

Kremer schüttelte bedauernd den Kopf. »Ich fürchte, dass ich Ihnen da nicht helfen kann. Wie gesagt, ich bin viel auf Geschäftsreisen, und mir gegenüber haben weder Hubert noch Carola jemals über irgendwelche Probleme erzählt. Sie tut mir unglaublich leid, zumal die beiden doch nächsten Monat auf eine sehr lange Kreuzfahrt gehen wollten.«

7

Gustav sah Carola an, dass sie gern allein sein wollte, allein mit ihrer Trauer, aber diesen Gefallen konnte er ihr leider nicht tun. Ihr Mann war gerade ermordet worden und sie war bisher die einzige Person, die zum Todeszeitpunkt in der Nähe des Opfers gewesen war.

Er reichte ihr ein Glas Wasser und wartete, bis sie sich wieder ein wenig gefangen hatte.

»Das ergibt doch alles keinen Sinn«, sagte sie leise, schluckte, trank noch einmal aus ihrem Glas und sah schweigend auf den Boden.

Gustav bemerkte, dass ihre Hand jetzt weniger zitterte als in dem Moment, als er ihr das Glas gereicht hatte.

»Was ergibt keinen Sinn?«, fragte er nach.

»Dass er tot ist.«

Gustav schwieg. Darauf gab es keine Antwort, konnte es keine Antwort geben.

»Wir wollten nächsten Monat eine Kreuzfahrt machen. Wie kann er mir das antun?« Sie sah ihn verzweifelt an, und Gustav spürte, dass sich ihr Zustand wahrscheinlich doch nicht so schnell stabilisierte, wie er zunächst gehofft hatte.

»Auf eine Kreuzfahrt?«, hakte er nach.

»Ja, drei Monate ab Singapur, bis nach Australien und in die Südsee. Das war jahrelang unser Traum und endlich hatte er sich die Zeit dafür freigeschaufelt. Wieso bringt man sich um, wenn man sich auf so eine große Reise freut?«

»Noch wissen wir nicht, ob Hubert Suizid begangen hat«, erwiderte Gustav.

»Du hast doch gesagt, dass er sich die Kehle durchgeschnitten hat.«

»So war das nicht gemeint. Mads hat vorhin nur bemerkt, dass wir nichts ausschließen dürfen. Es kann durchaus Mord gewesen sein. Wir müssen die Ergebnisse der Spurensicherung und der Obduktion abwarten.«

»Also bin ich in Gefahr?« Carola starrte ihn an, ihre Hand, in der sie das Glas hielt, zitterte plötzlich so stark, dass sie das Glas fallen ließ und es auf dem Boden zersprang. Vor Schreck schrie sie kurz auf, ihre Hand blutete.

Sofort kam Jutta ins Wohnzimmer geeilt.

»Was ist passiert?«, fragte sie.

»Sie hat sich geschnitten.«

»Gustav, geh bitte. Carola braucht Ruhe. Ich kümmere mich um sie«, sagte sie in so bestimmtem Tonfall, dass Gustav aufstand und hinausging.

Er war sowieso der Ansicht, dass die Witwe in der aktuellen Situation kaum etwas Zielführendes zu den Ermittlungen würde beitragen können.

»Wo ist der Verbandskasten?«, fragte Jutta an Carola gewandt.

»Meiko, kommst du?«, sprach Gustav seinen Hund an, der Jutta weiterhin nicht von der Seite wich.

Meiko hob nur den Kopf, bewegte sich aber nicht von Jutta weg. Gustav war das recht, sollte er ruhig bei ihr bleiben.

»Wohin?«, fragte Albert, als Gustav in den Flur trat.

»Zu Ole. Hier passt einiges nicht zusammen.«

»Was denn?«

»Carola und Hubert wollten nächsten Monat auf eine lange Kreuzfahrt gehen, und jetzt ist er tot.«

»Also kein Suizid?«

»Vielleicht hat Ole bereits eine Antwort darauf.«

8

Den Schock, dass er Lange doch noch persönlich begegnet war, hatte Enno rasch abgeschüttelt. Vermutlich hatte das Universum gewollt, dass er dem Bürgermeister über den Weg lief, so bemüht Enno auch war, den Kontakt auf das Nötigste zu beschränken. Aber was Jutta vorhin gesagt hatte, war eine wirklich große Entschädigung für die ungemütliche Begegnung mit Lange. Sie sah ihn fast als Teil der Johannsen-Familie – und Mads hatte das anschließend sogar wiederholt. Konnte es ein größeres Lob geben?

Für Enno nicht. Er mochte Mads' Oma, denn schon bei ihrer ersten Begegnung am Hemmelsdorfer See, als er vertretungsweise als Dienststellenleiter in Timmendorfer Strand tätig gewesen war, hatte sie ihm gegenüber kein Wort der Kritik geäußert, keine Vorwürfe. Sie war freundlich gewesen, stolz und erhaben. Das hatte ihn nachhaltig beeindruckt.

»Du wirkst abgelenkt. Ist was?«, fragte Mads.

Sie hatten sich inzwischen von Gunda Kremer verabschiedet und waren auf dem Weg zu dem anderen Nachbarhaus, das rechts von der Villa lag.

»Ich musste an die lange Kreuzfahrt denken«, antwortete Enno nicht ganz wahrheitsgemäß.

»Du fragst dich demnach, wie ein Suizid zu einer geplanten Kreuzfahrt passt?«

»So ist es. Wenn ich bald drei Monate auf hoher See sein dürfte, um die schönsten und entferntesten Ecken der Welt zu sehen, warum sollte ich mir da kurz vorher das Leben nehmen?«

»Wenn wir darauf die Antwort haben, werden wir wissen, ob er sich wirklich selbst getötet hat. Es fällt mir allerdings gerade schwer, zu glauben, dass wir es mit einem Suizid zu tun haben.«

»Aber wer ist bitte schön so verrückt, einen Notar am helllichten Tag auf seinem Privatgrundstück in seinem eigenen Wagen zu töten?«

»Das wüsste ich auch gern.«

»Zumal es an dem Auto keine Spuren von Gewalteinwirkung gibt, jedenfalls habe ich vorhin nichts an der Tür gesehen.«

»Ich auch nicht«, bestätigte Mads. »Der Täter muss Hubert Stöcken erwischt haben, als dieser gerade in den Wagen eingestiegen ist. Er war nicht angeschnallt, daher muss Stöcken entweder den Täter gekannt haben oder die Tat ging so schnell und überraschend vonstatten, dass er gar nicht mehr reagieren konnte.«

»Dann muss die Tat geplant gewesen sein. Du musst echt abgebrüht sein, um jemandem die Kehle durchzuschneiden. Das kann nicht jeder. Ich könnte es definitiv nicht. Ich könnte nicht mal mir selbst die Kehle durchschneiden, ich hätte viel zu viel Schiss, das durchzuziehen.« Enno lachte und zeigte auf seinen Hals. »Hier, das ist mir heute Morgen beim Rasieren passiert. Sobald ich Blut sehe, wird mir übel.«

»Du bist tapferer, als du denkst. Ich habe dich nicht einmal würgen sehen beim Anblick der Leichen, die wir uns bisher anschauen mussten.«

»Das ist was anderes, das ist mein Job, da kann ich abschalten. Aber glaub mir, eine Leiche aus einem Verkehrsunfall, der die inneren Organe aus dem Körper fallen, möchte ich nicht sehen. Die armen Jungs von der KTU müssen sich oft mit so was beschäftigen.«

»Da sagst du was. Ich kann nur wiederholen, die Jungs von der Spurensicherung sind harte Kerle«, bestätigte Mads. »Übrigens sehe ich das wie du, jemandem die Kehle durchzuschneiden, erfordert wirklich mehr Mut, als einem anderen aus Wut ein Messer in den Körper zu rammen.«

»Also haben wir es mit Profis zu tun, wenn es kein Suizid war?«

»Ein Anwalt hat sicherlich viele Feinde«, mutmaßte Mads.

»Ich dachte, er ist Notar?«

»Stimmt, aber ich glaube, er ist auch Anwalt.«

»Geht das denn parallel? Ich dachte, man kann nur das eine oder das andere sein.«

Mads zuckte die Achseln. »In Hamburg ist das so, da dürfen Notare keine anderen Berufe ausüben. In Schleswig-Holstein dagegen müssen Notare auch immer Anwälte sein, man spricht da von einem Anwaltsnotariat.«

»Wieder was dazugelernt.«

»Ich werde mich heute Abend mal mit Jutta unterhalten, sie soll ein bisschen aus dem Nähkästchen plaudern.«

»Soll ich dich begleiten?«, schlug Enno vor.

»Nein, du verbringst den Abend auf jeden Fall mit Rita, schließlich bist du bald Strohwitwer«, erwiderte Mads.

»Erinnere mich bloß nicht daran. Ich habe mich so an Rita gewöhnt, dass ich gar nicht weiß, wie ich allein überleben soll.«

»Das wirst du. Hast du ja vor Rita auch prima hingekriegt.«

»Da habe ich meine Zweifel«, entgegnete Enno.

Er fand, dass er sein Leben viel besser meisterte, seit Rita bei ihm war. Sie bereicherte seinen Alltag ungemein, und er konnte sein Glück noch immer nicht fassen, dass eine so tolle Frau ihn liebte, schließlich war er verdammt lange Single gewesen. Wenn es eine Konstante in seinem Leben gegeben hatte, dann die, dass die Frauen einen großen Bogen um ihn machten.

Und dass ich immer wieder in Fettnäpfchen trete, fügte Enno in Gedanken hinzu.

Mittlerweile hatten sie die Haustür der Nachbarn erreicht und Mads klingelte.

Ein aufgeregtes Bellen ertönte, und als die Tür geöffnet wurde, schoss ein kleiner Dackel direkt auf Mads zu.

»Nicht so stürmisch, Keks«, mahnte ein Mann, den Enno auf Ende sechzig schätzte. Er war um einiges größer als Enno, was bei seinen Körpermaßen allerdings auch kein Kunststück war.

Mads streichelte den Dackel, der sich sofort beruhigt hatte und die Zuwendung sichtlich genoss.

»Keks scheint Sie zu mögen«, bemerkte der Hundehalter.

Enno sah der Szene belustigt zu. Der Name passte wirklich gut zu dem frechen Kerlchen.

»Er riecht sicherlich, dass ich einen Hund habe«, erwiderte Mads. »Streng genommen mein Onkel. Ich bin mit Hunden aufgewachsen.«

»Möglich. Was kann ich denn für Sie tun?« Der Mann schaute das ungleiche Gespann, das da vor seiner Haustür stand, aufmerksam an.

Gesunde Skepsis, dachte Enno, das zeigte auch die Körpersprache des Mannes, der trotz seiner Zurückhaltung höflich rüberkam.

»Mein Name ist Mads Johannsen und das ist mein Kollege Enno Janssen …«, begann Mads, doch wie zuvor Nachbarin Kremer unterbrach auch er ihn sogleich.

»Sind Sie der Enkel von Jutta?«

»Bin ich. Sie scheint hier recht bekannt zu sein.«

»Logisch. Hier in der Nachbarschaft kennt jeder Jutta und ihren berühmten Apfelkuchen. Kommt doch rein. Ich heiße Dietrich Noll.«

Sie bedankten sich und folgten dem Mann ins Haus.

Juttas Name schien hier der reinste Türenöffner zu sein. Ihre Beliebtheit lockerte die Atmosphäre unmittelbar und half hoffentlich dabei, dass die Nachbarn gesprächig wurden. Bei Gunda Kremer war sich Enno nämlich nicht so sicher gewesen, ob sie wirklich alles erzählt hatte, was sie wusste, auch wenn sie bemüht war, diesen Eindruck zu vermitteln.

»Wie kann ich Ihnen helfen?«, erkundigte sich Noll, während der Dackel Mads keinen Millimeter von der Seite wich.

Es schien, als würden sie sich ewig kennen, so anhänglich war Keks. Enno hatte schon öfter beobachtet, dass sich Hunde zu Mads hingezogen fühlten und ihn vermutlich gleich als Alphatier akzeptierten.

Enno ließ seinen Blick kurz durch das gemütliche Wohnzimmer wandern, dessen Ausstattung sicher von einer Frau ausgewählt worden war. Ein Foto von Knoll und seiner Frau hing an der rechten Wand.

»Es geht um Ihren Nachbarn Hubert Stöcken«, begann Mads.

»Hubert? Was ist mit ihm? Ist ihm etwas zugestoßen?«

»Er wurde ermordet.«

»Was?« Nolls Gesicht drückte Entsetzen aus, aber er wirkte gefasster als Gunda Kremer.

»Der Vorfall dürfte keine zwei Stunden her sein. Er wurde in seinem Bentley ermordet.«

»In seinem Bentley?« Noll schüttelte den Kopf. »Das ist tragisch, aber irgendwie passt das auch zu Hubert.«

»Wie meinen Sie das?«

»Er hat seinen Bentley geliebt, vor allem die Farbe. Einmal hat er mir, mehr aus Flachs, gesagt, wenn er mal sterben möchte, dann in seinem Bentley. Am liebsten würde er seinen Wagen mit ins Grab nehmen, so wie es in früheren Kulturen Brauch war.«

»Wann haben Sie Herrn Stöcken zuletzt gesehen?«

»Das war heute Morgen. Er war auf dem Weg zum Bäcker und ich wollte joggen, wie jeden Sonntag.«

Kremer dagegen hatte Stöcken am vorigen Sonntag das letzte Mal gesehen, weil sie laut eigener Aussage danach auf Geschäftsreise gewesen und erst am Freitag zurückgekehrt sei.

»Haben Sie nach dem Joggen das Haus noch mal verlassen? Hat Ihre Frau vielleicht etwas bemerkt?«, wollte Mads wissen.

Es war zugleich die versteckte Frage nach seinem Alibi, was Noll gar nicht zu bemerken schien. Kremer hatte auf eine ähnliche Frage ziemlich verschnupft reagiert, dennoch war sie in Ennos Augen sicher keine Verdächtige.

»Ich war nach der Joggingrunde nur noch einmal kurz mit Keks draußen zum Gassigehen«, berichtete Noll. »Meine Frau ist bei ihrer Schwester in München. Ich bin allein hier.«

»Ist Ihnen bei dem kleinen Spaziergang möglicherweise etwas Ungewöhnliches aufgefallen?«

»Was meinen Sie?«

»Eine Person, die sich auf dem Grundstück von Herrn Stöcken aufgehalten hat oder auf dem Bürgersteig. Jemand, den man sonst hier in der Nachbarschaft nicht sieht.«

Noll überlegte kurz, ehe er sagte: »Nein, jedenfalls habe ich nichts wahrgenommen. Tut mir leid. Glauben Sie, dass ein Psycho durch unsere Straße läuft?«

»Nein, das sind reine Standardfragen.«

»Also muss ich mir keine Sorgen machen?«

»Derzeit nicht«, versicherte Mads. »Seien Sie trotzdem etwas vorsichtiger. Wissen Sie, ob Herr Stöcken Feinde hatte oder sich in letzter Zeit mit jemandem angelegt hat?«

Noll sah ihn erstaunt an. »Mit wem sollte Hubert Ärger haben? Er war doch immer so ein anständiger und geselliger Kerl, ist bei niemandem angeeckt und hat sich mit allen gut verstanden, da können Sie Ihre Oma fragen. Wenn, wäre das eher Carolas Part. Sie kann Zähne zeigen, wenn ihr jemand dumm kommt.«

Ob der Mörder es also eigentlich auf Carola abgesehen hatte? War der Mord an ihrem Ehemann eine Botschaft? Man könnte es annehmen, doch Enno wollte es nicht so recht glauben.

»Wie war das Verhältnis zwischen Herrn Stöcken und seiner Frau?«, fuhr Mads fort.

»Gut, jedenfalls habe ich sie selten streiten gesehen. Ich sagte ja, Hubert war kein streitfreudiger Kerl und die beiden wollten in Kürze eine große Kreuzfahrt machen. Das tut man sicherlich nicht, wenn man sich nicht leiden kann.«

Mads warf Enno einen Blick zu, als wollte er ihn fragen, ob er noch etwas wissen wolle, doch Enno schüttelte kaum merklich den Kopf.

»Hier ist meine Karte. Wenn Ihnen etwas einfällt, rufen Sie uns bitte an«, sagte Mads, dann verabschiedeten sie sich.

»Keks, du musst hierbleiben«, rief Noll, da der Dackel Mads bellend zum Gartentor folgte.

Als sie wieder auf der Straße standen, atmete Mads hörbar aus.

»Glaubst du ihm?«, fragte Enno.

»Er wirkte kein bisschen nervös, hat mit ruhiger Stimme gesprochen, und alles, was er sagte, klang plausibel. Ja, ich neige dazu, ihm zu glauben. Was ist mit dir?«

»Ich bin noch unschlüssig.«

»Warum?«

»Er war mir eine Spur zu gefasst.«

»Aber hätte er sich dann nicht ein Alibi ausgedacht? Stattdessen hat er gesagt, dass er allein zu Hause war, weil seine Frau in München ist.«

»Möglich. Vielleicht war das aber auch Taktik, eben weil er so ruhig war. Er wird wissen, dass wir sein Alibi überprüfen werden, und wenn wir herausgefunden hätten, dass er lügt, hätte er sich damit nur noch verdächtiger gemacht.«

Enno konnte diesen Gedanken nachvollziehen, dennoch erwiderte er: »Gunda Kremer war mir deutlich suspekter.«

»Die kann ich ebenfalls nicht so recht einschätzen. Sie hat versucht, als erfolgreiche, viel beschäftigte Geschäftsfrau rüberzukommen, aber ihre Nervosität war nicht zu übersehen. Möglich, dass du sie deswegen kritischer beurteilst.«

»Dann erklär mir: Warum sollte sie nervös sein, wenn sie sich nichts zuschulden kommen lassen hat?«

»Aus Sorge, in die Ermittlungen reingezogen zu werden. Sie ist viel unterwegs und möchte sicherlich nicht, dass die polizeilichen Untersuchungen ihrer Arbeit im Wege stehen. Tim soll sich mal über beide schlaumachen.«

»Gute Idee«, bekräftigte Enno.

Tim war ihr IT-Spezialist in der Lübecker Zentrale. Wenn jemand Informationen über andere Personen herausfinden konnte, dann er. Enno selbst hatte zwei linke Hände, was Informatik oder Computer anbelangte.

»Wollen wir die Nachbarn gegenüber noch befragen?«, schlug er vor.

»Lass uns erst zu Gustav gehen. Mal sehen, was er aus dem Gespräch mit Carola Stöcken erfahren hat.«

Enno nickte und so gingen sie zurück zur Villa. Die Kollegen von der KTU waren noch dabei, Spuren zu sichern. Gustav unterhielt sich mit Ole.

Auf dem Weg zu ihnen ließ Enno seinen Blick über das Gelände wandern. Die Villa war stattlich, das Grundstück darum herum großzügig.

»Wenn ich so eine fette Villa hätte, hätte ich ganz sicher Kameras installiert«, bemerkte er.

Mads pfiff leise. »Guter Hinweis, das könnte uns helfen.«

9

Lena hatte gut geschlafen, dementsprechend fühlte sie sich an diesem Morgen ausgezeichnet. Die vergangene Nacht gehörte zu den wenigen, in denen sie nicht mehrmals aufgewacht war, weil unvermittelt ein Schmerz durch ihre Beine jagte.

Sie hatte zwar gelernt, mit diesem plötzlichen Schmerz zu leben, dennoch war es jedes Mal unangenehm, weil die Attacken unerwartet erfolgten. Auf der anderen Seite war es genau dieser Schmerz, der ihr sagte, dass es noch Hoffnung für ihre Beine gab, so winzig sie nach den Jahren im Rollstuhl auch sein mochte. Es gab sie, denn der unerträgliche Schmerz sagte ihr, dass es trotz allem Leben in ihren Beinen gab.

Seit ihrer Verletzung ging sie regelmäßig zum Arzt und zur Physio und nahm alle anderen Therapiemöglichkeiten wahr, sie ließ nichts unversucht. Trotzdem schlug bisher nichts an, und die Ärzte waren ratlos, denn von ihren Werten her war sie gesund.

Es ist der Kopf, dachte sie wie so oft, als sie sich in ihrem Rollstuhl aus dem Badezimmer bewegte.

Aber war das nicht immer so? Wenn die Schulmedizin etwas nicht erklären konnte, schob man es auf die Psyche. Gut, vielleicht lag es wirklich daran, vielleicht lag die Ursache für die Bewegungsunfähigkeit ihrer Beine aber auch in etwas begründet, was die Schulmedizin bisher nicht entschlüsselt hatte.

An manchen Tagen hatte Lena keine Energie mehr, sich mit dem Gedanken zu beschäftigen, dass sie jemals wieder würde gehen können. Dann glaubte sie, dass es an der Zeit war, zu akzeptieren, dass sie ihr Leben lang auf den Rollstuhl angewiesen sein würde und dass sie sich damit arrangieren musste. Andere konnten das schließlich auch, sie war mit dieser Einschränkung nicht allein. Wie gut anderen das gelang, hatte sie gerade erst auf der von Albert organisierten Jungunternehmerreise eindrucksvoll erfahren, als sie Kevin Ulmann, den OB von Emden, kennengelernt hatte.

Lena rollte in die Küche, um sich Frühstück zu machen, doch als sie den Kühlschrank öffnete, bekam sie plötzlich Lust, draußen frühstücken zu gehen.

»Warum nicht?«, sagte sie zu sich, obwohl sie etwas knapp bei Kasse war, denn die Selbstständigkeit lief nicht so, wie sie es sich erhofft hatte. Aber sie war nicht pleite, und wer so fleißig war wie sie, durfte sich auch mal was gönnen. Ein kleines Frühstück war drin, ohne dass sie dafür an die eiserne Reserve gehen musste. Also zog sie sich an und verließ ihre Wohnung, um sich in der *Seaside Lounge* eine Kleinigkeit zu gönnen. Dort gab es in ihren Augen das beste Frühstück im Ort, zu vernünftigen Preisen.

»Moin, Schwester Lena«, grüßte Jörn Hansen sie, als sie die Niendorfer Promenade erreichte. Er wirkte gut gelaunt und pfiff eine fröhliche Melodie vor sich hin.

»Moin, Jörn. Wie geht es dir?«, fragte Lena.

»Ich denke gut. Und dir?«, erwiderte Jörn und pfiff wieder diese Melodie, die Lena nicht so recht einordnen konnte.

»Mir geht es auch gut, danke. Was pfeifst du denn da?«

»Das ist die Melodie von einem Song, den ich gestern im Radio gehört habe. Ich werde sie nicht mehr los.«

»Du meinst, du hast einen Ohrwurm.«

»Genau.«

»Wie heißt der Song?«

»Das weiß ich ehrlich gesagt nicht. Ich hoffe, ich erinnere mich, wenn ich ihn wieder höre«, antwortete Jörn etwas verlegen und steckte die Hände in die Taschen seiner Sporthose, die er zu seiner herbstlichen Jacke trug.

Lena bewunderte den jungen Mann für seinen Lebensmut, da er sich von seiner geistigen Behinderung die Freude am Leben nicht nehmen ließ. Man musste einfach gute Laune bekommen, wenn man ihn sah, daher fragte Lena spontan: »Hast du Lust, mit mir frühstücken zu gehen?«

»Auf deinen Nacken?«

»Logisch«, erwiderte Lena, da sie wusste, dass Jörn sicher wie immer pleite war.

»Ein sehr interessantes Angebot, das ich sofort annehmen würde, aber ich muss zum Strandyoga.«

»Strandyoga?«, wiederholte Lena verblüfft.

»Tja, da staunst du sicherlich. Ich mache das schon eine Weile, macht echt Spaß, da darf ich mich nicht verspäten.«

»Dann viel Spaß beim Yoga«, sagte Lena. Jörn war eben immer wieder für eine Überraschung gut.

»Werde ich haben«, erwiderte er und ging winkend davon, während Lena ihren Weg zur *Seaside Lounge* fortsetzte.

Es dauerte nicht lange, da traf sie das nächste bekannte Gesicht: Emma Falk, eine gute Freundin.

»Hallo, Emma, wohin bist du um diese Zeit unterwegs?«

»Ich wollte mir einen Kaffee holen, bevor ich ins Büro gehe, und du?«

»Frühstücken in der *Seaside Lounge*.«

»Cool, ich habe auch noch nichts gegessen. Was dagegen, wenn ich dich begleite?«

»Im Gegenteil, ich würde mich riesig freuen«, antwortete Lena und gemeinsam zogen sie weiter.

Im Innenbereich des Restaurants fanden sie schnell einen freien Tisch und nahmen Platz.

»Wenn das mal keine schöne Überraschung ist«, begrüßte Kellnerin Jule die beiden. »Braucht ihr die Karte?«

»Wollen wir uns einen großen Frühstücksteller teilen?«, fragte Emma an Lena gewandt.

»Klar, hört sich gut an.«

»Dann ist das notiert«, sagte Jule. »Was wollt ihr trinken?« Sie gaben ihre Getränkebestellung auf, anschließend ging Jule zum nächsten Tisch.

»Wie geht es dir?«, fragte Emma.

»Gut, und dir?«

»Kann nicht klagen, auch wenn es derzeit einigen Stress gibt.«

»Warum?«

»Stefan und ich suchen ja aktuell eine Wohnung in Mannheim, aber die Mieten sind unglaublich hoch, jedenfalls die von den Wohnungen, die ich gerne hätte, in der Oststadt.«

»Denk dran, du brauchst unbedingt ein Gästezimmer«, sagte Lena mit einem Augenzwinkern.

»Das ist sowieso fest eingeplant. Ich wäre enttäuscht, wenn du nicht vorbeikommst Amir und Pietro haben sich direkt für die zweite Woche angekündigt und Gregor begleitet die beiden.«

»Darf ich mich anschließen?«

»Klar, das wäre toll. Den nötigen Platz schaffen wir schon.«

»Ich kann im Hotel schlafen, und ich würde Mads fragen, ob er mich fährt. Mit der Bahn wäre das etwas anstrengend, glaube ich.«

»Mads?« Emma warf ihr einen unsicheren Blick zu.

»Möchtest du nicht, dass er kommt?«

»Doch, natürlich«, beeilte sich Emma zu sagen, aber ihre Nervosität war nicht zu übersehen. »Dann wäre ein Hotelzimmer wirklich sinnvoll. Ich kann euch was raussuchen.«

»Danke, bis dahin ist ja noch reichlich Zeit. Außerdem muss ich Mads erst fragen, ob er überhaupt kann.«

»Stimmt.« Emma strich sich eine ihrer blonden Strähnen

aus der Stirn. »Erzähl mir lieber, wie deine Reise mit den Jung-unternehmern war.«

»Erstaunlich gut. Hätte ich nicht gedacht.«

»Jetzt machst du mich neugierig. Erzähl.«

Bevor Lena beginnen konnte, brachte Jule ihnen die Ge-tränke und das Frühstück, dann berichtete sie von den ver-schiedenen Partnerstädten, die sie besucht hatten, und den an-deren Jungunternehmern, mit denen sie sich vernetzt hatte.

»Am meisten hat mich der Oberbürgermeister von Emden, Kevin Ullman beeindruckt«, schloss sie ihre Ausführungen.

»Lass mich raten, weil er ein Schnucki ist.«

Lena lachte. »Nein, weil er mich besser verstehen konnte als alle anderen.«

»Inwiefern?«

»Er sitzt seit fünfzehn Jahren im Rollstuhl, nach einem Mo-torradunfall. Er hat mir erzählt, wie schwer es für ihn war, das zu akzeptieren, aber irgendwann hat es bei ihm Klick gemacht und von da an ging es bergauf. Er hat in die Politik gewechselt und inzwischen seine wahre Bestimmung als OB gefunden. Eine Aufgabe, die für ihn mehr als nur ein Amt ist.«

»Da kenne ich noch so einen«, scherzte Emma.

Wieder lachte Lena. »Albert, stimmt, mit dem wichtigen Unterschied, dass Kevin keine Journalisten beißt, nur weil sie ihre Arbeit machen. Er war wirklich cool und irgendwie hat mir das Gespräch mit ihm sehr gutgetan. Es hat mir geholfen, einen anderen Blick auf meine Situation zu bekommen.«

»Und er sieht gut aus, gib's zu.«

Ein Lächeln huschte über Lenas Lippen. »Ja, tut er. Aber bevor hier irgendwelche Gerüchte die Runde machen: Er ist in einer glücklichen Beziehung und hat einen süßen fünfjähri-gen Sohn.«

»So ist das, die interessanten Männer sind immer verge-ben.« Emma rührte gedankenverloren in ihrem Kaffee.

»Leider. Trotzdem hatte die Sache auch was Gutes.«

»Was denn?«

»Hm, wie soll ich das sagen – irgendwie hat es mein Interesse an der Lokalpolitik wieder geweckt. Kevin hat mir erzählt, welche Programme er in seiner Stadt gestartet hat, vor allem für Menschen mit Behinderungen, und dass das in vielen Städten und Gemeinden viel zu kurz kommt, was er ganz schrecklich findet. Das hat bei mir was ausgelöst und ich habe mal in unsere Gemeinde geschaut. Auch bei uns gibt es kaum Programme für Menschen mit Behinderungen, dabei dürfen wir die auf keinen Fall aus unserem gesellschaftlichen Leben ausschließen.«

»Gut gebrüllt, Löwin«, erwiderte Emma bewundernd. »Wenn du gegen Lange kandidierst, sind dir meine und Amirs Stimme ganz sicher.«

Lena wehrte lachend ab. Dass sie gegen ihren Patenonkel kandidieren würde, schloss sie kategorisch aus, aber dass sie versuchen würde, das eine oder andere Programm anzustoßen, nicht. Sie würde in der kommenden Woche an einer CDU-Sitzung teilnehmen und das ansprechen.

Emma sah Lena nachdenklich an, während sie das erzählte.

»Habe ich was zwischen den Zähnen?«, fragte Lena, die das überrascht bemerkte.

»Nein, aber ich habe gerade eine geniale Idee.«

»Was für eine Idee?«

»Was hältst du von einer Homestory?«

»Wie meinst du das?«

»Na, über dich«, antwortete Emma. »Wie du dein Leben im Rollstuhl meisterst, dazu die Reise, das Treffen mit Kevin und dein neues Engagement in der Politik, um mehr für die Rechte von Menschen mit Behinderungen zu tun.«

»Warum nicht?«, willigte Lena spontan ein.

»Leider bin ich momentan mit dem Mord an dem Notar

Hubert Stöcken beschäftigt, aber Amir würde das machen. Er ist der beste Boulevardjournalist, den ich kenne.«

»Habe ich da eben meinen Namen gehört?«, ertönte im selben Augenblick Amirs Stimme, der von den beiden unbemerkt an ihren Tisch getreten war.

10

Mads zog sich gerade seine Schuhe an, als sich seine Freundin Victoria von hinten näherte und ihn umarmte.

»Was denkst du, wann du zurück bist?«, fragte sie und lehnte ihren Kopf an seine breiten Schultern.

»Wenn ich das wüsste«, antwortete er. »Wir stehen am Beginn unserer Ermittlungen und haben heute noch eine Lagebesprechung.«

»Schade, ich wollte uns was kochen. Ich kann aber auch warten.«

Mads drehte sich um, umarmte seine Freundin. »Mach das lieber nicht, sonst gehst du schlimmstenfalls hungrig ins Bett und ich kriege ein schlechtes Gewissen.«

»Wie du meinst, dann bestelle ich mir nach der Arbeit eine Pizza. Wie geht es eigentlich Jutta? Du meintest ja, dass sie den Toten gut kannte.«

»Oma geht es gut. Sie war mit den Eltern des Toten gut befreundet. Hubert Stöcken war ihr Notar. Ich bin echt froh, dass sie nicht vor mir an seinem Auto vorbeigegangen ist«, erklärte Mads. Er hatte Victoria bereits am vergangenen Abend in Grundzügen von dem Fall erzählt.

»Das möchte ich mir auch lieber gar nicht erst vorstellen. Ich würde mir in die Hosen machen, wenn ich eine Leiche mit aufgeschlitztem Hals sehen würde, und Jutta ist noch viel älter als ich.«

Mads hob spaßhaft den Zeigefinger. »Unterschätze meine Oma nicht, sie ist eine Johannsen und war mit Opa Mikkel verheiratet. Die Johannsen-Frauen können einiges wegstecken.«

»Gilt das nur für die Johannsen-Frauen?«

»Ist ein Privileg aller Johannsens«, scherzte Mads.

»Dann muss ich wohl auch eine Johannsen sein, oder?«, gab Victoria schelmisch zurück.

»Ich fürchte schon.«

Victoria wurde wieder ernst und sah ihn mit fragendem Blick an. »An mir liegt es nicht, dass das noch nicht endgültig so ist«, sagte sie leise.

Mads gab ihr einen Kuss, er verstand die Anspielung. Victoria war sehr traditionell eingestellt, daher fand sie, dass der Mann den Antrag machen musste, was Mads genauso sah. Allerdings war er sich nicht sicher, ob er wirklich schon so weit war, eine Ehe einzugehen. Er liebte Victoria und fand es schön, wie es gerade war. Ein Eheversprechen dagegen brachte eine Menge Verantwortung mit sich, die er momentan nicht übernehmen wollte, obwohl er grundsätzlich heiraten und eine Familie gründen wollte. Doch es gab da einen Teil in ihm, der sagte, dass man auch ohne Trauschein glücklich sein konnte.

Dass diese Einstellung in seiner Familie nicht gern gesehen war, wusste er, vor allem seine Oma hatte ihm erst kürzlich nahegelegt, endlich zu heiraten und Kinder zu bekommen. Ob sie das allerdings auch ohne Ring am Finger gutheißen würde, bezweifelte Mads.

Quatsch, Oma würde dir am Ende alles verzeihen und alles akzeptieren, was du tust, weil sie dich liebt, fügte er in Gedanken hinzu.

»Ich muss los, Schatz. Ich melde mich später bei dir«, sagte er, gab Victoria einen Abschiedskuss, drückte sie an sich, nahm seine Tasche und öffnete die Wohnungstür.

»Willst du keine Jacke mitnehmen?«

»Es ist angenehm warm heute.«

»Später wird es aber frisch.«

»Hast recht, kann nicht schaden.«

Victoria reichte ihm die Jacke und ergänzte: »Ohne mich bist du echt lost.« Sie schmunzelte.

»Da hast du recht.«

»Mein Ringfinger würde sich sehr freuen«, sagte sie und winkte ihm damit zu.

Mads lachte und verließ die Wohnung.

Wie es schien, war es Victoria inzwischen richtig ernst damit. In den letzten Wochen hatten sie auch immer wieder über Familie und Heirat gesprochen, und Victoria hatte keinen Hehl daraus gemacht, dass sie angekommen wäre und bereit dafür. Mads hatte ihr zugestimmt, jedoch mit dem Hinweis, dass sie ja noch jung seien und sich Zeit lassen könnten. Ein Kind würde Einschränkungen bedeuten.

Sofort kamen ihm Juttas Worte in den Sinn, die sich immer darüber mokierte, wenn er behauptete, noch reichlich Zeit zu haben, weil sie viel jünger Ehefrau und Mutter geworden war: *»Mikkel konnte es gar nicht schnell genug gehen, mich zu heiraten aus Sorge, dass ein anderer Mann mich wegschnappen könnte, und ihr jungen Leute heute traut euch nicht und schiebt es vor euch her, weil ihr Angst habt, eure Freiheit zu verlieren. Dabei seid ihr erst richtig frei, wenn ihr eure Liebe heiratet.«*

Noch ganz von diesen Gedanken eingenommen, stieg Mads in seinen Dienstwagen und fuhr los Richtung Timmendorf. Als er am Niendorfer Hafen entlangfuhr, bemerkte er Emma, Amir und Lena. Kurz überlegte er, ob er anhalten und zu ihnen gehen sollte, dann würde er jedoch zu spät zur Arbeit kommen und das kam nicht infrage. Sicherlich waren die drei ohnehin gerade auf dem Heimweg oder ins Büro. So oder so freute er sich, dass sich seine Schwester mit den beiden getroffen hatte, vermutlich waren sie zusammen frühstücken gewesen.

Als er weiterfuhr, sah er Jörn, der Richtung Niendorf ging.

Der junge Mann winkte eifrig und Mads winkte zurück. Jörn gehörte zu Niendorf wie der Hafen oder die Seebrücke. Ohne ihn konnte er sich den kleinen Ort gar nicht vorstellen.

Ohne Emma auch nicht, schoss es ihm durch den Kopf. Zu sehr hatte er sich an sie gewöhnt und sie in sein Herz geschlossen.

Er seufzte. Trotzdem hatte Emma sich dafür entschieden, mit ihrem Freund Stefan der Ostsee den Rücken zu kehren und nach Mannheim zu ziehen, und dieser Umzug würde am Ende den Dolchstoß für ihre Freundschaft bedeuten, das wusste Mads. Zugleich meldete sich ein anderer Gedanke, der seinen Magen rumoren ließ, weil er ihm zuflüsterte, dass Emma möglicherweise der wahre Grund war, warum er Victoria keinen Antrag machte.

»So ein Quatsch«, sagte Mads laut und schlug auf das Lenkrad. »Ich bin einfach noch nicht so weit. Wenn ich heirate, dann ohne Hintertürchen, dann wirklich, bis dass der Tod uns scheidet, so wie bei Oma Jutta und Opa Mikkel oder meinen Eltern.«

Leider war sein Vater früh gestorben, aber er hatte keinen Zweifel daran, dass sie sich bis ins hohe Alter geliebt hätten. Auch sein Opa war zu früh aus dem Leben geschieden, doch wie stark seine Liebe zu Jutta gewesen war, zeigte sich daran, dass sie nach seinem Tod keinen anderen Mann in ihr Leben gelassen hatte. Dabei hätte jeder in der Familie vollstes Verständnis dafür gehabt.

»Man begegnet nur einmal der Liebe seines Lebens und verschenkt sein Herz auch nur einmal«, hatte Jutta ihm gesagt, als er sie vor Jahren gefragt hatte, warum sie sich nicht einen neuen Mann gesucht habe, und Mads hatte verstanden.

Blieb die Frage: War Victoria die Liebe seines Lebens? Hatte er ihr schon sein Herz geschenkt?

Wenn er ehrlich war, hatte er keine echte Antwort darauf. Vermutlich waren die Zeiten heute andere als bei seinen Großeltern, wo Frauen noch nicht die Freiheiten gehabt hatten, die sie aktuell genossen. Als Jutta jung gewesen war, hatten die meisten Frauen nicht gearbeitet und sich um die Kinder gekümmert, somit waren sie finanziell viel abhängiger von ihren Männern als die Frauen heute und die Männer ihnen deshalb überlegen.

Mads lachte, weil er zugleich an seine Großeltern denken musste. So gefürchtet und respektiert Mikkel bei der Polizei gewesen war, zu Hause hatte ganz klar Jutta die Hosen angehabt, da hatte sich Mikkel lammfromm gegeben. Jedenfalls konnte Mads sich nicht daran erinnern, dass sein großer, starker Opa Jutta je eine Ansage gemacht oder dass sich die zwei gestritten hätten.

Ganz anders als Albert und Gustav, die sich ständig in den Haaren lagen. *Wenn die beiden ein Ehepaar wären – nicht auszudenken,* dachte Mads und musste laut lachen.

»Jetzt wirst du albern«, sagte er zu sich, während er vor der Dienststelle parkte.

Als er ausstieg, sah er, dass Enno gerade mit dem Fahrrad ankam.

»Moin, Mads«, grüßte er ihn.

»Moin, Enno. Heute wieder mit dem Fahrrad?«

»Klar, solange es trocken ist, immer. Ich liebe die Strecke von Haffkrug nach Timmendorf, und nebenbei nehme ich sogar ab und tue was für meine Gesundheit. Ich bin beim Essen ja leider nicht so diszipliniert wie du«, erwiderte er selbstironisch und schloss sein Fahrrad ab.

»Ich finde es super, dass du das machst«, lobte Mads ihn und hielt ihm die Tür zum Dienststellengebäude auf.

»Danke. Nicht nur du. Auch Rita hat bemerkt, dass ich straffere Beine und vor allem einen strafferen Po habe. Willst du mal fühlen?«, fragte er lachend.

»Lieber nicht«, antwortete Mads.

Mit einem Abstecher zur Küche, wo sie sich einen Kaffee holten, gingen sie in ihr Büro und starteten ihre Computer.

»Um 9:30 Uhr war die Besprechung, richtig?«, fragte Enno und legte seine Baskenmütze ab.

»So ist es. Bleibt uns eine halbe Stunde. Ich würde vorschlagen, wir checken unsere Mails, dann bringen wir die ersten Hinweise am Whiteboard an.«

»Ich muss noch den Bericht schreiben, bin gestern Abend leider nicht mehr dazu gekommen. Rita hatte eine besondere Überraschung für mich, wenn du verstehst, was ich meine.« Enno zwinkerte Mads zu, worauf Mads ein anzügliches Pfeifen von sich gab, dann schaute er auf seinen Bildschirm, trank einen Schluck Kaffee und öffnete sein E-Mail-Postfach.

Da keine Nachrichten von höherer Priorität dabei waren, stand er auf, trat an das Whiteboard und schrieb den Namen des Opfers in die Mitte. Daneben die Namen der Personen, mit denen sie bereits Kontakt gehabt hatten, anschließend verband er alle durch Linien, die ihre Beziehung untereinander darstellten. Dann trat er einen Schritt zurück und betrachtete das Schaubild. Es funktionierte, er hatte sofort neue Ideen und ergänzte weitere Infos und Hinweise. Als er das Ganze nun erneut mit etwas Abstand anschaute, kam er allerdings zu demselben ernüchternden Ergebnis wie schon am Tag zuvor: Sie hatten keinen Verdächtigen, ebenso wenig ein Motiv. Er tröstete sich damit, dass sie erst am Anfang der Ermittlungen standen und es daher viel zu früh war, um überhaupt irgendwelche Schlüsse zu ziehen.

Einer spontanen Eingebung folgend, malte Mads rechts unten ein kleines Schiff mit ein paar Wellen darunter. Es stand für die Kreuzfahrt, die zugleich Carola Stöckens Alibi war, denn welche Frau würde ihren Mann umbringen, wenn sie mit ihm eine solch besondere Reise plante?

Eigentlich hatte er sich am vorigen Abend noch mit seiner

Oma über die Stöckens unterhalten wollen, aber Gustav hatte das unterbunden mit der Begründung, dass das alles zu viel für sie wäre, auch wenn sie nicht diesen Eindruck erwecke. Mads hatte das eingesehen und seinem Onkel letztlich recht gegeben. Jutta ließ es sich nicht anmerken, wenn sie etwas zu sehr belastete, und dass der Mord an Hubert Stöcken sie nicht berührte, war schwer vorstellbar. Er würde sie stattdessen mittags besuchen und sich mit ihr unterhalten.

»Fertig«, meldete Enno.

Mads drehte sich um. »Das ging ja schnell.«

»War nicht so viel. Sind bloß die paar Templates, die ich mit Inhalt füllen musste. Gewusst wie, sage ich nur.«

»Optimieren ist ganz klar deine Stärke«, stellte Mads anerkennend fest.

»Ist nur meiner Faulheit geschuldet«, erwiderte Enno und lachte. »Schon als Kind habe ich versucht, so wenig wie nötig zu arbeiten.«

»Am Ende zählt nur das Ergebnis.«

»Stimmt. Bisher hat Gustav auch nichts an meinen Berichten auszusetzen gehabt.«

»Deswegen schreibst du sie ja, nicht ich«, bestätigte Mads vergnügt, denn er hasste diese Aufgabe.

»Jeder sollte seine Stärken ins Team einbringen, das macht uns nur schlagkräftiger. Ehrlich gesagt, macht mir das sogar Spaß. Ist fast wie eine Beruhigungspille für mich.« Er lachte über seinen Scherz, dann fügte er wieder ernster hinzu: »Gehen wir heute noch zu den Nachbarn gegenüber, die wir gestern nicht angetroffen haben?«

»Das ist der Plan.«

»Es fällt mir schwer, zu glauben, dass eine völlig fremde Person sich auf das Grundstück schleicht und einem Mann am helllichten Tag den Hals aufschlitzt. Das ist riskant, man muss extrem abgebrüht für so etwas sein. Wer würde schon dieses

Risiko auf sich nehmen? Dann doch lieber nachts dem Opfer auflauern. Die einzige Person, die das tagsüber unbemerkt tun könnte, ist die Ehefrau. Schließlich lebt sie mit ihm zusammen.«

Mads nickte, dieser Gedanke war nicht von der Hand zu weisen. »Wäre da nicht die Kreuzfahrt«, ergänzte er.

»Wir wissen, dass sie geplant war, aber nicht, ob sie nicht längst storniert wurde oder es einen Streit gab, von dem die Nachbarn nichts wissen. Situationen können schnell eskalieren. Gestern liegt man sich noch in den Armen und einen Tag später wird man plötzlich zum Staatsfeind Nummer eins«, gab Enno zu bedenken.

11

Timmendorfer Strand

Gustav kannte seine Mutter gut genug, um zu wissen, wie nahe ihr der Mord an Hubert Stöcken ging. Allerdings war sie eine Meisterin darin, so etwas nicht zu zeigen und ihren Mitmenschen das Gefühl zu geben, dass alles in Ordnung wäre. Zugleich gestand sie anderen jederzeit zu, Schwäche zu zeigen, sie war immer für andere da, wenn sie jemanden zum Sprechen brauchten oder Probleme hatten. So war sie eben: unglaublich empathisch und selbstlos, nur sich gegenüber war sie für Gustavs Geschmack etwas zu streng.

Albert und er hatten den Abend mit ihr verbracht. Sie hatten sie zum Essen einladen wollen, aber sie wollte lieber zu Hause bleiben und ihnen etwas kochen. Ein deutliches Zeichen für Gustav, dass der Mord sie sehr berührte, was absolut verständlich war, seine Gedanken jedoch nicht losließ, obwohl er mittlerweile in seinem Büro saß und sich auf die Besprechung mit seinem Team vorbereitete.

Es klopfte kurz an der Bürotür und Gustav sah auf in der Erwartung, seine Sekretärin Petra Wiese zu sehen, die ihm seinen morgendlichen Espresso aus den speziellen Bohnen von Katsuyuki Tanaka aus Japan bringen würde. Den brauchte er dringend, um seine Gedanken zu sortieren und sich zu beruhigen. Doch statt Petra erschien eine andere Person im Türrahmen.

»Du?«, entfuhr es Gustav.

»Moin. Ich habe mir erlaubt, uns einen Espresso zu machen. Ich hoffe, du freust dich«, sagte Albert und balancierte ein Tablett mit zwei Tassen zu Gustavs Schreibtisch.

Gustav grummelte etwas vor sich hin, während Albert sich setzte. Sein bester Freund schien besonders guter Laune zu sein, daher verkniff sich Gustav einen Spruch. Stattdessen zog er die Tasse zu sich und gönnte sich einen Schluck. Sofort schoss das Koffein durch seinen Körper und er spürte, wie er sich entspannte.

Du bist koffeinabhängig, keine Frage, dachte er.

Mit zwei weiteren Schlucken leerte er die kleine Tasse und ließ anschließend die zwei Kekse in seinem Mund verschwinden, die Albert auf die Untertasse gelegt hatte.

»Jetzt noch kurz die Augen schließen«, kommentierte Albert das Geschehen, genau in dem Augenblick, in dem Gustav dieser Gedanke durch den Kopf ging.

»Ich bin im Dienst, diesen Luxus kann ich mir nicht erlauben«, murrte er dennoch.

Albert lachte auf. »Gib's zu, dass ich dich dabei erwischt habe.«

»Blödsinn, ich habe bloß nachgedacht und dabei die Augen eine Sekunde länger geschlossen als gewöhnlich. Ich kann mich so besser konzentrieren«, entgegnete Gustav, merkte aber, dass seine Mundwinkel belustigt zuckten, denn Albert hatte vollkommen recht.

»Dafür liebe ich dich.«

»Wofür?«

»Dass du unglaublich schlecht in Ausreden bist. Deine Lügen fliegen immer auf«, erwiderte er, dann wurde er wieder ernst. »Gibt es Neuigkeiten bei den Ermittlungen?«

»Noch nicht. Die Nachbarn, die gestern befragt wurden, haben nichts bemerkt. Die Ehe der Stöckens scheint harmonisch gewesen zu sein, jedenfalls konnte sich kein Nachbar an einen lauten Streit erinnern. Ich habe Tim gebeten, Erkundigungen über Hubert einzuholen. Seinen Laptop und sein Handy hat er auch. Bin gespannt, ob er was herausfindet.«

»Wenn das jemandem gelingt, dann Tim. Unglaublich guter Mann, den ihr da habt.«

»Wem sagst du das, ohne ihn wären wir oft verloren.«

Albert nickte zustimmend. »Ich wollte gleich zu Jutta und mit ihr nach Lübeck fahren. Ein bisschen durch die Altstadt bummeln und dann zu *Niederegger,* um uns Kaffee und Kuchen zu spendieren.«

»Das ist eine wunderbare Idee, das wird sie ablenken. Wenn du schon da bist, bring mir bitte ein Stück Marzipantorte mit.«

»Dass du immer nur ans Naschen denken musst …«

»Hab du mal einen stressigen Tag wie ich, dann würdest du das verstehen.«

Albert erhob die Hand. »Ich habe genug Stress. Als Bürgermeister der besten Gemeinde Deutschlands kann ich mir Däumchendrehen nicht erlauben.«

»Ach, deswegen bist du auch so regelmäßig in meinem Büro.«

»Exakt, daran siehst du, was für ein Arbeitstier ich bin. Ich tue mir diese Doppelbelastung nur an, um dich zu unterstützen.«

»Du glaubst tatsächlich diesen Käse, den du da erzählst«, gab sich Gustav empört.

»Von ganzem Herzen, und ich lasse mir meine gute Laune von dir altem Brummbär auch nicht versauen.«

Gustav schaute Albert erstaunt an. »Hast du nicht letztens erst gejammert, dass diese Woche wegen der Budgetplanungen extrem anstrengend werden würde? Oder wolltest du nur etwas Mitleid schinden?«

»Wollte ich nicht, aber es ist ein kleines Wunder geschehen.«

»Was für ein Wunder?«

Albert lachte breit und zeigte seine tadellos gepflegten Zähne. »Die Gemeinde hat fett geerbt.«

»Ach was. Ist ein Millionär gestorben, ohne einen Erben zu haben?«

»Nicht ganz, es hat jemand sein gesamtes Vermögen bewusst der Gemeinde vermacht.«

»Du scherzt?«

»Ganz sicher nicht, und bevor du fragst, ob sich da jemand einen Scherz erlaubt hat: Nein. Ich habe vorhin mit dem Notar telefoniert, das ist alles absolut seriös.«

»Wer vererbt der Gemeinde denn einfach so Geld? Über welche Summe reden wir?«

»Halte dich fest, es geht um zehn Millionen Euro«, antwortete Albert, dabei sprach er die Summe besonders langsam und deutlich aus. »Die Eltern eines über Neunzigjährigen haben in jungen Jahren in Timmendorfer Strand gelebt, bevor sie in die USA ausgewandert sind. Sie hatten nur diesen einen Sohn und haben ihm immer von der schönsten Gemeinde Deutschlands vorgeschwärmt. Er selbst hat nie Kinder bekommen und war auch nicht verheiratet, und obwohl er unsere Gemeinde nie besucht hat, hat er sie geliebt und in seinem Testament verfügt, dass sie sein ganzes Geld vermacht bekommt. Dieser Fall ist jetzt eingetreten.«

Gustav ließ sich gegen die Lehne seines Chefsessels sinken. Das klang zu unglaublich, um wahr zu sein.

»Sicher, dass nicht Kriminelle versuchen …«, begann er, doch Albert unterbrach ihn.

»Ganz sicher, alter Freund. Der Notar aus Hamburg, der mich im Auftrag des Notars in den USA kontaktiert hat, ist sehr bekannt, und er hat mir versichert, dass es sich um eine seriöse Angelegenheit handelt.«

»Was wirst du mit dem Geld machen?«

»Es gibt eine Menge Investitionsbedarf.« Albert rieb sich zufrieden die Hände.

»Ich dachte, die Gemeinde hätte keine Schulden und würde sogar Überschüsse erwirtschaften.«

»Tut sie ja auch, das ist aber kein Grund, verschwenderisch zu sein. Ich werde die Summe auf jeden Fall im Sinne meiner Bürger investieren. Erst mal kommt es aufs Tagesgeldkonto, dann werde ich mit den verschiedenen Abteilungen sprechen. Wir wachsen und diesem Wachstum müssen wir gerecht werden. Infrastruktur ist teuer.«

»Wie wäre es, wenn du das Geld in die Polizei investierst? Du weißt genauso gut wie ich, dass wir unter den Sparmaßnahmen der letzten Jahre, was sage ich, der letzten Jahrzehnte arg zu leiden haben.«

»Die Polizei unterliegt dem Innenministerium, darauf habe ich unglücklicherweise keinen Einfluss.«

»Also kommt es wieder irgendwelchen Wirtschaftsbossen zugute, die dir das Geld mit fadenscheinigen Investitionsversprechen aus der Tasche ziehen«, erwiderte Gustav bitter.

»Investitionen bedeuten Arbeitsplätze und eine höhere Attraktivität für den Tourismus.«

»Investitionen in die Polizei bedeuten höhere Sicherheit und weniger Kriminalität«, eiferte sich Gustav.

»Ich weiß das und ich würde sehr gerne helfen …«

»Dann rede mit dem Innenministerium oder dem Ministerpräsidenten«, fiel Gustav ihm ins Wort. »Ich dachte, du bist so gut vernetzt und kennst unglaublich viele Leute, die dir einen Gefallen schulden?«

»Tun sie auch.«

»Dann kümmere dich darum. Wir brauchen dringend bessere Rechner und eine vernünftige Ausstattung wie neue schusssichere Westen. Die, die wir haben, sind über zehn Jahre alt. Wir bräuchten auch ein gepanzertes Fahrzeug, damit wir nicht immer bei der Zentrale in Lübeck darum betteln müssen, was ebenfalls in deinem Interesse sein sollte.«

»Hätte ich bloß nichts gesagt«, erwiderte Albert missmutig.

»Von jemandem, der mehr Zeit in meinem Büro als bei sich im Rathaus verbringt und sich aktiv in die Polizeiarbeit einmischt, erwarte ich, dass er auch mal was einbringt.«

Albert hob beschwichtigend die Handflächen. »Ist ja gut. Ich mache mich schlau, was möglich ist.«

Gustav atmete aus. Das Geld war in Investitionen in die Polizei deutlich sinnvoller angelegt, außerdem beanspruchte er nichts, was sie nicht wirklich brauchten.

»Danke. Ich vertraue dir, dass du einen Teil der Mittel für uns abzweigen kannst«, sagte Gustav, dann stand er auf. »Ich muss los.«

»Wohin?«

»Besprechung wegen dem aktuellen Fall.«

»Da sollte ich mitkommen«, erwiderte Albert und erhob sich ebenfalls. »Dann kann ich deinem Team gleich die frohe Nachricht überbringen, dass die Gemeinde in die Polizeiausrüstung investieren wird.«

»Noch ist das nicht offiziell beschlossen«, bremste Gustav ihn.

»Zweifelst du an meinem Wort?«

»Eben hast du noch was davon gefaselt, dass das nicht so einfach wäre.«

»Für einen wie Frank Clausen vielleicht, aber nicht für mich.«

Albert sah sich ständig im Wettbewerb mit dem Bürgermeister aus Scharbeutz, dabei war Frank ein sehr entspannter und in seiner Gemeinde beliebter Politiker.

»Warum hast du dich dann so geziert?«, fragte Gustav.

»Um dich aufzuziehen.«

Gustav stöhnte. »Grüß mir Oma.«

»Was ist mit der Besprechung?«

»Die findet ohne dich statt, weil du kein Polizeibeamter bist.«

»Unglaublich, aber die Millionen soll ich investieren«, beschwerte sich Albert.

»Vermisch die Dinge nicht, und vergiss ja nicht die Marzipantorte«, gab Gustav zurück. Er kannte Albert, solange er keine feste Zusage gemacht hatte, war gar nichts sicher.

»Und wenn ich das nicht tue?«

»Dann kriegst du Hausverbot.«

»Du scherzt?«

»Siehst du mich grinsen?«

12

Als Enno und Mads den Besprechungsraum betraten, saßen bereits einige Kollegen von ihnen am Tisch, Gustav war noch nicht da.

»Ich baue schon mal die Verbindung zu den Lübecker Kollegen auf«, sagte Mads und machte sich an dem Laptop zu schaffen, der auf dem Tisch stand.

Enno schaute kurz auf sein Handy und sah, dass er eine neue Nachricht von Jürgen bekommen hatte. Hastig wischte er die Vorschau der Nachricht weg.

Jürgen war das Pseudonym für Clemens Eisenbraun, den Enno seit der Realschule kannte und lange für seinen Freund gehalten hatte – bis Clemens ihn in die Intrige gegen Gustav eingespannt hatte. In diesem Zuge hatte er Enno als Dienststellenleiter auf Gustavs Posten gesetzt und ihm Unterstützung bei seinem beruflichen Aufstieg zugesagt, doch das hatte sich als trügerisch erwiesen. Enno hatte bald erkannt, dass er nur ein Spielball in Clemens' Plan war, die Johannsens und Lange endgültig abzusägen, aber er kam inzwischen aus diesem Geflecht aus Intrigen und Abhängigkeiten nicht mehr heraus, obwohl er das nur zu gern wollte.

Er war Gustav dankbar, dass er ihm eine zweite Chance gegeben hatte, und er war stolz auf die zarte Freundschaft, die ihn mit Mads verband. Beides wollte er nicht aufs Spiel setzen, obwohl er spürte, dass ihm die Sache unweigerlich über den Kopf wuchs.

»Moin, Tim. Kannst du mich hören und sehen?«, fragte Mads.

Enno zuckte kaum merklich zusammen, als er die Worte seines Kollegen hörte, da er so tief in seine Grübeleien versunken war. Inzwischen war auch das Bild aus Tims Büro in Lübeck auf der Leinwand zu sehen, die Videoschalte stand.

»Moin nach Timmendorfer Strand. Klar und deutlich. Ich hoffe, ihr auch.«

»Absolut. Wo ist Ole?«

»Hat da jemand meinen Namen gerufen?«, ertönte Oles tiefe Stimme, kurz darauf sah man, wie er neben Tim Platz nahm. »Ah, der Schönling in Full HD«, zog er Mads auf.

»Schön, dich zu sehen«, blieb Mads diplomatisch.

»Wo ist Onkel Brummbär?«, fragte Ole, und als hätte er Gustav damit herbeigerufen, betrat dieser nun den Besprechungsraum.

»Ich werd dir gleich was, von wegen Onkel Brummbär«, murrte Gustav und setzte sich. »Moin nach Lübeck. Wie ich sehe, sind wir vollzählig.«

»Nicht ganz, deine rechte Hand fehlt.«

»Wen meinst du?«

»Na, Albert«, scherzte Ole, was Gustav mit einem Kopfschütteln quittierte. »Können wir bitte mit dem Kindergarten aufhören und uns auf den Fall konzentrieren?«

»Wir sind bereit«, meldete Tim gewohnt sachlich.

»Danke. Ein Dank geht auch an die Kollegen, die sich zu der Besprechung eingefunden haben. Am gestrigen Sonntag um 17:45 Uhr hat Mads die Leiche von Hubert Stöcken in seinem Bentley entdeckt. Die Todesursache war offenbar ein Kehlschnitt, die Tatwaffe lag noch im Wagen, wozu Ole sicherlich gleich mehr sagen kann. Hubert Stöcken war von Beruf Notar, er lebte seit Jahrzehnten – wenn ich mich nicht irre, seit mehr als dreißig Jahren – mit seiner Frau Carola Stöcken zusammen. Verheiratet, keine Kinder. Hubert wurde siebenundfünfzig Jahre alt. Seine Frau konnte gestern keine genaueren Auskünfte geben, da sie sichtlich unter Schock stand. Wir werden die Befragung aber heute oder morgen nachholen. Mads und Enno haben bereits die direkten Nachbarn befragt, sie werden dazu gleich Stellung nehmen.« Gustav holte kurz Luft, ehe er fortfuhr. »Noch wissen wir nicht, ob Hubert in Streitereien verwickelt war oder sich Feinde gemacht hat. Ein Punkt, der die Ehefrau vermutlich entlastet: Hubert und sie hatten eine lange Kreuzfahrt geplant, diese sollte im nächsten Monat stattfinden.«

»Nach dem Motto, wer tötet seinen Ehemann, wenn er mit ihm auf Weltreise gehen will«, warf Enno ein.

»Vielleicht gerade deswegen, weil ihr plötzlich bewusst wurde, was für ein Albtraum das werden würde«, kommentierte Ole bissig.

»Mads und Enno werden die Angaben zur Kreuzfahrt überprüfen. Ich hoffe, dass Tim etwas auf Stöckens Handy und Laptop gefunden hat. Auf den ersten Blick wurde nichts gestohlen, womit wir einen Raubmord ausschließen können. Vermutlich kannte Hubert den Täter. Möglicherweise war der Mord nicht geplant und geschah im Affekt.«

»Was mich dann aber wundert: Warum hat die Frau nicht mitbekommen, dass sich eine fremde Person auf dem Grundstück herumgetrieben hat? Einer Affekttat geht für gewöhnlich eine Streiterei voraus. Wäre das nicht im Haus zu hören, wenn sich draußen jemand streitet?«, wandte Mads ein.

»Möglich. Wie gesagt, Carola stand unter Schock. Diese Frage sollten Enno und du ihr nachher stellen«, antwortete Gustav. »Da die von euch befragten Nachbarn ebenfalls nichts mitbekommen haben, ist es gut möglich, dass die These eines Mordes im Affekt schnell ad acta gelegt wird. Am Ende ist das auch irrelevant, Hubert wurde ermordet und es ist unsere Aufgabe, herauszufinden, warum. Von meiner Seite aus war es das. Mads, Enno was habt ihr?«

»Nicht viel, die Nachbarn, die wir befragt haben, wollen weder etwas gesehen noch gehört haben«, begann Mads. »Dietrich Noll hat Hubert Stöcken am Morgen gesehen, als er joggen ging, danach nicht mehr.«

»Hat er was darüber gesagt, wie Stöcken drauf war? Hatten Sie eine Unterhaltung?«, erkundigte sich der Kollege Nils Schüler.

»Sie hatten nur ein kurzes Gespräch. Stöcken wollte zum Bäcker, er wirkte nicht angespannt, jedenfalls hat der Nachbar nichts Auffälliges beobachtet. Die Befragung von zwei weiteren Nachbarn, die wir gestern nicht mehr erreicht haben, ist allerdings noch offen. Möglich, dass sie uns ein paar Hinweise liefern können.«

»Gibt es an so einer Villa keine Kameras?«, fragte Nils und hielt eines der Fotos von dem Anwesen hoch, die zur Ansicht auf dem Tisch lagen.

»Gibt es«, bestätigte Enno. »Leider hat die Sache einen Haken. Die einzige Kamera überhaupt ist am Eingang postiert und funktioniert seit einer Woche nicht. Morgen sollte eine neue installiert werden.«

»Ärgerlich, aber was ist mit den Aufzeichnungen der Tage zuvor? Wäre doch denkbar, dass der Täter die Villa ausgespäht hat«, gab Carsten Meinke zu bedenken, der mit Nils ein Team bildete.

»Diese Frage kann hoffentlich Tim beantworten.«

»Kann ich gern schnell machen«, schaltete sich dieser ein. »Ich habe bereits mit dem Dienstleister telefoniert, der die Anlage wartet. Die Daten werden leider nur maximal zweiundsiebzig Stunden gespeichert, und da die Kamera seit einer Woche defekt ist, gibt es auch keine Aufzeichnungen mehr.«

»Verstehe einer die reichen Leute, dass sie an so etwas sparen. Gerade wenn man sieht, dass die Kriminalität überall zunimmt«, bemerkte Nils missbilligend.

»In unserer Gemeinde nimmt sie ab«, korrigierte Gustav ihn mit strengem Blick. »Wir haben die beste Statistik in ganz Deutschland. Die Kamera soll jetzt nicht unser Problem sein, wir konzentrieren uns auf das, was wir haben. Nicht auf das, was wir gerne hätten.«

Enno sah Gustav an, dass er den Vorwurf seines Mitarbeiters, was die Kriminalität anbelangte, nicht gern hörte, schließlich tat jeder von ihnen als Polizist alles dafür, dass es weniger Verbrechen gab.

»Informiert mich, wenn sich etwas aus den Gesprächen mit den Nachbarn ergeben hat, auch wie das Gespräch mit Carola gelaufen ist«, sagte Gustav und blickte dabei Mads und Enno an.

»Machen wir«, versicherte Enno.

»Habt ihr noch was?«

»Gerade nicht«, antwortete Mads.

»Gut. Ole, was hast du?«

»Eine Leiche mit aufgeschnittener Kehle«, konterte Ole trocken.

»Und weiter?«, fragte Gustav ungehalten und massierte sich den Kopf.

»Mads dürfte die Leiche kurz nach der Tat gefunden haben, das hatte ich ja bereits gestern am Tatort angedeutet. Eine genaue Tatzeit bekommt ihr nach der Obduktion.«

»Für wann ist die angesetzt?«, fragte Mads.

»Diese Woche Freitag. Möchtest du mit?« Ole grinste breit.

»Du kriegst das allein sicher prima hin«, erwiderte Mads, der wie Enno kein Freund von Obduktionen war. Zum Glück ordnete Gustav ihr Beisein auch nicht an. Allein der Gedanke, dass er dabei zusehen müsste, wie eine Leiche aufgeschnitten wurde, bereitete Enno Magenschmerzen.

»Dachte ich's mir, dass du das sagst«, antwortete Ole. »Kommen wir zum Wesentlichen: Bei der Tatwaffe handelt es sich um ein frei erhältliches Klappmesser, das wir auf dem Schoß des Opfers gefunden haben.«

»Also Suizid?«, erkundigte sich Nils.

»Kann ich nicht abschließend sagen, da müssen wir die Obduktion abwarten, aber die ersten Ergebnisse aus dem Labor sprechen dafür.«

»Welche Laborberichte?«, fragte Gustav erstaunt und auch Enno horchte auf.

13

Mads entging der erstaunte Blick seines Onkels nicht und auch er war überrascht über die Neuigkeiten von Ole.

»Wurden Fingerabdrücke auf dem Messer gefunden?«, wollte Mads wissen, da das die einzig logische Erklärung dafür sein konnte.

»So ist es, vom Opfer.«

»Was nicht heißen muss, dass sie auch wirklich vom Opfer stammen«, ergänzte Gustav.

»Stimmt. Trotzdem lässt sich nicht ausschließen, dass Stöcken es doch selbst in der Hand hatte. Ich hoffe, dass die Obduktion aufschlussreicher ist. Nachdem ich mir die Leiche gestern angeschaut habe, vor allem den Schnitt, halte ich es für denkbar, dass Stöcken sich tatsächlich das Leben genommen hat. Andererseits könnte ihn auch jemand vom Rücksitz aus mit dem Messer bedroht und ihm überraschend den tödlichen Schnitt versetzt haben.«

»Dann wäre es eine geplante Tat gewesen«, fügte Carsten hinzu.

»Gut möglich. Das herauszufinden, ist eure Aufgabe.«

»Vielleicht saß ja seine Frau auf der Rückbank, Stöcken hat sich nichts dabei gedacht, es kam zum Streit, aus welchen Gründen auch immer, sie zückt das Messer und schneidet dem völlig überraschten Ehemann die Kehle durch«, warf Nils eine Theorie in den Raum.

»Warum sollte die Frau auf der Rückbank und nicht auf dem Beifahrersitz Platz nehmen?«, entgegnete Enno. »Gab es Einbruchspuren am Wagen?«

»Die gab es nicht«, antwortete Ole.

»Da kann man genauso gut fragen: Warum ermorden sich Eheleute überhaupt?«, meldete sich wieder Nils zu Wort und sah Enno an. »Du hast Ole gehört, es gab keine Einbruchspuren, was wieder für die Ehefrau spricht.«

»Solange wir keine handfesten Hinweise in irgendeine Richtung haben, ermitteln wir ergebnisoffen. Ich möchte keine Diskussionen über das Wie, Was und Warum«, ging Gustav dazwischen. »Ole, wäre es denkbar, dass der Schnitt von der Seite stattgefunden hat?«

»Du meinst, der Täter öffnet die Fahrertür, überrascht das Opfer und schneidet ihm die Kehle durch?«

»Genau.«

»Da müsste er ihn im richtigen Winkel erwischen. Soweit ich das beurteilen kann, dürfte das Opfer Rechtshänder gewesen sein, jedenfalls der Schnittrichtung nach zu urteilen, wenn es Suizid war. Wenn es Mord war, muss auch der Täter Rechtshänder gewesen sein. Wenn er auf der Rückbank saß, brauchte er nicht besonders groß sein, aber wenn er neben dem Opfer stand, an der Fahrertür, müsste er schon eine Mindestarmlänge haben, um einen Schnitt zu simulieren, der dem eines Suizids nahekommt.«

»Carola ist keine eins siebzig. Sie dürfte somit ausfallen«, stellte Gustav fest und Mads sah Erleichterung in seinen Augen, vermutlich weil er dabei an Jutta dachte.

Sie hielt viel von Carola, und dass sie ihren Ehemann ermordet haben könnte, kam in ihrer Gedankenwelt sicherlich nicht vor, solche Andeutungen hatte sie Mads gegenüber bereits gemacht.

»Sie könnte es gewesen sein. Wenn sie auf der Rückbank saß, würde es passen«, widersprach Ole.

»Wir müssen mehr über das Eheleben der beiden in Erfahrung bringen«, gab Gustav zurück.

Mads bemerkte, wie der linke Mundwinkel seines Onkels zuckte, etwas schien ihn zu stören. *Die Sorge, dass Carola ihren Mann ermordet hat,* gab er sich selbst die Antwort.

»Der Mörder könnte im Anschluss an die Tat die Finger des Opfers ans Messer gedrückt haben«, äußerte Nils.

»Wenn es Mord war, ja. Zumindest kenne ich keine Leiche, die nach ihrem Tod noch ein Messer anfasst«, erwiderte Enno, zog eine Grimasse und bewegte seine Arme wie ein Zombie.

»Er könnte auch das Messer zu fassen bekommen haben, ehe der Tod eingetreten ist, und versucht haben, sich zu wehren.«

»Vergiss es, dann hätten wir andere Blutspuren auf dem Messer und im Innenraum des Wagens gefunden«, widersprach Ole. »Die Blutspuren besagen ebenso wie die Wunde, dass es ein schneller und präziser Schnitt war, der die großen Adern getroffen hat. Durch den raschen Blutverlust und die Unterversorgung des Gehirns mit Sauerstoff tritt der Tod kurzfristig ein.«

»Ich stelle fest, dass wir die Obduktion abwarten müssen, bevor wir weitere Mutmaßungen anstellen«, schaltete sich Gustav ein. Er griff nach einer der Thermoskannen mit Kaffee, die Petra wie üblich für sie bereitgestellt hatte, und schenkte sich etwas in seinen Becher. Enno verfolgte sein Tun intensiv.

»Möchtest du auch?«, fragte Gustav.

»Wenn es keine Umstände macht.« Er schob Gustav seinen Becher zu und der goss ihm ein.

»Hast du noch was für uns?«, fragte Gustav anschließend an Ole gewandt.

»Derzeit nicht. Wir haben zwar weitere Fingerabdrücke am Wagen gefunden, aber wir gehen davon aus, dass sie vor allem von der Ehefrau stammen und möglicherweise von anderen Personen, die dort mal mitgefahren sind. Es wäre interessant, zu wissen, ob der Wagen nur privat oder auch geschäftlich genutzt wird.«

»Mads, Enno, stellt diese Frage bitte und auch, ob Hubert Rechtshänder war«, forderte Gustav.

»Machen wir«, erwiderte Mads, der das bereits auf dem Zettel hatte.

»Tim, was hast du für uns?«, fragte Gustav und rieb sich erneut die Stirn.

»Mit der Analyse des Laptops habe ich schon gestern angefangen, sie läuft noch. Bisher ist nichts Verdächtiges aufgetreten. Das Handy ist PIN-geschützt, ich hoffe, dass ich es im Laufe des Tages hacken kann, spätestens morgen. Allerdings kann ich euch schon so viel sagen: Das Opfer hatte keine Profile auf Facebook, Instagram, TikTok und anderen Portalen. Auf dem Laptop habe ich nichts dergleichen gefunden, daher gehe ich nicht davon aus, dass ich auf dem Handy etwas finden werde, aber man weiß ja nie.«

»Hätte mich auch gewundert. Hubert ist da alte Schule.«

»Er hatte auf dem Berufsportal Xing ein Profil, das ich später auswerten werde«, ergänzte Tim.

»Was ist mit E-Mails? Vielleicht von unzufriedenen Mandanten?«, fragte Mads.

»Die E-Mails werde ich im Laufe des Tages checken. Sollte ich was finden, melde ich mich.«

»Hubert war keiner, der viel mit dem Internet gemacht hat«, meldete sich wieder Gustav zu Wort. »Ich erinnere mich, dass er sogar seine Briefe oft per Hand geschrieben hat. Vermutlich werden wir weder auf dem Laptop noch auf dem Handy Hinweise finden, die uns diesen fürchterlichen Mord erklären, aber bleib bitte dran und informiere mich umgehend.«

»Mach ich. Noch eine letzte Anmerkung zu der Kamera. Wie vorhin kurz erwähnt, haben wir keine Möglichkeit, auf die alten Aufzeichnungen zuzugreifen, da die Festplatten nach 72 Stunden formatiert werden. Dennoch gäbe es eine winzige Chance, die letzte Aufzeichnung doch noch zu retten.«

»Welche?«, wollte Mads wissen.

»Je nach Formatierung sind alte Daten nicht wirklich gelöscht, es besteht theoretisch die Möglichkeit, die alten Daten wiederherzustellen, vor allem wenn nach der alten Aufzeichnung nur gelöscht, aber nicht neu aufgezeichnet wurde.«

»Dann sollten wir das versuchen«, bat Mads. Jeder noch so kleine Strohhalm war ihm recht.

»Die Sache hat nur einen Haken«, setzte Tim an und lächelte etwas gezwungen. »Ich habe vorhin mit dem Provider gesprochen, ohne richterlichen Beschluss ist er nicht bereit, mir Zugriff auf den Server zu gewähren.«

»Den besorge ich dir«, versprach Gustav. »Gib mir etwas Zeit.«

»Danke. Ich werde den Anbieter kontaktieren und ihn auffordern, die entsprechende Festplatte so lange abzuklemmen, und mit einer Strafe drohen, falls er sich dem widersetzt.«

»Mach das. Sollte er sich unkooperativ zeigen, stell ihn zu mir durch. Immer diese Sesselpupser, die einem mit unsinniger Bürokratie kommen und nicht begreifen, dass wir hier einen Mord aufzuklären haben«, regte sich Gustav auf.

»Ich rufe ihn gleich an. Das war's von meiner Seite.«

»Wenn keiner mehr Fragen oder Informationen hat, beende ich die Besprechung«, sagte Gustav und schaute in die Runde.

Da keiner sich meldete, verabschiedete Gustav die Kollegen mit dem Hinweis, alles Weitere über die bekannten Kanäle zu kommunizieren.

Mads und Enno standen auf.

»Mads, warte kurz«, bat Gustav.

»Was ist?«, fragte Mads.

»Albert und Jutta sind heute in Lübeck. Gib ihr bitte deshalb noch Zeit, sich zu sammeln. Fragen bezüglich unserer Ermittlungen erst morgen an Jutta.«

»Wird gemacht«, erwiderte Mads. Sein Onkel hatte ja recht, er durfte nicht zu voreilig sein und Rücksicht nehmen.

Auf dem Weg in ihr Büro fragte Enno: »Na, was denkst du?«

»Suizid oder Mord?«

»Genau.«

»Mord«, antwortete Mads, ohne lange zu zögern.

»Warum?«

»Ist so ein Gefühl. Ich kann mir nicht vorstellen, dass jemand in dem Bentley gewartet und Stöcken überrascht hat. Wie soll er in das Auto reingekommen sein? Es gab keine Einbruchspuren.«

»Darauf hätte ich eine Antwort.«

»Die da wäre?«

»Ganz alter Trick. Wenn Kriminelle ein Auto klauen wollen, fangen sie das Signal des Funkschlüssels einfach ab und nutzen es, um später selbst einzusteigen. Viele Autos haben doch Keyless Go, gerade so ein fetter Bentley. Deswegen liegt mein Autoschlüssel immer in einer Keyless-Go-Schutzhülle, damit das Funksignal nicht abgefangen wird.«

Mads blieb skeptisch. »Dafür muss man aber schon Ahnung von dieser Technologie haben, ich kann mir kaum vorstellen, dass einer aus der Nachbarschaft so ein Techniknerd ist.«

»Glaubst du denn, dass es einer der Nachbarn war?«

»Keine Ahnung, aber die Erfahrung zeigt, dass die Täter oft im Umfeld des Opfers zu suchen sind, gerade bei einem Fall wie diesem.«

»Na ja, Stöcken war Notar, er könnte sich mit zwielichtigen Typen umgeben haben. Vielleicht hat Stöcken den Täter auch bei dem Versuch erwischt, den Bentley zu stehlen. Er hat sein Auto heiß geliebt, das hat uns der Nachbar selbst erzählt.«

»Bei den zwielichtigen Typen bin ich bei dir, aber einen Diebstahl kann ich mir echt nicht vorstellen. Der Dieb würde sich doch garantiert nicht auf die Rückbank setzen.«

Enno kratzte sich über den kahlen Kopf. »Stimmt. Es sei denn, es waren zwei. Der eine nimmt auf der Rückbank Platz, aber als der andere sich vorne reinsetzen will, sieht er, wie sich die Haustür öffnet. Er verpisst sich, während der erste im Wagen bleibt. Stöcken steigt ein und der verbliebene Dieb weiß sich nicht besser zu helfen, als dem Opfer die Kehle durchzuschneiden.«

»Gewagte Theorie, aber nicht komplett auszuschließen. Trotzdem brauchen wir einfach mehr handfeste Beweise, so bringt das alles nichts.«

»Da stimme ich dir zu. Dann lass uns keine Zeit verlieren«, erwiderte Enno und öffnete die Tür zu ihrem Büro, um seine Baskenmütze und seine Jacke zu holen.

Wenig später saßen sie im Auto und Mads fuhr Richtung Niendorf. Einen Moment herrschte Stille, beide hingen ihren Gedanken nach. Mads musste wieder an das Gespräch mit Victoria denken und ihre Anspielung auf einen Antrag. War es vielleicht wirklich an der Zeit, dass er sich einen Ruck gab und sie um ihre Hand bat?

Er war sich nicht sicher, nach wie vor, denn er war glücklich in der Beziehung, die sie führten. Natürlich wollte er auch Kinder und eine eigene Familie, das hatten seine Großeltern und seine Eltern ihm vorgelebt, dennoch blieb der kleine Stachel, der ihn von dem letzten Schritt abhielt: Warum freute er sich nicht über die subtile Vorlage von Victoria? Worauf wollte er warten?

»Lass mich raten, es geht um eine Frau«, holte Enno ihn aus seinen Gedanken.

»Was bitte?«, fragte Mads.

»Ich kenne dich schon ein wenig, Mads, und es ist eine meiner Stärken, dass ich ein Gespür dafür habe, wenn jemanden in meinem näheren Umfeld etwas bewegt.«

Mads holte tief Luft. Wollte er wirklich mit Enno darüber sprechen? Er zögerte.

»Hau raus, nur nicht so schüchtern«, ermunterte Enno ihn.

»Ich bombardiere dich ja auch mit Infos über mein Liebesleben mit Rita, ohne Rücksicht darauf zu nehmen, ob dich das nicht längst nervt.«

»Das tut es nicht, und ich hoffe, du weißt das. Ich freue mich für dich, dass du mit Rita die Liebe deines Lebens gefunden hast«, gab Mads zurück, obwohl er manchmal den Eindruck hatte, dass Enno die Sache zu schnell anging. Für seinen Geschmack könnte er sich etwas mehr Zeit lassen, aber Enno gehörte nun mal zu den Menschen, denen es nicht schnell genug gehen konnte. Vermutlich, weil er ewig Single gewesen war.

»Frag mich mal, wie glücklich ich bin«, sagte Enno strahlend. »Ich kann es manchmal noch immer nicht glauben, dass eine so tolle Frau wie Rita mich Pechvogel liebt.« Dann wurde sein Blick ernst und er schaute Mads an. »Jetzt du.«

»Gut, warum nicht.« Mads atmete noch einmal durch, dann verriet er: »Ich glaube, Victoria wartet auf einen Antrag.«

Enno spitzte die Lippen. »Bist du sicher?«

»Ziemlich. Sie hat heute ein paar Anspielungen gemacht, scherzweise. Aber du kennst ja die Frauen, wenn die etwas in einen Witz verpacken, steckt meistens mehr dahinter.«

»Wem sagst du das«, bekräftigte Enno und verzog das Gesicht, dann fragte er: »Warum machst du ihr keinen?«

»Ich finde das noch zu früh.«

»Liebst du sie denn?«

»Ja.«

»Willst du Kinder mit ihr?«

»Ja.«

»Worauf wartest du dann? Da gibt es kein ›zu früh‹. Du hast mir mal gesagt, dass ich mir mit Rita Zeit lassen und nichts überstürzen solle. Aber Liebe ist nun mal nicht vernünftig, sonst wäre es keine Liebe, und du kannst sicher sein, wenn Rita solche Andeutungen machen würde, würde ich sofort auf die Knie gehen und ihr einen Heiratsantrag machen. Seit wann bist du so spießig?«

»Spießig?«

»Wie einer, der alles bis ins Kleinste durchplant. Du bist doch ein Surfer, ein Freiheitsjunkie …« Enno brach ab und hob die Brauen. »Vielleicht liegt genau da das Problem.«

»Was meinst du?«

»Ihr Surferdudes und Freiheitsjunkies hasst es, euch festzulegen, was bei einer Heirat der Fall wäre. Der Rebell in dir wehrt sich gegen diesen Schritt in deinem Leben, weil es ein verdammt großer Schritt ist und dem Rebellen in dir sagt, dass die wilden Jahre vorbei sind. Stattdessen warten da Windeln, schlaflose Nächte …«

»Ist angekommen«, unterbrach Mads Enno lachend.

Er mochte Ennos Art. Er redete so ungezwungen, fast als würde ein Zwanzigjähriger im Körper eines Endfünfzigers stecken. Vermutlich war das einer der Gründe, warum er auf Mads jünger wirkte als beispielsweise sein Onkel, der Worte wie Surferdude oder Freiheitsjunkie niemals in den Mund genommen hätte.

»Hey, Windeln wechseln beim eigenen Kind ist bestimmt cool.« Schelmisch hob er den Zeigefinger. »Wohlgemerkt beim eigenen. Ich habe mal die Windeln vom Kleinkind eines Bekannten gewechselt. Junge, Junge, ich hätte nie geglaubt, was für einen enormen Haufen so ein Kleinkind machen kann, und dann erst der Gestank.« Er hielt sich die Nase zu.

Mads schmunzelte, zugleich spürte er, dass das vielleicht die Antwort war. Hatte er möglicherweise wirklich Angst, seine Freiheit und Unabhängigkeit zu verlieren, wenn er heiratete und Kinder bekam?

Denkbar wäre es.

Mittlerweile waren sie in Niendorf angekommen und Mads fuhr die Strandstraße entlang, dabei entdeckte er Emma und Amir in der Nähe des Hafens. Sie konnten ihn nicht sehen, als er an ihnen vorbeifuhr, doch als er in den Seitenspiegel schaute, blickte Emma ihn an. Es war geradezu unwirklich, denn er konnte ihr Gesicht klar und deutlich erkennen, ihre strahlend blauen Augen, die Grübchen, die er so gern hatte, und ihr süßes Lächeln. Er schaute noch einmal hin, aber jetzt sah er nur den Verkehr hinter sich.

Hatte er sich das also nur eingebildet? War Emma möglicherweise der Grund, warum er sich mit einer Entscheidung so schwertat?

Nein, das wollte er weder glauben noch akzeptieren. Emma hatte Stefan, sie würde in einigen Monaten Niendorf den Rücken kehren und zurück nach Mannheim ziehen, und er hatte Victoria. Es war sicher so, wie Enno sagte: Er hing zu sehr an seiner Freiheit und hatte Sorge, dass das ein jähes Ende nehmen könnte, wenn er verheiratet wäre und Kinder bekäme.

»Du bist zu weit«, meldete Enno.

»Was?«

»Du hast die Anschrift verpasst.« Enno lachte. »Ist mir auch schon passiert. Einmal habe ich einen Feldweg mit einer Straße verwechselt, bis ich plötzlich auf einer Wiese war und meine Reifen durchdrehten.«

Mads hielt an, drehte und fuhr zurück. Die Sache mit Victoria nahm sein Denken mehr in Besitz, als er sich eingestehen wollte.

Gegenüber der Villa von Carola Stöcken parkte Mads. Sie stiegen aus und gingen gleich weiter zu dem Einfamilienhaus, in dem sie am vergangenen Abend niemanden angetroffen hatten. Es war eines der typischen Backsteinhäuser, die man oft an der Lübecker Bucht sah.

Enno betätigte die Klingel.

Ein Mann, etwa Ende vierzig und deutlich größer als Mads mit seinen knapp eins neunzig, öffnete ihnen die Tür.

»Moin. Sind Sie Herr Henke?«, fragte Mads. Er hatte den Namen vom Klingelschild abgelesen.

»Der bin ich. Ronald Henke, und wer sind Sie?«

»Mads Johannsen, das ist mein Kollege Enno Janssen, wir kommen von der Ostseekriminalpolizei.«

»Es geht sicherlich um Hubert. Kommen Sie doch rein.« Er hielt ihnen die Tür auf und sie folgten ihm ins Haus, wo sie in dem großzügigen Flur stehen blieben.

»Die ganze Straße spricht über nichts anderes. Einige haben Angst.«

»Warum?«, fragte Enno.

»Na ja, wären Sie entspannt, wenn Ihrem Nachbarn erst gestern die Kehle durchgeschnitten worden wäre? Müssen wir uns wirklich Sorgen machen?«

»Nein, müssen Sie nicht. Wir haben keinen Hinweis auf einen Serientäter, bestreiten Sie Ihren Alltag nur mit der nötigen Sorgfalt.«

Henke winkte ab. »Ich habe keine Angst, ich habe den schwarzen Gürtel im Judo und einen Waffenschein.«

»Ich hätte eher darauf getippt, dass Sie Basketballer sind. Sie sind doch sicherlich über zwei Meter groß, oder?«, fragte Enno und schaute zu Henke auf.

Der lachte. »Zwei Meter zehn, um genau zu sein, und Ja, ich habe Basketball gespielt, aber es hat leider nicht für die Bundesliga gereicht. Im Judo war ich schon immer besser.«

»Mal so von kleinem Mann zu sehr großem Mann, wie ist das Leben, wenn man so groß ist?«

»Nicht so angenehm, wie man denken mag. Versuchen Sie mal, Kleidung von der Stange zu finden. Aber Sie sind sicherlich nicht wegen meiner Größe hier.«

»Ich wollte nicht indiskret sein, bitte entschuldigen Sie. Man begegnet halt nicht oft einem so großen Menschen«, erwiderte Enno verschämt.

»Wie gut kannten Sie Hubert Stöcken?«, übernahm Mads wieder den Gesprächsfaden.

»Recht gut. Er war der Notar für den Hauskauf hier. Wir haben uns schon beim Notartermin sehr gut verstanden, es hat einfach gepasst, und zur Einweihung habe ich ein Grillfest gegeben. Er war mit seiner Frau dabei. Seitdem würde ich sagen, waren wir Freunde. Es ist schwer zu akzeptieren, dass Hubert ermordet wurde. Er hatte keine Feinde, er war ein lebensfroher Mensch, der gerne half, wo er konnte. Er hatte immer ein offenes Ohr für andere.«

Ähnliches hatte Mads auch am Vortag schon gehört, dennoch war Hubert Stöcken tot. Entweder passte also Ennos wilde Theorie mit den Autodieben oder Stöcken hatte ein Geheimnis, von dem weder die Nachbarn noch die Freunde und erst recht nicht seine Frau etwas wussten.

Hat nicht jeder Mensch diese Geheimnisse, die er mit niemandem teilt?, fragte sich Mads unwillkürlich. Laut sagte er: »Wissen Sie, ob er trotz allem Feinde hatte? Nachbarschaftsstreit ist nichts Ungewöhnliches.«

»Nein, ich kenne die direkten Nachbarn. Wir grüßen uns stets und helfen uns, wenn jemand ein Problem hat. Außer …« Henke brach ab.

»Außer?«, hakte Mads nach. Das klang so, als hätte Henke mehr verraten, als er beabsichtigt hatte.

»Außer Gunda«, räumte der Nachbar ein. »Sie steht nicht

so auf Nachbarschaftsfreundschaften, vielleicht liegt es auch daran, dass sie so vom Ehrgeiz zerfressen und öfter unterwegs ist als in Niendorf. Man sollte ihr lieber aus dem Weg gehen, wenn sie einen schlechten Tag hat. Hubert hat immer gescherzt, das würde daran liegen, dass sie untervögelt sei.« Er schmunzelte bei der Erinnerung. »Ich mochte seinen unkonventionellen Humor. Er wird mir sehr fehlen.«

Dass Kremer bissig sein konnte, hatte Mads bei dem Gespräch mit ihr bereits wahrgenommen.

»Ist Ihnen in den letzten Tagen etwas Ungewöhnliches aufgefallen?«

»Sie meinen fremde Personen, die hier nichts zu suchen haben?«

»So in etwa.«

»Leider nicht. Haben Sie denn schon eine Spur?«

»Nein, wir stehen noch am Anfang der Ermittlungen«, antwortete Enno. »Es ist wirklich ein tragischer Tod. Ich möchte mir gar nicht vorstellen, wie sehr sich Herr Stöcken auf die Kreuzfahrt gefreut hat, und kurz vorher wird er ermordet. Das wäre ja fast so, als würde man dem Kind am Weihnachtstag verraten, dass es keine Geschenke gibt, weil der Weihnachtsmann eine Erfindung ist.«

»Ich dachte, Hubert wollte die Kreuzfahrt stornieren?«, sagte Henke erstaunt.

14

Niendorf

Als Mads in seinem Dienstwagen an ihnen vorbeigefahren war, hatte Emma für einen Moment den Eindruck gehabt, als würde er sie im Rückspiegel direkt anschauen. Deshalb hatte sie gelächelt, was natürlich absurd war, da er das garantiert nicht hatte sehen können. Sie musste sich dringend ablenken.

»Ich finde es super, dass du mit Lena die Homestory machst«, sagte sie daher zu Amir, mit dem sie sich einen Kaffee beim *Ahoi* am Hafen holen wollte.

»Mir gefällt die Idee sehr gut, vor allem nach dem, was sie über diese Reise erzählt hat, dass sie Menschen mit Behinderung Mut machen möchte. Sie hat vollkommen recht, dass die Gemeinde jahrelang zu wenig für diesen Teil der Bevölkerung getan hat. Albert Lange hat lieber Fördergelder für Hotels bereitgestellt als für Minderheiten, die es dringender benötigen.«

»Wann wirst du den Artikel veröffentlichen?«

»Na, schon morgen. Wenn wir bis 17 Uhr fertig werden, kommt es sogar noch in die morgige Printausgabe.«

»Ich bin gespannt, aber sei nicht zu kritisch mit Lena.«

»Schatz, du kennst mich doch. Lena ist nicht Lange.« Amir schnaubte. »Den würde ich gern mal zu einem Interview bitten.«

»Beschwör das nicht, ich habe da so meine Erfahrungen«, lästerte Emma.

»Ich weiß. Aber mal im Ernst, nach der Homestory mit Lena würde es schon sinnvoll sein, ein Interview mit Lange zu führen, um ihn mit dem Thema zu konfrontieren.«

»Hast vermutlich recht. Mach trotzdem erst mal die Homestory und schau dann weiter.«

»Stimmt.«

Sie reihten sich in die Schlange vor dem *Ahoi Kaffee* ein, bestellten und schlenderten wieder zurück.

»Sicher, dass du nicht mitkommen möchtest?«, fragte Amir. Er hielt zwei Kaffeebecher in der Hand, einer davon war für Lena.

»Ja, leider. Ich muss zu dem Mord an dem Notar recherchieren.«

»Vielleicht solltest du mal mit jemandem im Reisebüro sprechen«, schlug Amir vor.

»Wieso das?«

»Ich weiß, dass er im selben Reisebüro wie ich seine Reisen bucht. Sibylle kennt ihn schon lange. Wenn eine aus dem Nähkästchen plaudern kann, dann sie.«

»Warum nicht? Eigentlich wollte ich direkt zu der Witwe, aber ich kann ja einen kurzen Umweg machen. Wo ist das Reisebüro?«

»Kannst du gar nicht verfehlen, es liegt im Paduaweg.«

»Der geht von der Strandstraße ab.«

»Genau. *Reisebüro Lohse.*«

»Hast du noch einen anderen Tipp?«, fragte Emma augenzwinkernd.

»Leider nicht, aber ich höre mich mal um. Hubert Stöcken war recht bekannt und beliebt im Ort. Du hast ihn sicherlich schon mal in seinem blauen Bentley gesehen.«

»Das ist Stöcken?«

»Ja. Du schaust so erstaunt.«

»Ich dachte immer, der ist vom anderen Ufer«, gab Emma zu.

»Wie kommst du darauf?«

»Wegen seiner Art, er achtet extrem auf sich und wirkte irgendwie feminin.«

»Deswegen muss man nicht gleich schwul sein. Du hörst dich fast an wie Mads«, gab Amir etwas pikiert zurück.

»Du hast recht. Das war dämlich von mir«, entschuldigte sich Emma sofort.

»Das war es, Süße«, bestätigte Amir und legte ihr freundschaftlich die Hand auf den Arm. »So, ich muss weiter. Grüß mir Sibylle.«

Sie verabschiedeten sich voneinander und Emma setzte ihren Weg Richtung Reisebüro fort. Welchen Hintergrund der Mord an dem Notar wohl hatte? Vor allem wenn man bedachte, dass Stöcken laut Amir so beliebt im Ort war.

Emma trank einen Schluck von ihrem Kaffee und blinzelte in die milde Herbstsonne, da erblickte sie Jörn. Er wirkte nachdenklich.

»Hallo, Jörn«, sprach sie ihn an.

»Hallo, Emma«, erwiderte er mit leiser Stimme, so ganz anders als sonst.

»Geht es dir gut?«, fragte sie besorgt.

»Mir schon, aber der liebe Hubert wurde ermordet.«

»Ich weiß, das tut mir sehr leid.«

»Und mir erst.«

»Du kanntest ihn?«

»Kennen?« Jörn schaute zu Emma auf. »Wir waren Freunde. Hubert hat gern gegeben, wenn er mich sah, und nie versucht, mich zu belehren, so wie es der große Thor immer tut.«

Emma schmunzelte. Mit Thor war Mads gemeint. Jörn nannte ihn so, weil Mads dem Thor-Darsteller Chris Hemsworth ähnelte und Jörn ihn sowieso für seine Muskeln und seine Sportlichkeit bewunderte. Dass Jörn Stöcken gut zu kennen schien, war ein erfreulicher Zufall, das würde Emma gleich nutzen.

»Weißt du, ob Hubert in letzter Zeit Probleme hatte?«, fragte sie daher.

»Nein. Warum sollte er? Er war doch reich. Ich bin mal in seinem blauen Wagen mitgefahren, das war schon cool.«

»Du hast recht«, antwortete Emma, sie wollte Jörn lieber nicht weiter behelligen. »Ich muss leider zu einem Termin.«

»Ich auch. Ich brauche eine Ersatzgeldquelle, jetzt, wo Hubert nicht mehr mein Sponsor ist.«

Das war so typisch für Jörn. Bemerkungen wie diese brachten Mads regelmäßig auf die Palme, weil er wollte, dass Jörn lernte, sich nicht ständig durchzuschnorren und Eigenverantwortung zu übernehmen. Emma sah das alles entspannter, so war Jörn eben.

Der junge Mann winkte ihr zum Abschied, dann setzten sie ihren Weg in entgegengesetzte Richtungen fort. Emma bog etwas später in den Paduaweg ab und betrat das Reisebüro.

Eine Frau Ende fünfzig saß hinter einem Schreibtisch, sie trug eine Brille, war etwas kräftiger und hatte eine kurze blonde Dauerwellenfrisur. Ihr Gesicht sah aus, als hätte sie es mit der letzten Botoxbehandlung ein wenig übertrieben.

Als sie Emma bemerkte, sah sie auf. »Moin. Wie kann ich Ihnen helfen?«

»Mein Name ist Emma Falk, ich arbeite für die Ostseezeitung. Sind Sie Sibylle Lohse?«

»Die bin ich. Ich habe schon den einen oder anderen Artikel von Ihnen gelesen. Sie sind doch die beste Freundin von Amir, oder? Er kommt aus dem Schwärmen nämlich gar nicht mehr heraus, wenn er über Sie spricht.«

»Das ist aber lieb. Die bin ich«, antwortete Emma. »Es war auch Amir, der mir vorgeschlagen hat, mich mit Ihnen zu unterhalten.«

»Echt? Warum denn?«, fragte sie verblüfft.

»Es geht um den Mord an Hubert Stöcken.«

»Hubert wurde ermordet?« Sie starrte Emma fassungslos an. Wie es schien, war ihr das neu.

102

»Ja, am Sonntag, in seinem Bentley.«

»Wer macht so etwas Entsetzliches? Hubert hat doch niemandem etwas getan.«

»Das möchte ich herausfinden, weil ich weiß, wie beliebt Herr Stöcken hier im Ort war, und die Leser der Ostseezeitung haben ein Recht, zu erfahren, wer hinter diesem hinterhältigen Mord steckt.«

»Das ist wahr, das hat er verdient. Wie kann ich Ihnen helfen?«

»Amir meinte, dass Sie Herrn Stöcken schon lange kennen.«

»Lange ist untertrieben, seit mehr als dreißig Jahren.« Sie streckte einladend die Hand aus. »Nehmen Sie doch Platz. Das wird ein etwas längeres Gespräch.«

15

»Was es wohl mit dieser Reise auf sich hat?«, sinnierte Enno, als er und Mads wieder auf dem Bürgersteig standen.

»Das ist eine Frage, die wir Carola Stöcken stellen müssen. Mich würde das auch interessieren«, antwortete Mads.

»Also gehen wir zu ihr?«

»Nein, wir befragen vorher noch den anderen Nachbarn.«

»Wäre es nicht sinnvoll, alle Anwohner auf der Straße anzusprechen? Eigentlich veranlasst Gustav das doch immer.«

»Dieses Mal nicht, aber du hast recht, ich werde ihn darum bitten. Für uns wäre das jetzt zu aufwendig, und du weißt ja, wie es in der Nachbarschaft so ist. Den meisten Kontakt hat man zu den direkten Nachbarn, die befragen wir.«

»Es sei denn, du wohnst in einer Großstadt. Ich habe vor langer Zeit in Lübeck in einem Wohnblock gewohnt. In dem einen Jahr hatte ich nicht einmal Kontakt zu meinen Nachbarn im Flur, außer zu Toni, und der war ziemlich seltsam.«

»Inwiefern?«

»Na ja, das war Mitte der Achtziger, aber Toni war in den Siebzigern hängen geblieben. Flower-Power und freie Liebe und so. Wenn Toni stoned war, lief er immer nackt über den Flur. Meine Bitte, das sein zu lassen, hat er gekonnt ignoriert. Am Ende bin ich ausgezogen.« Enno lachte und Mads warf ihm einen amüsierten Seitenblick zu.

So einen Toni kannte vermutlich jeder. Mads war in seinem Leben auch schon manch schrägem Vogel begegnet, erst recht während seiner Ermittlungen.

Sie gingen zum Nachbarhaus von Henke, das deutlich moderner war.

»Ist dir eigentlich was aufgefallen?«, fragte Enno.

»Was?«

»Sehr viele Singles hier, bis auf Noll. Zufall?«

»Na ja, möglich, dass der Nachbar hier nicht Single ist. Ich habe erst letztens eine Statistik gelesen, die besagt, dass mehr als ein Fünftel der Bevölkerung in Deutschland allein lebend ist. Europäischer Spitzenwert.«

Enno schüttelte sich. »Das ist doch schrecklich. Jeder sollte einen lieben Menschen an seiner Seite haben, und das sage ich dir als jemand, der verdammt lange Single war.«

Sie gingen zur Haustür und Enno klingelte. Niemand öffnete. Er klingelte erneut.

Neben der Klingel war ein rundes Schild aus Ton angebracht, auf dem stand:

Familie Singer.

»Auf der Arbeit?«, mutmaßte Enno.

»Möglich«, antwortete Mads und drückte die Klingel ein drittes Mal. Noch immer keine Reaktion.

Für Mads war das nichts Neues. Ermittlungsarbeit war mühsam, häufig erreichte man die Personen nicht, die man sprechen wollte. Manchmal waren sie einfach nicht zu Hause, manchmal vermieden sie den Kontakt zur Polizei. Natürlich konnte man sie auch anrufen, aber Mads versuchte stets, die Leute persönlich zu treffen, weil er ihnen in die Augen schauen wollte, wenn sie auf seine Fragen antworteten.

Da niemand öffnete, gingen sie zurück zum Bürgersteig, und als sie gerade die Straße überqueren wollten, sahen sie, wie zwei Personen Ende fünfzig in ihre Richtung schlenderten.

»Das könnten sie sein«, flüsterte Enno.

Sie warteten.

»Moin«, grüßte Mads die beiden.

»Moin. Wie können wir Ihnen helfen?«, fragte der Mann, der einen Kopf größer war als die Frau.

»Wir sind von der Ostseekriminalpolizei«, sagte Mads und stellte sich und Enno vor.

»Was will denn die Polizei von uns?«, fragte der Mann, die Frau schaute nicht weniger irritiert. Sie drückte den Katalog eines Reiseveranstalters an ihre Brust.

»Von Ihnen nichts direkt«, antwortete Enno. »Es geht leider um Ihren Nachbarn Hubert Stöcken. Sie wohnen doch hier gegenüber der Villa?«

Die beiden bestätigten das und stellten sich als Familie Singer vor.

»Und Sie haben noch nichts davon gehört?«, fuhr Enno fort.

»Wovon?«, fragte die Frau.

»Herr Stöcken wurde gestern in seinem Bentley ermordet.«

»Wie schrecklich«, rief Frau Singer und ließ vor Bestürzung den Katalog fallen.

Enno bückte sich, hob ihn auf und reichte ihn ihr.

»Sie wollen eine Kreuzfahrt machen?«, fragte er und deutete auf den Katalog.

»Ja, das ist ein lang gehegter Traum von uns, den wir uns bisher nie gegönnt haben. Erst durch Hubert haben wir uns entschlossen, es auch zu machen«, antwortete sie. »Wir wollen aber etwas länger raus. Sechs Monate. Wir starten in Dubai, dann geht es nach Ostasien, Japan, Neuseeland und Australien bis zu den Cook Islands, der Abschluss ist Hawaii.«

»Das hört sich faszinierend an.«

»Ja, wir freuen uns riesig darauf. Sibylle hat uns da ein Superprogramm zusammengestellt, das nicht so stressig ist. Wir wollen es genießen, deshalb nehmen wir lieber das eine oder andere Ziel weniger.«

»Da haben Sie recht, ich würde das genauso machen. Ist auch ein Traum von mir, wenn ich mir die Bemerkung erlauben darf.«

»Dann zögern Sie nicht«, ermunterte die Frau ihn, doch als sie zu der Villa der Stöckens sah, wurde ihre Miene traurig. »Das Leben kann schnell vorbei sein. Hubert hat so lange von dieser Kreuzfahrt geschwärmt und jetzt findet sie ohne ihn statt. Wer macht nur so etwas Schreckliches? Ein Mord, direkt gegenüber.« Sie drückte die Hand ihres Mannes.

»Wie gut kennen Sie die Eheleute Stöcken?«, fragte Mads an Frau Singer gewandt. Sie schien gesprächiger zu sein als der Ehemann.

»Wir kennen Hubert besser als Carola, er war kontaktfreudiger. Mir unbegreiflich, warum ihn jemand ermorden wollte. Er war unglaublich beliebt und ging Streit aus dem Weg. Ich habe jedenfalls nie erlebt, dass er mal wütend wurde oder handgreiflich. Das kann nur in Zusammenhang mit seinem Beruf stehen.«

»Welche Feinde kann man als Notar denn haben?«, fragte Enno.

»Er war ja auch eine Weile Anwalt, bevor er sich ausschließlich auf seine Notarstätigkeit konzentriert hat. Wer sagt denn, dass er aus dieser Zeit nicht Feinde hatte?«, gab sie zurück und warf Enno einen missbilligenden Blick zu, weil er es gewagt hatte, ihre Einschätzung zu hinterfragen.

Dass ihr Mann die ganze Zeit ruhig war, wunderte Mads nicht, Frau Singer schien sich nicht gern reinreden zu lassen.

»Haben Sie denn mitbekommen, dass Herr Stöcken irgendwann mal Schwierigkeiten mit einem Mandanten oder einer anderen Person hatte?«, erkundigte sich Mads.

»Nein, das war nur so ein Gedanke, der mir plausibel erscheint. Als Anwalt hat man doch auch mit dubiosen Gestalten zu tun. Das sollten Sie als Polizeibeamter wissen.«

»Haben sich in den letzten Wochen Personen in der näheren Umgebung aufgehalten, die hier nicht wohnen?«, fuhr Mads fort, ohne auf den unterschwelligen Vorwurf einzugehen.

»Nein, wir haben niemanden gesehen.«

»Sie haben auch niemanden gesehen?«, hakte Mads nach und sah den Ehemann an.

Herr Singer räusperte sich, vermutlich weil er nicht mit der Frage gerechnet hatte, da seine Frau bereits die Antwort für beide übernommen hatte.

»Ich auch nicht. Tut mir leid.«

»Wieso fragen Sie nicht Sibylle?«, warf Frau Singer ein. »Sie war richtig dicke mit Hubert. Wenn jemand etwas über ihn weiß, dann sie. Er hat ihr mehr vertraut als seiner eigenen Frau.«

»Wie meinen Sie das?«

Sie hob die Schultern. »Wie ich es sagte. Es gibt doch diese Ehefrauen, die nicht besonders belastbar sind, denen man unangenehme Dinge nicht anvertrauen möchte, um ihnen keine Sorgen zu machen.«

»So eine Frau ist Carola Stöcken?«

»Das nehme ich an. Sie wirkt manchmal ziemlich überfordert.«

»Können Sie sich vorstellen, woran das liegt?«, fragte Enno.

Damit kam er Mads zuvor, der diese Frage auch stellen wollte. Ein deutliches Zeichen dafür, dass sie ein immer besser eingespieltes Team wurden. Zu Beginn ihrer Zusammenarbeit war so etwas selten vorgekommen.

»Vielleicht hat sie einen zu strengen Vater gehabt. An Hubert kann es jedenfalls nicht gelegen haben, der hat ihr jeden Wunsch erfüllt, und davon soll Carola eine Menge gehabt haben. Die Chanel-Tasche hat sich sicherlich nicht von selbst bezahlt.«

In ihren Worten schwang deutlicher Neid mit. War das möglicherweise der Grund, warum sie so über die Witwe herzog? Mads hatte oft gehört, dass manche Frauen extrem eifersüchtig waren und der anderen lieber die Augen auskratzen würden, als ihr etwas zu gönnen. Zu ihnen schien Singer zu gehören und sie wurde ihm dadurch mit jedem Satz unsympathischer. Glücklicherweise kannte er viele Frauen, die das genaue Gegenteil waren.

»In welchem Reisebüro arbeitet diese Sybille?«, fragte Mads.

»*Reisebüro Lohse*, im Paduaweg, nicht weit von hier«, antwortete sie.

»Die Straße kenne ich«, sagte Mads und warf Enno einen kurzen Blick zu. Da auch sein Kollege keine Fragen mehr zu haben schien, fuhr er fort: »Meine Visitenkarte, falls Ihnen doch noch etwas einfallen sollte.« Er drückte sie dem Mann in die Hand, obwohl die Frau die Hand ausstreckte. Diesen kleinen Triumph ließ er sich nicht nehmen, auch wenn persönliche Abneigungen bei der Arbeit als Polizist keinen Raum einnehmen durften.

Sie verabschiedeten sich von den Eheleuten und gingen ein paar Schritte weiter. Als sie außer Hörweite waren, sagte Mads: »Wir sollten dieser Sybille einen kurzen Besuch abstatten.«

»Den Gedanken hatte ich auch«, gab Enno zurück, dann lachte er leise. »Das war doch Absicht, dass du dem Mann deine Karte gegeben hast, oder?«

»Aber so was von. Sie war ja so richtig arrogant.«

»Wem sagst du das. Der arme Mann hat sich kaum getraut, den Mund aufzumachen. Ich sage immer, eine Beziehung muss auf Augenhöhe sein.«

»Sollte sie, aber gelingt das bei jedem?«, entgegnete Mads. »Ist es nicht so, dass eine Person immer mehr liebt als die andere? In der Hinsicht kann man sogar seine eigene Beziehung ehrlich analysieren.« Dabei dachte er sofort an Victoria, die ihn ganz sicher mehr liebte, als er es tat. Das war allerdings in jeder seiner bisherigen Partnerschaften so gewesen, dennoch schätzte und respektierte er Victoria, ohne Kompromisse.

»Das sind zwei verschiedene Paar Schuhe«, hielt Enno dagegen. »Ich vergöttere Rita, aber ich bilde mir nicht ein, dass sie das genauso tut. Das erwarte ich auch gar nicht, trotzdem investiere ich gern mehr in diese Liebe, weil ich weiß, dass sie mich liebt und respektiert und dass wir uns auf Augenhöhe begegnen. Sie gibt mir nicht das Gefühl, dass sie auf meinen Empfindungen rumtrampeln kann oder dass sie über mir steht. Das verstehe ich unter Augenhöhe. Wenn das nicht mehr gegeben ist, ist es keine gleichberechtigte Beziehung, und bei den Eheleuten Singer habe ich den Eindruck, dass genau das verloren gegangen ist. Was mir echt Sorgen macht.«

»Wieso?«

»Es kann in jeder Beziehung zwangsläufig das eintreten, was nach einer langen Ehe eintritt.«

»Mach dir da mal keine Sorgen«, beschwichtigte Mads ihn. »Die beiden sind eine Ausnahme. Wenn ich an Mikkel und Jutta denke, die waren auch lange verheiratet, obwohl mein Opa früh gestorben ist. Aber ihre Beziehung war immer auf Augenhöhe.«

»Hat Jutta Mikkel nicht mehr geliebt?«

»Wenn du Oma fragst, wird sie das bestimmt so sagen, aber ich bin überzeugt davon, dass es andersherum war. Mikkel hat Oma vergöttert. So streng er zu seinen Beamten und seinen Kindern war, bei Jutta war er es nicht, weil er sie bedingungslos geliebt hat, und er hat sich in dieser Rolle wohlgefühlt. Er wollte es nie anders. Einmal hat er zu mir gesagt: ›Weißt du, was mich wirklich glücklich macht?‹« Er brach ab, da er die Szene wieder genau vor sich sah, er war damals noch ein Kind gewesen.

»Was hat er gesagt?«, fragte Enno behutsam nach.

»Wenn Jutta glücklich ist. Nichts macht mich glücklicher«, antwortete Mads.

Enno setzte einen schmachtenden Gesichtsausdruck auf. »Was für ein Romantiker. Genau wie ich. Nichts macht mich glücklicher, als wenn Rita glücklich ist.«

Mads nickte, zugleich fragte er sich, ob das bei ihm und Victoria auch so war. Natürlich freute er sich, wenn sie glücklich war oder Freude über kleine Aufmerksamkeiten von ihm zeigte, aber machte ihn nichts mehr glücklicher, als sie glücklich zu sehen?

Wenn er ehrlich war, hatte er keine Antwort darauf, allerdings fand er auch nicht, dass eine solche Aussage allein der Maßstab für eine gute Beziehung war. Mikkel zum Beispiel war ein ganz anderer Typ als er und er hatte zu einer anderen Zeit gelebt. Zudem hatte es Andeutungen gegeben, dass Mikkels Kindheit nicht einfach gewesen war, obwohl Mads kaum Genaueres darüber wusste.

Inzwischen waren sie am Paduaweg angekommen und sahen sogleich das Schild des Reisebüros. Die Tür öffnete sich und eine Person trat auf die Straße. Emma.

»Moin«, grüßte Mads sie, Enno folgte seinem Beispiel und reichte ihr die Hand.

»Na, wollt ihr eine Reise buchen?«, fragte sie gespielt beiläufig, als wüsste sie nicht genau, warum die beiden Beamten hier waren.

»Wolltest du das denn?«, gab Mads sarkastisch zurück.

»Vielleicht.«

Schweigend sah er sie mit intensivem Blick an, der ihr signalisierte, dass er den wahren Grund ihres Besuches kannte.

Das waren die Momente, die ihn innerlich auf die Palme brachten. Warum teilte sie ihr Wissen nicht mit ihm? Er war Polizist.

Eben deswegen, gab er sich die Antwort, weil Emma als Journalistin ungern Informationen teilte, bevor ihre Artikel erschienen.

Genau wie du, du gibst Informationen genauso wenig weiter, fügte er in Gedanken hinzu.

»Ihr wisst es doch eh. Hubert Stöcken und Sybille kennen sich schon ziemlich lange. Sie sind alte Weggefährten und ich recherchiere gerade.«

»Willst du einen Artikel über den brutalen Mord schreiben?«, fragte Enno interessiert.

»Das ist das Ziel. Hubert Stöcken war beliebt im Ort, und ich denke, die Leser der Ostseezeitung haben ein Recht darauf, zu erfahren, warum er ermordet wurde.«

»Da bin ich gespannt, ich lese deine Artikel gern, schon als ich für kurze Zeit Mads' Chef war.« Er lächelte und fügte mit Blick auf Mads eilig hinzu: »Eine Situation, die zum Glück der Vergangenheit angehört.«

»Da war meine Arbeit auch noch angenehmer, da wurde ich von der Polizei mehr geschätzt«, schoss es aus Emma heraus, dabei lachte sie auf.

Mads verstand den kleinen Seitenhieb. Das gehörte ebenfalls zu Emma: Manchmal redete sie spontan und frei heraus.

»Was erzählt Sybille Lohse denn so?«, wollte Mads wissen.

Emmas Augen verengten sich. »Das ist ein Scherz, oder?«

»Nein, eine ganz normale und berechtigte Frage eines Polizeibeamten.«

»Schon mal was von Informantenschutz gehört?« Wütend funkelte sie ihn an.

»Habe ich, aber hier liegen die Dinge anders. Wir ermitteln in einem Mordfall.«

»Ich weiß, das ändert allerdings nichts an der Tatsache, dass ich meine Informanten und deren Aussagen mir gegenüber schütze. Der Informantenschutz leitet sich direkt aus Artikel 5 des Grundgesetzes ab, falls du es vergessen haben solltest. Außerdem stehst du unmittelbar vor dem Reisebüro. Stell ihr selbst deine Fragen, sie wird dich schon nicht beißen.«

»Es ist möglich, dass du andere Antworten von ihr erhalten hast, als sie sie mir geben wird.«

»Ich muss los«, sagte Emma streng, reichte Enno die Hand und umarmte Mads.

Diese Geste kam etwas überraschend, da er angenommen hatte, dass sie eingeschnappt oder sauer wäre.

Sie sahen ihr hinterher, wie sie entschlossen weiterging.

»Was für eine Powerfrau. Kein Wunder, dass sie so eine erfolgreiche Journalistin ist«, schwärmte Enno.

Damit hatte er absolut recht, dennoch wäre es Mads lieber, wenn Emma mehr Informationen zu laufenden Ermittlungen mit ihm teilen würde.

»Lass uns reingehen«, sagte er und beide betraten das Reisebüro.

Obwohl das gar nicht zur Debatte stand und in diesem Moment vollkommen unangebracht war, musste Mads darüber nachdenken, ob Mikkels Satz über die Liebe auf ihn und Emma zuträfe: Wäre er erst wirklich glücklich, wenn Emma glücklich war?

16

Man musste schon ziemlich blind sein, um nicht zu sehen, wie es zwischen Mads und Emma knisterte. Dass die beiden sich mochten, obwohl sie jedes Mal, wenn sie sich sahen, heftig diskutierten, war Enno klar. Auch wenn Mads ihm gegenüber gebetsmühlenartig wiederholte, dass Emma nur eine sehr gute Freundin sei, mehr nicht. Gerade eben hatte das allerdings ganz anders ausgesehen. Wie die beiden sich angeschaut hatten, dazu ihre Körpersprache, selbst als Emma Kritik an Mads geäußert und ihm Widerworte gegeben hatte, sagte mehr als tausend Worte.

Wenn Enno es nicht besser gewusst hätte, hätte er angenommen, dass sich hier zwei Menschen gegenüberstanden, die unglaublich viel Sympathie füreinander hatten. Gefühle. Auf der anderen Seite war Mads kein schüchterner Mensch und sich seiner Anziehungskraft in der Frauenwelt bewusst, daher glaubte Enno nicht, dass er sich nicht traute, Emma seine Gefühle zu gestehen. Er war alt genug, um selbst zu entscheiden, was für ihn am besten war, außerdem hatte er viel mehr Erfahrungen, was Frauen anbelangte, daher wollte Enno sich da nicht einmischen.

»Moin«, grüßte die Frau im Reisebüro sie, als sie eintraten.

»Moin. Sind Sie Frau Lohse?«, fragte Mads.

»Die bin ich. Was kann ich für Sie tun? Wollen Sie einen Pärchenurlaub machen, suchen Sie nach gayfreundlichen Locations?« Ihre Stimme klang freundlich, mit einem rauchigen Unterton. Enno fand sie auf Anhieb sympathisch.

»Wir sind kein Paar«, erwiderte Mads.

»Verzeihung, hätte ja sein können. Ich hoffe, ich bin Ihnen nicht zu nahe getreten.« Sie schwieg kurz und musterte Mads. »Sagen Sie mal, Sie sind sicherlich nicht der Sohn …« Erneut brach sie ab und stand nun von ihrem Stuhl auf. »Sind Sie der Enkel von Jutta?«

»Der bin ich«, antwortete Mads.

»Klar sind Sie das«, sagte Lohse erfreut. »Ich habe Sie mit Jutta schon mal am Strand gesehen. Jetzt weiß ich auch, warum Sie hier sind, Ihre Begleitung ist Ihr Kollege bei der Polizei, richtig?«

»Der bin ich. Enno Janssen. Hocherfreut«, sagte Enno und nahm seine Baskenmütze ab.

»Ein Gentleman der alten Schule, das sehe ich gern«, gab sie heiter zurück, dann wurde ihre Stimme ernster. »Sie sind wegen Hubert hier, oder?«

»Das sind wir. Uns wurde erzählt, dass Sie und Herr Stöcken sich schon sehr lange kennen«, begann er.

»In der Tat. Wir waren jünger als Sie, als wir uns kennengelernt haben, und auch wenn ich nicht mehr danach aussehe, wir hatten eine wilde Zeit. Tja, man wird halt älter und ruhiger, wobei ich mir manchmal sage: Scheiß drauf. Wer sagt denn, dass man in meinem Alter nicht auch noch auf die Kacke hauen und in der Disco mit den Kids abtanzen darf?« Sie lachte rau.

»Niemand, man ist so alt, wie man sich fühlt«, pflichtete Enno ihr bei.

»Die Einstellung gefällt mir. Aber deswegen sind Sie sicherlich nicht hier. Was möchten Sie denn wissen? Sie haben eben die liebe Emma Falk verpasst. Sie schreibt einen Artikel über den feigen Mord. Ich hoffe, Sie finden den Mistkerl, der Hubert auf dem Gewissen hat.«

»Das werden wir, dafür müssen wir Ihnen leider ein paar Fragen stellen«, erwiderte Enno.

Er spürte, dass er zu der Inhaberin des Reisebüros einen guten Draht hatte, und wie es schien, sah Mads das ebenso, denn er mischte sich bisher nicht sonderlich in das Gespräch ein.

»Dann nur zu. Wollen Sie auch einen Kaffee?«, fragte sie.

»Für mich nicht, danke«, antwortete Mads.

»Wenn es keine Umstände macht, nehme ich gern einen«, sagte Enno, er wollte die lockere Plauderatmosphäre erhalten.

»Milch und Zucker?«

»Gern beides.«

Lohse trat an den Kaffeevollautomaten und drückte auf einen Knopf.

»Worauf sind Sie hier in der Agentur spezialisiert?«, erkundigte sich Enno.

»Ich bin Generalistin, ich biete alles an, aber vorwiegend Reisebausteine für anspruchsvolle Kunden, die keine Lust und Zeit haben, sich das alles mühsam im Internet selbst zusammenzustellen. Zum Glück habe ich rechtzeitig erkannt, welche Gefahren das Internet für meine Branche birgt. Durch meine Spezialisierung habe ich mir einen sehr guten und loyalen Kundenkreis aufgebaut. Wenn Sie mal eine Reise planen, die nicht 08/15 ist, kommen Sie gern auf mich zu.«

»Wer weiß, vielleicht werde ich das mal«, gab Enno lachend zurück. »So eine Hochzeitsreise mit dem Kreuzfahrtschiff in die Südsee hätte was.«

»Gratulation zur Verlobung.«

»Ach, so weit ist es noch nicht. Rita und ich kennen uns erst wenige Monate, aber der Gedanke ist schon da.«

Lohse verzog den Mund. »Schauen Sie sich Hubert an, er hat lange gezögert mit seiner Traumreise und einen Monat vorher wird er ermordet. Warten Sie also nicht zu lange.«

»Wie gesagt, wir sind erst wenige Monate zusammen«, wehrte Enno ab.

»Wenn Sie sie lieben, ist es doch wurscht, ob Monate oder Jahre. Eine Garantie, dass es auf ewig klappt, gibt es nie. Ich war viermal verheiratet. Meinen letzten Ehemann kannte ich fünf Jahre, bevor ich seinen Antrag angenommen habe, und was soll ich sagen? Nach einem Jahr haben wir uns scheiden lassen. Meinen ersten Ehemann kannte ich vier Wochen, als wir geheiratet haben, und diese Ehe hielt zehn Jahre.«

Lohse reichte Enno einen Kaffeebecher und schaute dann zu Mads. »Sicher, dass Sie keinen wollen?«

»Ganz sicher«, antwortete Mads. »Sie sagten, dass Sie und Herr Stöcken sich sehr lange kannten. Wie haben Sie sich kennengelernt?«

»Da war ich Mitte zwanzig. Wie deine Oma bin ich in Niendorf aufgewachsen und Hubert ist nach dem Studium in Kiel hierher zurückgekommen, er hatte die verrückte Idee, sich als Anwalt niederzulassen. Wir waren quasi Nachbarn und haben uns auf Anhieb verstanden. Genau wie ich war er jemand, der gern und viel lachte und nicht alles so eng sah – im Gegensatz zu Carola.«

»Wie hat er seine Ehefrau kennengelernt?«, fragte Mads weiter, während Enno sich einen Schluck Kaffee gönnte.

Sein Kollege wirkte angespannt, das war an sich untypisch für ihn. Vielleicht lag es an dem Gesprächsthema, das Stichwort Heirat hatte ihn vermutlich an seine Freundin Victoria erinnert und an den Druck, den sie ihm in dieser Hinsicht machte.

»Die zwei haben sich im *Café Wichtig* in Timmendorfer Strand das erste Mal getroffen. An dem Tag war ich mit ihm da, und dann kam Carola rein, in einem kurzen Rock, die langen blonden Haare zu einem Zopf gebunden. Sie war mit einer Freundin da, die ich kannte, und so kam es zum ersten Kontakt. Irgendwann wurden die beiden ein Paar und ein Jahr später haben sie geheiratet. Hubert hat mal zu mir gesagt, dass ein erfolgreicher Notar verheiratet sein müsse, das würde mehr Seriosität ausstrahlen, am besten sollte er auch Kinder haben.« Sie schnaubte leise. »Er wollte schon sehr früh Notar werden, weil er da mehr Geld verdienen konnte. Im Grunde ist er gar nicht Anwalt geworden, weil er an das Recht glaubte oder aus Überzeugung, sondern weil er davon ausging, damit ordentlich Geld verdienen zu können. Er kam aus einfachen Verhältnissen, seine Eltern waren immer knapp bei Kasse. Hubert wollte nicht das gleiche Schicksal teilen.«

»Hat er die Ehe also als Teil des Geschäfts gesehen?«, hakte Enno nach.

Er konnte Stöckens Beweggründe nachvollziehen, da auch er aus einfachen Verhältnissen kam und wusste, wie es war, schon in der Monatsmitte knapp bei Kasse zu sein. Kein Gefühl, das man gern über einen längeren Zeitraum haben wollte.

»Nein, das nicht. Aber er war ein verdammt cleverer Mann, der wusste, worauf seine Mandanten in einem langweiligen, konservativen Kaff wie Niendorf Wert legen: Beständigkeit. Dabei war Hubert tief in seinem Herzen ganz anders, er liebte ausschweifende Partys und hielt wenig von Konventionen. Trotzdem konnte er sich zusammenreißen, wenn es um seine Karriere ging, und zu der hat Carola natürlich perfekt gepasst.«

»Also war es eine Zweckehe?«, wiederholte Enno seine Frage noch einmal anders.

»Ich denke nicht. Carola hat Hubert geliebt, keine Frage, und ich glaube, Hubert hat gelernt, sie zu lieben. Er hat sie respektiert, nie ein schlechtes Wort über sie verloren und ihr jeden Wunsch erfüllt.« Sie lachte spöttisch. »Von denen hat Carola jede Menge.«

»Wieso hatten die beiden keine Kinder? Sie meinten doch, dass das gut in sein Konzept gepasst hätte.«

Lohse zuckte mit den Achseln. »Sie haben es versucht, auch mit künstlicher Befruchtung, aber es hat leider nicht geklappt. Irgendwann haben sie es aufgegeben, auch wegen Carolas Alter. Im Gegensatz zu euch Männern können wir Frauen nicht bis ins hohe Alter schwanger werden. Schon ungerecht, oder?«

»Hat Ihnen Herr Stöcken mal von Problemen erzählt, zum Beispiel mit Mandanten oder Geschäftspartnern? Hatte er Sorge vor einem Überfall oder Ähnlichem?«, fragte Enno weiter. »Wenn man in einem so auffälligen babyblauen Bentley durch Niendorf und Umgebung fährt, zieht man eine Menge Aufmerksamkeit auf sich, auch von Leuten, von denen man das lieber nicht möchte.«

»Nein, da gab es nichts. Hubert und ich haben über viele Dinge gesprochen, weil er mir vertraut hat. Er war niemand, der Angst hatte, zumal er eine Kamera und eine Alarmanlage auf dem Grundstück hatte. Außerdem sollte man ja meinen, dass es in einem Dorf wie diesem friedlich zugeht und keiner dem anderen aus Neid die Kehle durchschneidet.«

»Woher wissen Sie, dass ihm die Kehle durchgeschnitten wurde?«, hakte Mads ein.

Er wirkte überrascht und Enno war es nicht weniger, da sie mit keinem Wort erwähnt hatten, wie Stöcken ermordet worden war.

Lohse stockte und versuchte den Moment der Verunsicherung damit zu überspielen, dass sie einen Schluck Kaffee trank.

»Das hat mir Emma erzählt. Hätte sie das nicht tun dürfen?«, sagte sie dann.

»Ist schon okay. Das wurde gestern über eine Pressemitteilung, die vor allem für die Medien gedacht war, öffentlich gemacht«, antwortete Mads.

»Sehr gut. Ich wollte sie auf keinen Fall in die Pfanne hauen. So eine tolle Frau. Wäre die nichts für Sie?«

Mads war kurz sprachlos. »Ich habe eine Freundin.«

»Schade, ich glaube, sie würde gut zu Ihnen passen.«

»Sie hat einen Freund«, ergänzte Enno.

»Wissen Sie, ob es zwischen Hubert und seiner Frau Streit gab?«, fragte Mads.

»Hubert war kein streitlustiger Mensch, dafür war er viel zu harmoniesüchtig, und weil das so war, hat Carola am Ende immer ihren Willen bekommen. Jedenfalls kann ich mich nicht daran erinnern, dass sich die beiden mal so richtig gezankt haben.«

»Warum haben sie dann die Kreuzfahrt storniert?«, erkundigte sich Mads.

Enno sah sie gespannt an. Die Frage war genial, denn sie wussten gar nicht mit Sicherheit, dass die Reise wirklich storniert worden war. Aber dadurch, dass er so tat, als wüsste er es, zwang er Lohse zu einer eindeutigen Antwort.

Mit gerunzelter Stirn sah sie Mads an. »Wer erzählt denn so einen Unsinn? Wenn das so wäre, wüsste ich das ja wohl.«

17

Nachdem die beiden Beamten ihr Reisebüro verlassen hatten, schloss Sibylle Lohse ihren Laden ab und hängte das Schild mit der Aufschrift »geschlossen« an die Tür. Anschließend ging sie zurück zu ihrem Schreibtischstuhl, setzte sich und ließ sich gegen die Rückenlehne fallen. Sie schloss die Augen, legte die Handflächen zusammen und hielt die Zeigefinger unterhalb der Nase vor ihr Gesicht. Das alles musste sie erst einmal verarbeiten.

Ob es wirklich so eine gute Idee gewesen war, Emma das Interview zu geben?

Doch, das war es. Du hast alles richtig gemacht, indem du in die Offensive gegangen bist und erzählt hast, was für ein toller Mann Hubert war und wie gut ihr befreundet wart, versuchte sie ihre Bedenken zu zerstreuen.

An Arbeit war gerade überhaupt nicht zu denken, dabei hatte sie zwei Kunden versprochen, ihnen noch am selben Tag Angebote zu mailen. Zwei Stammkunden, die sie nicht enttäuschen konnte und durfte, denn es ging dabei auch um eine hohe Provision. So gut, wie sie es den Polizeibeamten erzählt hatte, liefen die Geschäfte nämlich nicht. Zwar kam sie mehr oder weniger über die Runden, aber sie war nicht so naiv, zu glauben, dass das noch lange gut gehen würde.

Allerdings machte sie sich auch nicht allzu große Sorgen, sie würde schon eine Lösung finden, obwohl sich mit Huberts Tod einiges änderte.

Die Idee, ihr Reisebüro in ein paar Jahren gegen eine gute Abstandszahlung zu verkaufen, schien sich langsam in Luft aufzulösen, da ein potenzieller Käufer sich natürlich die Bilanzen anschauen und schnell feststellen würde, dass ein Kauf eine ziemlich große Dummheit wäre. Kein Wunder, bei der Konkurrenz im Internet und dem Geiz der Menschen. Es musste immer alles billig sein, selbst für Reisen zu den exotischsten Orten wollten die Menschen so wenig Geld wie möglich ausgeben, und einige waren sogar so unverschämt, zu fragen, ob man sich nicht die Provision, die sie bekam, teilen könne, sonst würde man die Reise online buchen.

»Widerliches Pack«, platzte es wütend aus Sibylle heraus.

Hubert war nicht so gewesen, er hatte ihre Vorschläge für Reisen immer angenommen. Wenn es trotzdem mal Kritik oder Änderungswünsche gegeben hatte, dann nur von Carola.

»Dieser Drachen!«

Sibylle hatte nie verstanden, warum Hubert diese Hexe geheiratet hatte. Vermutlich hatte sie ihn einfach nur geschickt um den Finger gewickelt und manipuliert. Am Ende war es für Hubert wohl auch eine Entscheidung im Sinne seiner Karriere gewesen, die ihm alles bedeutet hatte. Der Sex war es jedenfalls garantiert nicht, obwohl Frauen die Männer damit leicht beeinflussen konnten. Von Hubert wusste sie jedoch, dass Carola im Bett langweilig war und sie selten Sex hatten, was ihn nicht im Geringsten gestört hatte.

Sibylle stand auf, sie musste raus, sich die Beine vertreten, sich ablenken. Also griff sie nach ihrer Jacke und ihrer Tasche, verließ ihr Reisebüro, schloss ab und ging Richtung Niendorfer Hafen.

Auf dem Weg kam ihr Carola Stöcken entgegen. Sie war ganz in Schwarz gekleidet, natürlich nur hochwertige Designersachen und die Chanel-Tasche durfte selbstverständlich auch nicht fehlen. Alles von Hubert finanziert.

Sibylle presste die Lippen zusammen. Carola war gerade die letzte Person, der sie begegnen wollte.

Reiß dich zusammen, ermahnte sie sich dennoch.

»Moin, Carola. Mein Beileid wegen Hubert. Ich habe erst heute davon erfahren«, sagte sie.

Carola schaute sie mit giftigem Blick an. »Steck dir dein Beileid sonst wohin. Ich weiß genau, was du getan hast.«

18

Timmendorfer Strand

Gustav langweilte sich ein wenig in seinem Büro, was wirklich selten vorkam. Kein Albert, der einfach hereinplatzte und ihn nervte, kein Stapel an Berichten seiner Mitarbeiter. Auch bei ihrem aktuellen Fall gab es keine dringenden Aufgaben, die er selbst hätte übernehmen können. Mads und Enno kümmerten sich um die anstehenden Befragungen, mehr war momentan nicht zu tun.

Den Gedanken, nach Lübeck zu fahren, um mit Albert und Jutta zu *Niederegger* zu gehen und seine Mutter über Hubert Stöcken zu befragen, verfolgte er nicht weiter. Jutta brauchte diesen Tag für sich, außerdem würde Albert ihm nur unterstellen, dass er wegen der Torte mitkommen wolle, und diese Steilvorlage wollte er ihm nicht bieten.

Daher beschloss er, eine Runde durch die Dienststelle zu drehen und zu schauen, was es an Neuigkeiten gab, danach würde er zu Tisch gehen.

»Na, was hast du vor?«, fragte Petra, als er ins Vorzimmer trat.

»Meine Mitarbeiter besuchen und mal schauen, was Mads und Enno bisher für Hinweise gesammelt haben. Danach mache ich Mittag.«

»Also ist dir langweilig?«

»Ganz gewiss nicht«, entgegnete Gustav streng.

Petra blickte ihn amüsiert an. »Keine Sorge, von mir erfährt Herr Lange nichts.«

»Warum sollte ich Sorge haben, dass Albert davon erfährt?«

»Weil du ihm immer Vorwürfe machst, dass er so oft herkommt, weil ihm langweilig ist, während du in Arbeit untergehst.«

»Tue ich auch. Erzähl ihm bloß nichts anderes.«

»Mach ich nicht, Chef«, versicherte Petra und ihre Mundwinkel hoben sich noch weiter.

Petra war wie Albert, sie stichelte gern gegen ihn. Dabei musste er zugeben, dass er selbst gegenüber Albert auch nicht ganz frei davon war.

Der Rundgang durch die Dienststelle und die Gespräche mit den Beamten taten ihm gut, sie lenkten ihn ein wenig ab und brachten ihn auf neue Gedanken. Abschließend betrat er das Büro von Mads und Enno. Sofort fiel sein Blick auf den leeren Arbeitsplatz, der nicht genutzt wurde. Er hatte Lena gehört und Mads hatte darauf bestanden, ihn zu erhalten in der Hoffnung, dass seine Schwester zur Polizei zurückkehren würde. Doch wie es schien, wollte sich diese Hoffnung nicht erfüllen.

Einer spontanen Eingebung folgend, griff er nach dem Telefon und rief seine Nichte an.

»Hallo, Onkel, schön, dass du anrufst. Was kann ich für dich tun?«, fragte Lena gut gelaunt.

»Ich wollte nachher Mittagessen gehen und würde mich freuen, wenn du mich begleitest.«

»Gern. Momentan bin ich allerdings noch beschäftigt. Wäre in einer Stunde in Ordnung?«

»Passt. Wo möchtest du hin?«

»Das überlasse ich dir.«

»Dann lass uns ins *Rendezvous* gehen«, schlug Gustav vor. Es war ein Restaurant am Niendorfer Hafen mit einer tollen Aussicht auf die Ostsee, das Lena barrierefrei erreichen konnte.

»Hört sich gut an. Ich bin dann in einer Stunde da.«

»Wunderbar, bis nachher«, sagte Gustav und legte auf. Er freute sich, dass Lena zugesagt hatte, so bekam er Gelegenheit, sie über ihre Reise mit Albert und ihre Pläne zu befragen.

Nun widmete er sich den Aufzeichnungen auf dem Whiteboard, wo Mads wie gewohnt zusammen mit Enno den aktuellen Fall visualisiert hatte.

»Das ist zu wenig«, murmelte er, nachdem er sich einen Überblick verschafft hatte. Sie brauchten mehr, um eine Spur zu dem Täter zu bekommen.

Obwohl ihm noch reichlich Zeit bis zu dem Treffen mit Lena blieb, ging Gustav nach draußen zu seinem Dienstfahrzeug und fuhr nach Niendorf, um bei einem Strandspaziergang den Kopf freizubekommen.

Vielleicht sollte doch ich später mit Carola sprechen, überlegte er.

An sich hatte er Mads und Enno gebeten, das zu tun, aber er hatte mit einem Mal das Gefühl, dass es möglicherweise sinnvoller wäre, wenn er das übernahm. Möglich, dass Mads etwas zu unsensibel vorging. Sollte er danach den Eindruck haben, dass die beiden trotzdem mit ihr sprechen sollten, konnten sie das immer noch tun. Also wählte er die Nummer seines Neffen und fragte ihn ohne lange Umschweife, ob sie bereits bei Carola Stöcken gewesen seien.

»Nein, noch nicht, wir sind gerade aus dem *Reisebüro Lohse* raus, jetzt sind wir auf dem Weg zu ihr.«

»Gut, dann sucht sie bitte nicht auf«, sagte Gustav.

»Warum das nicht?«

»Weil ich das später tun werde.«

»Ich dachte, wir sollten das Gespräch führen.«

»Das ist richtig, aber jetzt gibt es eine Planänderung.«

»Woher kommt der plötzliche Sinneswandel?«, fragte Mads, die unterschwellige Kritik war nicht zu überhören.

»Akzeptiere es einfach. Als dein Vorgesetzter muss ich dir

nicht jeden meiner Schritte und meine Entscheidungen erklären. Erzähl mir lieber, was du bei Sibylle zu suchen hattest.«

»Dich muss man echt nicht verstehen«, murrte Mads, dann fragte er: »Du kennst Sibylle?«

»Ja, zwar nicht sehr gut, aber wir laufen uns ab und zu über den Weg. Sie hat für Albert und mich mal ein, zwei Reisen gebucht. Was wolltet ihr von ihr?«

»Sie war eine enge Freundin von Hubert Stöcken, daher war es naheliegend, dass wir mit ihr reden.«

»Stimmt. Was hat sie erzählt und wie waren die anderen Gespräche?«

Mads berichtete und Gustav hörte zu, stellte hier und da eine Zwischenfrage und sagte schließlich: »Das war gut. Ich melde mich später, wenn ich mit Carola geredet habe, dann sprechen wir die nächsten Schritte ab.«

»Wie du meinst«, erwiderte Mads und beendete das Gespräch.

Die Informationen von Sibylle Lohse waren interessant. Gustav hatte einen guten Draht zu ihr und würde auch selbst noch einmal zu ihr gehen, wenn es nötig wäre.

In der Nähe des Niendorfer Hafens fand er einen Parkplatz, er stieg aus, ging zum Strand und spazierte Richtung Seebrücke, um eine größere Runde zu drehen, ehe er zurück zum Restaurant *Rendezvous* schlendern würde.

Am Strand war wenig los. Gustav beobachtete zwei Möwen, die keine zwanzig Meter vor ihm landeten, nur um gleich darauf wieder die Flügel auszubreiten und über seinen Kopf hinwegzufliegen. Befreit atmete er die frische Ostseeluft tief ein, ließ seinen Blick zum Meer wandern und streckte die Arme. Für einen Moment war er ganz eins mit sich und der Natur, sodass er sich bald mit neuer Kraft der Verabredung mit Lena würde widmen können. Die Gedanken an den Fall waren weit weg.

Seine Nichte als Bürgermeisterin. Die Vorstellung gefiel ihm.

Ob sie dann auch die ganze Zeit bei Mads im Büro abhängt und ihn nervt?, dachte er belustigt.

Nein, das würde nicht passieren, denn Mads würde ihr sogar freiwillig einen gesamten Arbeitsplatz bei sich freihalten, weil seine Schwester ihm niemals auf die Nerven gehen würde. Sie hatten von Beginn an ein sehr besonderes und inniges Verhältnis gehabt, sie waren schon als Kinder unzertrennlich gewesen.

Mich könnte Lena auch ruhig jeden Tag besuchen, fügte er in Gedanken hinzu. Man konnte Lena eben nicht mit Albert vergleichen, sie waren zwei komplett unterschiedliche Charaktere.

Lena war bodenständig und empathisch, sie drängte sich niemals auf oder wollte im Mittelpunkt stehen, was man von Albert nicht sagen konnte. Der empfand sich häufig als Nabel der Welt, deshalb durfte man ihm gegenüber nicht zu nachsichtig sein, ihm nicht zu oft den kleinen Finger reichen, weil er dann sofort nach der ganzen Hand griff.

So in Gedanken versunken hatte Gustav kaum bemerkt, dass er schon an der Seebrücke angekommen war, daher machte er gleich wieder kehrt und ging zurück Richtung Hafen. Der Herbst tauchte die Gegend an der Lübecker Bucht in eine friedliche Stille. Gustav mochte diese ruhige Atmosphäre, in der sich bereits der Winter mit einer frischeren, beinahe gesünderen Seeluft ankündigte. Es war anders als im Sommer. Nicht schlechter, einfach anders, Gustav fand nicht die richtige Beschreibung dafür.

Er blickte auf die Wellen und die Seevögel und ließ sich treiben, bis er den kleinen Pfad erreichte, der zum *Rendezvous* führte. Vor dem Eingang sah er sie bereits in ihrem Rollstuhl, sie winkte ihm fröhlich zu.

»Moin, Nichte«, sagte er und umarmte sie kurz.

»Hallo, Onkel, schön, dich zu sehen«, erwiderte sie, ihre Augen strahlten.

»Wollen wir uns auf die Terrasse setzen oder magst du lieber reingehen?«

»Terrasse ist bestens«, antwortete Lena, also suchten sie sich ein hübsches Plätzchen, von wo aus sie bis nach Timmendorfer Strand schauen konnten.

Kaum hatten sie Platz genommen, brachte der Kellner ihnen die Speisekarte.

»Ich hatte gerade darüber nachgedacht, was ich zu Mittag essen soll, als du angerufen hast«, sagte Lena, während sie die Karte studierte.

»Bestell, wonach dir ist, ich lade dich selbstverständlich ein«, sagte Gustav. »Ich habe Lust auf Heilbutt, der ist hier sehr gut. Haben Albert und ich erst letzte Woche gegessen.«

Lena blätterte weiter und spitzte kurz die Lippen, vermutlich weil sie den Preis des Gerichtes gesehen hatte, der nicht besonders günstig war.

»Ich glaube, mir reicht ein Toast Hawaii«, sagte sie dann.

»Lena, vertrau deinem Onkel und bestell den Heilbutt. Du wirst es nicht bereuen«, widersprach Gustav, der spürte, dass Lena nur auf den Preis schaute und ihren Appetit hintanstellte. Dass sie am Essen sparte, weil er zahlte, kam für ihn überhaupt nicht infrage.

»Ist schon happig«, gab sie dann ehrlich zu. »Ich nehme ihn nur, wenn ich zahle.«

Gustav berührte die Hand seiner Nichte und sah ihr in die Augen. »Wir haben so lange nicht mehr zusammen Mittag gegessen. Erinnerst du dich, was Opa Mikkel zum Thema Essen und Familie gesagt hat?«

»Am Essen spart man nicht, und wenn ein Mann seine Familie nicht ordentlich zum Essen einladen kann, sollte er lieber zu Hause essen«, zitierte sie die Worte ihres Opas.

»Also tu mir den Gefallen und bestell den Heilbutt. Du magst doch Fisch.«

»Wir sind Küstenkinder, logisch mag ich Fisch«, bekräftigte sie.

Der Kellner kam und Gustav bestellte zweimal Heilbutt, dazu zwei Vorspeisen und eine große Flasche Wasser.

»Jetzt erzähl mir mal, wie diese Reise mit Albert und den Jungunternehmern war«, sagte er. Zwar kannte er Alberts Version, doch da dieser zu Übertreibungen neigte, wollte er Lenas Sicht ebenfalls hören.

»Die war einfach super«, schwärmte sie. »Ich hätte nicht gedacht, dass es so interessant sein würde, da habe ich Albert echt falsch eingeschätzt, das muss ich zugeben.«

»Du glaubst doch nicht etwa, dass er das alles organisiert hat? Das war seine Sekretärin. Albert weiß nicht mal, wie man Schnürsenkel richtig bindet«, spottete Gustav.

Lena lachte. »Ich glaube schon, dass der Erfolg der Reise Albert zu verdanken ist. Man hat gesehen, wie gut er vernetzt ist und welches Ansehen er außerhalb unserer Gemeinde genießt. Man kriegt das ja hier im Alltag gar nicht mit, weil er zur Familie gehört. Aber auf der Reise habe ich erlebt, dass es Gemeinden und Städte gibt, die unsere Gemeinde und Albert als Vorbild sehen.«

»Das ging ihm sicher runter wie Öl.«

Lena nickte lachend.

Gustav ging das Herz auf, wenn er seine Nichte so gut gelaunt sah. Leider war das in den letzten Wochen und Monaten eher selten der Fall gewesen. Neben der Belastung durch ihr Angewiesensein auf den Rollstuhl hatte der Mord an ihrem Verlobten vor ein paar Monaten Lena in eine schwere Krise gestürzt. Vor allem die Tatsache, dass er sie jahrelang belogen und betrogen hatte, hatte ihr mächtig zugesetzt. Gustav wollte sich gar nicht vorstellen, um wie viele Tausend Euro er sie erleichtert hatte. Von einigen wusste er.

Der Kellner brachte ihnen die Vorspeisen und die große Flasche Wasser, füllte ihre Gläser und ging dann zum nächsten Tisch.

»Apropos Albert, wo ist der eigentlich?«, fragte Lena und widmete sich ihrer Vorspeise.

»Mit Oma in Lübeck, bei *Niederegger*, um sie ein wenig auf andere Gedanken zu bringen.«

»Gute Idee. Ich war gestern bei ihr, der Mord an Hubert Stöcken setzt ihr mehr zu, als sie es zeigen möchte.«

»Ich weiß. Hat sie was darüber gesagt?«

»Nein, nicht viel, nur dass seine Eltern nie verstanden hätten, warum Hubert sich für Carola entschieden hat. Zwei so unterschiedliche Charaktere. Außerdem kam es wohl recht plötzlich.«

»Wieso das?«

»Er hatte ja in Kiel studiert und ist dann zurück nach Niendorf gekommen. Seine Mutter hatte wohl angenommen, dass er danach in Kiel für eine Kanzlei arbeiten würde, weil die Eltern kein Geld hatten, um ihn hier bei der Gründung einer eigenen Kanzlei zu unterstützen, aber das hat er nicht getan.«

»Ob Carola ihn finanziell unterstützt hat?«, überlegte Gustav.

»Du meinst, als eine Art Sugarmummy?«

»Was soll das sein?«

Lena lachte auf. »Das sind Frauen mit Geld, das Gegenstück zu Sugardaddys.«

Gustav musste über seine Begriffsstutzigkeit schmunzeln. »Möglich. Was Männer können, können Frauen genauso. Ich muss mal mit Jutta darüber sprechen, vielleicht findet Tim auch noch was heraus.«

»Tim auf jeden Fall«, bestätigte Lena.

Einen Moment trat Stille ein, während sie ihre Vorspeise aufaßen, dann kam bereits der Kellner mit dem Hauptgang.

»Albert meinte, du nimmst nächste Woche an einer CDU-

Sitzung teil?«, fragte Gustav und teilte ein Stück von seinem Heilbutt ab.

»Ja, das war geplant. Ich habe da ein paar Ideen.«

»Darf man die erfahren?«

»Klar, du bist mein Onkel. Ich hatte auf der Reise ein langes Gespräch mit dem OB aus Emden, der auch im Rollstuhl sitzt. Es ging vor allem um Förderprogramme für Menschen mit Behinderungen. Deshalb habe ich mal auf der Website des Rathauses geschaut, was wir da überhaupt an Programmen haben, und ich war erstaunt, wie dürftig das ist. Ich würde mich da gern einbringen.«

»Das ist ein genialer Plan. Wenn das jemandem gelingt, dann dir«, erwiderte Gustav.

Er freute sich aufrichtig, dass Lena ein Thema gefunden hatte, das ihr gefiel. Sie war früher bereits ehrenamtlich tätig gewesen, während Mads lieber surfen gewesen war oder sich jede Woche mit einer anderen Frau getroffen hatte.

»Danke, ich glaube, das würde mir echt Spaß machen. Ich weiß nur nicht, wie Albert darauf reagieren wird.«

»Wie meinst du das?«

»Na ja, solche Programme kosten Geld, und ich möchte ihn nicht vor den Kopf stoßen.«

»Mach dir über Geld mal keine Sorgen, das ist reichlich vorhanden.«

»Woher weißt du das?«

»Weil Albert es mir selbst gesagt hat.« Gustav beugte sich etwas vor und sagte leise: »Die Gemeinde hat Millionen geerbt. Zwei davon hat er mir zugesagt, für die Modernisierung der Polizei, einen anderen Teil kann er garantiert auch für dein Projekt abzweigen.«

»Das hat Albert wirklich gesagt?«, fragte Lena skeptisch.

»Hat er«, antwortete Gustav, auch wenn das nicht ganz stimmte, aber Albert würde keine Wahl bleiben.

Jemand, der jeden Tag in seinem Büro aufschlug und herumposaunte, wie wichtig ihm die Sicherheit in seiner Gemeinde sei, würde das jetzt mit Investitionen beweisen müssen.

»Das wäre wirklich toll, ich habe da echt ein paar richtig gute Ideen. Ich würde mich auch vorher mit Kevin abstimmen.«

»Mach das. Du kennst Albert, er kann dir keine Bitte abschlagen.«

Lena schüttelte entschieden den Kopf. »Ich möchte nicht, dass er das aus Gefälligkeit tut, sondern weil es vernünftig und richtig ist. Immerhin ist es nicht sein privates Geld, sondern das der Gemeinde.«

»Da hast du recht«, gab Gustav zurück. Diese kämpferische Seite an seiner Nichte gefiel ihm. Vielleicht war das ein kleiner, aber wichtiger Baustein, der sie im Idealfall zurück zur Polizei führen würde, wobei er sie genauso im Amt der Bürgermeisterin sah.

»Ich wollte Albert eh noch einladen, als Dankeschön, dass er mich so kurzfristig auf diese Unternehmerreise mitgenommen hat. Da könnte ich ihm gleich von meinen Ideen erzählen.«

»Mach das, tüte das am besten gleich ein. Er hat heute Abend Zeit«, schlug Gustav vor, mit dem guten Gewissen, dass auch Albert sie selbstverständlich zum Essen einladen würde.

»Woher weißt du, dass er …?« Lena brach ab. »Dumme Frage, ihr beiden seid ja unzertrennlich.« Sie hob die Serviette zum Mund. »Der Heilbutt war sehr lecker, Onkel. Leider muss ich langsam wieder zurück.«

Gustav legte ebenfalls seine Serviette weg und trank einen Schluck Wasser. »Ich leider auch. Schön, dass es geklappt hat.«

»Ich habe mich sehr gefreut.« Mit gesenktem Blick nestelte Lena in ihrer Handtasche herum, und da Gustav ahnte, dass sie doch selbst bezahlen wollte, bremste er sie sofort und winkte den Kellner für die Rechnung zu sich.

»Danke für die Einladung«, sagte sie.

»Dafür nicht, das müssen wir unbedingt wiederholen«, erwiderte Gustav.

»Gern. Warum nicht mit der ganzen Familie?«

»Hervorragende Idee. Ich organisiere was.«

»Darauf freue ich mich«, sagte Lena. Sie verabschiedeten sich und Lena machte sich auf den Weg nach Hause in ihr Homeoffice, während Gustav zu der Villa der Stöckens ging.

Was Lena von Jutta erfahren hatte, war höchst interessant. Die Ehe von Hubert und Carola war offenbar ganz anders gewesen, als er immer angenommen hatte. Gut, es gab häufig einen großen Unterschied zwischen der Realität und dem, was man anderen nach außen hin zeigte, das hatte Gustav in seiner langen Laufbahn als Polizeibeamter immer wieder erlebt. Viele Ehen wirkten harmonisch und vorbildlich, aber wenn man etwas genauer hinschaute, sah man, dass das nur schöner Schein war und die Ehe längst kaputt. So kaputt, dass einer der Ehepartner bereit war, den anderen zu ermorden. Hatte also möglicherweise Carola Hubert ermordet?

Seine Mutter schloss das kategorisch aus, aber er als Polizeichef durfte das nicht.

Gustav erreichte die Anschrift des Notars und betrat das Grundstück. Als er auf die Haustür zuging, verschlug es ihm fast den Atem: Carola Stöcken lag regungslos vor dem Eingang.

19

Der vorige Tag hatte einige neue Hinweise zutage befördert, jedoch keinen, der sie wirklich weiterbrachte. So zum Beispiel die Kreuzfahrt. Lohse hatte angegeben, nichts von einer Stornierung zu wissen, aber Nachbar Henke war dabei geblieben, dass Hubert etwas in der Richtung angedeutet habe. Mads und Enno hatten ihn deswegen extra noch einmal angerufen. Enno ging deshalb davon aus, dass Stöcken aus einer Laune heraus von der Stornierung gesprochen haben könnte, er glaubte Lohse.

Am Ende würden sie die Frage der Witwe stellen müssen.

Aber jetzt gibt es erst mal nur die Welle und mich, dachte Mads, als er mit seinem Surfbrett den Strand erreichte. Die Sonne war gerade aufgegangen und Mads wollte den frühen Morgen nutzen, um beim Surfen den Kopf freizubekommen. Mit gerade einmal 10 Grad war es recht frisch, aber die Wellen luden förmlich ein.

Als Mads zur Ostsee schaute, sah er, dass eine andere Person offenbar den gleichen Gedanken hatte. Sie war etwas weiter entfernt und trug einen Neoprenanzug. Mads dagegen hatte wie gewohnt nur T-Shirt und Badehose an, da er nicht schnell fror und bei diesem Leistungssport rasch warm wurde.

Routiniert streifte er Flipflops und Shirt ab, warf sich in die Wellen und glitt, als er etwas weiter draußen war, mit seinem Surfbrett zu der anderen Person, da er neugierig war, wer sich hier noch so früh aufs Brett wagte.

Als er näherkam, erkannte er, dass die Person lange braune

Haare und eine grazile Figur hatte. Es war definitiv kein Mann, sondern Sabrina, eine Bekannte. Sie war Anfang zwanzig und sportbegeistert wie Mads. Vor langer Zeit hatte er mal was mit ihrer Schwester gehabt, daher war sie für ihn wie eine kleine Schwester, was Emma übrigens anders sah. Sie unterstellte Sabrina, dass sie etwas von Mads wollte, was er komplett abwegig fand. Zudem war Sabrina seit Kurzem mit Paul zusammen, was das Gerücht noch unsinniger machte.

»Moin, Sabrina«, grüßte er sie.

»Hallo, Mads, ich hoffe, du hast kein Problem damit, dass ich in deinem Revier wildere.«

Mads lachte. »Nur weil du dich auf einem Surfbrett halten kannst, heißt das nicht, dass du surfen kannst.«

»Dann lass dich überraschen«, sagte sie und deutete auf die Welle, die gerade auf sie zu rauschte.

Sie war schnell und groß, eine Welle, die man nicht unterschätzen durfte, und Mads' Gefühl sagte ihm, dass Sabrina genau das tat.

Doch er sollte sich irren, Sabrina blieb auf ihrem Board genau wie er.

»Nicht schlecht, oder?«, rief sie lachend in den Wind.

»Zufall.«

»Von wegen«, erwiderte sie und nahm die nächste Welle, dabei vollführte sie ein kleines Kunststück, das wirklich beeindruckend aussah.

»Und wie war das?«

Nun lachte Mads. »Nicht schlecht«, rief er, dann surften sie eine ganze Weile gemeinsam.

Fast wirkte es, als würde Sabrina es als Wettkampf ansehen, um Eindruck bei ihm zu schinden, was ihn ein wenig verwunderte.

Als sie später zurück an den Strand glitten, sagte Sabrina: »Das war echt cool. Ich weiß nicht, wann ich das letzte Mal so viel Spaß hatte. Du bist wirklich nicht schlecht.«

»Nicht schlecht?«, echote Mads gespielt beleidigt, während er sich das Shirt über den nassen, durchtrainierten Oberkörper zog.

Statt zu antworten, lachte Sabrina nur. »Ich war aber auch gut«, sagte sie dann.

»Das stimmt, hätte ich dir nicht zugetraut.«

»Ich werde in vielen Dingen unterschätzt, Madsilein«, sagte sie anzüglich. »Ich hoffe, wir wiederholen das.« Anschließend umarmte sie ihn und gab ihm einen Kuss auf die Wange.

Einen Moment überlegte er, ob er sie zum Frühstück einladen sollte, doch er fürchtete, dass es nur wieder zu Tratsch führen würde. Niendorf war eben ein Kaff.

»Was ist mit Paul?«, fragte er stattdessen.

»Der kann mit Surfen nicht viel anfangen und auch sonst ist er nicht so sportbegeistert wie wir.« Sie schaute Mads mit frechem Blick an. »Unsere erste Gemeinsamkeit.«

Mads lächelte nur, was hätte er auch darauf antworten sollen?

Sie verließen den Strand und verabschiedeten sich, dort umarmte Sabrina ihn erneut und flüsterte ihm ins Ohr: »Ich bin besser, das weißt du.«

Mads lachte auf, während Sabrina ihn mit durchdringendem Blick ansah und dann davonging.

Ob dieser Satz zweideutig gemeint war?

Rasch wischte er den unsinnigen Gedanken weg und wandte sich zur *Seaside Lounge*, wo er sein Surfbrett auf der Terrasse abstellte, ehe er das Lokal betrat. Dort fiel ihm sofort Emma ins Auge, die gerade an einem Tisch Platz nahm.

»Moin«, grüßte er sie. »Darf ich mich zu dir setzen?«

»Gern«, antwortete sie, schaute ihn dabei allerdings beinahe vorwurfsvoll an.

»Alles gut?«, fragte er daher.

»Ja, warum?«

»Dein Blick.«

»Welcher Blick?«

»Egal«, erwiderte Mads, er wollte jetzt keine kindische Diskussion lostreten.

Jule kam an ihren Tisch und die Runde begrüßte sich.

»Seit wann surfst du denn mit Sabrina?«, fragte Jule mit spitzer Zunge.

»Seit niemals. Wir haben uns zufällig getroffen.«

»Was es doch für Zufälle gibt«, kommentierte Emma ebenso spitz.

»Ladys, lasst den Quatsch. Das war Zufall, Sabrina ist ähnlich sportbegeistert wie ich und sie kann wirklich gut surfen. Da sie in Niendorf wohnt, liegt es nahe, dass sie das hier tut, oder wollt ihr das verbieten?«

»Jeder, wie er mag«, gab Jule kryptisch zurück. »Ist trotzdem seltsam, dass sie ausgerechnet dann surfen geht, wenn du das tust. Dein Beuteschema wäre sie ja. Jung, sportlich und ein bisschen naiv.«

»Ich war auch mit dir zusammen«, stichelte Mads zurück.

»Ein blindes Huhn findet auch mal ein Korn«, hielt Jule dagegen und zückte ihren Block. »Lass mich raten: Acai Bowl mit Protein, dazu ein Wasser und ein Espresso.«

»Gut geraten«, antwortete Mads. Er hielt sich lieber mit einem Spruch zurück und war froh, dass er Sabrina nicht zum Frühstück eingeladen hatte. Die Stutenbissigkeit von Jule und Emma war jedenfalls total daneben.

»Möchtest du einen Avocadotoast und einen Latte?«, fragte Jule an Emma gerichtet.

»Das wäre lieb.«

»Kriegt ihr.« Sie steckte den Block weg und ging Richtung Tresen.

»Ihr solltet das echt sein lassen«, bemerkte Mads.

»Was?«

»Sabrina so was zu unterstellen. Sie ist in einer glücklichen

Beziehung mit Paul, was Victoria extrem freut. Das Letzte, was ich gebrauchen kann, ist, dass eine von euch Victoria auf falsche Gedanken bringt«, erklärte Mads.

Vor einiger Zeit hatte es nämlich einen harmlosen Vorfall mit Sabrina gegeben, auf den Victoria erstaunlich eifersüchtig reagiert hatte, doch seit sie wusste, dass Paul mit Sabrina zusammen war, war sie deutlich entspannter.

»Werde ich nicht, keine Sorge. Es ist halt nur seltsam.«

»Ist es nicht, sie hat einen Freund. Können wir das Thema bitte wechseln?«

»Worüber möchtest du sprechen? Über Fußball? Die kaputte politische Weltlage?«, gab Emma angriffslustig zurück.

»Wie wäre es, wenn du mir erzählst, worüber du mit Lohse gesprochen hast?«

»Guter Versuch. Du wirst es erfahren, wenn der Artikel veröffentlicht wurde. Hast du die heutige Ausgabe der Ostseezeitung schon gelesen?«

»Nein, warum?«

»Dann solltest du das.«

»Weil?«

»Lies einfach.«

»Sag doch, warum.«

»Sei nicht immer so neugierig, tu einfach, was ich sage.«

Mads seufzte. »Na gut«, antwortete er.

Jule brachte das Frühstück und für eine Weile trat Stille ein, da sich beide ihrem Essen widmeten.

»Wenn du das Gefühl hast, dass ich vorhin zu streng mit dir war, tut es mir leid«, begann Emma schließlich und warf ihm einen versöhnlichen Blick zu.

»Muss es nicht, kam nicht so rüber«, erwiderte er leichthin, doch innerlich freute er sich, dass sie das sagte.

Emma aß schweigend weiter von ihrem Toast, dann sah sie auf und fragte: »Habt ihr schon Hinweise auf den Täter?«

»Nein, leider nicht. Es ergibt gerade einiges keinen Sinn.«

»Was meinst du?«

»Guter Versuch«, wiederholte er Emmas Worte. »Du weißt, dass ich dir das nicht sagen darf.«

»Einen Versuch war es wert«, sagte Emma und leerte ihren Kaffee.

Mads warf ihr einen versöhnlichen Blick zu. »Ich muss leider los, sonst verspäte ich mich.« Er winkte Jule und bat um die Rechnung.

»Lass mich das übernehmen, für den frechen Kommentar wegen Sabrina«, bat Emma.

»Ganz sicher nicht«, entgegnete Mads und legte Jule das Geld für beide hin.

»Das war nun wirklich nicht nötig«, zierte sich Emma.

»Habe ich aber gern getan. Grüß mir Amir«, sagte er und umarmte Emma zum Abschied, dann verabschiedete er sich von Jule, trat nach draußen und ging mit dem Surfbrett unter dem Arm nach Hause.

Dort angekommen, zog er die Ostseezeitung, die er schon lange abonniert hatte, aus dem Briefkasten und hielt den Atem an, als er die Überschrift der Titelstory las.

20

Haffkrug

»Das wäre doch nicht nötig gewesen, Schatz«, sagte Enno, als er sah, welche Mühe sich Rita mit dem Frühstück gemacht hatte.

»Für meinen Liebsten mache ich das doch gerne. Außerdem möchte ich verhindern, dass du in der Woche, in der ich weg bin, vergisst, was für eine tolle Frau du an deiner Seite hast.« Sie zwinkerte ihm zu.

»Wie könnte ich das?«, sagte Enno. »Ich vermisse dich jetzt schon.«

Das war nicht einmal gelogen. Enno, der fast sein ganzes Leben lang allein gewesen war, hatte sich an Rita gewöhnt, und der Gedanke, dass er bis Freitagabend ohne die Liebe seines Lebens sein würde, bereitete ihm Bauchschmerzen.

»Richtige Antwort. Aber Freitag bin ich ja wieder zurück, dann kuschle ich dich zu Tode und wir beide werden das ganze Wochenende das Schlafzimmer nicht verlassen. Private Spielereien sind also verboten.« Sie lachte schelmisch.

»Versprochen, mache ich nicht«, erwiderte Enno ebenfalls lachend und biss in ein belegtes Brötchen. »Hast du genug Geld dabei?«

»Siebzig Euro habe ich noch auf dem Konto, am ersten kommt mein Gehalt. Außerdem muss ich ja nicht jeden Abend mit den Kollegen Essen gehen, ich werde mir ein paar Stullen schmieren.«

»Auf keinen Fall«, widersprach Enno, zückte seine Geldbörse und reichte Rita zweihundert Euro. »Du weißt, dass ich mein Leben lang ein Außenseiter war, ich möchte nicht, dass es dir genauso ergeht, nur weil du knapp bei Kasse bist. Geh mit deinen Kollegen abends raus, das ist wichtig für den Team-spirit.«

Enno wusste aus leidvoller Erfahrung, wie es war, wenn man ausgegrenzt wurde, dieses Los wollte er seiner großen Liebe ersparen.

»Du hast ja recht, aber es ist mir unangenehm, dich dauernd um Geld zu bitten. Leider verdiene ich nicht so viel wie du.«

»Wir sind ein Paar, Schatz, da gibt es nicht meins und deins, sondern nur unseres.«

»Deswegen liebe ich dich so sehr. Du hast ein großes Herz.« Rita strahlte, als sie das Geld entgegennahm, dann umarmte sie Enno und gab ihm einen Kuss.

Sein Herz hüpfte. Rita glücklich zu sehen, machte ihn so froh, und die paar Scheine waren doch nur Geld.

»Reichen zweihundert?«, fragte er.

»Natürlich, wir wollen es ja nicht übertreiben.«

»Wie du meinst.« Enno beendete sein Frühstück und leerte seinen Kaffee. »Ich muss leider los, sonst verspäte ich mich.«

»Das wollen wir nicht«, bestätigte Rita.

»Melde dich, wenn du angekommen bist.«

»Mach ich. Ich vermisse dich jetzt schon.«

»Und ich dich erst«, gab Enno zurück.

Rita war aufgestanden und umarmte ihn, dann beugte sie sich ein wenig zu ihm herunter und gab ihm einen langen, intensiven Zungenkuss.

»Damit du mich nicht vergisst.« Sie drückte ihn noch einmal an sich, ehe Enno seine Arbeitstasche griff und die Wohnung verließ.

An diesem Morgen würde er mit dem Auto zur Dienststelle fahren. Er war zu traurig, um die Strecke von Haffkrug nach

Timmendorf mit dem Fahrrad zurückzulegen, weil er merkte, dass er Rita entsetzlich vermissen würde, das war nicht bloß so dahergeredet.

Und das mir, dachte er, als er losfuhr, war er doch bisher fest davon ausgegangen, für immer Single zu bleiben. Aber das Schicksal hatte es gut mit ihm gemeint und ihm einen tollen Chef, einen coolen Dienstpartner und am Ende sogar etwas fürs Herz geschenkt. Womit hatte er das nur verdient?

Trotzdem hintergehst du die Johannsens, meldete sich ein vorwurfsvoller Gedanke, und als wäre es ein Zeichen schlechten Karmas, blinkte im selben Moment eine neue Nachricht auf seinem Handydisplay auf.

Enno schaute kurz hin und sofort fing sein Herz heftig an zu klopfen und ihm wurde wie aus dem Nichts speiübel. Er begann heftig zu schwitzen, und ihm war, als würde jemand ihm die Luft abschnüren.

Ohne lange zu überlegen, fuhr Enno rechts ran, schaltete den Motor ab und sprang aus dem Wagen, ohne auf den Verkehr zu achten. Draußen versuchte er, sich auf seinen Atem zu konzentrieren und die Panikattacke unter Kontrolle zu bringen.

Ganz langsam gelang es ihm.

Alles ist gut, es ist nichts passiert, dir geht es gut, bemühte er sich, seine körperlichen Reaktionen durch beruhigende Gedanken wieder in den Griff zu bekommen.

Solch eine Attacke hatte er schon länger nicht mehr gehabt. Zuletzt, als er Chef der Dienststelle in Timmendorf gewesen und der Druck immer größer geworden war. Das alles hatte sich schlagartig gebessert, seit Gustav seinen Posten zurückhatte und er in die zweite Reihe gegangen war. Als er dann noch Rita kennengelernt hatte, war er der festen Überzeugung gewesen, diese psychischen Probleme endgültig abgeschüttelt zu haben. Doch jetzt waren sie zurück und er fühlte sich entsetzlich.

Ob es daran liegt, dass Rita einige Tage nicht bei mir sein wird? Ist sie mein emotionaler Fels in der Brandung?, überlegte Enno, dabei wusste er, dass es an der Nachricht lag, die er eben bekommen hatte.

Der Absender setzte ihn wieder einmal unter Druck, damit er sich noch mehr beeilte, seine Zusage zu erfüllen.

Enno stützte seine Hände auf die Knie und nahm ein paar tiefe Atemzüge, dann richtete er sich langsam auf und stieg wieder ins Auto. Ohne weitere Zwischenfälle erreichte er die Dienststelle und betrat das Gebäude.

Sein erster Gang führte ihn in die Küche, er brauchte jetzt Kaffee, einen sehr starken Kaffee.

Da er Mads' Wagen nicht auf dem Parkplatz gesehen hatte und es noch ein paar Minuten vor neun war, nahm er auch gleich einen Kaffee für Mads mit. Auf dem Flur trank er einen ersten Schluck aus seinem Becher. Heiß rann der Kaffee seine Kehle herunter und vertrieb die letzten Nachwehen der Panikattacke.

Im Büro stellte er die Becher auf den Schreibtisch, nahm seine Baskenmütze ab und zog seine Jacke aus. Im selben Augenblick kam Mads gut gelaunt zur Tür herein.

»Moin, ich habe dir Kaffee gebracht«, sagte Enno, bemüht, locker zu wirken.

»Danke«, erwiderte Mads und stellte seine Tasche ab, dann sah er Enno prüfend an. »Geht's dir gut? Du siehst blass aus.«

»Geht schon, der Abschied von Rita ist wohl doch etwas emotionaler ausgefallen«, antwortete er und rang sich ein Lächeln ab.

»Sie ist ja nur ein paar Tage weg.«

»Ein paar Tage zu viel. Jetzt weiß ich mal, wie es sich anfühlt, Strohwitwer zu sein.«

»Was hältst du davon, wenn wir beide heute Abend zusammen essen gehen?«, schlug Mads vor.

»Wir beide?« Enno sah ihn überrascht an, das wäre eine absolute Premiere.

»Ja, du und ich. Das machen Freunde so, und du bist gerade allein. Das wird dich ablenken.«

Enno presste die Lippen zusammen, da er plötzlich wieder das unangenehme Gefühl in der Magengegend spürte, ihm wurde speiübel.

Mads sah in besorgt an. »Du solltest heute besser zu Hause bleiben.«

»Nein, nein, das wäre die schlechteste aller Optionen«, wehrte Enno hektisch ab. »Nach dem Kaffee geht es mir wieder gut, versprochen. Das ist nur der emotionale Druck.«

»Dein Körper hat schon mal so reagiert, als du realisiert hast, dass es ein Fehler war, dich von Dr. Eisenbraun für seinen fiesen Plan vor den Karren spannen zu lassen«, bemerkte Mads besorgt.

»Du sagst es, und ich schäme mich noch immer dafür. Ich bin leider keine so gefestigte Persönlichkeit wie du. Nicht mal annähernd, deshalb schaffe ich es immer wieder, mich von einer Scheiße in die andere zu reiten. Ich bin mir nicht mal sicher, ob ich deine Freundschaft überhaupt verdient habe«, brach es nun aus ihm heraus.

Am liebsten hätte er Mads auf der Stelle reinen Wein eingeschenkt, doch die Sorge, dass er damit alles nur schlimmer machen würde, hinderte ihn daran.

»So darfst du nicht denken, du bist verdammt cool und für dein Alter echt jung geblieben.«

»Für mein Alter?«

Mads lachte. »Na ja, wenn ich bedenke, dass mein Onkel nur ein paar Jahre älter ist, ist er im Gegensatz zu dir ganz schön steif. Man hat nicht den Eindruck, dass du Ende fünfzig bist.«

»Also findest du mich wirklich cool?«

»Logisch, oder denkst du, ich habe es nötig, mich bei dir einzuschleimen?«

»Auf keinen Fall«, versicherte Enno und spürte, wie sich seine Laune schlagartig besserte.

»Mach dir nicht immer so einen Stress. Ich weiß, dass Rita deine große Liebe ist, aber du musst auch lernen, dass es immer Situationen geben wird, in denen du allein bist. Umso größer ist die Freude, wenn sie zurückkommt.«

»Und der Sex erst«, entfuhr es Enno, was Mads zum Lachen brachte.

Dann sah er Enno wieder ernst an. »Wenn du dich wirklich nicht gut fühlst, nimm dir frei, und ansonsten: be my guest.«

Enno atmete tief durch. »Das Gespräch hat gutgetan, danke dir. Ich werde deine Ratschläge beherzigen.«

Schlagartig fühlte er sich besser, denn bei der Unterhaltung mit Mads war ihm eine Idee gekommen, wie er sich doch noch aus dem Schlamassel, in das er sich selbst hineinmanövriert hatte, retten könnte. Sollte der Plan aufgehen, müssten weder Gustav noch Mads je davon erfahren, in was für einen Sumpf er sich da hatte hineinreißen lassen.

»Und heute Abend gehen wir zusammen essen«, wiederholte Mads. »Was hältst du vom *Café Wichtig*?«

»Warum nicht? Vielleicht gleich nach der Arbeit. Wird sicherlich ein langer Tag.«

Mads' Bürotelefon klingelte.

»Da ist er auch schon, der alte Mann«, witzelte Mads und nahm ab. Es war Gustav.

21

Timmendorfer Strand

Gustav fühlte sich gut, er hatte ausgezeichnet geschlafen und bereits gegen 8 Uhr mit Meiko die Wohnung verlassen, um mit ihm einen langen Spaziergang im Wald zu machen, der an die Dienststelle grenzte. Es roch hier bereits intensiv nach Herbst, die Blätter hatten sich verfärbt und die Luft war merklich kühler.

Gustav genoss diese kleine Auszeit. Wie konnte man sich in der Gemeinde Timmendorfer Strand nicht wohlfühlen? Zu seiner Rechten lag die Ostsee mit ihren kilometerlangen weißen Traumstränden, zu seiner Linken das Waldgebiet – das Beste aus beiden Welten wartete also direkt vor seiner Haustür. Nur Berge hatten sie hier nicht, mal abgesehen vom Bungsberg, der mit seinen 167 Metern eher ein Hügel war, für eine kleine Rodelpartie im Winter jedoch vollkommen ausreichte.

»Komm, Meiko«, rief er seinem Schäferhund zu, da es Zeit war, ins Büro zu gehen und sich dem täglichen Wahnsinn zu stellen, wie es Hunderttausende Polizeibeamte in Deutschland jeden Tag taten, um das Land sicherer zu machen.

In seinem Vorzimmer saß Petra bereits an ihrem Schreibtisch und tippte etwas in den Computer.

»Moin, Cheffe«, sagte sie und sah auf. »Ich bringe Meiko gleich eine Schale mit Wasser.«

»Was ist mit meinem Espresso?«

»Man muss Prioritäten setzen«, erwiderte sie trocken. »Bevor ich es vergesse, das Krankenhaus hat angerufen, Carola Stöcken geht es wieder gut. Sie wird heute Vormittag entlassen.«

»Das sind gute Nachrichten«, sagte Gustav und betrat sein Büro.

Meiko machte es sich gleich neben dem Schreibtisch gemütlich, während Gustav sich auf seinen Chefsessel setzte. Den großen schweren Schreibtisch hatte schon sein Vater Mikkel gehabt, er hatte ihn sogar selbst geschreinert. Er war handwerklich unglaublich begabt gewesen, was Gustav von sich nicht gerade sagen konnte.

Albert ist es auch nicht, versuchte er sich zu trösten, als er daran dachte, wie er und Albert als Kinder im Wald ein Häuschen gebaut hatten, das so lange hielt, bis sie das letzte Brett darauf gelegt hatten. Anschließend war es wie ein Kartenhaus in sich zusammengekracht.

Petra betrat das Büro, reichte Gustav seinen Espresso mit zwei Keksen und Meiko seine Wasserschale, dann ließ sie ihn wieder allein.

»Lass es dir schmecken, Meiko«, sagte Gustav und leerte seine kleine Tasse in drei genüsslichen Zügen.

Perfekt, dachte er zufrieden, steckte sich die Kekse in den Mund und schloss kurz die Augen, nachdem er sich entspannt zurückgelehnt hatte. Konnte es etwas Schöneres geben als diesen Moment?

Für Gustav nicht. Er liebte sein kleines Espressoritual, es war wie ein Schnelllader für seinen Akku. In diesem Augenblick war die Welt in Ordnung.

Natürlich wusste er, dass das nicht ganz der Wahrheit entsprach, es gab einige Probleme auf der Welt, und seine Aufgabe als Polizeibeamter war es, ein paar davon zu beseitigen, um sie zu einem besseren Ort zu machen. Allerdings konnte er das nur, wenn er mit sich im Reinen war. Das war wie bei einem Notfall im Flieger, zuerst musste man sich selbst die Sauerstoffmaske aufsetzen, bevor man anderen half.

Er öffnete die Augen und fühlte sich bereit, sich den Aufgaben des Tages zu stellen. In seinem E-Mail-Postfach wartete unter anderem die Nachricht des Chefarztes aus der Klinik, der bestätigte, dass Carola gegen 10 Uhr entlassen werden würde.

Es war ein ziemlicher Schock gewesen, als er sie am vergangenen Tag vor ihrer Haustür auf dem Boden hatte liegen sehen, erst recht, als er zunächst keinen Puls gefühlt hatte. Sofort hatte er einen Rettungswagen gerufen, da war Carola wieder zu sich gekommen, hatte aber zugestimmt, sich ins Krankenhaus fahren zu lassen.

Der Mord an ihrem Ehemann musste ihr unglaublich nahegehen, das hatte Gustav wieder gespürt, und noch etwas anderes: Er selbst war für die Ermittlungen zu nahe dran, weil er sie kannte, deshalb hatte er entschieden, dass doch lieber Mads und Enno das Gespräch mit ihr führen sollten. Das würde seine nächste Amtshandlung sein.

Er nahm den Hörer seines Telefons ab und rief Mads an.

»Moin, Gustav«, meldete sich sein Neffe, dabei lachte er komisch.

»Moin. Was gibt's bei dir so zu lachen?«, fragte Gustav.

»Nichts, war nur ein Witz von Enno eben.«

»Was für ein Witz?«

»Nichts Besonderes.«

»Darf ich also nicht mitlachen?«

»Rufst du an, um Witze zu hören?«, erwiderte Mads in diesem arroganten, überheblichen Ton, der Gustavs Blut sofort in Wallung brachte.

»Dann nicht«, gab er unwirsch zurück. »Ich möchte, dass du und Enno gegen 12 Uhr Carola Stöcken besucht und sie befragt.«

»Hast du das nicht gestern gemacht?«

»Nein, habe ich nicht, weil sie gestern einen Zusammenbruch hatte und ins Krankenhaus musste.«

»Das stand ja gar nicht in deinem Bericht – sorry, in Petras Bericht.«

»Weil der noch nicht geschrieben …« Gustav brach ab, da er die Retourkutsche erst jetzt realisierte. Er kritisierte Mads, dass Enno die Berichte schrieb und nicht er. »Verdammt, Mads, tu einfach mal das, was ich dir auftrage, statt immer irgendwelche dummen Fragen zu stellen oder Nebenkriegsschauplätze aufzumachen. Konzentriere dich auf die Ermittlungen.«

»Wie du befiehlst.«

»Melde dich, wenn ihr mit ihr gesprochen habt«, erwiderte Gustav und beendete das Gespräch, bevor es tatsächlich eskalierte.

Niemand schaffte es, Gustav so schnell zu reizen wie sein Neffe.

Abgesehen von Albert. Dass der noch nicht seine morgendliche Stippvisite gemacht hatte, war erstaunlich.

Vielleicht hat er ja wirklich mal was zu tun im Rathaus, dachte Gustav spöttisch und rief die digitale Fallakte auf, um sich noch einmal in Ruhe sämtliche Aufzeichnungen der Kollegen anzuschauen.

Wo war nur der entscheidende Hinweis, den sie alle bisher übersehen hatten?

Sibylle Lohse war jedenfalls ein interessanter Kontakt. Sie und Hubert schienen sich sehr gut zu verstehen, und wenn ein verheirateter Mann eine beste Freundin hatte, waren Spannungen häufig vorprogrammiert.

Gustav war gespannt, was die Analyse von Handy und Laptop ergeben würde, Tim würde den Vorgang jetzt vermutlich abschließen. Möglich, dass Hubert kurz vor seinem Tod mit dem Mörder kommuniziert hatte, möglicherweise war der brutalen Tat ein Streit vorausgegangen.

Als er das nächste Mal auf die Uhr schaute, sah er mit Verwunderung, dass es schon kurz vor 12 Uhr war, so vertieft war er in die Fallakte gewesen. Langsam bekam er auch Appetit und überlegte, wo er nachher essen sollte. Dass Albert sich noch immer nicht gemeldet hatte, sah ihm gar nicht ähnlich.

Offenbar arbeitet er tatsächlich, dachte Gustav und griff nach seinem Handy, um ihn zu fragen, ob sie zusammen essen wollten.

»Lieber nicht, sonst denkt er noch, dass ich keinen Tag ohne ihn kann«, sagte er zu sich und legte das Handy weg. Ein albertfreier Tag war schließlich auch mal was. Trotzdem war es ungewöhnlich, dass er noch nichts von ihm gehört hatte.

Im selben Moment klopfte es an der Tür.

»Wenn man vom Teufel spricht«, entfuhr es ihm.

Petra trat ein.

»Lass mich raten, Albert ist da?«

»Gut geraten. Sei nett zu ihm, er ist bester Laune.«

»Unser Albert?«, fragte er spöttisch.

Petra ging wortlos hinaus und überließ Albert das Feld.

»Moin, bester aller Freunde und Bruder«, begrüßte Albert ihn überschwänglich, in der Hand hatte er eine Zeitung.

»Kriegst du irgendwelche Medikamente, von denen ich nichts weiß?«, gab Gustav zurück und musterte Albert skeptisch, der so breit grinste, dass es fast wie eine Grimasse aussah. Irgendwas stimmte hier nicht.

»Ach was. Amir hat einen unglaublich tollen Artikel geschrieben. Ich muss schon sagen, er ist ein wirklich feiner Kerl, ein ungemein fähiger Journalist.«

»Reden wir über denselben Amir Kaya von der Ostseezeitung, den du in der Regel am liebsten zum Teufel jagen würdest?«

»Ich? Was ist denn das für eine Unterstellung«, hielt Albert dagegen und nahm Gustav gegenüber Platz.

»Ich bin hier scheinbar wirklich im Tollhaus. Möchtest du

mir nicht den Grund für deinen plötzlichen Sinneswandel mitteilen?«

»Hast du die Ostseezeitung gelesen?«

»Nein, ich musste arbeiten«, antwortete Gustav ungehalten.

Normalerweise warf er schon beim Frühstück einen Blick in die Zeitung oder wenn er ins Büro kam, nur diesmal hatte er nicht daran gedacht, da er früh mit Meiko im Wald gewesen war.

Wortlos reichte Albert ihm die aktuelle Ausgabe der Ostseezeitung und Gustav las die Überschrift der Titelstory laut vor:

»Wir dürfen die ohne Lobby nicht vergessen!«

Gustav überflog den ersten Absatz, in der Mitte des Artikels war ein großes Foto von Lena abgedruckt.

»Hast du den genialen Artikel etwa noch nicht gelesen?«, fragte Albert.

»Nein, ich war mit Meiko im Wald. Lena hat mir gestern beim Mittagstisch auch nichts davon erzählt, vermutlich, um mich zu überraschen«, sagte er verblüfft.

Das war Lena in der Tat gelungen. Er freute sich für seine Nichte, dass sie es auf die Titelseite der Ostseezeitung geschafft hatte.

»Mich hat sie damit auch überrascht«, fuhr Albert strahlend fort. »Sie hat mich gestern angerufen und zum Essen eingeladen, weil sie über ein paar Ideen mit mir sprechen will. Wenn ich den Artikel richtig interpretiere, ist unsere alte Lena zurück. Die, die sich wie ihr Patenonkel für Politik interessiert. Wir sind auf einem sehr guten Weg, alter Freund.«

Gustav grummelte, ehe er sagte: »Du wirst ihr aber keine Steine in den Weg legen?«

»Machst du Witze?« Albert warf Gustav einen strengen

Blick zu. »Sie ist meine Patentochter, ich werde sie unterstützen, so gut ich kann.«

»Sei nur gewarnt, Lena nimmt das sehr ernst. Sie möchte eine Fördersumme für Menschen mit Behinderungen eintreiben, und du weißt, wie hartnäckig sie sein kann.«

»Ein bisschen Geld kann ich wohl abzweigen«, erwiderte Albert gönnerhaft.

»Das wird schon etwas mehr sein müssen. Ich habe ihr von dem großzügigen Erbe erzählt und dass du zwei Millionen für die Modernisierung der Polizei Timmendorfer Strand zurückstellst.«

»Zwei Millionen?« Albert riss ungläubig die Augen auf.

Sie wurden von Petra unterbrochen, die ihnen einen Espresso servierte. »Ich hatte den Eindruck, dass das bitter nötig werden könnte, wenn einer gut gelaunt und der andere …« Sie brach ab und ergänzte vielsagend: »Naja … dann braucht man eben Nervennahrung.«

»Sie sagen es, Frau Wiese«, stieg Albert in die Stichelei ein. »Gustav war schon immer ein Morgenmuffel.«

»Wenn man mich nicht gleich morgens ärgern würde, wäre ich keiner. Frag Meiko, wie gut gelaunt ich für gewöhnlich bin. Außerdem haben wir längst Mittagszeit«, verteidigte sich Gustav.

»Ich lass die Herren dann mal allein«, erwiderte Petra und ging hinaus.

»Hast du Lena wirklich von dem Erbe erzählt?«, fragte Albert, nachdem sich die Tür hinter ihr geschlossen hatte.

»Aber sicher. Bevor du das Geld irgendwelchen Investoren in den Arsch schiebst, sollte es lieber an die richtigen Stellen gegeben werden.«

»Diese Investoren sorgen für Arbeitsplätze und dafür, dass unsere Gemeinde auch internationale Gäste anzieht«, ereiferte sich Albert und trank einen Schluck von seinem Espresso.

»Reichen dir die Deutschen und die Skandinavier nicht mehr? Im Sommer ist es doch schon richtig voll.«

»Eben deswegen müssen wir ausbauen, in Infrastruktur investieren, mehr Platz für die Menschen schaffen. All das kostet Geld. Das Erbe kommt genau zur rechten Zeit.«

»Ganz ehrlich, mir reicht es so, wie es ist«, widersprach Gustav, »und wenn ich noch ehrlicher sein darf: Das Timmendorfer Strand unserer Jugend war für mich perfekt.«

»Jammer doch nicht andauernd. Ohne Visionen und Investitionen wird es uns bald ergehen wie Sylt.«

»Wie Sylt?« Gustav lachte laut auf. »Die Insel ist immer noch die Nummer eins bei deiner Lieblingsklientel, der so einflussreichen Schickeria.«

»Überhaupt nicht, die Nummer eins sind wir, und nachdem mal wieder kiloweise Kokain an die Strände von Sylt geschwemmt wurde, wird der Ruf der Insel noch mehr leiden.«

»Du scherzt?«

»Nein, das kam gestern Abend in der Tagesschau. Die Einsatzkräfte des Zolls haben fünfundzwanzig Kilo Koks eingesammelt. Man geht davon aus, dass ein Schiff diese illegale Ladung verloren hat. Einen größeren Super-GAU kann es nicht geben«, freute sich Albert.

»Na ja, ist das eh nicht die Lieblingsdroge der Reichen und Schönen?«, spöttelte Gustav.

»Du nörgelst mir heute zu viel. Komm.« Albert stand auf.

»Wohin?«

»Ich habe Jutta zum Mittagessen eingeladen.«

»Sehr löblich von dir, aber ich muss in einem Mordfall ermitteln«, erwiderte Gustav unüberlegt.

»Du willst Jutta wirklich versetzen?«

Gustav sah zu Albert auf. »Nein, natürlich nicht«, beeilte er sich zu versichern, um den Faux Pas zu auszubügeln und erhob sich ebenfalls.

Die Idee, mit den beiden Mittag zu essen, war gar nicht schlecht. Auf der einen Seite verbrachte er gern Zeit mit seiner Mutter, auf der anderen würde er sie bei der Gelegenheit gleich über die Beziehung zwischen Hubert und Carola befragen können.

»Das mit den zwei Millionen war aber sicherlich nur ein Scherz, oder?«, fragte Albert, als sie zur Tür gingen.

»Nein, das ist mein voller Ernst. Ich habe den Investitionsbedarf gestern noch mal durchgerechnet, und es sind sogar mehr. Weißt du, seit wie vielen Jahren nicht mehr in die Polizei investiert wurde? Aber alle jammern, dass es so viel Kriminalität gibt. Das eine hängt mit dem anderen zusammen.«

»Dafür sind doch die Zentrale in Lübeck und das Innenministerium, also das Bundesland zuständig.«

»Du hast versprochen, dass du mir hilfst«, gab Gustav energisch zurück.

»Aber doch nicht mit zwei Millionen. Es ist übrigens auch deine Schuld, dass ich nicht so viel locker machen kann.«

»Meine?«

»Ja, du hast Lena von dem Erbe erzählt und sie wird etwas von dem Kuchen abhaben wollen, für ihre guten Ideen.«

»Also bekommt Lena das Geld eher als ich?«

»Ein ganz klares Ja«, antwortete Albert und klopfte Gustav auf die Schulter.

»Gute Antwort. Trotzdem werde ich das Geld bekommen«, sagte Gustav, denn Lena stand nicht in Konkurrenz zu ihm.

»Wie das?«

»Lass dich überraschen.« Jetzt klopfte Gustav Albert auf die Schulter, was ihm einen schiefen Blick seines besten Freundes einbrachte.

22

Enno ging es wieder deutlich besser, was Mads freute, dennoch machte er sich Sorgen um seinen Partner und Freund. Vermutlich lag seine schlechte Verfassung daran, dass Rita ein paar Tage weg sein würde, was wiederum darauf hindeutete, dass Enno emotional abhängig von ihr sein könnte. Das bereitete Mads Sorgen, denn allzu häufig kam es vor, dass emotional abhängige Menschen auch finanziell ausgenutzt wurden und die Beziehung toxisch endete.

Dass Rita so ein Golddigger war, hoffte Mads nicht, zumal es bei Enno sicherlich nicht so viel zu holen gab. Dennoch besaß er einige Reserven, das hatte er Mads einmal erzählt. Er war sein Leben lang sehr sparsam gewesen und überlegte inzwischen sogar, sich ein Haus für Rita und sich zu kaufen.

Mads hatte ihn ermahnt, sich Zeit damit zu lassen, und er hatte den Eindruck, dass Enno auf ihn hörte. Trotzdem blieb die Unsicherheit, die Liebe war nun mal unberechenbar, daher hoffte Mads, dass Rita Enno einfach so liebte, wie er war, als der Mensch, der er war.

Es war nicht bloß so dahergesagt, dass er Enno mittlerweile als Freund betrachtete, das war wirklich so. Mads schätzte an ihm, dass er sagte, was er dachte, dass er sich nie für einen schlechten Witz zu schade war und auch Witze auf eigene Kosten machte. Durch seine teils jugendliche Sprache und seine lockere Art wirkte er deutlich jünger als Gustav, dabei hatte Gustav noch volles Haar, während Ennos Kopf nur ein Haarkranz schmückte. Diese Äußerlichkeiten ließen Gustav weniger alt erscheinen, doch seine Reaktion eben am Telefon hatte Mads wieder einmal gezeigt, dass ihm eine Art jugendliche Leichtigkeit fehlte, die Enno hatte.

Nach dem Telefonat mit Gustav hatten sie sich beide vor das Whiteboard gestellt und gingen nun noch einmal den Fall anhand ihrer bisherigen Hinweise durch.

»Ich frage mich, ob Carolas Zusammenbruch wirklich nur ein Schwächeanfall war«, sagte Enno.

»Du glaubst, dass sie etwas zu verbergen hat und mit dem Druck nicht fertig wird?«, fragte Mads.

»Warum nicht? Schau mich an. Als ich Gustavs Posten innehatte, bin ich mit dem Druck auch nicht klargekommen, weil ich durch die Anforderungen von allen Seiten geradezu zerrieben wurde und gar nicht wusste, worauf ich mich da einlasse. Vielleicht hat sie ihren Ehemann ja im Affekt ermordet?«

»Den Gedanken hatte ich auch schon. Wir werden ihr nachher auf den Zahn fühlen«, erwiderte Mads.

»Meinst du, deshalb sollen wir sie besuchen? Gustav kennt sie ja persönlich, möglicherweise mag er so kurz nach ihrem Zusammenbruch keine harten Geschütze bei ihr auffahren.«

»Kann sein. Am Ende ist es egal, er ist der Boss und wir müssen tun, was er von uns verlangt.«

Enno sah Mads an. »Das klingt fast wie Kritik. Ich für meinen Teil kann nur so viel sagen: Ich hatte nie einen besseren Chef als Gustav. Ja, er ist manchmal mürrisch, aber er hat auch verdammt viel Verantwortung. Ich war einige Monate Chef, da weiß ich, wovon ich rede. Außerdem hatte ich vorher wirklich eine Menge mieser Vorgesetzter. Gustav ist perfekt so, wie er ist.«

Dass Enno seine Worte ernst meinte und das nicht sagte, um sich bei ihm lieb Kind zu machen, weil er der Neffe war, wusste Mads, und irgendwie hatte Enno ja recht. Obwohl Gustav ihm häufig auf die Nerven ging, einen besseren Dienststellenleiter konnten sie sich nicht wünschen, vor allem da Mads bewusst war, dass er selbst keinen einfachen Charakter hatte.

Er sah auf die Uhr, es war kurz vor zwölf. Carola Stöcken durfte daher genug Zeit gehabt haben, um sich zu Hause zu erholen.

»Lass uns losgehen«, sagte Mads und stieß sich von dem Schreibtisch ab, gegen den er sich gerade gelehnt hatte.

»Ich bin bereit«, gab Enno zurück, eilte zu seinem Schreibtisch und zog seine Baskenmütze auf. »Nie ohne.«

»Sie steht dir, muss ich wirklich zugeben.«

»Ich weiß. Rita findet das auch. Sie sagt, ich würde damit wie ein Franzose aussehen«, erwiderte Enno lachend und zog seine Herbstjacke an.

»Danke noch mal«, sagte Enno, als sie im Wagen saßen und Richtung Niendorf fuhren.

»Wofür?«

»Für deine Worte vorhin. Du hast recht, ich sollte es mir nicht so zu Herzen nehmen, dass Rita weg ist, sie kommt schließlich wieder. Ist ja nicht die berühmte ›Ich geh mal Zigaretten holen und komme nie wieder‹-Kiste.«

»Natürlich kommt sie wieder. Einen wie dich muss sie erst mal finden.«

»Meinst du?«

»Klar, denk nichts anderes.«

»Du hast recht«, antwortete Enno und straffte die Schultern, was bei seiner Statur und unter dem Anschnallgurt unfreiwillig komisch wirkte. »Darf ich dich was fragen?«, fuhr er dann fort.

»Hau raus.«

»Würdest du einem guten Freund verzeihen, wenn er Scheiße gebaut hat?«

»Klar, dafür sind doch Freunde da.«

»Auch wenn er wiederholt Scheiße baut?«

»Kommt drauf an. Wenn der Lerneffekt nicht da ist, müsste ich mich schon fragen, ob ihm an meinen Ratschlägen und meiner Freundschaft wirklich etwas liegt.«

»Da hast du recht.« Enno seufzte. »Ihr Johannsens seid schon eine tolle Familie, von euch kann sich so mancher eine sehr große Scheibe abschneiden.« Bei seinen letzten Worten war Ennos Stimme immer leiser geworden. Er schaute aus dem Beifahrerfenster und Mads wurde das Gefühl nicht los, dass da möglicherweise noch etwas Größeres war, was Enno beschäftigte.

Mads würde nicht weiter in ihn dringen, aber wenn Enno darüber sprechen wollte, würde er ein offenes Ohr für ihn haben.

Vor der Villa der Stöckens fand Mads einen Parkplatz, sie stiegen aus und betraten das Grundstück. Enno drückte auf die Klingel.

Kurz darauf öffnete Carola Stöcken ihnen und bat sie ins Haus. Sie wirkte angeschlagen, aber ihr Gang war gerade, stolz, ihre Haltung hatte fast etwas Stoisches an sich.

»Wie geht es Ihnen?«, fragte Enno und nahm seine Baskenmütze ab.

»Den Umständen entsprechend. Ich weiß nicht, was geschehen wäre, wenn Ihr Onkel mich nicht gefunden hätte«, sagte sie. »An sich hatte ich erwartet, dass er vorbeischaut. Er war gestern sicherlich nicht ohne Grund hier.«

»Wir haben das für ihn übernommen«, erklärte Mads. »Gustav ist mit Arbeit zu.«

»Soso, mit Arbeit zu.« Spott lag in ihrer Stimme. »Verzeihen Sie kurz, ich muss meine Tabletten gegen den Schwindel nehmen.«

Sie ließ die beiden Beamten allein, vermutlich um in die Küche zu gehen.

»Komisch«, flüsterte Enno.

»Was?«

»Sie wirkt so steif, als wäre sie extra bemüht, kühl rüberzukommen.«

»Vielleicht ist das ihr Naturell, reserviert und distanziert.«

»Den Eindruck hatte ich am Sonntag nicht, als wir hier waren.«

»Was denkst du also darüber?«

»Es ist ein Schutzmechanismus. Wenn sie ihre Emotionen
kontrolliert, macht sie sich weniger angreifbar.«

Mads nickte. An dem Argument war etwas dran, allerdings
musste das nicht bedeuten, dass sie ihren Ehemann ermordet
hatte.

Noch war sie eine wichtige Zeugin, zumindest so lange, bis
sie sich nicht in Widersprüche verstrickte.

Die Witwe kam zurück.

»Wie kann ich Ihnen helfen?«, fragte sie.

»Wir möchten mehr über Ihren Mann in Erfahrung bringen. Was er für ein Mensch war, mit wem er sich umgab«, erklärte Mads.

»Glauben Sie, jemand aus seinem Umfeld hat ihn ermordet? Es wäre demnach kein Suizid?«

»Das wissen wir noch nicht. Fakt ist nur, dass keiner der
Nachbarn Fremde in der Nähe Ihrer Villa gesehen hat, auch
an den Tagen zuvor nicht. Es könnte ja jemand das Grundstück ausgespäht haben, um Sie zu überfallen oder den teuren
Bentley zu stehlen. Für einen Suizid gibt es allerdings ebenso
wenig belastbare Hinweise. Wir hoffen, dass die Obduktion
neue Erkenntnisse bringt.«

»Sie meinen, dass Hubert die Diebe auf frischer Tat er-
tappt hat?«

»Nicht unbedingt, ich sagte ja, niemand hat Fremde hier
gesehen, was schon ungewöhnlich ist.«

»Na und? Das heißt doch gar nichts. Es hat auch niemand gehört, wie meinem Hubert die Kehle durchgeschnitten wurde. Die Menschen leben alle in ihrer eigenen Blase. Glauben Sie wirklich, die interessiert es, was in der Nachbarschaft passiert?« Wieder schwang der beißende Spott in ihrer Stimme mit.

Ohne weiter darauf einzugehen, zückte Mads sein Handy und öffnete ein Foto von der Tatwaffe. »Kennen Sie dieses Messer?« Er hielt ihr das Handy hin.

Sie schaute sich das Foto recht lange an, als überlegte sie, was sie antworten sollte, fast als zögerte sie, schließlich sah sie Mads an und reichte ihm das Handy zurück.

»Nein«, antwortete sie mit festem Blick.

»Wie haben Sie Ihren Mann kennengelernt?«, fuhr Mads fort, während er das Handy in der Hosentasche verschwinden ließ.

»Im *Café Wichtig*. Er war mit Freunden da, wir haben uns auf Anhieb sehr gut verstanden. Sein Ehrgeiz und seine Ziele haben mich angezogen. Er war fest davon überzeugt, dass er sie erreichen würde, obwohl er keinen Pfennig in der Tasche hatte. Ich habe ihn deshalb mit meinem Erspartem bei der Selbstständigkeit unterstützt und wir haben geheiratet.«

Das klang in Mads' Ohren ganz klar nach einer Vernunftehe.

»Gab es gar keine Unstimmigkeiten in all den Jahren?«, provozierte Enno.

»Nein. Wenn man sich in einer Ehe an ein paar Regeln hält, gibt es keine Skandale. Ich wusste, wie ich Hubert zu nehmen hatte, und er wusste, dass ich auf bestimmte Dinge sehr viel Wert lege.«

»Welche wären das?«

»Diskretion und Respekt.«

»Was genau meinen Sie mit Diskretion?«

»Sie wissen nicht, was das ist?« Carola, die ein paar Zentimeter größer war als Enno, schaute wie eine Lehrerin auf ihn herab.

»Nun ja, es gibt viele Formen der Diskretion.«

»Wenn Sie meinen«, erwiderte sie ironisch. »Was in unserer Ehe geschah, blieb in unserer Ehe. Kein Tratsch, absolute Verschwiegenheit. Das sollten Sie doch verstehen, oder?«

Enno lächelte verlegen und seine Hand zuckte, als hätte er sich gern am Kopf gekratzt, doch er hielt sich zurück.

»Sie legen offenbar sehr viel Wert auf Diskretion. Bedeutet das im Umkehrschluss, dass Hubert da etwas weniger diszipliniert war als Sie?«, bohrte Mads nach.

»Hubert?« Sie gab einen verächtlichen Laut von sich. »Hubert war wie ein pubertierendes Kind, obwohl er ein sehr erfolgreicher Anwalt und später Notar war. Die Flausen im Kopf wurde er trotzdem nicht los, erst recht nicht, wenn er mit den falschen Freunden abhing. Immer wieder habe ich versucht, ihn zurück in die Spur zu bringen.«

»Welche Freunde und was für Flausen meinen Sie?«

Carola verdrehte die Augen. »Freunde, die nur so lange bei einem bleiben, wie man spendabel ist.«

»Hat sich Hubert demzufolge ausnutzen lassen?«, wollte Enno wissen.

»Selbstverständlich. Er hatte ein gutes Herz, er war ein gutmütiger Mann. Wenn er unterwegs war, hat er gezahlt. Einige haben das gewusst und sich deshalb an ihn rangeschmissen. Sie haben bei ihm gelebt wie die Made im Speck.«

»Wen meinen Sie?«

»Wollen Sie Namen?«

»Ja«, antwortete Mads.

Carola atmete tief ein. »Sibylle Lohse war eine dieser Freundinnen«, erklärte sie dann. »Sie kann sich mit ihrem Reisebüro doch nur halten, weil Hubert alle Reisen bei ihr ge-

162

bucht und all seine Freunde zu ihr geschleppt hat. Trotzdem habe ich es nicht ein Mal erlebt, dass Sibylle eine Rechnung übernommen hat, wenn sie mit ihm ausgegangen ist.« Ihre Augen blitzten bei diesen Worten gefährlich, es war nicht zu übersehen, dass sie Lohse hasste.

Lag das nur daran, dass Lohse ihren Ehemann ausgenutzt hatte, oder war doch Eifersucht im Spiel? Ein starkes Motiv für einen Mord. Aber hätte Carola dann nicht eher Lohse ermordet?

»Gab es noch andere, für die Ihr Mann oft bezahlt hat, neben Frau Lohse?«, fragte Enno.

»Ronald Henke, dieser Riese. Eins können Sie mir glauben, der hätte sich das Haus niemals leisten können, wenn Hubert ihm nicht ein zinsloses Darlehen gegeben hätte, das Ronald als Eigenkapital ausgewiesen hat, um von der Bank überhaupt einen Kredit zu bekommen.«

Dass Henke und Hubert befreundet waren, hatten sie bei ihrem Gespräch am vorigen Tag schon gehört, dass die Verbindung aber so eng war, hatte Mads nicht geahnt. Sie würden sich noch einmal mit dem Nachbarn unterhalten müssen.

»Hatten Sie in den letzten Wochen Streit mit Ihrem Mann?«, fragte Enno in die kurz entstandene Stille.

»Wie bitte?«, fragte sie, sie wirkte nicht weniger überrascht als Mads.

»Streit kommt in den besten Ehen vor«, sagte Enno entschuldigend.

»Haben Sie mir vorhin nicht zugehört?«

»Doch. Ich frage Sie das als Ermittler.«

»Wir hatten keinen Streit«, wurde Carola zum ersten Mal etwas lauter. »Hubert war kein streitsüchtiger Mensch, außerdem gab es keinen Grund für Streit, weil wir Regeln hatten. Warum hätten wir auf eine lange Kreuzfahrt gehen sollen, wenn wir Streit gehabt hätten?«

»Uns ist zu Ohren gekommen, dass die Reise storniert wurde.«

»So ein Unsinn, da will mir jemand schaden«, reagierte sie so scharf, dass Mads fast den Eindruck hatte, sie würde Enno am liebsten gleich an die Gurgel gehen wollen.

23

Niendorf

Lena hatte es erst jetzt geschafft, den Artikel zu lesen, den Amir über sie geschrieben hatte. Vorher hatte sie sich um offene E-Mails und andere Dinge kümmern müssen, vor allem um eine Stornierung, da war der Artikel eine willkommene Abwechslung.

Damit, dass er gleich eine Titelstory daraus machen würde, hatte sie nicht gerechnet, aber sie gefiel ihr unglaublich gut und sie spürte, wie der Artikel sie motivierte. Noch am vorigen Abend hatte sie das Abendessen mit Albert für den heutigen Tag verabredet. Dabei wollte sie ihm von ihren Ideen erzählen, um vorzufühlen, wie Albert darüber dachte und ob sie sich möglicherweise falsche Hoffnungen machte.

Wenn doch die Geschäfte auch so gut laufen würden.

Die Stornierung eines größeren Auftrags hatte ihre Stimmung sehr gedämpft, doch sie befahl sich, jetzt nicht Trübsal zu blasen.

»Wird schon«, motivierte sie sich, positiv nach vorn zu schauen.

Sie brauchte eine kleine Pause und frische Luft, deshalb beschloss sie, sich im *Ahoi Kaffee* eine Kleinigkeit zu holen.

Am Hafen traf sie auf Jörn, der mit einem Kaffeebecher in der Hand auf die Boote sah.

»Moin, Jörn. Genießt du den Herbsttag?«

»Ja und nein.«

»Was soll das heißen?«

»Kurz hatte ich den Verdacht, dass mich eine Möwe herausfordern will.«

»Womit denn?«

»Wer als Erster den Blick abwendet. Als die Möwe geschnallt hat, dass ich der ungeschlagene Meister bin, hat sie ehrfürchtig mit dem Kopf genickt und ist davongeflogen. Seit meinem ersten Wettstreit im Möwen-Fixierungswettkampf genieße ich hohes Ansehen bei denen.«

»Stimmt, Mads hat mir davon erzählt«, erwiderte Lena. Vor einiger Zeit hatte Jörn bereits vor ihrem Bruder damit geprahlt, dass er der Meister im Möwenanstarren sei. Lena fand es irgendwie süß, dass Jörn sich damit seine eigene Welt erschaffen hatte. »Wie ich sehe, hast du schon einen Kaffee, sonst hätte ich dich zu einem eingeladen«, fügte sie hinzu.

»Nur weil ich einen Becher in der Hand halte, heißt das nicht, dass auch Kaffee drin ist.« Jörn lachte.

»Also möchtest du einen?«, fragte Lena belustigt.

»Wie könnte ich zu dieser Einladung Nein sagen?«

»Dann solltest du mir folgen.«

»Nichts lieber als das.«

Beide reihten sich am *Ahoi Kaffee* in die kurze Schlange der Wartenden ein, dann bestellte Lena Kaffee und ein paar Cookies, einen davon gab sie Jörn.

»Du bist die Beste!« Jörn strahlte.

»Gern geschehen«, sagte Lena und schlürfte vorsichtig einen Schluck von dem heißen Kaffee aus ihrem Becher.

»Thor kann sich eine große Scheibe von dir abschneiden. Wenn er genauso lieb wäre und seltener versuchen würde, mich zu ermahnen, mit meinem Geld hauszuhalten, hätten wir beide ein entspannteres Leben.«

»Werde ich ihm ausrichten«, erwiderte sie mit einem Augenzwinkern.

»Ach, lieber nicht. Sonst muss ich mir nur wieder was von Seiner Gottheit anhören.«

Lena lachte, umarmte Jörn, verabschiedete sich von ihm

und machte sich anschließend auf den Weg zur Redaktion der Ostseezeitung. Auf ihr Klingeln kam Emma an die Tür im Erdgeschoss.

»Hallo, Lena, was für eine schöne Überraschung«, begrüßte Emma sie.

»Das habe ich euch mitgebracht«, sagte Lena.

Emma nahm ihr die zwei Kaffeebecher in der Papphalterung ab, die Lena auf ihrem Schoß balancierte. »Komm doch rein«, sagte sie und hielt Lena die Tür auf.

Gemeinsam begaben sie sich zu Emmas Arbeitsplatz, der direkt neben Amirs lag.

Als Amir den Besuch erkannte, legte sich ein Strahlen auf sein Gesicht. »Wie schön ist das denn bitte«, rief er und umarmte sie.

»Lena hat uns Kaffee mitgebracht«, meldete Emma.

»Und Cookies«, fügte Lena hinzu und hielt die Tüte hoch.

»Das wäre doch nicht nötig gewesen«, sagte Amir.

»Ein kleines Dankeschön für deinen tollen Artikel. Ich wusste gar nicht, dass du daraus so eine große Homestory machst.«

»Es hat perfekt gepasst. Die ersten Onlinefeedbacks sind übrigens sehr positiv. Es gibt schon einige, die dich im Rathaus sehen wollen«, berichtete Amir mit begeisterter Stimme.

»Ich finde den Artikel auch phänomenal«, pflichtete Emma bei. »Ihr zwei habt das super gemacht, deine Antworten haben mir sehr gut gefallen. Ich hoffe, du kannst da was bewegen.«

»Ich werde dranbleiben, versprochen. Es sollen nicht bloß leere Worte bleiben. Heute Abend treffe ich mich mit Albert und werde ihm meine Ideen vortragen.«

»Sobald es ums Geld geht, wird er sich sperren, der verschwendet die Mittel doch lieber in versteckten Subventionen für diesen Luxustempel«, grummelte Amir.

»Das glaube ich nicht, meine Ideen sind nachvollziehbar und sinnvoll.«

»Daran zweifle ich keine Sekunde«, versicherte Amir. »Ich drücke die Daumen, und wenn sich Albert sperrt, zieh deinen Joker.«

»Welchen Joker?«

»Na, Jutta. Das ist die Einzige, vor der Albert kuscht.« Amir lachte.

So unrecht hatte er nicht, zumindest hatte Lena noch nie erlebt, dass Albert ihrer Oma jemals widersprochen oder ihr eine Bitte abgeschlagen hätte.

»Ich schaffe das mit Argumenten«, entgegnete sie dennoch.

»Wenn es eine schafft, dann du«, machte Emma ihr Mut.

»Ich muss leider wieder los. Wollte nur kurz Hallo sagen«, sagte Lena und löste die Bremse an ihrem Rollstuhl.

»Danke, dass du vorbeigekommen bist.«

Die drei verabschiedeten sich voneinander, und während Lena ihren Rollstuhl zurück zu ihrer Wohnung schob, erwischte sie sich bei dem Gedanken, dass die Arbeit als Journalistin ihr auch gefallen könnte.

Auf Höhe des Hafens stellten sich ihr zwei Jugendliche in den Weg.

»Könnt ihr bitte Platz machen«, bat sie in freundlichem Ton.

»Warum sollten wir?«, antwortete der Größere von beiden, Lena schätzte ihn auf höchstens sechzehn.

»Weil ich hier lang möchte«, blieb Lena noch immer freundlich.

»Fahr auf der Straße. Seit wann dürfen Behinderte mit dem Rollstuhl auf den Bürgersteig?«

»Du weißt doch, Digger, diese Behindis glauben, dass sie alles dürfen«, fügte der andere hinzu und lachte frech.

»Na los, auf die Straße«, rief der Größere und schaute Lena provozierend an.

Ein Passant, der ihr entgegenkam, wechselte die Straßenseite.

»Ich sagte, auf die Straße, Spasti«, brüllte der Jugendliche.

24

Als Gustav und Albert das *Restaurant Fischkiste* erreichten, war Jutta noch nicht da.

»Hätten wir sie vielleicht abholen sollen?«, fragte Albert, als sie sich setzten.

»Sie hat noch fünfzehn Minuten und ihre Wohnung ist gleich um die Ecke«, antwortete Gustav. Trotzdem ärgerte er sich, dass er nicht gleich daran gedacht und Jutta abgeholt hatte.

Der Kellner kam und brachte die Speisekarten.

»Wir warten noch auf meine Mutter«, sagte Gustav.

»Möchten Sie denn schon etwas trinken oder lieber warten?«, fragte der Kellner.

»Ein Espresso geht, was meinst du, Albert?«

»Zu einem Espresso sage ich nie Nein«, antwortete Albert. »Wir hätten dazu gern noch eine große Flasche stilles Wasser und drei Gläser.«

»Sehr gern.« Der Kellner entfernte sich.

»Hubert Stöcken müsste in der Gemeinde und im Rathaus recht bekannt sein, als Notar. Du hattest doch erwähnt, dass er auch mal gegen dich kandidiert hat«, sagte Gustav.

»Er ist kein Unbekannter. Worauf möchtest du hinaus?«

»Was wird über ihn erzählt?«

»Nichts, was deinen Ermittlungen nützlich sein könnte«, antwortete Albert. »Ich habe mich gestern mal ein wenig umgehört. Er war ein geschätzter Mann, galt als höflich und lustig. Aber wenn du mehr über ihn in Erfahrung bringen möchtest, solltest du mit den Leuten im Amtsgericht sprechen, dort ist das Grundbuchamt.«

»Das weiß ich doch.«

»Sicher?«

»Sehr witzig. Ich will darauf hinaus, dass deine Mitarbeiter vielleicht etwas über den Flurfunk weitergegeben haben.«

»Haben sie nicht, jedenfalls nichts …«

»… was meinen Ermittlungen nützlich sein könnte, ist angekommen.«

»Ich habe gehört, dass Carola gestern im Krankenhaus war.«

»Woher weißt du das schon wieder?« Gustav sah ihn erstaunt an.

»Langsam solltest du wissen, dass ich meine Quellen habe. Glaubst du, das hatte was mit dem Mord zu tun?«

»Ich denke schon. Die Sache geht ihr verständlicherweise sehr nahe. Deswegen habe ich auch Mads und Enno zu ihr geschickt. Ich habe sie gestern gefunden, als sie ohnmächtig war, und sie dann heute mit unschönen Fragen zu nerven, wäre vielleicht etwas unpassend gewesen.«

»Ganz sicher wäre es das, zumal Jutta sicher ist, dass sie Hubert nicht ermordet hat. Du siehst das also genauso?«

»Nein, ich ermittle und so lange schließe ich niemals etwas aus«, widersprach Gustav.

»Niemals?« Albert sah ihn prüfend an. »Mal angenommen, du würdest ermordet, würdest du mich dann im Kreis der Verdächtigen sehen?«

»Aber sicher, du wärst mein Hauptverdächtiger. Erkläre mir bitte nur, wie ich ermitteln könnte, wenn ich tot bin?«

»Das war eine rein hypothetische Frage. Ich bin übrigens schockiert, dass du mir einen Mord zutraust.«

Sie wurden durch den Kellner unterbrochen, der ihnen die Getränke und eine dritte Speisekarte brachte.

»Trink deinen Espresso, bevor du noch mehr Albernheiten von dir gibst«, sagte Gustav, als sie wieder allein waren.

»Wenn ich als Polizist ermordet worden wäre, würde ich dich nicht zum Kreis der Verdächtigen zählen.«

»Den Tag will ich erleben, an dem du von den Toten …« Gustav brach ab und weitete in gespieltem Entsetzen seine Augen. »Wieso bekomme ich plötzlich eine Gänsehaut? Du kannst nicht von den Toten auferstehen. Unmöglich.«

Alberts Mundwinkel zuckten, während er sich einen Schluck von seinem Espresso gönnte. Gustav tat es ihm gleich und leerte die Tasse, damit der Inhalt nicht zu schnell kalt wurde.

In diesem Moment betrat Jutta das Restaurant, fünf Minuten vor der vereinbarten Zeit. Sie standen auf und begrüßten sie, dann nahmen alle Platz.

Albert schenkte ihnen Wasser ein.

»Wie geht es Carola?«, erkundigte sich Jutta.

Wie es schien, wusste auch sie bereits, dass sie im Krankenhaus gewesen war.

»Es war nur ein Schwächeanfall. Ich habe vorsorglich veranlasst, dass sie sich im Krankenhaus durchchecken lässt.«

»Das hast du gut gemacht. Sie hat Hubert geliebt, auch wenn es für Außenstehende manchmal nicht so aussah«, lobte Jutta und schaute in die Speisekarte.

Albert folgte ihrem Beispiel und auch Gustav nahm die Karte zur Hand, obwohl er Jutta viel lieber weitere Fragen gestellt hätte.

»Ich kann den Niendorfer Pannfisch empfehlen«, warf Albert in die Runde.

»Genau den hatte ich im Auge«, sagte Jutta, die neben Albert saß, sie berührte kurz seine Hand.

»Ich weiß halt, was dir schmeckt.«

»Willst du auch die Pannfischpfanne?«

»Warum nicht«, antwortete Gustav.

Der Kellner kam zu ihnen und sie bestellten, dann fragte Jutta: »Habt ihr heute die Zeitung schon gelesen?«

»Das haben wir, ein wirklich guter Artikel. Das hat Amir fein gemacht«, sagte Albert.

»Und ob. Ich bin so stolz auf meine Enkelin und auf Amir. Ich möchte ihn, Emma und Lena Sonntag zu Kaffee und Kuchen einladen.«

»Da werden sie sich bestimmt freuen«, stimmte Gustav zu.

»Den Schwung müssen wir unbedingt nutzen«, fuhr Jutta fort. »Ich bin überzeugt, dass Albert Lena ohne Einschränkungen unterstützen wird. Irgendwo wird er sicherlich einen Fördertopf finden, um Gelder für Menschen mit Behinderungen freizugeben. Wir müssen die ohne Lobby und ohne Stimme unterstützen, heute mehr denn je. Das weiß auch Albert, mein Schatz, aber er ist halt mit Arbeit zu, da kann er sich nicht um alles kümmern. Das wird Lena übernehmen.« Sie strahlte.

Dass Albert so extrem viel zu tun hatte, hielt Gustav für ein Gerücht, doch er sah am Blick seiner Mutter, dass sie daran glaubte, daher schluckte er seinen bissigen Kommentar herunter, er hatte nämlich einen Plan.

»Die Gemeinde hat geerbt, Jutta, da muss Albert keine Töpfe suchen. Es stehen zehn Millionen Euro zur Verfügung, und Albert hat bereits zugesagt, dass er Lena unterstützen wird. Am Geld soll es nicht scheitern. Sogar der Polizei in Timmendorfer Strand hat er zwei Millionen zugesichert, damit wir den Investitionsstau endlich beseitigen können«, berichtete Gustav zufrieden. Das war die Überraschung für Albert, von der er zuvor im Büro gesprochen hatte.

Der Blick seines besten Freundes verriet ihm, dass er mit Gustavs Vorstoß alles andere als glücklich war, aber er hatte diese Situation nutzen müssen, da er Albert zutraute, dass die Polizei anderenfalls leer ausgehen würde.

»Ich bin stolz auf dich, mein Schatz, und Mikkel ist das auch«, sagte Jutta und tätschelte Alberts Hand erneut. »Er wird sicherlich aus dem Himmel bewundernd zu dir herunterschauen. Du bist ein Johannsen, du wusstest schon immer, wie wichtig eine effektive und starke Polizei für die Sicherheit unserer Gemeinde ist.«

»Aber natürlich, das ist doch klar«, erwiderte Albert, dessen Gesichtsausdruck zwischen Zuneigung zu Jutta und Wut auf Gustav kämpfte.

Gustav unterdrückte ein Lachen. Albert würde bestimmt Mittel und Wege finden, diesem unfreiwilligen Versprechen nachzukommen. Das hoffte er zumindest.

»Ihr wolltet mich doch sicherlich nicht nur wegen des glücklichen Erbes zum Essen einladen, oder?«, fragte Jutta und schaute dann Gustav an. »Du möchtest mehr über Hubert und Carola wissen, stimmt's?«

»Du kennst die beiden besser als Albert und ich«, antwortete Gustav. »Da wären tatsächlich noch ein paar offene Fragen.«

»Hast du heute schon mit Carola gesprochen?«

»Nein, ich habe Mads und Enno zu ihr geschickt.«

»Was möchtest du denn wissen?«

»Alles, jedes noch so kleine, unwichtige Detail könnte entscheidend sein«, erklärte Gustav.

»Dann hole ich mal aus«, begann Jutta, nahm einen Schluck Wasser, atmete kurz durch und fuhr fort: »Das meiste weiß ich von Huberts Eltern und den Gelegenheiten, wenn ich Hubert und Carola besucht habe. Auch aus Gesprächen mit Hubert allein, wenn er aus dem Nähkästchen geplaudert hat.«

Gustav nickte.

»Bevor ich es vergesse«, Jutta sah zu Albert, »ich muss dich noch um einen Gefallen bitten.«

»Betrachte es als erledigt, Jutta. Was möchtest du?«

»Ich brauche einen neuen Notar. Vielleicht kennst du einen. Es ist wirklich tragisch, dass Hubert tot ist.«

»Ich mach mich schlau und nenne dir morgen einen.«

»Das ist sehr lieb von dir.«

Der Kellner servierte ihnen die Hauptspeise, schenkte Wasser nach und ging zu den nächsten Gästen.

»Lasst es euch schmecken«, sagte Jutta und griff nach dem Besteck.

Auch Albert und Gustav widmeten sich ihrem Pannfisch.

»Zurück zu deiner Frage«, sagte sie dann. »Hubert war ein Einzelkind, seine Eltern waren nicht vermögend. Er hat sich das Studium selbst finanziert mit Bafög und Nebenjobs. Er war unglaublich ehrgeizig und clever, wollte den Erfolg um jeden Preis. Es gab Gerüchte, dass er sich nur auf Carola eingelassen habe, weil er es auf ihr Geld abgesehen hatte. So eine Kanzlei ist kostspielig und gerade zu Beginn der Selbstständigkeit fehlen einem die Mandanten, um die Fixkosten zu decken.«

»Also war es eine Zweckehe?«, hakte Gustav nach.

»Mehr eine Vernunftehe. Huberts Eltern waren überzeugt, dass Carola ihn tatsächlich aus Liebe geheiratet hat, und Hubert muss im Laufe der Zeit gelernt haben, Carola zu lieben. Manchmal braucht Liebe ihre Zeit.«

»Wie ist deine Einschätzung?«

»Ich stütze die Annahme der Eltern. Ich habe die beiden erlebt, bevor sie verheiratet waren, und in der Zeit nach der Hochzeit. Hubert hat immer sein Ding durchgezogen und Carola hatte viel Verständnis dafür. Er ist oft allein um die Häuser gezogen, während Carola zu Hause blieb, weil sie sich nicht viel aus Kneipenbesuchen gemacht hat. Das müsstet ihr doch auch noch wissen.« Sie sah die beiden fragend an.

»Wir?«, fragte Gustav überrascht, an Alberts Gesichtsausdruck sah er, dass dieser sich nicht weniger wunderte.

»Hubert war nur ein paar Jahre jünger als ihr. Ihr habt ihn

doch sicherlich abends in der Disco und in den Kneipen gesehen.«

»Das müssten fünf Jahre sein, Mama. Klar hat man ihn gesehen und sich mal Hallo gesagt, aber fünf Jahre waren damals ein verdammt großer Altersunterschied«, wandte Gustav ein.

Jutta sah ihren Sohn nur an, legte die Stirn in Falten und aß weiter, bevor sie fragte: »Was ist mit Carola?«

»Die ist zehn Jahre jünger, mit der haben wir noch weniger zu tun gehabt.«

»Stimmt, in der Hinsicht kommt Mads nicht nach dir«, sagte sie trocken.

»Mads?« Gustav konnte seiner Mutter gerade nicht folgen.

»Weil er immer so junge Freundinnen hatte. Er wurde älter, nur seine Freundinnen nicht. Zum Glück hat er jetzt Victoria, so langsam wird der Junge erwachsen. Ihr beide wart da wenigstens um einiges vernünftiger.«

Gustav nickte zustimmend. »Was weißt du über Carola?«, fragte er dann.

»Nicht viel. Ihre Eltern kenne ich nicht, ich habe nur gehört, dass ihr Vater ein Arzt aus Lübeck war. Er ist letztes Jahr gestorben. Die Eltern müssten Ende der Achtziger nach Niendorf gezogen sein, aber seine Praxis in Lübeck hat er weitergeführt. Es gab wohl einiges an Geld in der Familie, und Hubert wollte immer raus aus der Armut, er wollte reich werden, sich Dinge leisten, die er sich sonst nicht leisten konnte. Das blaue Cabrio sagt doch alles.«

»Dieses Cabrio ist ein himmelblauer Bentley, Mama«, korrigierte Gustav seine Mutter, die sich aus materiellen Dingen oder Luxus nie viel gemacht hatte.

»Kann es denn mehr als ein anderes Cabrio? Bringt es mich nicht von A nach B wie jedes Auto?«

»Streng genommen schon«, räumte Gustav ein.

»Dann hat Jutta recht. Es ist ein Cabrio«, bekräftigte Albert. »Ein Auto, das einen von A nach B bringt.«

»So ist es, Albert.« Sie schüttelte den Kopf. »Ich habe die Leute nie verstanden, die für unnötigen Luxus so viel Geld bezahlen. Mikkel hatte dafür auch nie Verständnis. Na, am Ende ist es jedem selbst überlassen, was er mit seinem Geld macht.«

»Wann hast du Hubert das letzte Mal getroffen oder gesprochen?«

»Du verdächtigst doch nicht Jutta?«, erlaubte sich Albert einen Scherz.

»Darauf erwartest du hoffentlich keine Antwort«, reagierte Gustav gereizt.

»Entspann dich, Gustav, Albert hat nur einen Witz gemacht«, vermittelte Jutta. »Nun zu deiner Frage: Das war letzte Woche Freitag, da habe ich ihn angerufen.«

»Worüber habt ihr gesprochen?«

»Ich hatte ihn gefragt, ob er die Tage Zeit für mich hätte. Ich wollte ja das mit dem Testament erledigt haben, das ging mir schon eine Weile durch den Kopf. Er meinte, dass er gerade in Arbeit untergehe, aber ich könne gern sonntags bei ihm zu Hause vorbeikommen, wenn er frei hat. Als ich dann an diesem Sonntag mit Mads bei ihm war … Ihr wisst ja, was passiert ist.«

»Wie hat er bei dem Gespräch auf dich gewirkt?«

»Freundlich wie immer, aber kurz angebunden, hektisch. Als hätte er Stress.«

Lag das wirklich am Stress?, überlegte Gustav, oder wusste Hubert da schon, dass er in Schwierigkeiten steckte, für die er am Ende mit seinem Leben bezahlt hatte?

»Was weißt du über das *Reisebüro Lohse?*«

»Du meinst Sibylle?«

»Genau.«

»Ich habe schon mal eine Reise bei ihr gebucht, ist ein bisschen her. Sie ist eine alte Freundin von Hubert, in ihrer Persönlichkeit ist sie ihm ähnlicher als Carola.«

25

»Ich weiß nicht«, sagte Enno.

»Was meinst du?«, fragte Mads. Sie standen inzwischen wieder auf dem Bürgersteig vor der Villa der Stöckens.

»Was ich von Sibylle Lohse halten soll. Erst recht nach dem Gespräch mit der Witwe. Was hältst du von ihr?«

»Sie ist etwas überdreht und schien dich interessant zu finden.«

»Lass das bloß nicht Rita hören, sonst wird sie noch eifersüchtig«, erwiderte Enno mit gespielter Besorgnis. »Wahrscheinlich ist an der Weisheit doch was dran.«

»An welcher?«

»Dass man für Frauen immer dann interessant wird, wenn man vergeben ist. Als würden wir Männer in Beziehungen irgendeinen Duft absondern, den Frauen ansprechend finden.«

Mads lachte. »Wer weiß. Ich kann Lohse jedenfalls auch nicht einschätzen. Sie war oberflächlich freundlich und sehr gut mit Hubert befreundet. Die Frage ist, wie gut.«

»Meinst du, dass Hubert und sie eine Affäre hatten?«

»Warum nicht? Sie waren viel unterwegs, auch feiern. Wenn dann der Alkohol fließt …«

»Also kann man fremdvögeln mit Alkohol entschuldigen?«, hakte Enno ein. »Hast du das schon mal gemacht?«

»Nein, noch nie. Wenn mich eine andere Frau mehr gereizt hat als meine derzeitige Partnerin, habe ich immer einen sauberen Schnitt gemacht.«

»Das waren sicherlich einige.«

Mads warf ihm einen zweideutigen Blick zu. »Ich hatte meine wilde Zeit, das stimmt, aber die gehört der Vergangenheit an. Ich habe Victoria.«

»Ich hatte nie eine wilde Zeit, und bevor ich Rita kennengelernt habe, habe ich mich immer gefragt, wie das wohl gewesen wäre, so eine Zeit gehabt zu haben. Ich war schon neidisch auf die anderen Jungs. Inzwischen weiß ich aber, dass ich diese Zeit nie gebraucht habe. Ich habe nur einen Menschen gebraucht, der mich liebt als der Mensch, der ich bin.«

»Das hast du schön gesagt. Aber wie finden wir jetzt heraus, ob zwischen Lohse und Hubert was gelaufen ist?«

»Vielleicht Ronald Henke fragen?«, schlug Enno vor. »Carola hat ja erzählt, dass ihr Mann viel mit ihm zusammen war und er ihren Mann genau wie Lohse ausgenutzt habe. Wenn die Witwe nicht lügt, gehe ich davon aus, dass uns sowohl Henke als auch Lohse etwas verschwiegen haben.«

»Die Frage ist, warum«, beendete Mads Ennos Gedanken.

»So ist es. Entweder weil sie Angst haben, in die Ermittlungen reingezogen zu werden, oder weil sie etwas verheimlichen.«

»Das finden wir heraus.«

»Das werden wir«, nickte Enno und tätschelte sich den Bauch. »Was dagegen, wenn wir auf ein schnelles Fischbrötchen bei Olis und Alis Imbiss vorbeischauen?«

»Können wir machen«, antwortete Mads, der auch einen leichten Hunger verspürte, der Hafen lag nicht weit entfernt.

»Geht auf meinen Nacken«, ergänzte Enno.

»Nacken?«

»Das sagt man doch so, oder nicht?«

Mads lachte. »Glaub mir, mein Onkel würde das niemals sagen.«

»Gustav ist ja auch nur halb so cool wie ich«, stimmte Enno zu.

»Vermutlich sogar nur ein Viertel.«

»Lass ihn das bloß nicht hören.«

Als sie losgingen, sahen sie in einiger Entfernung, wie zwei Männer sich mit einer Person im Rollstuhl unterhielten. Er konnte die Beteiligten nicht erkennen, doch sofort machte sich ein ungutes Gefühl in seiner Magengegend breit.

Schließlich sah er, was los war: Zwei Halbstarke legten sich mit seiner Schwester an. Reflexartig wollte er losrennen, doch Enno hielt ihn am Arm zurück.

»Lass mich los, Enno. Die Idioten ärgern meine Schwester.«

»Das sehe ich, Mads, aber hab etwas Vertrauen in Lena. In ihr steckt das Johannsen-Polizisten-Gen.«

Mads sah das anders. Lena saß im Rollstuhl und diese Halbstarken schienen nicht besonders viel Respekt vor Menschen mit Behinderung zu haben.

»Vertrau deiner Schwester«, wiederholte Enno, er wirkte deutlich entspannter als Mads.

»Gut«, brachte er endlich hervor. »Aber sobald einer von ihnen Lena anfasst, kannst du darauf wetten, dass ich ihm den Arm breche.«

Sie stellten sich etwas außer Sichtweite hin und warteten.

Der Größere der beiden Jugendlichen wollte gerade nach Lenas Rollstuhl greifen, als sie plötzlich die Hand hob, den Jugendlichen am Arm packte und ihn mit einer schnellen Drehung zu Fall brachte.

»Ihr solltet euch schämen«, hörte Mads sie rufen.

Der Kleinere der beiden lief weg, genau in Mads' Richtung.

»Genug zugeschaut«, sagte Mads und wartete ab, dass der Kerl an ihm vorbeilief. Als es so weit war, packte er ihn und brachte ihn unsanft zum Stehen.

»Lass mich los, du Arsch«, brüllte der Jugendliche, der vermutlich höchstens sechzehn war.

»Fresse, sonst kannst du bei der Krankenkasse einen Antrag auf dritte Zähne stellen«, grollte Mads.

»Was soll das?«

»Leg dich besser nicht mit Mads an. Wir sind von der Polizei«, mischte sich Enno ein.

»Bullen?«

»Polizisten! Warum legt man sich mit einer Frau im Rollstuhl an?«, fuhr Enno fort.

»Das war doch nur Spaß. Sie hat meinen Kumpel angegriffen, die ist so ein Karatepsycho, vielleicht braucht sie den Rolli gar nicht.«

Kaum hatte er das gesagt, schlug Mads ihm mit der flachen Hand gegen den Kopf, der Jugendliche schrie auf.

»Wir haben alles gesehen. Sie hat sich nur verteidigt«, sagte Mads und drehte dem Jugendlichen den Arm hinter den Rücken. »Mitkommen.«

Unsanft schob er ihn zu Lena, obwohl er ihm am liebsten eine ordentliche Tracht Prügel verpasst hätte, damit er begriff, was es bedeutete, sich mit seiner Schwester anzulegen.

»Moin, Lena«, machte sich Enno als Erster bemerkbar. »Der schläft noch?« Er berührte den Jugendlichen, der noch immer auf dem Boden lag, unsanft mit dem Fuß.

»Was, was …«, stammelte dieser. Er fasste sich an den Kopf und kam langsam zu sich.

»Moin, Schwesterherz. Wie geht es dir?«

»Gut. Die Halbstarken haben Stress gesucht. Keine Ahnung, warum.«

Der Größere der Angreifer war übel gestürzt, sein Gesicht blutete.

»Komm auf die Beine, Trottel«, sagte Enno.

»Sie hat mich angegriffen, mein Kumpel kann das bezeugen«, jammerte er.

»Wir haben alles gesehen, ihr habt angefangen.«

»Das sind Bullen, Digger, pass auf, was du sagst«, warnte der andere.

»Ausweise.« Enno streckte fordernd die Hand aus.

»Habe ich nicht dabei.«

»Dann nehmen wir euch mit auf die Dienststelle.«

»Ganz sicher nicht«, rief der Kleinere, schubste Enno weg und lief los.

Mads wollte ihn packen, dabei lockerte er den Griff bei dem anderen Jugendlichen, der die kurze Unachtsamkeit nutzte, sich losriss und weglief.

»Lass, Mads«, sagte Lena zu ihrem Bruder, als ahnte sie, dass Mads die Verfolgung aufnehmen wollte. »Das ist es nicht wert. Du weißt doch, es wird immer solche Idioten geben.«

»Stimmt, aber dem einen hast du gezeigt, was ein ordentlicher Haken ist«, antwortete Enno. »Das war richtig kaltblütig.«

»Geht's dir gut?«, wiederholte Mads, da er ganz sichergehen wollte.

»Ja, alles gut. Mir ist nichts passiert.«

»Was ist eigentlich genau vorgefallen?«

»Ich wollte nach Hause, als die beiden mir den Weg versperrt und gesagt haben, ich solle auf die Straße mit meinem Rollstuhl.«

»Unglaublich, die Jugend verroht immer mehr«, schimpfte Enno.

»Wir finden die beiden, Lena, mach dir keine Sorgen.«

»Lass gut sein. Ich hoffe, sie haben gelernt, wie dumm das eben war. Ihr habt doch sicherlich schon genug um die Ohren mit dem aktuellen Fall.«

»Wem sagst du das«, erwiderte Enno. »Wir wollten gerade ein Fischbrötchen essen gehen, magst du uns begleiten?«

»Würde ich gern, aber ich muss zurück, ich bekomme gleich einen wichtigen Anruf.«

»Alles klar.«

»Schwesterherz, ich habe heute Morgen den Artikel über dich gelesen. Der war richtig gut. Dass du dich wieder mehr in die lokale Politik einbringen willst, finde ich super.«

»Danke. Ich schau mal, was ich da erreichen kann. Heute Abend treffe ich mich zum Essen mit Albert, da werde ich ihm meine Ideen vortragen.«

»Sag es auch Oma, dann hat Albert keine andere Wahl, als zu allem Ja zu sagen«, schlug Mads lachend vor.

Lena zwinkerte ihm zu. »Nein, das mache ich nicht. Ich möchte, dass Albert es tut, weil er von meinen Ideen überzeugt ist.«

»Richtige Einstellung«, unterstützte Enno sie.

»Du schaffst das. Sicher, dass du nicht mit möchtest?«, fragte Mads, der gern etwas Zeit mit seiner Schwester verbracht hätte.

»Ich kann leider nicht, sonst auf jeden Fall.«

Mads umarmte seine Schwester zum Abschied, sogar Enno tat das.

»Du hast eine tolle, tapfere Schwester«, sagte er, als sie zum Imbiss weitergingen.

»Und wie.«

»Sag mal, das mit Jutta war eben ein Scherz, oder?«

»Wegen Albert?«

»Ja. Mir ist schon klar, dass Jutta euer Oberhaupt ist und ihr auf sie hört, aber Lange hat doch trotzdem seinen eigenen Kopf.«

Mads hob den Zeigefinger. »Da kennst du Jutta nicht. Ich habe noch nie erlebt, dass Albert etwas gegen ihren Willen getan hat. Ich weiß, das klingt seltsam, wenn man bedenkt, zu welchen Gemeinheiten Albert fähig ist und dass er jeden eiskalt abserviert, der sich ihm und seinem Ehrgeiz in den Weg stellt. Emma kann ein Lied davon singen, aber bei Jutta ist er wie ein anderer Mensch.«

»Warum bittest du Jutta dann nicht, Lange darauf aufmerksam zu machen, dass er Emma in Ruhe lässt?«

»Weil Emma das niemals gutheißen würde. Da ist sie wie Lena, sie möchte es auf ihre Weise machen. Gleichzeitig will ich verhindern, dass Jutta in alles reingezogen wird. Sie ist nicht mehr die Jüngste, sie soll sich nicht ärgern.«

»Das stimmt auch wieder. Aber dass sie solch eine Macht über den Bürgermeister hat, ist schon erstaunlich.«

»Wenn du Jutta besser kennen würdest, würde dich das nicht wundern. Selbst Mikkel hat Oma aus der Hand gefressen, und vor dem hatten Gustav und Albert richtig Schiss.«

»Ernsthaft?«

Mads lachte. »Na gut, Respekt«, korrigierte er sich.

Inzwischen hatten sie die Imbissbude erreicht und wurden sogleich von Oli mit einem: »Moin, Männers« begrüßt.

»Moin«, gaben sie zurück und Enno ergänzte: »Wir wollten ein schnelles Fischbrötchen.«

»Wenn du was Schnelles willst, geh zu McDonald's. Ein Fischbrötchen ist kein Fast Food«, konterte Oli gewohnt trocken.

»Nimm es ihm nicht übel, er ist heute mit dem falschen Bein aufgestanden«, ergänzte Ali, der zusammen mit dem deutlich älteren Oli den Imbiss betrieb. Die beiden fuhren regelmäßig mit dem Kutter raus, um Fische zu fangen, die sie in ihrem Imbiss direkt verarbeiteten und verkauften.

»Wer hat sich heute früh verspätet?«, gab Oli grummelig zurück.

»Ich sagte ja, falsches Bein.« Ali lachte.

»Für mich bitte ein Krabbenbrötchen und eine kleine Flasche Wasser. Enno nimmt sicherlich ein Heringsbrötchen«, sagte Mads, der gerade nicht in Laune war, diesen kindischen Streitereien zuzuhören.

»So ist es. Mach zwei und eine Cola bitte, sonst verschwindet noch mein Bauch«, erlaubte sich Enno einen Spruch, der Oli zum Lachen brachte.

»Ich kenne niemanden, der so viel Angst hat, Muskeln zu verlieren, wie Mads«, witzelte Oli weiter.

»Wenn ich so aussehen würde wie Mads, würde ich ganz sicher auch nur noch Protein futtern. Aber ich bin Realist, da werde ich eher Astronaut«, entgegnete Enno.

Die drei lachten herzlich. Im selben Moment erblickte Mads Jörn, der pfeifend auf sie zusteuerte.

»Moin, großer Houdini und noch größerer Thor«, grüßte Jörn sie unterwürfig.

Vor einiger Zeit hatte Enno ihm einen Zaubertrick vorgeführt, seitdem nannte Jörn ihn wie den legendären Zauberkünstler.

»Moin, Jörn. Magst du auch ein Fischbrötchen?«, fragte Enno.

»Heute scheint mein Glückstag zu sein. Erst spendiert mir Schwester Lena einen Kaffee und jetzt werde ich auch noch zu Fischbrötchen und Cola eingeladen.«

»Von einer Cola war nicht die Rede«, berichtigte Mads ihn.

»Ach, die kriegst du auch«, versicherte Enno.

»Ich sagte ja, heute ist mein Glückstag – wenn man mal von dem komischen Vorfall vorhin absieht.«

»Was war denn los?«

»Da waren so zwei freche Jugendliche, die mich dumm angemacht haben. Ich habe schnell die Straßenseite gewechselt und bin gerannt.«

»Wie sahen die beiden aus?«, fragte Mads.

»Der eine war recht groß, der andere kleiner. Beide schlank, der eine hatte eine rote Jacke an.«

»Die kenne ich«, warf Oli ein.

»Wie, du kennst sie?« Jetzt war Mads' Neugier geweckt, es

mussten die gleichen Teenager gewesen sein wie die, die Lena beleidigt hatten.

»Die ärgern die Leute seit zwei Wochen. Ich sehe sie immer wieder hier ihr Unwesen treiben. Ein paarmal habe ich sie verscheuchen können.«

»Hast du sie vorher schon mal gesehen?«

»Nein, vielleicht sind sie neu hergezogen.«

»Wenn du sie noch mal siehst, ruf mich bitte an. Die werde ich mir vorknöpfen«, sagte Mads. Er ärgerte sich, dass er den beiden nicht doch nachgelaufen war.

»Mach ich. Wir waren früher nicht so unerzogen«, erwiderte Oli.

»Wir auch nicht«, bestätigte Mads, während Ali ihnen die Fischbrötchen und die Getränke reichte.

»Geht alles auf meinen Nacken«, sagte Enno und zog sein Portemonnaie aus der Hosentasche.

»Da ist nicht zufällig ein Zehneuroschein drin, den du mir aus dem Ohr zaubern möchtest?«, fragte Jörn frech.

»Nein, Jörn. Sei froh, dass du dir noch eine Cola erschnorrt hast«, gab Mads streng zurück. Er wusste, wie dreist Jörn sein konnte, wenn man ihm seine Grenzen nicht aufzeigte.

»Ich wollte mir den Schein ja gar nicht erschnorren, sondern ihn herzaubern lassen. Ein kleiner, aber feiner Unterschied, Eure Gottheit.«

Oli lachte, während Mads nur den Kopf schüttelte. Er hatte gerade keinen Sinn für Jörns Humor. Vermutlich lag das auch daran, dass er sich Sorgen um Lena machte. Der Angriff der Jugendlichen hätte ganz anders ausgehen können.

Wie feige musste man sein, dass man einen Menschen im Rollstuhl oder einen jungen Mann wie Jörn derart attackierte? Er musste die beiden finden, bevor noch jemand zu Schaden kam.

»Sagt mal, kennt einer von euch Hubert Stöcken?«, fragte

Mads und biss in sein Krabbenbrötchen. Wenn er schon hier war, konnte er auch die Gelegenheit nutzen, Oli und Ali zu befragen, schließlich gab es den Imbiss am Hafen seit Langem und er war beliebt im Ort.

»Ich kenne Hubert«, meldete Jörn. »Er war immer sehr spendabel und hat nie Fragen gestellt, wenn er etwas gab. Das kam bei ihm von Herzen.«

»Hat er dir mal was Interessantes erzählt?«, fragte Mads, auch wenn er sich nicht vorstellen konnte, dass Hubert ausgerechnet Jörn sein Herz ausgeschüttet hatte.

»Nein, meistens hat er mir durch die Haare gewuschelt und gesagt, dass ich mir was Leckeres kaufen soll.«

»Wir kennen Hubert sehr gut«, ergänzte Oli. »Wir haben schon gehört, dass er ermordet wurde. Ermittelt ihr in dem Fall?«

»Das tun wir«, bestätigte Enno.

»Wann war Hubert das letzte Mal bei euch?«, fragte Mads.

»Das war am Samstag.«

»Einen Tag, bevor er ermordet wurde«, entfuhr es Enno erstaunt.

»Wie war er drauf? Hat er was erzählt?«, wollte Mads wissen.

»Er war ziemlich durch den Wind.«

26

Jetzt bloß keine Schwäche zeigen! Carola wusste, was auf dem Spiel stand.

Dass ausgerechnet sie, die sich immer im Griff hatte, kurz ohnmächtig geworden war, sah ihr nicht ähnlich, und dann musste ausgerechnet Juttas Sohn sie finden und dazu drängen, ins Krankenhaus zu fahren.

Huberts Tod hatte einiges verändert, darauf musste sie vorbereitet sein.

»Keine Fehler mehr«, ermahnte sie sich und füllte ihr Weinglas, es war inzwischen das dritte. »Du hast Hubert deine besten Jahre geschenkt, er kriegt nicht auch noch die restlichen.«

Ihr Blick war entschlossen, während sie wieder in Grübeleien versank.

Sie grübelte immer, für Huberts Geschmack viel zu oft. Sie sei nicht entspannt genug und ließe das Leben nicht einfach auf sich zukommen, hatte er ihr häufig vorgeworfen. »Du bist zu steif«, hallten seine Worte in ihrem Gedächtnis nach.

Dabei fand sie gar nicht, dass sie zu steif war, und dass sie viel nachdachte, war in ihren Augen keine Charakterschwäche, wie Hubert es gern ausdrückte.

Wer sich Gedanken machte, machte weniger Fehler und gab sich nicht mit den falschen Freunden ab. Nicht wie Hubert.

Er war halt zu dämlich, um das zu begreifen, dachte sie spöttisch. *Zu sehr auf Aufmerksamkeit aus. Alles musste sich um ihn drehen, er wollte geliebt werden, egal zu welchem Preis.*

Sie trank einen Schluck Wein und bemerkte wieder einmal, dass ihre Hand zitterte. Auch Mads musste das aufgefallen sein, denn er hatte bei seinem Besuch immer wieder auf ihre Hand geschaut. Aber das Zittern hatte nichts mit Huberts Tod zu tun oder damit, dass sie nervös war. Es war eine Nervenkrankheit, die vor einigen Jahren begonnen hatte.

Im Moment hatte sie es im Griff, doch die Ärzte hatten sie schon darauf vorbereitet, dass es in einigen Jahren schlimmer werden würde. Mit Medikamenten könne man das Ganze jedoch gut in den Griff bekommen. Also schluckte sie diese Medikamente.

Sie, die nie krank gewesen war. Woher die Nervenkrankheit kam, konnten die Ärzte ihr nicht sagen, und Carola konnte sich auch nicht daran erinnern, dass es in ihrer Familie Personen gab, die eine ähnliche Krankheit gehabt hatten.

Sie leerte ihr Glas und grübelte weiter.

Die kurze und heftige Begegnung mit Sibylle Lohse, dieser Schlampe, ging ihr nicht aus dem Kopf. Sie hatte Sibylle noch nie gemocht, sie schon immer für eine falsche Schlange gehalten, die sich gern anbiederte, aber Hubert hatte das nicht erkannt.

Männer waren so leicht zu manipulieren, das wusste Carola und sie nutzte dieses Wissen. Sibylle allerdings auch, sie hatte Hubert ebenfalls manipuliert, dabei war Hubert ihr Mann, nicht Sibylles. Er hatte bei ihr zu Hause geschlafen. Nicht im selben Bett, schon lange nicht mehr, aber er hatte in ihrem Haus geschlafen, und sie waren verheiratet gewesen, das war es doch, was am Ende zählte.

Trotzdem hatte Hubert getan, was ihm gerade in den Sinn kam. Er hatte sie selten gefragt, ob sie mit seinen Plänen einverstanden sei, dabei hatte er das früher immer getan. Doch je erfolgreicher und älter er wurde, desto weniger hatte er

Rücksicht auf sie, ihre Ratschläge und ihre Bedürfnisse genommen. Das hatte ihr nicht mehr gepasst.

»Wie lange hätte ich mir denn noch von ihm auf der Nase herumtanzen lassen sollen?«, stieß sie bitter hervor.

27

Timmendorfer Strand, 30. Oktober

Der goldene Herbst ging in die Verlängerung. Auch für die kommenden Tage hatte der Wetterbericht Temperaturen um die 20 Grad vorausgesagt. Für Ende Oktober absolut ungewöhnlich. Natürlich gab es diese schönen Tage auch im Herbst, aber dass die Temperaturen über einen längeren Zeitraum über 20 Grad lagen, war doch eher selten.

Gustav hatte an diesem Morgen im Büro noch einmal den Artikel über Lena gelesen, weil er ihn unglaublich gut geschrieben fand und er ihn mit Stolz erfüllte.

Die kleine Reise mit Albert und das Gespräch mit dem Oberbürgermeister aus Emden hatte bei Lena scheinbar einen Schalter umgelegt. Sie war wie ausgewechselt, und Gustav hoffte, dass sich nun bald auch die psychische Blockade lösen würde, damit Lena wieder gehen könnte und ihrer Rückkehr zur Polizei nichts mehr im Wege stünde.

Irgendwann wird es passieren, dachte Gustav optimistisch und nahm sein Handy, um Amir anzurufen.

Er kannte den jungen Journalisten schon lange, denn er war gefühlt seit Ewigkeiten mit Mads befreundet, und im Gegensatz zu Albert hatte Gustav immer viel von Amir gehalten, nicht nur fachlich, sondern auch menschlich. Er hatte keine leichte Kindheit gehabt, vor allem seine Großmutter hatte ihm das Leben zur Hölle gemacht, und Amir hatte sich erst spät geoutet, weil seine Familie extrem konservativ war.

Mir wäre es egal, ob Mads schwul ist oder nicht, dachte Gustav. Er beurteilte Menschen niemals nach ihrer Sexualität oder ihrem Aussehen, sondern allein nach ihrem Handeln, und in der Hinsicht hatte Amir ihm noch nie einen Grund für Kritik gegeben.

Schon nach dem ersten Klingeln nahm Amir ab.

»Moin, Amir, ich habe gestern die Homestory gelesen, die du über Lena geschrieben hast. Ein wirklich toller Artikel. Jutta ist auch ganz begeistert über das, was du da gezaubert hast.«

»Danke, das ehrt mich sehr«, erwiderte Amir. »Jutta hat Emma und mich schon zum Dank zu Kaffee und Kuchen eingeladen. Das wäre gar nicht nötig gewesen, aber wir freuen uns unheimlich auf den Nachmittag mit ihr.«

»Juttas Apfelkuchen ist nicht von dieser Welt.«

»Wem sagst du das«, pflichtete Amir ihm bei.

Die beiden duzten sich seit einiger Zeit, nur Albert war beim *Sie* geblieben, aus einem einfachen Grund: Amir war Journalist.

»Du wirst es nicht glauben, selbst Albert war von dem Artikel begeistert«, fügte Gustav hinzu.

»Fällt mir in der Tat schwer, zu glauben«, erwiderte Amir und lachte kurz.

»Gut, das wollte ich nur weitergeben. Grüß mir Emma, ich muss weitermachen.«

»Darf ich vielleicht im Auftrag von Emma ganz frech was fragen?«, warf Amir ein.

»Schieß los«, antwortete Gustav und ein Lächeln stahl sich auf sein Gesicht, weil es irgendwie klar gewesen war, dass Emma neben Amir saß und lauschte, daher würde sie diesen günstigen Moment nicht ungenutzt lassen wollen.

»Wir wollten nur kurz wissen, ob es Neuigkeiten bei den Ermittlungen gibt, etwas, was wir veröffentlichen dürfen.«

»Ganz ehrlich, Amir, wenn ich was hätte, würde ich es dir sagen, weil du es verdient hast, diese Info zu bekommen, nur gibt es leider überhaupt nichts Neues. Ich verspreche euch aber was.«

»Und zwar?«

»Wenn wir was haben, wird Mads es euch sagen.«

»Mads?«, hörte er Emmas Stimme aus dem Hintergrund, sie klang beinahe spöttisch.

»Ihr habt mein Wort«, bestätigte Gustav. »Ich verstehe sowieso nicht, was das mit Mads und euch ist. Er ist der Erste, der sich für euch, insbesondere für Emma, starkmacht, dann schießt er sogar gegen Albert und trotzdem scheint ihr euch immer wieder in den Haaren zu liegen.«

Amir lachte. »Da muss ich dich korrigieren, das ist zwischen Mads und Emma …« Er brach ab. »Ups. Ich lege mal auf, Emma schaut mich gerade sehr böse an.«

»Bis bald«, sagte Gustav und beendete das Gespräch.

Was sich liebt, das neckt sich, schoss es ihm durch den Kopf, aber Mads war mit Victoria zusammen, er liebte sie, daher passte das nicht.

Das Telefonat hatte jedoch wieder einmal bewiesen, was Gustav schon länger über Emma dachte. Sie war nicht nur verdammt ehrgeizig, sie nahm ihren Beruf auch sehr ernst und ging ihm mit Leidenschaft nach, so wie er nicht einfach nur Polizist war, sondern seine Marke mit Stolz trug, wie schon sein Vater Mikkel es ihm beigebracht hatte.

Sein Bürotelefon klingelte, es war Tim.

»Moin, Gustav. Kurzes Update, in einer Stunde habe ich die Analyse fertig. Glaubst du, es wäre klug, deshalb eine kleine Besprechung einzuberufen?«

»Das wäre es, aber wirklich in kleiner Runde bei mir im Büro. Ich werde Mads und Enno zu mir bitten, dann können wir einen Zoom-Call machen.«

»Klar, ich schicke dir den Einladungslink.«

»Weißt du, ob Ole neue Informationen hat?«

»Nicht mehr als das, was er gestern per Mail in die Runde gegeben hat, hat er mir jedenfalls vorhin auf dem Flur erzählt. Soll ich ihn auch einladen?«

»Nicht nötig.«

»Okay, dann bis gleich«, gab Tim zurück und beendete das Gespräch.

Am vorigen Tag hatten sie bereits miteinander telefoniert und Tim hatte ihm berichtet, dass die Analyse noch etwas Zeit in Anspruch nehmen würde, weil die Zentrale eine andere Sache mit höherer Dringlichkeit dazwischengeschoben habe. Er hätte das auf eigenes Risiko sogar zurückgestellt, doch das Angebot hatte Gustav abgelehnt. Er wollte Tim nicht in Schwierigkeiten bringen, hatte sich aber über die Loyalität des IT-Spezialisten zu ihm sehr gefreut.

Erneut nahm er den Hörer ab und wählte Petras Durchwahl.

»Moin, Cheffe, hast du es im Kreuz?«

»Wieso das?«

»Weil du anrufst und nicht rüberkommst. Der Erste-Hilfe-Koffer liegt auf meinem Schoß, ich bin also …«

Gustav rollte mit den Augen. »Nein, mir geht es gut, aber ich bin gerade dabei, eine wichtige E-Mail zu schreiben, deshalb wollte ich dich bitten, Mads zu informieren, dass er in einer Stunde mit Enno in mein Büro kommen soll. Tim hat die Analyse von Handy und Laptop abgeschlossen.«

»Richte ich aus. Also doch nicht der Erste-Hilfe-Koffer?«

»Nein, nicht nötig. Auf so einen dummen Spruch kann dich eigentlich nur Albert gebracht haben, ist er bei dir?«

Petra lachte.

»Lass ihn rein, aber er soll einen Espresso mitbringen«, erwiderte Gustav resigniert

Nur zwei Minuten später trat Albert mit einem Tablett in der Hand ein.

»Einmal Espresso für den Junkie.«

»Wie wäre es mit einem guten Morgen?«, konterte Gustav.

»Guten Morgen, alter Freund.«

»Und da wundern sich meine Mitarbeiter, dass ich so viel Espresso trinke.« Gustav schnaufte. »Warum stiftest du Petra immer zu solchen kindischen Aktionen an?«

»Ich?«, fragte Albert unschuldig und reichte ihm eine Tasse mit den obligatorischen zwei Keksen. »Was für dich der Espresso, ist für die Jugendlichen ihr Bubatz.«

»Bubatz?« Gustav runzelte die Stirn. »Was soll das sein?«

»Tja, du bist eben alt.«

»Ärger mich nicht, du hast ja selbst keine Ahnung, was das ist.«

»Doch, das ist im Jugendjargon das Wort für Gras.«

»Als ob das zu deinem Sprachgebrauch gehören würde.«

»Natürlich tut es das.«

»Wer's glaubt …«

»Ich hatte gestern meine erste Twitch-Schalte mit einer Schule, da ging es um verschiedene Themen wie die Legalisierung von Marihuana.«

»Jetzt verstehe ich. Ein Schüler hat dich das gefragt und du hast doof aus der Wäsche geschaut, dann hat es dir jemand erklärt und nun glaubst du, dass du mich damit ärgern kannst. Da liegst du aber ganz schön daneben.«

Gustav leerte den perfekt temperierten Espresso in zwei Zügen.

»Du weißt ja sicher nicht mal, was Twitch ist. Man muss mit der Zeit gehen, sonst überholt einen die Zeit nicht nur, sie macht einen auch überflüssig.«

»Bist du jetzt unter die Philosophen gegangen?«

»Das sind einfach Lebensweisheiten«, gab Albert zurück, lehnte sich entspannt zurück und genoss seinen Espresso.

»Erzähl mir lieber, wie das Abendessen mit Lena war.«

»Hervorragend. Sie hat eine tolle Location ausgesucht, wir waren im *Wullenwever*, und ehe du fragst: Natürlich habe ich sie nicht zahlen lassen. Das Wichtigste ist aber: Sie wird sich im Rathaus einbringen, eine Mitarbeiterin von mir werden.«

»Das sind ja wunderbare Nachrichten«, erwiderte Gustav höchst erfreut. »Diese Selbstständigkeit ist doch nichts für sie, vor allem wenn nichts dabei rumkommt. Wirst du sie in ihrem Vorhaben weiter unterstützen?«

»Das fragst du noch?« Albert sah ihn gespielt beleidigt an. »Diese Motivationskurve dürfen wir nicht abwürgen, und da wären wir beim eigentlichen Grund meines Besuches: Unterstützung.«

»Du brauchst einen Grund, um herzukommen? Ich dachte, dir wäre nur wieder langweilig«, stichelte Gustav. »Wie jeden Tag.«

»Spotte nur. Mir geht es um deine Aussage bei Jutta. Das mit den zwei Millionen kann nicht dein Ernst sein.« Albert hob die Hand, da er wohl spürte, dass Gustav sofort etwas einwenden wollte. »Ich habe das mal alles durchkalkuliert und ein paar interessante Gespräche mit Personen aus dem Innenministerium und der Landesregierung geführt. Eine Million kann ich dir zusagen und das Land wird 500.000 Euro draufschlagen. Das wäre eine Win-win-Situation, die wir nutzen sollten.«

»Ich hatte zwei Millionen gesagt und du hast es Jutta versprochen.«

»Du kannst doch nicht allen Ernstes …«

»Und ob. Mikkel schaut vom Himmel auf uns herab«, erinnerte Gustav ihn an Juttas Worte.

»Du glaubst doch gar nicht an Gott und an den Himmel.«

»Ich bin protestantisch getauft«, stellte Gustav klar. »Soll ich Jutta anrufen?«

»Nein! Das ist eine schamlose Erpressung«, empörte sich Albert.

»Wofür brauchst du denn all die Millionen? Lenas Vorhaben kostet dich garantiert keine 100.000 Euro.«

»Das ist auch viel Geld.«

»Albert?« Gustavs Stimme wurde streng.

»Ich habe das Geld bereits anderweitig verplant.«

»Wie, anderweitig?«

»Anderweitig halt.«

»Albert?«, wiederholte Gustav drohend.

»Na gut, du weißt doch, dass wir nächstes Jahr im Juni die Einweihung von Tackenbergs Fünf-Sterne-Hotel groß feiern wollen. Tom Cruise hat sich angekündigt. Ich möchte, dass es ein internationales Ereignis wird, daher habe ich beschlossen, die Einweihung richtig pompös anzusetzen. Die ganze Welt wird von unserer schönen Gemeinde sprechen. So eine Werbung wird sich auch in den Buchungszahlen widerspiegeln.«

»Du weißt doch gar nicht, ob Tom Cruise wirklich kommt«, hielt Gustav dagegen. Er mochte den millionenschweren Investor Tackenberg nicht besonders, da sie in der Vergangenheit die eine oder andere Reiberei gehabt hatten.

»Doch, wird er. Tackenberg hat die Zusage.«

»Du spinnst. Du willst zehn Millionen Euro für so eine sinnlose Party ausgeben?«

»Nein, natürlich nicht, aber die eine Million von deinen zwei.«

»Das kannst du vergessen. Wenn ich die zwei nicht kriege, bekommen wir beide ein Problem, dann erteile ich dir unter Garantie Hausverbot.« Er funkelte Albert wütend an.

»Immer noch besser, als wenn du bei Jutta petzt«, gab dieser gelassen zurück.

»Du glaubst mir nicht?«

»Nein, weil du dich nach einer Woche, was sage ich, nach zwei Tagen nach mir sehnen würdest.«

Gustav schüttelte den Kopf. »Albert, das ist mir ernst, ich

brauche das Geld. Wir haben seit Jahren einen Investitionsstau, und du wirst doch nie müde, zu betonen, dass du ein Bürgermeister bist, der anpackt, für den das Thema Sicherheit
höchste Priorität hat.«

»Hat es auch.«

»Dann spar nicht ausgerechnet an dieser Stelle.«

Albert stöhnte. »Eigentlich wollte ich ja noch über was anderes mit dir sprechen.«

»Worüber?«

»Über deine Ermittlungen. Ich habe etwas Interessantes
über Sibylle Lohse in Erfahrung gebracht.«

28

Die erste Nacht ohne Rita war anstrengend gewesen. Enno hatte schlecht geschlafen und noch schlechter geträumt. Er vermisste Rita.

Das klang beinahe kindisch, das war ihm bewusst, aber wenn Rita bei ihm war, ihn nachts im Bett wärmte, mit ihm kuschelte, hatte er andere Träume, schönere. Er war zwar der Mann und Männer hatten ein bestimmtes Rollenbild zu vertreten, doch in solchen Stereotypen hatte er ohnehin nie gedacht. In der vergangenen Nacht war ihm noch einmal sehr klar geworden, dass er Rita mehr brauchte als sie ihn und dass er alles dafür tun würde, ihr nie einen Grund zu geben, sich von ihm zu trennen. Das würde er nicht überleben.

Das Klingeln des Bürotelefons riss ihn aus seinen Gedanken, Mads hob den Hörer ab.

»Moin, Petra«, meldete er sich. Es folgte ein kurzes Gespräch, das Enno nicht mithören konnte, dann sagte Mads: »Machen wir« und beendete das Gespräch.

»Was machen wir?«, wiederholte Enno.

»Gustav möchte uns in einer Stunde in seinem Büro sehen.«

»Ist was vorgefallen?«

»Nein, Tim hat die Analyse abgeschlossen. Ich bin gespannt, was er gefunden hat.«

»Nicht nur du. Hoffentlich bringt uns das endlich weiter. Vielleicht finden wir nähere Anhaltspunkte, was zwischen Hubert Stöcken und Lohse beziehungsweise diesem Riesen gelaufen ist.«

»Du meinst Ronald Henke?«

»Genau den. Ganz ehrlich, mit zwei Meter zehn durchs Leben zu gehen, ist sicherlich alles andere als entspannt. Dann doch lieber klein und kompakt wie ich.« Er lachte.

»Du siehst, alles hat seine Vor- und Nachteile, deshalb sollte man den Fokus mehr auf die Vorteile legen.«

»Das tue ich. Das habe ich übrigens gestern Nacht eindrucksvoll erlebt.«

»Wie meinst du das?«

»In der ersten Nacht ohne Rita habe ich echt mies gepennt. Da wurde mir noch einmal klar, wie sehr ich Rita für mein psychisches Gleichgewicht brauche. Dir noch mal vielen Dank für das Abendessen. Es war ein sehr schöner Abend.«

»Das kann ich nur zurückgeben«, erwiderte Mads. »Ich kann dich aber trösten, was die Nächte angeht. Die erste ist unangenehm, danach wirst du dich schnell daran gewöhnen. Solche Abende wird es immer wieder geben.«

Ennos Augen weiteten sich. »Mach mir keine Angst. Ich möchte mich auf gar keinen Fall daran gewöhnen. Gestern Nacht habe ich intensiv gespürt, wie sehr ich Rita liebe, und wenn sie mir nur das kleinste Zeichen gibt, gehe ich vor ihr auf die Knie und mache ihr einen Heiratsantrag.«

»Was machst du, wenn sie dir dieses Zeichen während einer Autofahrt gibt und du am Steuer sitzt?«, erlaubte sich Mads einen Scherz.

»Schöne Idee«, sagte Enno lachend, doch er wurde gleich wieder ernst. »Dann fahre ich rechts ran und gehe auf dem Seitenstreifen auf die Knie. Du solltest Victoria im Übrigen auch nicht allzu lange warten lassen, sie ist eine tolle Frau. Ich halte sehr viel von ihr, sie wird dich glücklich machen, und denk nur daran, was für hübsche Kinder ihr kriegen werdet.«

Mads sah Enno stumm an. Er wirkte plötzlich unsicher, was vollkommen untypisch für ihn war. Nur wenn es um seine Familie ging, vor allem um Jutta oder Lena, zeigte er Schwäche, ansonsten gab er sich selbstbewusst bis in die Spitzen, als hätte er stets alles im Griff.

Enno legte den Kopf schräg. »Es sei denn, du hast dein Herz insgeheim an eine andere Frau verschenkt, ohne es zu wissen.«

Mads' Blick veränderte sich, dieser Satz kam für ihn wohl überraschend.

»Geht das denn?«, fragte er. »Dass man sein Herz an eine Frau verschenkt, ohne es zu wissen?«

»Klar, bestimmt. Ohne jetzt persönlich zu werden, aber wenn ich sehe, wie gut du dich mit Emma verstehst … Ich weiß, ihr seid beste Freunde, nur manchmal verwechselt man auch Freundschaft mit Liebe.«

»Ist es nicht eher so, dass man Liebe mit Freundschaft verwechselt?«, entgegnete Mads.

»Ja, vermutlich. Vielleicht hast du auch nur Bindungsangst, weil du dich vor Angeboten nicht retten kannst. Da beneide ich dich zum ersten Mal nicht. Bevor ich Rita kennengelernt habe, hätte ich es getan.«

»Warum?«

»Weil ich mit Rita alles gefunden habe, wovon ich immer geträumt habe. Sie macht mir die Entscheidung leicht. Wie groß ist denn bitte die Wahrscheinlichkeit, dass Rita zwei um die Ecke kommt?«

»Du liebst sie wirklich«, gab Mads zurück.

»Mehr, als Worte es ausdrücken können. Jeder Mensch sollte einmal so lieben, auch auf die Gefahr hin, dass es voll in die Hose geht. Aber dieses Gefühl ist pure Magie.«

Mads nickte nur, dann stand er auf und trat ans Whiteboard. Enno ging zu ihm.

Zusammen schauten sie sich die Hinweise an, die sie bisher in ihren Ermittlungen gesammelt hatten, gingen alle noch einmal durch, ergänzten etwas, zogen neue Verbindungslinien und blickten abschließend mit etwas Entfernung erneut darauf.

»Wo ist die Stecknadel?«, murmelte Mads.

»Wenn ich das nur wüsste«, erwiderte Enno und kratzte sich am Hinterkopf.

Die berühmte Stecknadel im Heuhaufen, dieser eine, klitzekleine, aber entscheidende Hinweis, der sie zum Mörder führte, fehlte.

»Einer von den dreien lügt«, stellte Mads schließlich fest.

»Die Frage ist, wer. Warum sollte zum Beispiel Henke wegen der Kreuzfahrt lügen?«

»Du sagst es. Es wäre halt möglich, dass Hubert die Reise angedacht, aber nicht fest gebucht hat.«

»Aus Angst vor seiner Frau?«

»Denkbar. Carola Stöcken ist dominant, das haben wir beide gestern erlebt, und auch die anderen haben sie so beschrieben. Ich bin gespannt, was das Gespräch zwischen Gustav und Oma ergeben hat. Na, vermutlich hat sie das alles einfach nur bestätigt.«

»Dass die Witwe lügt, könnte Taktik sein«, brachte Enno einen neuen Gedanken ins Spiel. »Wenn sie zugibt, dass die Reise storniert wurde, macht sie sich verdächtig. Die Ehe würde in keinem guten Licht dastehen und sie würde uns einen Grund, ein Motiv für einen Mord liefern. Andererseits: Warum sollte Lohse lügen?«

Mads schaute Enno an. »Du bringst mich auf was. Hubert könnte Lohse gegenüber den Wunsch zur Stornierung geäußert haben, sie hat die Reise aber nicht storniert, weil ihr dann eine große Provision durch die Lappen gegangen wäre. Stattdessen hat sie Hubert dazu bewegt, es sich noch mal zu überlegen, aber dann wird er ermordet. Warum sollte sie die Reise unter den Umständen noch stornieren? Die Provision nimmt sie einfach mit.«

»Traust du ihr das zu?«

»Ohne mit der Wimper zu zucken.«

»Dann ist die Witwe unser Täter?«

»Möglich. Oder es war Lohse. Sie hat ihn im Auto über-rascht, es kam zu einem Streit und Lohse verliert kurz die Ner-ven. Sie tötet ihn im Affekt.«

»Aber Ole meinte, dass der Täter auf der Rückbank geses-sen haben müsste.«

»Oder dass er groß sein und lange Arme haben müsste.«

Enno zog die Brauen hoch. »Lohse ist groß.«

»Komm, lass uns schauen, was Gustav und Tim für uns ha-ben.«

Enno nahm sein Handy vom Schreibtisch, dabei leuchtete das Display auf, weil er eine neue Nachricht bekommen hatte.

»Diesen Jürgen musst du mir mal vorstellen«, sagte Mads, der den Namen auf dem Display offensichtlich gelesen hatte.

Enno schluckte. »Ja, klar. Du wirst ihn mögen.« Sofort krampfte sich sein Magen zusammen.

Weder Mads noch Gustav durften je erfahren, dass Jürgen Dr. Clemens Eisenbraun war.

In der vorigen Nacht, als Enno aus seinem Albtraum hoch-geschreckt war, hatte er eine Entscheidung getroffen, und an diese würde er sich halten, so schwer es ihm fiel.

29

Enno besaß unglaublich viel Feingefühl, wenn es ums Zwischenmenschliche ging, daher hatte es Mads nicht kaltgelassen, was er über Emma und ihn gesagt hatte, das konnte er ihm gegenüber aber nicht eingestehen. Zugleich war Enno ein ganz schlechter Schauspieler. Die Nachricht von Jürgen hatte ihn kurz aus dem Tritt gebracht, so sehr er auch bemüht war, Mads einen anderen Eindruck zu vermitteln.

Dieser Jürgen schrieb ihm häufig, und jedes Mal wirkte Enno nervös, wenn Mads das bemerkte. Vor Rita hatte Mads angenommen, dass Jürgen Ennos heimlicher Liebhaber war und dieser ein Problem damit hatte, sich als Homosexueller zu outen, dabei müsste er wissen, wie unwichtig Mads die Sexualität eines Menschen war, danach bewertete er niemanden. Das tat keiner aus ihrer Familie.

Da Enno allerdings offensichtlich nicht schwul war, stellte sich die Frage, wer dieser Jürgen war und warum Enno nervös wurde, wenn Mads sah, dass er Enno schrieb. Irgendwann würde Mads ihn darauf ansprechen, aber nicht jetzt, jetzt gab es Wichtigeres.

»Willst du ihm schnell antworten?«, fragte Mads.

»Nein, kann warten. Ist nicht eilig«, antwortete Enno, lachte etwas verkrampft, steckte das Handy in die hintere Hosentasche und eilte auf den Flur, Mads folgte ihm.

»Moin, Petra. Können wir rein?«, fragte Mads, als sie im Vorzimmer auf Gustavs Sekretärin trafen.

»Immer hereinspaziert, aber seid gewarnt.«

»Ist mein Onkel mal wieder schlecht gelaunt?«

»Schwer zu sagen, Albert ist bei ihm.«

»Was frage ich noch?«, gab Mads zurück. »Warum bekommt Albert nicht endlich einen Schreibtisch in Gustavs Büro?«

»Schlag das ja nicht vor. Der Chef würde dir das niemals verzeihen.«

»Deswegen erst recht«, sagte Mads lachend und auch Petra stieg in das Lachen ein, nur Enno blieb ungewöhnlich ruhig.

Mads wusste allerdings, dass Enno einen Heidenrespekt vor Albert hatte, deshalb hoffte er, dass der Bürgermeister gleich gehen würde.

»Ich bringe euch Espresso oder möchte jemand was anderes?«

»Für mich bitte eine kleine Flasche Wasser dazu, das wäre super«, sagte Mads.

»Das hatte ich sowieso für alle eingeplant.«

»Geht auch ein doppelter Espresso?«, fragte Enno etwas verkrampft.

»Klar, für dich auch, Mads?«

»Single reicht«, antwortete Mads und griff nach der Türklinke. »Dann wollen wir mal in die Manege.«

Er klopfte kurz an und betrat gefolgt von Enno das Büro.

An sich hatte er erwartet, dass die beiden sich wieder mal zanken würden, aber stattdessen empfing sie Gelächter.

»Moin«, machte sich Mads bemerkbar, Enno stand schräg hinter ihm, fast als wollte er in Deckung gehen.

»Moin, Jungs. Setzt euch, ich bin gleich bei euch«, erwiderte Gustav, er schien bester Laune.

Mads und Enno nahmen am Besprechungstisch Platz und kurz darauf klopfte Petra an die Tür. Sie servierte allen die Getränke, auch Albert und Gustav, dann ließ sie sie wieder allein.

Die beiden leeren Espressotassen auf Gustavs Schreibtisch hatte sie stehen gelassen.

»Gute Neuigkeiten«, begann Gustav. »Albert hat sich dafür eingesetzt, dass wir zwei Millionen Euro erhalten, um den langjährigen Investitionsstau zu beenden.«

»Zwei Millionen, im Ernst? Woher kommt das Geld?«, fragte Mads erstaunt. Er konnte sich kaum vorstellen, dass Albert eine so große Summe lockermachte. »Ist das nicht Aufgabe des Innenministeriums und der Landesregierung?«

»So ist es«, antwortete Albert.

»Eigentlich schon«, bestätigte auch Gustav. »Aber die Kassen sind leer und wir haben hier vor Ort den besten Bürgermeister Deutschlands, der ein großzügiges Erbe in die Gemeinde investieren soll, und was kann sinnvoller sein, als die Sicherheit zu unterstützen.« Er stand auf.

»Ich hatte eine gesagt«, hörte Mads Albert flüstern, der nun ebenfalls aufstand.

»Wohin?«, fragte Gustav, da Albert Richtung Tür ging.

»Ihr habt doch jetzt eine interne Besprechung.«

»Setz dich«, widersprach Gustav. »Wer zwei Millionen aus der Gemeindekasse für die Polizei vergibt, darf bei so einer Besprechung anwesend sein.«

»Sicher?«, fragte Albert, als witterte er eine Falle.

»Ganz sicher. Sagst du nicht immer, dass der Bürgermeister auch polizeiliche Befugnisse hat?«

»Korrekt, das hat Mikkel so verfügt«, antwortete Albert und nahm am Besprechungstisch Platz. Er schien sich wirklich darüber zu freuen, dass er teilnehmen durfte, da Gustav ihm so etwas in der Regel nicht erlaubte.

Mit Speck fängt man Mäuse, dachte Mads, er kannte seinen Onkel. Das mit dem Erbe hatte er zwar nicht so ganz verstanden, aber er wollte in dieser Situation auch nicht nachfragen.

»Außerdem ist es durchaus sinnvoll, dass Albert hier ist, da er Informationen über Sibylle Lohse hat«, fuhr Gustav fort.

»Wir haben noch etwas über Hubert in Erfahrung gebracht, als wir bei Olis und Alis Imbiss waren«, sagte Mads.

»Nach dem kurzen Zwischenfall«, fügte Enno hinzu.

»Was für ein Zwischenfall?«, hakte Gustav nach.

»Ich wollte dir das nachher erzählen. Zwei Jugendliche, die vermutlich neu hergezogen sind, treiben gerade ihr Unwesen im Ort. Sie haben Lena gestern bedroht.«

»Sie haben was?« Gustavs Miene fror ein, er schaute Mads mit vorwurfsvollem Blick an.

»Lena hat sich zu wehren gewusst, sie ist echt tough«, erklärte Enno.

»Was genau ist vorgefallen?« Gustav sah Mads streng an, worauf dieser alles berichtete.

»Hat Lena dir gegenüber gestern etwas davon erwähnt?«, fragte Gustav an Albert gewandt.

»Nein, gar nichts. Du kennst Lena.«

Gustavs Miene verfinsterte sich, sein Blick sagte alles. »Lena wird von zwei Asozialen bedroht, und du willst mir erst heute irgendwann davon erzählen? Warum bist du gestern nicht gleich zu mir gekommen und warum bist du verdammt noch mal nicht dazwischengegangen? Sie sitzt im Rollstuhl, das hätte ganz anders ausgehen können«, redete sich Gustav in Rage.

Mads sah ihm an, dass er am liebsten die Faust auf den Tisch geknallt hätte, doch er konnte sich wohl beherrschen.

»Ich wollte es, aber Enno hat mich gebremst«, antwortete Mads, »und ich bin froh, dass er das getan hat, denn genau das ist doch der Fehler, den wir immer wieder begehen. Wir glauben, Lena käme nicht allein klar, seit sie auf den Rollstuhl angewiesen ist, dass sie unfähig ist, sich durchzusetzen. Dabei hat Lena einen starken Charakter, und sie weiß sich sehr gut zu helfen. Ich war in der Nähe und bereit, jederzeit einzugreifen, aber es ist an der Zeit, dass wir Lena so respektieren, wie sie ist, und das heißt: im Rollstuhl. Glaubst du wirklich, dass ich meine kleine Schwester einer Gefahr aussetzen würde?«

Gustav wollte etwas erwidern, aber Albert berührte die Hand seines besten Freundes. »Du hast recht, Mads. Herr Janssen, danke für den Ratschlag an Mads«, sagte er.

Enno, der gerade einen Schluck Wasser getrunken hatte, hätte sich fast verschluckt. Mit so einer Reaktion hatte er bei Albert offenbar nicht gerechnet.

»Wir müssen akzeptieren, dass Lena im Rollstuhl ist und dass wir nicht jederzeit präsent sein können, um sie zu beschützen«, fuhr Albert fort. »Wir müssen sie trotz ihrer körperlichen Einschränkungen als vollwertige, erwachsene Person respektieren, ihr nicht das Gefühl geben, dass sie weniger kann. Lena ist auf einem sehr guten Weg, daher denke ich, dass Mads richtig reagiert hat. Es dürfte Lenas Selbstbewusstsein noch mal Auftrieb gegeben haben.«

Gustav brummte etwas Unverständliches, dann sah er Mads an. »Ich will diese beiden Jugendlichen.«

»Ich werde sie finden.«

»Da kann ich euch helfen«, warf Albert ein.

»Wie denn?«

»Wenn die beiden gerade erst nach Niendorf oder in meine Gemeinde gezogen sind, werden sie im Rathaus gemeldet sein. Ich kann das prüfen. Du musst mir nur beschreiben, wie sie aussehen, dann suchen wir alle Einträge nach Passbildern ...«

»Ich kenne jemanden, der das besser hinkriegt als du«, unterbrach Gustav ihn.

»Und zwar?«

»Tim. Dass du manuell nach Fotos in eurer Datenbank suchst, ist doch ein schlechter Scherz.«

»Ist es nicht, auch wenn du jetzt so überheblich tust.«

»Schon mal was von Digitalisierung und KI gehört?«

»Sagt der, der eine einfache Leitung nach Lübeck nicht aufbauen kann und für den das Internet ein vollkommen unbekanntes Terrain ist.«

»Lächerlich.«

»Dann bau doch die Leitung zu Tim auf.«

»Ist nur ein Zoom-Call.«

»Ich warte«, entgegnete Albert und verschränkte die Arme.

Gustav befeuchtete seine Lippen, zog sich den Laptop heran, der auf dem Tisch stand, und tippte und wischte auf dem Touchpad herum.

»Sicher, dass ich das nicht machen soll?«, fragte Mads, der wusste, dass sein Onkel zwei linke Hände hatte, was Technik anbelangte.

»Ganz sicher. Sonst muss ich mir nur wieder irgendwelche dummen Sprüche von Albert anhören.«

»Das wird nichts. Um ein Essen im *Wullenwever*«, zog Albert seinen besten Freund weiter auf.

»Deal. Das wird eine teure Woche für dich. Erst hast du Lena in das Sternerestaurant eingeladen, jetzt mich, aber im Gegensatz zu ihr werde ich dich bluten lassen. Ich nehme das teuerste Menü und den teuersten Wein, den die Karte hergibt.«

»Das werde wohl eher ich sein, der dich bluten lässt.« Albert lachte siegessicher, dann wandte er sich verschwörerisch an Mads. »Du musst wissen, dass Gustav vom Internet noch weniger Ahnung hat als vom Handwerk. Hast du je gesehen, dass er mal einen Nagel gerade in die Wand geschlagen hat?«

»Ich habe ihn nie einen Hammer benutzen sehen«, ging Mads auf die Stichelei ein. Es war einfach zu schön, Gustav zu ärgern.

Enno hielt sich aus den Neckereien komplett heraus und verfolgte ihre Diskussion stumm.

»Welche Meeting-ID?«, schimpfte Gustav unvermittelt. »Die muss Tim vergessen haben, zu schicken.«

Mads nahm ihm den Laptop ab.

»Was soll das?«, wehrte sich Gustav.

»Onkel, die Meeting-ID steht in dem Link. Tim hat nichts vergessen, er hat es dir sogar extra einfach gemacht, indem er einen Link vorbereitet hat, den du nur anklicken musst.«

»Woher soll ich wissen, welcher das ist?«, zeigte sich Gustav uneinsichtig.

Alberts Grinsen wurde immer breiter.

»Lesen, Onkel, lesen.«

»Im Dienst bin ich dein Chef, nicht dein Onkel«, motzte Gustav, während Mads die Leitung aufbaute.

Wenig später erschien das Bild von Tim auf dem Bildschirm.

»Moin, Tim, wir sind so weit. Kurze Warnung, Gustav ist ein bisschen ungehalten, weil er gerade eine Wette gegen Albert verloren hat.«

»Die berühmten Wetten der beiden Alphamänner«, sagte Tim gewohnt nüchtern.

»Mads benimmt sich mal wieder kindisch«, mischte sich Gustav ein. »Siehst du uns gut?«

»Ich höre euch anderen nur. Mads müsste den Bildschirm in die Mitte stellen, dann sehe ich auch alle.«

»Typisch Mads halt, denkt nur an sich«, spottete Gustav.

Mads schob den Laptop in die Mitte und alle sahen auf den Bildschirm.

»Oh, der Herr Bürgermeister nimmt teil«, bemerkte Tim.

»Das hat er sich verdient. Er hat wichtige Hinweise für unsere Ermittlungen, außerdem hat die Gemeinde ein paar Milliönchen geerbt und zwei davon werden in meine Dienststelle investiert«, erklärte Gustav.

»Sehr löblich. Jetzt verstehe ich auch, warum du von mir

eine Budgetierung für die neue IT-Ausstattung wolltest. Herr Lange, an Ihnen können sich viele Politiker ein Beispiel nehmen. Würde ich in Ihrer Gemeinde leben, meine Stimme hätten Sie sicher.« Tim nickte ihm anerkennend zu.

»Danke, Tim, ein Bürgermeister sollte immer als Erstes an seine Bürger und an die Sicherheit …«, begann Albert, doch als er merkte, in welche Falle Gustav ihn da hatte tappen lassen, brach er ab. »Es gibt da noch einiges zu bedenken«, sagte er stattdessen.

»Ein Kinderspiel für dich«, kommentierte Gustav. »Genug über den Geldsegen gefreut, lasst uns auf unsere Ermittlungen zu sprechen kommen.«

»Ich bin bereit«, erwiderte Tim. »Vor fünf Minuten habe ich euch schon mal alle Informationen per E-Mail zugeschickt.«

»Danke. Bevor wir anfangen, noch kurz ein anderer Punkt. Hier in der Gemeinde gibt es zwei Jugendliche, die Passanten bedrohen. Sie scheinen neu hergezogen zu sein. Könntest du anhand eines Phantombildes und mit Zugang zur Datenbank der Gemeinde diese Personen ausfindig machen? Mads und Enno haben die Übeltäter gesehen und können sie sehr genau beschreiben.«

»Ein Kinderspiel. Wir zeichnen gar kein Phantombild mehr, wir nutzen KI. Ich kann morgen mit der Software vorbeikommen, dann fertige ich fotorealistische Phantombilder an. Wenn Herr Lange mir den Zugang zur Rathausdatenbank gibt, suche ich anschließend mit einer KI-basierten Software, die ich selbst geschrieben habe, nach den Jugendlichen. Das Ganze ist aber nicht komplett − ihr wisst schon …« Tim ließ den Satz unvollendet, denn jeder hier wusste, was er meinte.

Die strengen Datenschutzvorschriften in Deutschland standen ihnen bei Ermittlungen immer wieder im Weg. Obwohl Mads grundsätzlich keine Einwände gegen Datenschutz hatte, müsste er in seinen Augen deutlich flexibler angewendet werden dürfen, gerade bei der Verbrechensbekämpfung.

»Albert, geht das klar?« Gustav sah ihn an.

»Selbstverständlich. Ich will diese beiden Trottel geschnappt wissen. Gegen 10 Uhr bin ich im Büro, alles andere lassen Sie mal meine Sorge sein«, versicherte Albert.

»Fangt ihr nicht um neun an?«, fragte Gustav.

»Da komme ich doch immer kurz bei dir vorbei, um nach dem Rechten zu schauen. Aber diese Doppelbelastung nehme ich gern in Kauf«, antwortete Albert mit einer Selbstverständlichkeit, die sogar Tim zum Schmunzeln brachte.

»Ich schicke Ihnen vorher noch einen Link«, sagte Tim an Albert gewandt.

»Lieber nicht. Bei Alberts Glück kriegt er zur selben Zeit eine Phishingmail, bei der er denkt, sie wäre von dir, und schon ist er wieder Betrügern auf den Leim gegangen«, sagte Gustav lachend.

Damit spielte er auf einen Vorfall an, bei dem Albert im Rathaus Opfer einer gemeinen Phishingattacke geworden war. Bis heute hatten sie die Drahtzieher nicht ausfindig gemacht, Tim vermutete sie im Ausland. Albert dagegen nahm an, dass es sich um einen politischen Feind handelte.

»Mads, Enno, habt ihr morgen um 10 Uhr Zeit? Danach würde ich zu Herrn Lange fahren«, sagte Tim.

»Wir sind im Büro.«

»Dann komme ich zu euch. Die Sache sollte keine halbe Stunde dauern.«

»Gut«, erwiderte Mads. Er wollte diese beiden Jugendlichen unbedingt zur Rede stellen.

»Danke, Tim, dann lasst uns bitte mit der Besprechung anfangen«, sagte Gustav. »Albert, du zuerst.«

Dieser straffte die Schultern und sah wichtig in die Runde. »Das bleibt aber unter uns, das ist streng vertraulich.«

Gustav warf ihm einen grimmigen Blick zu, worauf Albert entschuldigend die Handflächen hob.

»Ich habe ein wenig meine Kontakte spielen lassen und dadurch die Information erhalten, dass Sibylle Lohse ihren Dispokredit bei der Bank mit dreißigtausend Euro überzogen hat – und das, obwohl Hubert Stöcken ihr jeden Monat dreitausend Euro überweist.«

Mads pfiff leise. »Wieso hat er das denn gemacht?«

30

Durch die Erzählung über den Angriff auf Lena fiel es Gustav schwer, sich auf die Dienstbesprechung zu konzentrieren. Zwar konnte er nachvollziehen, warum Mads und Enno Lena die Angelegenheit allein hatten regeln lassen, zugleich wusste er, dass er selbst anders gehandelt hätte, weil noch immer die Worte seines Vaters in seinen Ohren nachhalten: *»Höchste Priorität hat für uns die Familie, noch vor eurem Pflichtbewusstsein als Polizisten. Wenn jemand Jutta, Mads oder Lena bedroht, will ich, dass ihr euch um diese Idioten kümmert, sofort, koste es, was es wolle. Ohne Ausnahme. Ihr habt dafür meine vollkommene Rückendeckung.«*

Sein jüngerer Bruder, er und Albert waren damals noch junge Männer gewesen, Mads und Lena kleine Kinder, und Mikkels Worte hatten bei ihnen dreien nachhaltigen Eindruck hinterlassen. Sein Vater wäre den beiden Idioten nachgelaufen und hätte ihnen die Zähne ausgeschlagen, da war sich Gustav sicher. Aber Mikkel war auch ein anderer Schlag.

Gustav hätte die beiden mit auf die Dienststelle genommen, ihre Eltern benachrichtigt und gefragt, woher diese sinnlose Wut auf Schwächere kam. Zudem hätte er natürlich eine Anzeige aufgenommen. Doch das waren alles wenig zielführende Gedankenspiele, es gab drängendere Angelegenheiten, deshalb saßen sie jetzt in einem Zoom-Call mit Tim zusammen.

»Als Verwendungszweck für die monatliche Überweisung an Sibylle Lohse steht nur ›Bekannt‹«, führte Albert weiter aus.

»War sie dann Huberts heimliche Geliebte?«, überlegte Mads.

Enno schaute auf seine leere Espressotasse, doch Gustav spürte, dass ihm etwas auf der Zunge lag. Überhaupt wirkte er ungewöhnlich unsicher, nur ab und zu wagte er einen kurzen Blick Richtung Albert. Es war nicht zu übersehen, dass er sich neben dem Bürgermeister unwohl fühlte, und Gustav ahnte, warum. Daher machte er sich eine Gedankennotiz, später mit Albert zu reden und ihn darum zu bitten, Enno klarzumachen, dass er von seiner Seite nichts mehr zu befürchten habe und er ihn als Teil von Gustavs Mannschaft respektiere. *Na ja, respektieren wäre bei Albert wohl zu viel verlangt. Dass er ihn akzeptiert, wäre schon ein guter Start,* korrigierte sich Gustav. Er konnte ohnehin nicht nachvollziehen, warum Albert Enno weiterhin auf dem Kieker hatte, denn er hatte längst bewiesen, dass seine Loyalität nun ihm und Mads galt, nicht mehr Dr. Clemens Eisenbraun. Albert war einfach zu nachtragend, während er längst mit diesem Kapitel abgeschlossen hatte.

»Möglich, dass da mehr war zwischen den beiden«, wagte sich Enno nun doch aus der Deckung. »Warum zahlt man jemandem sonst regelmäßig so viel Geld? Über welchen Zeitraum reden wir eigentlich?«

»Das ist eine berechtigte Frage, Enno. Albert?«

»Ein längerer Zeitraum«, antwortete Albert ausweichend.

»Das ist ein sehr dehnbarer Begriff. Reden wir von einem Jahr oder von zehn?«, erwiderte Gustav.

»So genau weiß ich das nicht. Am Ende ist das auch egal, entscheidend ist, dass er ihr regelmäßig Geld überwiesen hat.«

»Mads, Enno, ich möchte, dass ihr Lohse damit konfrontiert.«

»Was ist mit der Witwe?«, fragte Mads.

»Die erst mal nicht.« Gustav wollte die Reaktion von Lohse abwarten und dann weitersehen. Er wandte sich wieder an Albert: »Gab es noch andere auffällige Zahlungen von Huberts Konto?«

»Nein, nur diese monatlichen Zuwendungen. Vor zwei Wochen gab es allerdings eine weitere interessante Zahlung auf Lohses Konto.«

»Die wäre?«

»Ein Provisionsvorschuss von einem Reiseveranstalter, der auf Luxuskreuzfahrten spezialisiert ist.«

»Das müsste die lange Kreuzfahrt sein, die die Stöckens eigentlich nächsten Monat antreten wollten«, warf Mads ein.

»Eigentlich?«, hakte Albert nach.

»Laut einem Nachbarn wollte Hubert Stöcken sie stornieren. Lohse und die Witwe wussten angeblich nichts davon.«

»Bei Lohse verstehe ich das, sie hat sich die Provision als Vorschuss auszahlen lassen. Wir reden hier von knapp 6.000 Euro, und bei ihrem tiefroten Kontostand wollte sie die Provision sicherlich nicht zurückzahlen.«

»Sind 6.000 Euro Provision nicht etwas zu viel? Was kostet denn so eine Kreuzfahrt? 20.000 Euro?«, fragte Enno.

»Provisionen von 10% und mehr für bestimmte Luxusreisen sind nicht unüblich, erst recht, wenn es Bausteinreisen sind«, erklärte Albert. »Mads, was weißt du über die Kreuzfahrt?«

»Sie sollte mehrere Monate dauern, startet in Singapur, geht dann über Australien, die Südsee und einige andere Destinationen.«

»So eine Reise gibt es für zwei Personen nicht unter 50.000 Euro«, stellte Albert fest. »Kannst du dich mal bei Carola Stöcken über die Kosten und die Stornofristen informieren? Optimal wäre es, wenn wir den Vertrag vorliegen hätten.«

»War angedacht.«

»Du sollst zuhören, nicht meinen Beamten Aufgaben erteilen«, fuhr Gustav dazwischen. Albert sollte froh sein, dass er dabei war, und sich nicht wie der Chef aufspielen.

»Du hast Albert erlaubt, an der Besprechung teilzunehmen,

und was er sagt, hat Hand und Fuß«, ergriff Mads zu Gustavs Überraschung Partei für Albert.

»Du sagst es«, pflichtete Albert ihm bei und strahlte.

»Gewöhn dich nicht zu sehr daran«, murrte Gustav. »Seht zu, dass ihr die Zahlen verifizieren könnt, und findet heraus, ob die Reise wirklich storniert werden sollte. Das könnte Lohse vor große finanzielle Schwierigkeiten gestellt haben.«

»Ganz gewiss«, stimmte Albert zu. »Ich weiß, dass sie nicht mehr viel Spielraum hatte. Der Eingang der Provision hat die Bank versöhnlich gestimmt, wenn sie also storniert worden wäre, hätte man ihr ein Zahlungsziel für ihre Verbindlichkeiten gestellt, bis hin zur Kontenkündigung.«

»Also stand Lohse das Wasser bis zum Hals?«, fragte Enno.

»Sieht so aus«, kommentierte Gustav. »Das wäre ein Motiv, aber würde sie wegen 6.000 Euro auf die monatlichen 3.000 verzichten? Geht bitte gleich zu ihr und konfrontiert sie mit sämtlichen Geldeingängen und dem hohen Minus auf ihrem Geschäftskonto.«

»Dürfen wir das überhaupt? Sie wird doch sicherlich fragen, wie wir an diese vertraulichen Zahlen gekommen sind. Datenschutz hat in Deutschland eine hohe Bedeutung«, wandte Enno ein. Er schien sich endlich warmzulaufen.

»Gutes Argument. Deutet es an, aber nennt keine exakten Zahlen. Wenn sie nachbohrt, sagt ihr, dass diese Informationen an euch herangetragen wurden. Denkt euch was aus. Ich will nur, dass sie weiß, dass wir es wissen. Ihr müsst ihre Reaktion darauf beobachten.«

»Kriegen wir hin«, versicherte Mads. »Wir werden sie testen.«

»Was ist mit ihren privaten Konten, ihrem Vermögen? Nicht selten haben Selbstständige auf dem Geschäftskonto tiefrote Zahlen, aber privat verfügen sie über Immobilien oder Tagesgeldkonten«, brachte Enno einen weiteren Einwand ins Spiel.

»Albert? Hast du was dazu?«

»Sie hat bei derselben Bank ein privates Konto, auf das sie sich jeden Monat 3.000 Euro Lohn überweist. Es gibt kaum Vermögen.«

»Die 3.000, die Hubert ihr immer überwiesen hat. Hat sie denn im Reisebüro nichts verdient? Dann hätte sie den Laden doch gleich schließen können«, sagte Mads.

»Sie hat versucht, die Löcher auf dem Geschäftskonto mit den Einnahmen aus dem Reisebüro zu stopfen. Wie es schien, ging ihr Geschäftsmodell seit einiger Zeit nicht mehr auf. Sie war also mehr oder weniger finanziell abhängig von Hubert.«

»Bringt man dann ausgerechnet diese Person um?« Enno kratzte sich zweifelnd am Hinterkopf.

Darauf hatte niemand eine Antwort. Lohse wurde immer mehr zur Hauptverdächtigen.

»Mads, Enno, was habt ihr?«, fragte Gustav, um die Besprechung voranzubringen.

»Oli hat uns erzählt, dass Hubert am Samstag im Imbiss war, um ein Fischbrötchen zu essen. Er war wohl ziemlich durch den Wind«, antwortete Mads.

»Das heißt?«

»Er war unkonzentriert, hat sich immer wieder versprochen, Worte wiederholt. Hat erzählt, dass er einiges in seinem Leben umkrempeln müsse, dass er sich nicht mehr ausnutzen lassen würde und man seine Gutmütigkeit nicht unendlich strapazieren oder als selbstverständlich erachten könne.«

»Das würde sich doch mit Lohses finanziellen Schwierigkeiten decken. Möglich, dass Hubert endlich geschnallt hatte, dass sie ihn nur geschröpft hat«, sagte Albert.

»Hat Oli etwas in der Richtung angedeutet?«, erkundigte sich Gustav.

»Nein, er hat nicht nachgebohrt, er wollte nicht indiskret sein. Insgesamt wirkte Hubert halt anders als sonst. Er war für gewöhnlich locker drauf, immer für ein Späßchen zu haben, aber am Samstag hätte man meinen können, er hätte vergessen, seine Pillen zu nehmen.«

»Was für Pillen?«

»Ist nur eine Redewendung, das hat Oli so gesagt«, antwortete Mads.

»Dein Onkel kennt solche Redensarten nicht. Er weiß ja auch nicht, was Bubatz ist«, zog Albert ihn auf.

»Als ob Mads und vor allem Enno das wüssten«, reagierte Gustav gereizt. Dieser Spruch war mal wieder völlig fehl am Platz.

»Das ist doch Gras«, antwortete Enno wie aus der Pistole geschossen.

»Marihuana, genau«, stimmte Mads seinem Partner zu.

»Habt ihr noch etwas zu den Ermittlungen beizusteuern?«, fragte Gustav missmutig. Allein dieser Einwurf machte ihm einmal wieder deutlich, warum er Albert nicht bei Besprechungen dabei haben wollte.

Die zwei Millionen haben wir uns redlich verdient, dachte er.

»Das war's eigentlich. Das mit Lohse und der Witwe stand im Bericht. Möchtest du dazu noch was wissen?«, fragte Mads.

»Nein, den Bericht habe ich gelesen«, antwortete Gustav.

Albert war deutlich anzusehen, dass er an dem Inhalt dieses Berichtes mehr als nur interessiert war.

»Tim, du warst jetzt recht lange nur Zuhörer, ich entschuldige mich dafür. Ich hoffe, wir haben nicht zu viel deiner kostbaren Zeit gestohlen«, wandte er sich nun zu dem IT-ler.

»Passt schon, es war auch für mich sehr interessant, und ich denke, ich kann für die eine oder andere offene Frage etwas beisteuern.«

31

Niendorf

Emma joggte an diesem Morgen Richtung Seaside Lounge, um dort zu frühstücken, bevor sie zur Redaktion gehen würde. Sie war bereits eine Dreiviertelstunde unterwegs und hatte somit ihr Pensum erfüllt, die letzten hundert Meter ging sie daher einfach nur schnell und stretchte sich ein wenig.

Als sie dabei zur Ostsee schaute, entdeckte sie eine Person im Wasser, die auf den Wellen surfte. Mads? Doch als sie genau hinschaute, sah sie, dass es eine Frau war.

Sabrina?

Sofort musste sie an die Begegnung mit Mads denken, der behauptet hatte, es sei Zufall gewesen, dass Sabrina ihn beim Surfen getroffen hatte. Emma war sich da nicht so sicher, doch dass Sabrina jetzt augenscheinlich allein surfte, bestätigte seine Worte.

Dennoch traute Emma ihr nicht. Sabrina hatte etwas Unberechenbares. Möglich, dass sie Sabrina falsch einschätzte, dass sie wirklich in einer erfüllenden Beziehung mit Paul war, aber die Blicke, die sie Mads zuwarf, wenn er nicht hinschaute, wirkten auf Emma besitzergreifend. Sie hatte das bereits mehrfach beobachtet. Sabrina starrte Mads dann geradezu an, als wäre sie besessen von ihm, sobald er sie jedoch ansah, setzte sie ihr liebes, unschuldiges Lächeln auf.

Emma hatte kurz mit Amir darüber gesprochen, aber der hatte sie nicht für voll genommen und entgegnet, dass sie übertreiben würde, und sie frech gefragt, ob sie nicht bloß eifersüchtig sei.

»Ich bin nicht eifersüchtig, ich habe Stefan«, hatte sie argumentiert, aber wenn sie ganz ehrlich zu sich war, mochte Amir recht haben. Das würde sie allerdings niemals zugeben, selbst vor ihrem besten Freund nicht, vor dem sie eigentlich keine Geheimnisse hatte. In ein paar Monaten würde sie eh in Mannheim wohnen und Mads der Vergangenheit angehören. Die Zeit würde diese Problematik verschwinden lassen.

Emma betrat die *Seaside Lounge* und nahm an einem freien Tisch Platz.

»Guten Morgen, Süße«, begrüßte Jule sie mit einer Umarmung. »Warst du joggen?«

»Jep«, antwortete Emma.

»Dann hast du sicherlich Mads auf dem Surfbrett gesehen.«

»Nein, das ist Sabrina. Ich war am Strand joggen.«

Jule verzog das Gesicht. »Diese Sabrina drängt sich ziemlich auf.«

»Finde ich auch. Macht einen auf megasportlich.«

»Komischerweise nur in den Sportarten, die Mads mag«, bekräftigte Jule.

»Ist dir das auch schon aufgefallen?«, fragte Emma erstaunt.

»Klar, gerade wenn ich Frühschicht habe. Sabrina steht auf Mads, ganz sicher.«

»Was ist mit Paul?«

»Als ob der ein Hindernis wäre.« Jule lachte spöttisch. »Den würde sie sofort abschießen. Aber zum Glück ist Mads treu und mit Victoria sehr glücklich.«

»Zum Glück«, wiederholte Emma. Zugleich fragte sie sich, ob nicht jeder Mann in bestimmten Situationen einen schwachen Moment haben könnte, erst recht bei einer hübschen Frau wie Sabrina, die dazu einen Hammerkörper hatte, das musste man ihr zugestehen. Hinzu kam, dass Mads eine Vergangenheit hatte, was junge, sportliche, attraktive Frauen anbelangte, er mochte das Gefühl, dass er jede haben konnte. Selbst wenn er in einer Beziehung mit Victoria war, diesen Eindruck hatte Emma jedenfalls.

Da ist sie wieder, die Eifersucht, hörte sie Amirs vorwurfsvolle Stimme.

Ich bin nicht eifersüchtig, antwortete sie dem Amir in ihrem Kopf.

»Was möchtest du frühstücken?«, fragte Jule.

»Wie immer«, antwortete Emma.

»Bringe ich dir. Kommt Amir noch?«

»Er ist beim Arzt. Wenn es nicht zu lange dauert, kommt er, er weiß, dass ich hier bin.«

»Wenn man vom Teufel spricht«, sagte Jule heiter, da Amir genau in diesem Augenblick an ihren Tisch kam.

Amir drehte sich kurz um. »Wieso, ist Mads auch da?«, scherzte er, dann begrüßte er die beiden und setzte sich.

»Das übliche?«, fragte Jule an Amir gewandt.

»Ja bitte, Maus«, antwortete er.

Jule notierte sich alles und ging zurück an den Tresen.

»Wie war es beim Arzt?«, erkundigte sich Emma.

»Entspannt, ich kam sogar früher dran, als ich dachte. Umso besser, da können wir gemeinsam frühstücken.« Er sah auf Emmas Joggingkleidung. »Du hast dich wohl schon sportlich ausgetobt.«

»Wat mutt, dat mutt, man wird ja nicht jünger.«

»So ist es, jede Form von Sport hält jung und fit, das ist wissenschaftlich bewiesen.«

»Stimmt.« Emma nickte.

»Was liegt heute bei dir an?«

»Ich wollte nachher zu Carola Stöcken und sie über ihren Mann ausfragen.«

»Wenn sie mit sich sprechen lässt«, erwiderte Amir bedeutungsvoll.

»Habe ich eine andere Wahl, als es zu versuchen?«

»Stimmt auch wieder. Ist schon heftig, dass Hubert am hell-lichten Tag direkt vor der Haustür ermordet wird und niemand bekommt das mit.«

»Wem sagst du das.« Emma runzelte nachdenklich die Stirn. »Wenn ich Sibylle Lohse richtig verstanden habe, scheint Carola keine einfache Person zu sein, ganz anders als der lebensfrohe Hubert Stöcken.«

»Da ich bei dem Gespräch nicht dabei war, kann ich das natürlich schwer beurteilen. Es könnte ja auch eine Art Stutenbissigkeit gewesen sein«, wandte Amir ein.

»Wie meinst du das?«

»Sibylle und Hubert kennen sich schon ewig. Möglich, dass Carola das ein Dorn im Auge war, auch wenn sie nur befreundet waren. Sibylle ist ebenfalls ein lebensfroher Mensch, es könnte Carola gestört haben, dass die zwei sich so ähnlich sind.«

»Stefan hat auch kein Problem damit, dass wir beide so eng befreundet sind«, widersprach Emma.

Amir lachte. »Ich bin schwul, da sieht Stefan mich nicht als Konkurrenz.«

»Er weiß, dass ich mit Mads befreundet bin.«

»Mag sein, aber du triffst dich nicht regelmäßig allein mit ihm. Ich glaube, damit hätte er dann doch ein Problem.«

»Kann ich mir nicht vorstellen. Er ist nicht so oldschool, er vertraut mir. Wenn man seinen Partner betrügen will, betrügt man ihn, egal ob man männliche Freunde hat oder nicht. Ich hatte immer männliche Freunde.«

»Dann hattest du bis jetzt wohl echt entspannte Partner. Mads würde das nicht einfach so akzeptieren.«

»Mads? Der hat doch selbst eine Menge Frauen im Freundeskreis.«

»Die er alle flachgelegt hat«, ergänzte Amir.

»Mich nicht.«

»Dann bist du die Ausnahme.«

Emma stutzte, an dem Satz war etwas dran. Aber war Mads wirklich so krass drauf?

»Victoria hat auch männliche Freunde, die hatte sie schon vor Mads, und er hat sie nicht gebeten, den Kontakt zu ihnen zu reduzieren oder zu beenden. Du schätzt ihn echt falsch ein.«

Amirs Mundwinkel hoben sich. »Ich wollte dich bloß damit aufziehen. Mads ist in der Hinsicht superentspannt, nur die Frauen sind es nicht, weil sie wissen, dass die nächste schon in der Schlange steht. Victoria ist eigentlich eine supercoole, lockere Frau, aber du siehst ja, wie sie bei Mads plötzlich angespannt ist und auch eifersüchtige Seiten zeigt.«

»Dann sollte Mads ihr keinen Grund dafür geben.«

»Tut er ja gar nicht. Was kann er dafür, dass die Mädels ihn attraktiv finden?«

»Er könnte um Mädchen wie Sabrina einen Bogen machen, dann hätte Victoria keinen Grund, misstrauisch zu sein.«

Amir lachte.

»Was ist so lustig daran?«

»Weil du dich anhörst, als wäre Sabrina die Wurzel allen Übels. Sag nicht, du hast sie wieder mit Mads surfen gesehen?«

»Nein, habe ich nicht«, sagte Emma mit beleidigtem Unterton.

»Süße?«

»Sie war allein surfen, und bevor du mir wieder über den Mund fährst: Sabrina ist nicht die freundliche junge Frau, für die du und Mads sie halten. Glaub mir, sie ist durchtrieben.«

»Sie hat einen Freund.«

»Einen Alibifreund.«

»Du hast sie echt gefressen.«

»Quatsch, ich traue ihr nur nicht.«

»Mads kennt Sabrina, seit sie ein Kind ist. Er hatte eine kurze Affäre mit ihrer älteren Schwester. Warum sollte Sabrina da was von ihm wollen? Sie flirtet halt gern und mag es, im Mittelpunkt zu stehen. Sie ist sich ihrer Anziehungskraft bewusst. Außerdem ist sie glücklich mit Paul, für Mads ist sie wie eine kleine Schwester.«

Emma seufzte. Möglicherweise hatte Amir recht, dennoch war da dieses seltsame Gefühl, das sie selten getäuscht hatte.

»Überleg dir lieber eine gute Story, wie du Carola Stöcken für ein Gespräch gewinnen kannst«, lenkte Amir ab.

»Hast du eine Idee?«

»Nur einen Vorschlag: Erzähl nicht, dass du dich mit Sibylle Lohse unterhalten hast. Wenn es eine Rivalität zwischen den beiden gibt, wird Stöcken sicher nicht besonders gesprächig sein.«

»Den Gedanken hatte ich auch schon. Ich werde ihr sagen, dass der Notar ein angesehener Bürger unserer Gemeinde war und dass Bewohner der Gemeinde sicherlich erfahren möchten, warum ein so guter Mensch sterben musste.«

»Könnte funktionieren. Es wäre bestimmt hilfreich, wenn du noch ein paar Personen findest, die Hubert Stöcken kannten.«

»Ich kenne Hubert«, sagte Jule, die soeben zu ihnen an den Tisch getreten war, um ihnen das Frühstück samt Getränken zu servieren.

»Du kennst Hubert Stöcken?«, wiederholte Emma.

»Klar, er war einer unserer Stammgäste hier, und das schon seit Jahren.«

32

Timmendorfer Strand

»Gustav schien am Ende ziemlich genervt gewesen zu sein«, stellte Enno fest, als sie wieder in ihrem Büro waren.

»Weil Albert ihm die Show gestohlen hat.«

»Den Eindruck musste man haben«, bestätigte Enno. »Du weißt, dass ich mit Lange so meine Probleme habe, oder besser gesagt: er mit mir, weil ich für ihn wohl immer ein Verräter bleiben werde. Aber er hat schon ein paar sehr interessante Punkte angesprochen und die richtigen Schlüsse gezogen. Dabei ist er kein Polizeibeamter.«

»War er aber eine Zeit lang, unter Opa Mikkel, und der hat mir irgendwann erzählt, dass Albert unglaublich talentiert und diszipliniert gewesen sei, er kann wohl sehr gut analytisch denken.«

»Stärken, die einen fähigen Polizeibeamten ausmachen. Wieso ist er dann Bürgermeister geworden?«, fragte Enno verwundert.

»Weil Mikkel der Meinung war, dass Polizei und Bürgermeister enger zusammenarbeiten müssen, und unser Gemeindevorstand war seinerzeit wohl eine absolute Flasche.«

»Also ist Lange Mikkel zuliebe in die Politik gegangen?«

»So ist es. Albert hat es geliebt, Polizist zu sein, das hat mir auch Oma oft erzählt, aber Mikkels Wort war Gesetz bei uns in der Familie, und Albert hat eingesehen, dass Opa recht hatte. Vermutlich kommt er jeden Tag ins Büro, weil seine Liebe zur Polizei nie erloschen ist.«

»Liebe zur Polizei? Klingt irgendwie schnulzig«, sagte Enno lachend.

»Ist es auch«, bestätigte Mads.

»Das hätte ich Lange gar nicht zugetraut, er wirkt immer so kalt und berechnend, egoistisch halt.«

»Auch da hast du recht. Gespaltene Persönlichkeit, ganz klar. Wir kennen beide Seiten von ihm, Oma nur die eine, genau wie mein Opa«, antwortete Mads und lachte auf. »Gustav kennt vermutlich noch all die anderen, von denen wir nichts wissen, deswegen geht er so schnell an die Decke, wenn Albert Sprüche raushaut.«

Enno prustete los, er konnte sich kaum mehr halten vor Lachen und hatte Tränen in den Augen. Schließlich brachte er hervor: »Ich stell's mir gerade bildlich vor.« Er wischte sich über die Augen und sammelte sich, ehe er hinzufügte: »Irgendwann hatte ich das Gefühl, dass Gustav ihn vor allem wegen der zwei Millionen an der Sitzung teilnehmen lassen hat.«

»Darauf kannst du wetten. Wir können das Geld wirklich dringend gebrauchen. Unsere Rechner sind locker sieben Jahre alt, an die Server und unsere andere Ausstattung möchte ich gar nicht denken. Seit Jahren wird uns versprochen, dass wir ein gepanzertes Fahrzeug für Sondereinsätze bekommen, aber nichts geschieht. Ich hoffe, Albert knickt nicht ein.«

»Gustav wird das schon schaukeln«, erwiderte Enno.

»Wollen wir's hoffen. Albert ist leider manchmal unberechenbar.«

»Ich weiß«, bestätigte Enno tonlos.

Einen Moment sagte niemand etwas, während sie auf das Whiteboard schauten, auf dem sie bereits die neuen Hinweise notiert hatten.

»Wir müssen herausfinden, ob Hubert die Reise stornieren wollte oder nicht«, beendete Mads die Stille.

»Da bin ich bei dir. Es steht zwei zu eins, was das angeht.«

»Das stimmt. Ich habe während der Besprechung die ganze Zeit überlegt, warum Henke lügen sollte.«

»In den letzten Nachrichten, die Lohse und Hubert Stöcken sich geschrieben haben, stand nichts davon, dass er stornieren möchte«, gab Enno zu bedenken. »Vielleicht hatte er Streit mit seiner Frau und nur aus der Wut heraus etwas in der Richtung zu Henke gesagt.«

»Dabei vergisst du einen wichtigen Punkt.«

»Welchen?«

»Dass Hubert selbstlöschende Nachrichten bei WhatsApp aktiviert hat, sie verschwinden nach sieben Tagen. Daher wissen wir gar nicht, was davor kommuniziert wurde. Die Nachrichten, die sie per E-Mail ausgetauscht haben, waren komplett harmlos.«

»Stimmt.« Enno setzte eine nachdenkliche Miene auf. »Warum aktiviert jemand selbstlöschende Nachrichten?«

»Um unnötigen Nachrichtenmüll zu verhindern, hat Tim gesagt.«

»Oder um etwas zu verheimlichen«, fügte Enno hinzu.

»Denkbar. Allerdings hat er das nicht nur bei Lohse aktiviert, sondern in allen Chats, auch bei Carola.«

»Kann man das überhaupt individualisieren?«

»Gute Frage«, antwortete Mads. Er hatte diese Option nie genutzt, daher wusste er das nicht.

»Ich rufe Tim an«, sagte Enno und hatte schon den Hörer in der Hand.

Tim nahm das Gespräch gleich an und Enno stellte auf Lautsprecher.

»Kurze Frage bezüglich der selbstlöschenden Nachrichten auf WhatsApp«, begann Enno.

»Klar, was möchtest du wissen?«

»Kann man die individualisieren?«

»Ja, das geht.«

»Hat das Opfer das getan?«

»Nein, er hatte standardmäßig sieben Tage für alle Nachrichten eingestellt.«

»Gibt es vielleicht eine Möglichkeit, doch an diese Nachrichten zu gelangen?«, fragte Mads.

»Wie ich schon in der Besprechung sagte, die einzige Chance wäre ein Back-up, aber Stöcken hatte keine. Sollte Lohse welche haben, könnten wir alte Nachrichten rekonstruieren.«

»Dann wird sie das aber sicherlich nicht erlauben«, warf Enno ein.

»Das herauszufinden, ist eure Aufgabe.«

»Da hast du recht. Eine letzte Frage, an die ich bei der Besprechung nicht gedacht habe: Was ist mit den alten Aufzeichnungen der Kameraüberwachung?«

»Das habe ich bewusst nicht erwähnt, weil ich noch keine Antwort vom Provider habe. Ich werde nachher noch mal nachhaken.«

»Danke«, erwiderte Enno und beendete das Gespräch, dann sah er zu Mads. »Tims Wissen über solche technischen Details sind echt wertvoll. Sollen wir zuerst mit Lohse sprechen oder mit Henke?«

»Mit Henke, anschließend schnappen wir uns Lohse«, antwortete Mads.

∗

»Ich muss leider in zehn Minuten los, ich hoffe, das reicht für Ihre Fragen«, sagte Henke und sah die beiden Beamten prüfend an.

»Uns würde Ihr Verhältnis zu Hubert Stöcken interessieren«, begann Mads.

»Wir sind Nachbarn, wir hatten einen guten Draht zueinander.«

»Waren Sie denn auch sehr gute Freunde?«, hakte Mads nach, da die Witwe ausgesagt hatte, Henke habe ihren Mann nur ausgenutzt.

»Wir haben uns richtig gut verstanden. Ob man da gleich eng befreundet ist, weiß ich nicht. Aber im Grunde kann ich Ihnen schon zustimmen, wir waren gute Freunde. Ich glaube, er wusste, dass er mir vertrauen kann.«

»Was meinen Sie damit?«

»Hubert trieb ständig die Frage um, ob die Leute um ihn herum ihn nur mochten, weil er Geld hatte und spendabel war.«

»Warum war er dann so spendabel? Wenn er das irgendwann eingestellt hätte, hätte er doch gewusst, wer ein Freund und wer ein Schmarotzer ist«, entgegnete Enno.

»Das habe ich ihm auch gesagt. Mir war es manchmal unangenehm, wenn Hubert bezahlte, aber er bestand darauf, da konnte man nicht mit ihm diskutieren.«

»Mal abgesehen von diesen kleinen Aufmerksamkeiten, Sie haben ja auch ein großzügiges privates Darlehen für den Kauf dieses Hauses angenommen«, fuhr Enno fort.

»Das stimmt«, erwiderte Henke, ohne lange darum herumzureden. »Er hat mir damit sehr geholfen, da ich dieses Superangebot sonst nicht hätte wahrnehmen können. Es hat einfach alles gepasst, die Lage, die Größe, die Nachbarschaft. Als er mir dann vorgeschlagen hat, mir mit einem Privatkredit auszuhelfen, musste ich das einfach annehmen, so eine Chance hätte ich nicht wiederbekommen.«

»Obwohl Sie sich gar nicht kannten? Hatten Sie gar keine Bedenken, sich mit so einer großen Summe bei einem wildfremden Menschen zu verschulden?«, fragte Mads, er wäre da deutlich vorsichtiger gewesen.

»Nennen Sie es Intuition oder Bauchgefühl. Ich sagte ja, wir waren uns auf Anhieb sympathisch. Außerdem hat er als Notar einen wasserdichten Zahlungsplan aufgestellt, da gab es keine Hintertürchen. Ich habe meine Raten plangemäß zurückgezahlt, das war nie ein Thema zwischen uns.«

Mads war sich nicht sicher, ob die Freundschaft zwischen den beiden wirklich nur auf Sympathie beruhte und das Geld keine Rolle spielte. Henkes Worte wirkten zwar aufrichtig, dennoch würde er Tim darauf ansetzen, Henkes Finanzen zu checken und er würde Henke in Sachen Geld noch ein bisschen weiter provozieren.

»Trotzdem hatten Sie keine Skrupel, sich oft von ihm einladen zu lassen, wenn Sie zusammen unterwegs waren?«

»Er wollte es nicht anders, das hatte ich doch bereits erklärt«, verteidigte sich Henke. »Ich hätte allerdings nie ein Problem damit gehabt, meine Rechnungen selbst zu übernehmen. Hubert liebte es einfach, der Gönner zu sein und im Mittelpunkt zu stehen, gleichzeitig hatte er Sorge, dass man seine Gutmütigkeit ausnutzen könnte. Hört sich ein bisschen psycho an, ich weiß. Aber so war Hubert.« Er lachte kurz.

»Ein Psycho?«, wiederholte Enno.

»Nein, ein widersprüchlicher Charakter. Impulsiv, manchmal streng, aber die meiste Zeit lebensfroh.«

Für Mads war die Sache damit klar. Henke hatte sich von Hubert aushalten lassen, auch wenn er behauptete, dass es ihm unangenehm gewesen sei, jedes Mal eingeladen zu werden, doch das nahm Mads ihm nicht ab. Wie es aussah, hatte die Witwe die Sache richtig eingeschätzt.

»Sie waren sicherlich auch mal mit Sibylle Lohse und Hubert gemeinsam unterwegs«, fuhr Mads fort, obwohl er das gar nicht wusste.

»Nein, da irren Sie sich«, erwiderte Henke.

»Wie kommt das? Sibylle und Hubert haben viel zusammen unternommen, sie kannten sich schon lange.«

»Das stimmt, aber Sibylle steht auf die Schickeria, das ist nicht so meine Welt. Unter Champagner ging bei ihr gar nichts. Ich bin da bodenständiger, ich halte mich gern in Lokalen auf, in denen ich mir auch ohne Hubert mein Essen und die Getränke leisten kann, sonst bildet man sich noch was ein.«

»Was meinen Sie damit?«, fragte Enno.

»Dann werden Sie ein Blender, weil Sie in einer Welt leben, die Sie sich nicht leisten können. Oder glauben Sie, dass Sibylle genug Geld hat, um jeden Tag Dom Perignon zu schlürfen? Das ist doch wie bei den ganzen jungen Leuten, die von den sozialen Medien geblendet werden und sich Luxuskleidung kaufen, damit alle sehen können, dass sie Louis Vuitton oder Dior tragen. Dafür verschulden sie sich schon in jungen Jahren. Ich verstehe die Eltern nicht, dass sie da nicht einschreiten.«

Ob Lohse wirklich in die finanzielle Schieflage geraten war, weil sie sich an das luxuriöse Leben gewöhnt hatte, das für Hubert normal war und das sie um jeden Preis auch selbst erhalten wollte? Sie wäre nicht die erste Person, die wegen unnötigen Konsums in die Schuldenfalle getappt war, das hatte Mads in seiner Laufbahn schon häufig erlebt.

Henke sah auf seine Uhr. »Meine Herren, ich muss leider langsam los. Vorher muss ich noch kurz ins Bad und mich umziehen.«

»Eine letzte Frage«, bat Mads, worauf Henke erneut auf die Uhr schaute, als könnte er die Sache damit beschleunigen. Mads ließ sich davon jedoch nicht beirren. »Es geht um Ihre Aussage, dass Hubert Stöcken die Kreuzfahrt stornieren wollte«, fuhr er ruhig fort.

»Was ist damit?«, fragte Ronald Henke ohne die kleinste Regung, nicht mal seine Körpersprache wies auf besondere Nervosität hin.

»In welchem Zusammenhang hat Hubert das erwähnt?«

»Wir haben auf der Terrasse ein Bier getrunken, und ich habe gespürt, dass Hubert etwas beschäftigte.«

»Wie kamen Sie darauf?«

Henke zuckte die Achseln. »Er wirkte angespannt. Hubert ist halt komplett anders als Carola. Sie hat ihre Emotionen immer im Griff, es ist schwer, hinter ihre Fassade zu schauen. Hubert dagegen trug sein Herz auf der Zunge. Ich habe sofort gespürt, dass ihn etwas gestört hat.«

»Was war es?«, wollte Enno wissen und massierte sich den Nacken, als hätte er eine Verspannung vom vielen Hochschauen zu dem bedeutend größeren Henke.

»Die Sache mit der Kreuzfahrt. Er fragte sich, ob die Entscheidung nicht doch übereilt gewesen wäre.«

»Inwiefern?«

»Sie wollten um die drei Monate auf hoher See sein, glaube ich. Eine sehr lange Zeit, wenn man selbstständig ist, das wurde Hubert plötzlich bewusst. Leider erst, nachdem er die sündhaft teure Reise gebucht hatte. Dabei ging es ja nicht nur um die Kosten für die Kreuzfahrt, sondern auch darum, dass er dann monatelang nicht würde arbeiten können. Damit wären Einnahmenverluste verbunden gewesen, darüber hinaus hatte er ja trotzdem noch Termine einzuhalten. Einige davon musste er verschieben, gerade richterliche Termine.«

»Weiß man das nicht, bevor man eine solche Reise bucht?«, fragte Mads.

»Sollte man eigentlich. Aber das war so typisch für Hubert. Wenn er von etwas begeistert war, machte er es und überlegte erst später, ob das so klug gewesen war. Er war ein sehr impulsiver und spontaner Mensch.«

»Wir haben gehört, dass er schon lange von einer Kreuzfahrt geträumt hat.«

»Das stimmt, aber diesmal hat Sibylle ihn, glaube ich, mit

einem Angebot überrumpelt, obwohl sie ihm vorher auch ein paar geschickt hatte.«

»Wie hat sie das geschafft?«

»Indem sie die Unterlagen seiner Frau geschickt hat. Carola hat Hubert dann überredet.«

33

Niendorf

Ronald Henke stellte sich ans Fenster und schaute hinter der Gardine nach draußen auf die Straße. Dort standen noch Mads Johannsen und dieser Enno Janssen, der rein äußerlich große Ähnlichkeit mit Danny deVito hatte, und unterhielten sich. Plötzlich schaute Janssen in seine Richtung.

Ronald erschrak und trat einen Schritt zurück. Janssens Blick war so durchdringend gewesen, als hätte er ihn hinter der Gardine bemerkt.

Die sollen mich in Ruhe lassen, dachte Ronald verärgert, er wollte nicht in die Mordermittlungen hineingezogen werden. Das käme zu einem denkbar ungünstigen Zeitpunkt.

Vorsichtig machte er einen Schritt ans Fenster zurück, doch die beiden Beamten waren nicht mehr zu sehen. Erleichtert atmete Ronald aus.

Er ging ins Bad, da wieder mal die Blase drückte, dabei war er erst vor einer Stunde auf Toilette gewesen. Wenn er nervös war, reagierte sein Körper so, das kannte er schon.

An sich hatte er gar keinen Termin, doch er fürchtete, dass die Polizisten draußen warten und prüfen würden, ob er wirklich das Haus verließ, deshalb zog er sich an, schnappte sich sein Rad und fuhr Richtung Fußgängerzone. Dabei schaute er sich immer wieder um, da er erwartete, Janssen oder Johannsen irgendwo lauern zu sehen.

Du machst dir unnötig Sorgen, ermahnte er sich. Das gehörte zu den Eigenschaften, die er an sich nicht mochte, dass er mit Druck nicht umgehen konnte.

Einen Moment verspürte er den Drang, zu Sibylle zu fahren, um ihr zu verstehen zu geben, dass sie ihn aus den Ermittlungen raushalten solle. Er traute ihr nämlich zu, dass sie ihn gegenüber der Polizei schlecht gemacht hatte. Sie hatte ihn noch nie gemocht, ihn immer für spießig und sonderbar gehalten, und sie hatte sich massiv daran gestört, dass Hubert in letzter Zeit mehr auf ihn als auf sie gehört hatte. Hubert war ihren Einflüsterungen nicht mehr uneingeschränkt gefolgt.

Ronald wollte sich gar nicht vorstellen, um wie viel Geld Sibylle ihn mittlerweile gebracht hatte. Eigentlich war ihm das auch egal, das ging ihn nichts an, er war schließlich nicht Huberts Lebensgefährte.

Bei diesem Gedanken kicherte Ronald, das wollte er lieber nicht weiterspinnen.

Er radelte bis zur Seebrücke, stellte sein Fahrrad dort ab und ging ein Stück über die Brücke, bis er einen schönen Aussichtspunkt auf die Ostsee erreicht hatte. Er stützte sich auf dem Geländer ab und sah auf die Wellen, die an diesem Tag rauer als sonst ans Ufer rollten. Eine Möwe schien nicht weit entfernt in der Luft zu stehen, sie ließ sich vom Wind tragen, die Flügel weit ausgebreitet, den Schnabel in den Wind gestreckt.

Ronald atmete tief ein und wieder aus, schloss kurz die Augen und spürte die kühle Brise noch deutlicher.

Mach keinen Fehler, ermahnte er sich. Er durfte jetzt nicht nervös werden und dadurch das Interesse der Polizei auf sich ziehen. Dabei hatte er doch schon einiges gemacht. Er hatte auf die Reise hingewiesen und die Bemerkung über Sibylles Schulden fallen lassen.

Hubert selbst hatte ihm kürzlich erzählt, dass er gehört habe, Sibylle hätte sich die Provision für die Reise vorab überweisen lassen. Das war Hubert natürlich übel aufgestoßen, da es ihm das Gefühl gegeben hatte, Sibylle könnte ihn tatsächlich nur ausnutzen.

Ronald streckte sich. Nach all den subtilen Hinweisen müsste auch die einfältige Polizei kapieren, dass nur Sibylle Hubert ermordet haben konnte.

Hoffentlich würde es wirklich so kommen.

Hubert atmete noch einmal tief durch, dann kehrte er um. Er ging nicht davon aus, dass ihm die Polizei jetzt noch über den Weg laufen würde.

34

»Hast du das gesehen?«, fragte Enno.

»Die Gardine?«

»Dir entgeht wirklich nichts.«

»Henke hat uns beobachtet. Vermutlich muss er gar nicht irgendwohin.«

»Nehme ich auch an, oder er ist nervös, weil er glaubt, dass wir ihn für den Täter halten könnten.«

»Möglich. Jedenfalls hat man ihm sein Bemühen angemerkt, den Verdacht von sich auf Lohse zu lenken.«

»Ist mir auch aufgefallen. Aber was, wenn er die Wahrheit sagt?«

Mads schüttelte den Kopf. »Manchmal bin ich diese Lügen so satt.«

Enno sah ihm an, dass das nicht einfach so dahingesagt war.

»Henke ist groß genug, er hat lange Arme«, begann Enno. »Er könnte Hubert den Hals aufgeschlitzt haben, anschließend legt er die Hand seines Opfers auf den Griff des Messers und schon sieht es nach Suizid aus.«

»Könnte sein, aber welches Motiv soll er haben? Lohse war verschuldet, sie hat ein Motiv.«

»Vielleicht ist Henke auch verschuldet?«

»Wir müssen Tim bitten, mehr über Henke herauszufinden«, sagte Mads.

Enno zückte sogleich sein Handy, um Tim darauf anzusetzen.

Nachdem er aufgelegt hatte, erklärte er: »Mein Gefühl sagt

mir, das alles steht und fällt mit dieser Reise. Wenn wir die Hintergründe entschlüsselt haben, finden wir unseren Mörder.«

»Entschlüsselt? Du meinst wie Indiana Jones?«, fragte Mads und lachte.

»Mir ist gerade kein besseres Wort eingefallen«, erwiderte Enno. »Ich meine damit, wer die Wahrheit sagt, was die Reise anbelangt. Wenn wir hier Klarheit haben, können wir mehr Druck auf den Lügner ausüben. Irgendwie kann ich mir nicht vorstellen, dass Lohse Carola die Reiseunterlagen schickt, damit Hubert sie bucht. Für mich sieht es eher so aus, als wären sich die beiden nicht grün, warum sollte Lohse sie also persönlich kontaktieren?«

»Diese Frage habe ich mir auch schon gestellt. Aber du kennst doch den Spruch, der Feind meines Feindes ist mein Freund.«

»Hier müsste es heißen: Meine Feindin, also die Frau meines Mannes, wird für meine Zwecke meine Freundin«, korrigierte Enno. »Wir wissen, dass Hubert schon länger eine Kreuzfahrt geplant hat, aber, wie Henke erzählt hat, eigentlich überhaupt nicht die Zeit hatte, sich für ein paar Monate aus der Selbstständigkeit rauszuziehen. Lohse wiederum war auf die Provision angewiesen, ihr steht das Wasser bis zum Hals. Warum sollte sie also nicht Huberts Frau einspannen?«

»Gut argumentiert. Jetzt müssen wir das nur noch beweisen.« Mads verzog gequält den Mund.

»Danach finden wir heraus, ob die Reise wirklich storniert werden sollte«, fügte Enno hinzu.

Er mochte diese kleinen Brainstormings mit Mads. Sie waren inzwischen ein richtig gut eingespieltes Team.

Du musst es tun, hörte er im selben Moment seine innere Stimme, denn er hatte einen Entschluss gefasst, weil er der festen Überzeugung war, dass es keinen anderen Ausweg gab, so sehr er diese Entscheidung auch fürchtete.

Aber hieß es nicht: Lieber ein Ende mit Schrecken, als gar kein Ende?

Ennos Gedanken verknäulten sich wieder einmal, stumm schritt er neben Mads her, bis sie das *Reisebüro Lohse* erreichten.

Dort holte ihn Mads' Stimme aus seinen Grübeleien: »Was beschäftigt dich?«

»Ich wollte dir nur sagen, dass ich wirklich sehr dankbar bin, dass ich mit dir zusammen ein Team bilden darf«, antwortete Enno aufrichtig.

»Das gebe ich gerne zurück.« Mads sah ihn von der Seite an. »Bist du gerade so sentimental, weil du Rita vermisst?«

»Möglich. Mir war einfach danach.« Eigentlich wollte Enno noch etwas hinzufügen, doch er riss sich zusammen, da dies weder der richtige Ort noch der richtige Zeitpunkt dafür war.

Sie betraten das Reisebüro, eine Kundin war gerade im Gespräch mit Sibylle Lohse. Mads und Enno nahmen so lange an einem freien Tisch Platz.

»Moin. Ich bin gleich bei Ihnen«, grüßte Lohse sie freundlich, sie schien guter Laune.

Auf ihrem Pulli prangte die Aufschrift des Luxusdesigners Dior, an ihrem linken Handgelenk blitzten eine Rolex und am rechten zwei Cartier-Armbänder. Es war schon auffällig.

»Wenn sie das verkauft, könnte sie ihre Schulden bezahlen«, flüsterte Enno.

»Wenn die Uhr und der Schmuck echt sind«, wisperte Mads zurück.

Enno nickte. Er hatte sich noch nie etwas aus Luxusgütern gemacht, er verstand daher auch nicht, warum Leute Geld für gefakte Luxusmarken ausgaben, wobei natürlich nichts dagegensprach, sich einfach mal eine schöne Uhr zu gönnen. Aber eben nicht wegen der Marke.

»Danke für die Beratung. Ich überlege mir das Ganze«,

sagte die junge Frau bei Lohse jetzt, nahm ein paar Zettel in die Hand und verließ das Reisebüro.

Kaum hatte sie die Tür hinter sich geschlossen, standen Enno und Mads auf und nahmen Lohse gegenüber Platz.

»Die wird im Internet buchen«, sagte Lohse frustriert.

»Wie kommen Sie darauf?«, fragte Enno.

»Erfahrung. Es sind immer dieselben. Sie kommen her, greifen jede Menge Informationen ab und buchen die Reise anschließend für ein paar Hundert Euro weniger im Internet. Richtige Parasiten.« Ihre Augen funkelten gefährlich und ihre Mundwinkel wiesen nach unten, während sie das sagte, doch wie aus dem Nichts setzte sie plötzlich wieder ein freundliches Lächeln auf. Diese Verwandlung war geradezu beängstigend.

»Wie kann ich Ihnen helfen?«, fragte sie, als wäre nichts geschehen.

»Wir haben da noch ein paar offene Punkte, die wir verstehen möchten«, antwortete Enno.

»Worum geht es?«

»Um Ihre Freundschaft zu Hubert Stöcken.«

»Was gibt es da für offene Punkte? Ich hatte Ihnen doch gesagt, dass Hubert und ich uns seit Ewigkeiten kennen und eine sehr gute Freundschaft gepflegt haben.«

»Das wissen wir, aber sagen Sie, wenn Sie gemeinsam unterwegs waren, sind da noch andere Personen mitgekommen?«

»Klar, nicht immer, aber hin und wieder. Hubert war ein großzügiger und geselliger Typ, er mochte es, Freunde um sich zu haben.«

»Auch Ronald Henke?«, fragte Mads.

Sie verzog abfällig den Mund. »Diese Klette?«

»Was meinen Sie damit?«

»Der wollte Hubert nur für sich, er wollte ihn von seinen alten Freunden wegreißen, um ihn manipulieren zu können.«

»Warum das?«

»Weil er besitzergreifend ist, er wollte Hubert finanziell ausnutzen. Vielleicht stand er auch auf ihn.«

»Er stand auf ihn?«, wiederholte Enno ungläubig.

»Das wissen Sie nicht«? Lohses Augen funkelten, sie blickte sie überlegen an und fuhr sich mit der Hand über die blonde Dauerwelle.

»Klären Sie uns bitte auf«, bat Mads.

»Ronald ist schwul, und er hat geglaubt, Hubert wäre das auch, weil er immer so locker drauf war.«

»Hat er Herrn Henke denn einen Grund für diese Annahme gegeben?«

»Nein, natürlich nicht. Gut, Hubert war immer touchy, erst recht, wenn er betrunken war, aber das hatte nichts mit seiner sexuellen Ausrichtung zu tun. Trotzdem hat Ronald deshalb geglaubt, er hätte da einen großen Fang gemacht. Er wollte ein Stück von Huberts luxuriösem Lifestyle abhaben, diese erbärmliche Wurst.«

Auf Enno hatte Henke bisher nicht den Eindruck gemacht, dass er homosexuelle Neigungen haben könnte. Log Lohse also, um sie auf eine falsche Fährte zu bringen?

Mads hat recht, immer diese Lügen, dachte Enno.

»Haben Sie Herrn Stöcken denn mal vor Herrn Henke gewarnt?«, erkundigte sich Mads.

»Ich habe ihm nur gesagt, dass er vorsichtig sein soll, weil Ronald nicht mit offenen Karten spielt.«

»Wie hat er darauf reagiert?«

»Er meinte, dass er sich das zu Herzen nehmen werde, für mich war das Thema damit erledigt. Hubert war alt genug und kein bisschen naiv. Naive Männer werden nicht so erfolgreich wie er.« Sie sah auf ihre Uhr. »War's das? Gleich kommt nämlich ein Stammkunde rein.«

In einer Hinsicht hatte Henke zumindest nicht gelogen:

Lohse und er waren sich eher aus dem Weg gegangen. Bedeutete das im Umkehrschluss aber auch, dass er über die Reise die Wahrheit gesagt hatte?

Es war an der Zeit, das herauszufinden, doch gerade als er die Frage stellen wollte, kam Mads ihm zuvor.

»Wir haben noch eine Frage zu der geplanten Kreuzfahrt«, sagte Mads.

Im selben Augenblick betrat ein Mann das Reisebüro.

»Moin. Setz dich doch, ich bin gleich bei dir«, sagte Lohse zu dem Kunden.

Der Mann grüßte zurück und nahm etwas weiter hinten Platz.

»Was wollen Sie denn darüber noch wissen?«, fragte sie mit genervtem Unterton.

»Herr Henke behauptet, dass Hubert Stöcken die Reise stornieren wollte, weil seine Selbstständigkeit eine so lange Auszeit gar nicht zuließe«, antwortete Mads.

Enno hielt innerlich die Luft an. Er hätte nicht offen gesagt, dass Henke ihnen diese Information gesteckt hatte, aber Mads hatte in der Hinsicht ohnehin weniger Skrupel als er, vor allem wenn so ein Move die Ermittlungen voranbringen konnte.

»Haben Sie noch immer nicht geschnallt, dass Ronald mir schaden möchte?«, brauste Lohse auf. »Warum sollte Hubert eine Reise stornieren wollen, auf die er sich so lange gefreut hat?«

»Weil ihm erst hinterher bewusst wurde, dass er nicht einfach so ein paar Monate wegkann.«

»Das ist doch Unsinn. Hubert hatte sich die Zeit freigeschaufelt, er brauchte die Reise, weil er kurz vor einem Burn-out stand. Seine Frau hat sich auch riesig auf die Reise gefreut. Allein ihr zuliebe hätte er die Reise niemals storniert.«

»Wieso haben Sie die Reiseunterlagen eigentlich seiner

Frau geschickt und nicht ihm? Sie und Carola Stöcken hatten doch so Ihre Probleme«, provozierte Mads weiter.

Jetzt starrte Lohse ihn so feindselig an, als wollte sie ihm direkt an die Gurgel gehen.

35

»Ich gebe dir morgen Bescheid.«

»Mach das«, antwortete Sibylle und verabschiedete ihren Stammkunden. Nachdem er gegangen war, schloss sie die Tür zu und hängte das Schild:

Kurz geschlossen,

auf.

»Dieser verdammte Ronald«, brach es dann aus ihr heraus.

Sie konnte gar nicht so viel essen, wie sie gerade kotzen wollte.

Als Hubert diesen Schmarotzer vor vier oder fünf Jahren kennengelernt hatte, war ihr sofort klar gewesen, dass dieser Typ eine Menge Ärger bringen würde.

Er war ihr gegenüber von Anfang an feindlich gestimmt gewesen, hatte versucht, einen Graben zwischen ihr und Hubert zu ziehen, um seinen Einfluss auf ihn ausbauen zu können.

Aber da hatte er die Rechnung ohne sie gemacht. Sibylle konnte auch Ellenbogen und Zähne zeigen und sie kannte Hubert deutlich länger als Ronald. Außerdem war sie eine Frau, sie wusste also, wie sie Hubert umschmeicheln konnte. Deshalb war es Ronald auch nicht gelungen, sie zu entzweien.

Andererseits war es Sibylle ebenfalls nicht gelungen, Hubert von Ronald zu lösen.

»Sibylle, ich weiß, dass du Ronald nicht leiden kannst, und umgekehrt hat er auch über dich Bedenken geäußert, aber ich habe nun mal euch beide

gern und ich möchte nicht, dass ihr über den anderen hetzt. Jeder hat seinen Platz bei mir«, hatte Hubert ihr gegenüber einmal klargestellt.

Sibylle hatte sich daraufhin daran gehalten, nur Ronald nicht, wie es schien. Warum sonst sollte er solche Dinge vor der Polizei über sie sagen?

So nicht, du Mistkerl, dachte sie wütend. Allerdings wusste sie, dass sie bei der Polizei momentan ebenfalls nicht besonders gut dastand, und wenn sie nicht aufpasste, würde es bald noch schlechter für sie aussehen.

Diese beiden Polizisten schienen gut in dem zu sein, was sie machten, auch wenn sie rein äußerlich überhaupt nicht so wirkten. Aber wann durfte man schon vom Äußeren auf die Fähigkeiten eines Menschen schließen?

So oder so würde sie jetzt auch schwerere Geschütze auffahren müssen. Wenn die Polizei erführe, dass sie hoch verschuldet war, würde sie als Verdächtige nur noch weiter in den Vordergrund rücken.

Hoffentlich hatte Hubert Ronald davon nichts gesagt.

Es war sowieso ein Fehler, Hubert von den Schulden zu erzählen, dachte sie. Sie hatte zu dem Zeitpunkt mit dem Rücken an der Wand gestanden, und Hubert hatte sich bereit erklärt, ihr jeden Monat dreitausend Euro zu überweisen, bis die Schulden beglichen wären. Er hatte auch nie gefragt, ob sie inzwischen schuldenfrei sei, also war das Geld weitergeflossen, und das brauchte sie, um ihren Lifestyle zu finanzieren. Die Schulden hatte sie nicht abtragen können.

Das war auch der Grund, weshalb sie die Provision unbedingt gebraucht hatte, und der Veranstalter hatte ihr den Vorschuss gleich überwiesen.

Sibylle stand auf und zog ihre Jacke an. Sie musste sich mit Ronald unterhalten, ihm seine Grenzen aufzeigen.

Mit entschlossenem Schritt lief sie zu Ronalds Haus, vorbei an der Villa von Hubert. Es fröstelte sie bei dem Gedanken an die schwarze Witwe, nichts anderes war Carola für sie, deshalb ging sie schnell weiter und klingelte bei Ronald.

Er kam gleich an die Tür, doch als er sie erkannte, weiteten sich seine Augen.

»Ronald, wir müssen reden«, begann sie, aber der fiel ihr sofort ins Wort.

»Wir müssen gar nichts. Du verlässt auf der Stelle mein Grundstück, sonst rufe ich die Polizei, du Hexe«, rief er schrill und knallte ihr die Tür vor der Nase zu.

36

Lena rang mit sich, ob sie Kevin Ullman wirklich anrufen sollte. Er hatte ihr zwar seine Nummer gegeben und sie ausdrücklich ermutigt, ihn jederzeit zu kontaktieren, wenn sie Fragen hätte oder sich in einem mentalen Loch befinde, weil er wusste, wie sich das anfühlte.

Bevor Kevin im Rollstuhl gelandet war, hatte er wie Lena ein aktives Leben geführt, er war sehr sportlich, daher verstand er, was es bedeutete, wenn man in ihrer Situation einen schlechten Tag hatte.

Doch das war gar nicht der Grund, weshalb Lena mit ihm sprechen wollte, im Gegenteil. Sie fühlte sich bestens, sie war hoch motiviert, denn das Gespräch mit Albert war besser gelaufen, als sie es erwartet hatte, und darüber wollte sie mit jemandem sprechen.

Allerdings nicht mit Mads. Sie liebte ihren Bruder, keine Frage, aber er würde zu allem Ja sagen, was sie vorschlug, deshalb brauchte sie eine neutrale Person, eine, die selbst in der Politik aktiv war, und das war nun mal Kevin. Gleichzeitig wollte sie ihm jedoch nicht das Gefühl geben, dass sie ihn möglicherweise interessant fände.

Was sie tat, zugegeben. Er war ein attraktiver Mann, obwohl er auf den Rollstuhl angewiesen war, aber das störte Lena überhaupt nicht, schließlich war es bei ihr nicht anders. Trotzdem, Kevin war ein verheirateter Mann, lebte in einer glücklichen Beziehung und hatte einen süßen Sohn. Lena hatte ja selbst erlebt, wie es war, wenn der Partner einen betrog, und das wollte sie der Frau von Kevin ganz sicher nicht antun.

»Entspann dich, wieso machst du so eine große Sache daraus? Du willst dich doch nur wegen der Programme für Menschen mit Behinderungen mit ihm unterhalten«, ermahnte sich Lena, sich nicht verrückt zu machen. Dafür gab es überhaupt keinen Grund – weder von ihrer noch von Kevins Seite. Also fasste sie sich ein Herz und wählte seine Handynummer.

»Hallo, Lena, schön, dass du anrufst«, meldete er sich nach dem ersten Klingeln.

»Hallo, Kevin. Ich hoffe, ich störe nicht.«

»Nein, tust du nicht. Wie geht es dir?«

»Gut, ehrlich gesagt sehr gut. Das Gespräch mit dir hat mir wirklich geholfen.«

»Das höre ich doch gern. Bist du an dem geplanten Programm dran?«

»Das bin ich. Deswegen wollte ich auch mit dir sprechen.«

»Was möchtest du wissen?«, fragte er interessiert.

»Ich hatte gestern ein Abendessen mit Albert. Er hat mir Geld für das Programm zugesagt, allerdings müsste ich dafür in offizieller Funktion fürs Rathaus tätig sein.«

»Da hat er recht, das würde die Bewilligung der Fördergelder leichter machen«, bestätigte Kevin. »Wenn ich mich nicht irre, habt ihr das gleiche Parteibuch.«

»Ich bin noch Mitglied in der CDU.«

»Na, dann spricht doch nichts dagegen. Es gibt auch die Möglichkeit, so was als Ehrenamt zu machen, aber warum nicht gleich als Mitarbeiter in Alberts Team?«

»Den Vorschlag hat Albert auch gemacht. Ich weiß nur nicht, was das für meine Selbstständigkeit bedeutet.«

»Biete ihm doch an, dass du die Sache im Rathaus an zwei halben Tagen machst. Das Programm kannst du von mir übernehmen.«

Lena hob die Brauen. »Das wäre okay für dich? Du hast da echt unglaublich viel Arbeit reingesteckt.«

»Unsinn, ich würde mich riesig freuen, wenn es weitergelebt wird, und du würdest dir viel Arbeit sparen. So kannst du deine Selbstständigkeit vorantreiben und gleichzeitig schauen, ob dir die Arbeit im Rathaus überhaupt zusagt.«

»Das ist eine ausgezeichnete Idee.« Lena atmete auf. »Ich weiß halt gar nicht, was mich da erwartet.«

»Dann probiere es aus.«

»Werde ich machen, vielen lieben Dank für den Vorschlag. Schickst du mir das Programm?«

»Ich schicke dir alles, was ich habe«, versprach Kevin.

»Danke, dann will ich deine Zeit auch nicht länger in Anspruch nehmen.«

»Das tust du nicht, ich freue mich immer über deinen Anruf. Wir sind irgendwie auf der gleichen Wellenlänge.«

»Da hast du recht«, antwortete Lena, und ohne, dass sie es wollte, wurde ihr bei diesen Worten warm ums Herz. »Ich muss leider weiterarbeiten. Bis bald.«

»Bis bald.«

Sie legte das Handy weg und atmete einmal tief durch. Kevins Vorschläge waren hervorragend. Albert hatte ihr nämlich angeraten, die Selbstständigkeit aufzugeben und sich ganz ins Rathaus einzubringen, aber das wollte Lena noch nicht und das würde sie Albert jetzt so kommunizieren. Dass er damit ein Problem haben würde, nahm sie nicht an.

Als wäre es Gedankenübertragung, rief kurz darauf Albert an.

»Moin, Lena, ich hoffe, du hast kurz Zeit für mich.«

»Natürlich. Was kann ich für dich tun?«

»Gustav und ich wollen gleich zu Mittag essen und würden dich gern einladen.«

»In Niendorf?«

»Ja. Wir würden dich in fünfzehn Minuten abholen, bis dahin hat sich Gustav auch wieder beruhigt.« Er lachte kurz.

»Was hältst du von Italienisch? *Da Antonio*?«

»Gute Idee, auf Pizza hätte ich Appetit, aber was meinst du mit ›beruhigt‹?«

»Hör nicht auf Albert, du kennst ihn ja, er übertreibt mal wieder maßlos«, hörte sie Gustav im Hintergrund sagen.

»Ich durfte heute an einer offiziellen Besprechung teilnehmen, und ich glaube, ich darf in aller Bescheidenheit sagen, dass ich ihm mit meinem scharfen Verstand die Show gestohlen habe.«

»Ganz sicher nicht, ich habe dich nur gewähren lassen«, grantelte Gustav.

Lena verstand zwar nicht, was das alles zu bedeuten hatte, aber sie musste lachen, weil die Zankereien der beiden sie einfach amüsierten.

»Würde es auch in dreißig Minuten gehen?«, fragte sie.

»Wenn wir in Niendorf bleiben, kann ich mit dem Rollstuhl kommen, dann müsst ihr mich nicht abholen und ich kann noch etwas frische Luft tanken.«

»Klar kannst du das, liebste Nichte. Albert soll dich nicht unter Druck setzen«, ertönte wieder Gustavs Stimme.

»Womit setze ich Lena bitteschön unter Druck?«, maulte Albert.

»Na dann, bis in einer halben Stunde. Ich wollte mit dir sowieso über das Förderprogramm und meine Selbstständigkeit sprechen.«

»Also willst du voll im Rathaus einsteigen? Das lobe ich mir.«

»Eigentlich nicht, ich habe da eine andere Idee, auf die Kevin mich gebracht hat. Ist es okay, wenn wir beim Mittag darüber reden?«

»Selbstverständlich. Bis gleich«, antwortete Albert.

Mit einem guten Gefühl legte Lena auf. Albert würde ihrem Vorschlag sicher zustimmen, das spürte sie, daher kam ihr das Essen sehr gelegen. Sie wollte die Dinge vorantreiben und keine Zeit verlieren.

Ehe sie sich zum Ausgehen fertig machte, öffnete sie rasch ihr Instagramprofil, weil sie der offiziellen Seite des Oberbürgermeisters in Emden folgen wollte, um sich die Beiträge über das Förderprogramm anzuschauen.

Als sie durch die App scrollte, bemerkte sie eine neue Meldung: eine Freundschaftsanfrage. Von Kevin, von seinem privaten Account.

37

»Sollen wir gleich ins Büro oder erst eine Kleinigkeit essen? Ist ja schon Mittagszeit.«

»Warum nicht. *Seaside Lounge?*«, schlug Mads vor.

»Da sage ich nicht Nein«, antwortete Enno.

Wenig später saßen sie in dem Lokal und hatten auch schon ihre Bestellung bei Jule aufgegeben.

»Ohne indiskret sein zu wollen, du und Jule wart doch mal zusammen«, begann Enno.

»Ja, waren wir. Was möchtest du denn wissen?«

»Sie ist eine so coole junge Frau, witzig, immer für einen lustigen Spruch zu haben, und sie sieht gut aus. Warum hat sie nach dir keinen Partner mehr gefunden? Sie ist doch Single, wenn ich das richtig sehe.«

»Aussehen ist halt nicht alles, erst recht in einer Beziehung. Es heißt ja nicht umsonst, Aussehen zieht an, aber Charakter bleibt zusammen.«

»Ich finde, sie hat einen tollen Charakter«, sagte Enno, ohne lange zu überlegen.

Mads beugte sich etwas vor. »Das ist ihr Job, aber glaub mir, Jule kann echt zickig sein, dazu leider viel zu eifersüchtig. Sie möchte in der Beziehung immer im Mittelpunkt stehen.«

»Das finde ich nicht schlimm. Rita zum Beispiel ist mein Mittelpunkt, und ein bisschen Eifersucht ist doch schön, dann weiß man, dass sie einen wirklich liebt. Glaub mir, ich wäre auch eifersüchtig, wenn ich sehen würde, dass Rita mit einem anderen Kerl flirtet.«

Mads lachte. »Jule ist da ein ganz anderer Schlag Mensch.

Ehrlich, ich war froh, als die Beziehung zu Ende war, aber so als normale Freundin schätze ich sie sehr. Vermutlich haben bei uns die Vibes einfach nicht gepasst.«

»Vermutlich«, erwiderte Enno. »Egal, lass uns noch mal über den Fall reden. Lohse hat eben bestätigt, dass sie Carola die Reiseunterlagen geschickt hat, in dem Punkt hat Henke also nicht gelogen. Hätten wir sie dann nicht mit der Info über die monatlichen Zahlungen von Stöcken unter Druck setzen sollen? Die haben wir gar nicht erwähnt.«

»Schon, aber sie hat widersprochen, dass Hubert Stöcken die Reise stornieren wollte. Wir heben uns das mit den 3.000 Euro für später auf, wir sollten nicht sofort all unsere Munition verschießen«, gab Mads zurück, obwohl Gustav sie gebeten hatte, Lohse darauf anzusprechen.

»Was nicht heißt, dass sie die Wahrheit gesagt hat. Bis auf diesen einen Punkt haben alle Angaben von Henke gestimmt.«

»Also glaubst du Henke mehr als ihr?«

»Ich neige dazu. Du?«

Mads sah ihn ratlos an. »Ich bin unschlüssig.«

Sie wurden kurz von Jule unterbrochen, die ihnen das Essen servierte.

Mads hatte einen Salat mit Extra-Hähnchenbruststreifen bestellt, dazu eine Schale mit Reis. Enno hatte Lust auf Pasta.

»Lasst es euch schmecken«, sagte Jule.

»Danke«, erwiderten Enno und Mads.

Anders als sonst eilte sie nicht gleich zu den nächsten Gästen, sondern blieb kurz bei ihnen am Tisch. »Ihr ermittelt doch gerade im Mordfall Hubert Stöcken«, begann sie.

»Tun wir«, antwortete Mads.

»Hat euch Emma schon erzählt, dass ich gestern mit ihr über ihn gesprochen habe?«

»Nein, wir haben Emma aber noch nicht wieder gesehen«, erklärte Enno.

Mads lag ein böser Spruch auf der Zunge, das war wieder typisch Emma. Doch er riss sich zusammen und sagte stattdessen: »Du kennst Hubert?«

»Klar, er war Stammgast bei uns. Cooler Typ, sehr spendabel.«

»Was weißt du noch über ihn?«

»Wie gesagt, er war immer gut gelaunt, und soviel ich weiß, ein überaus erfolgreicher Notar, der mit seiner Art und seinem blauen Bentley natürlich aufgefallen ist. Das Auto hat echt zu ihm gepasst. Er war schon schrill, wenn auch nicht so schrill wie Gregor«, antwortete Jule und lachte kurz.

»Weißt du was über seine Frau?«

»Die ist komplett anders. Dezent gekleidet, erinnert mich irgendwie an Victoria Beckham.«

»Wieso das?« Mads verstand nicht, worauf Jule hinauswollte.

»An die habe ich bei meiner ersten Begegnung mit Carola Stöcken gedacht. Sie ist auch schlank, wirkt nach außen hin verschlossen, dazu dieser zurückhaltende, aber sehr luxuriöse Kleidungsstil.«

»Also ich habe Victoria Beckham nicht als zurückhaltend in Erinnerung, bei den Spice Girls war sie doch ziemlich extrovertiert.«

Jule lachte und berührte Mads an der Schulter, dabei wandte sie sich an Enno: »Du musst wissen, Mads ist mit seinem Starwissen noch bei den Spice Girls hängen geblieben. Er weiß vermutlich nicht mal, dass sie mit Beckham verheiratet ist.«

»Tut mir leid, dass ich mich nicht so für Boulevard interessiere«, reagierte Mads trocken.

»Das ist bei mir anders, ich lese noch immer regelmäßig Bunte und Gala«, sagte Enno lachend.

»Ich auch.« Jule gab Enno ein High five.

»Erzähl mir lieber, wie das Verhältnis zwischen Carola und Hubert war«, ging Mads dazwischen. »Sie waren doch sicher oft gemeinsam hier.«

»Nein, Hubert war meistens allein hier oder mit seinen Freunden. Wenn seine Frau dabei war, wirkte er wie ausgewechselt. Es wurde viel weniger gescherzt, er war ruhiger und es floss auch deutlich weniger Alkohol. Ich habe mich immer gefragt, wie die beiden zusammenpassen. Vermutlich war es das Geld, das sie an ihm besonders interessant fand.«

»Sie haben geheiratet, als Hubert noch kein Geld hatte. Wie es ausschaut, hat sie ihn in den ersten Jahren finanziell unterstützt«, entgegnete Enno.

»Dann muss es wohl doch Liebe gewesen sein, allerdings wirkten sie nie wie ein verliebtes Paar. Tja, nach so langer Zeit lebt man vermutlich nur noch zusammen. Leidenschaftslos.« Sie stöhnte mit gespielter Resignation.

»Sag so was nicht. Ich hoffe, dass ich meine Rita noch in zwanzig Jahren genauso lieben werde, wie ich es heute tue«, sagte Enno erschrocken.

»Das wirst du, Enno, nicht jeder Mann ist wie du«, antwortete Jule und warf Mads einen Blick zu. »Mancher verliert schnell das Interesse, weil das Angebot zu groß ist. Als ob das Gras auf der anderen Seite grüner wäre.«

Auf diese Anspielung ging Mads gar nicht erst ein.

»Hast du Hubert auch mal mit Sibylle Lohse gesehen?«, fragte er.

»Du meinst die vom Reisebüro?«

»Genau die.«

»Klar, sie hat ja regelrecht an ihm geklebt. Ich finde sie irgendwie peinlich. Hat immer das Teuerste auf der Karte bestellt und dann sogar oft so viel, dass sie sich den Rest hat einpacken lassen. Jedes Mal hat Hubert bezahlt. Ich hatte den Eindruck, dass sie ihn ausnutzt, er es aber nicht kapiert.«

»Warum hat er das nicht gemerkt? Glaubst du, er hatte Gefühle für sie?«, fragte Enno.

»Kann ich mir nicht vorstellen, da ist seine Frau viel attraktiver. Ist es nicht eher so, dass Männer ihre Frauen mit Jüngeren betrügen? Diese Sucht nach jungem Fleisch ist doch das wahre Gift in vielen Beziehungen.« Wieder sah sie Mads an.

»Willst du mir hier eigentlich irgendetwas sagen?«, hakte Mads nach. Er wollte sich nicht jede Stichelei gefallen lassen.

»Nein, aber du stehst doch auch nur auf junge Mädels.«

»Alle meine Mädels waren volljährig und Victoria ist Ende zwanzig.«

»Na, dann heißt es wohl mit dreißig ›Ciao Kakao‹«, gab Jule spitz zurück.

Es waren genau diese Sprüche, die Mads so an Jule nervten.

»Kennst du einen Ronald Henke?«, ging Enno dazwischen.

»Ziemlich, was heißt ziemlich, verdammt groß. Zwei Meter zehn. Neben dem komme ich mir wie ein Kleinkind vor.«

Mads hatte Jule eigentlich einen scharfen Konter geben wollen, doch er sah Ennos bittender Miene an, dass dieser keinen Streit wollte.

»Den kenne ich, aber Amir kennt ihn noch besser«, antwortete Jule.

»Amir?«

»Klar, Henke ist schwul. Nach außen zeigt er das nur nicht. Amir kennt ihn, ihr solltet ihn fragen.«

»Werden wir machen, danke«, erwiderte Enno.

»Ich muss jetzt an den nächsten Tisch«, sagte Jule und nickte einem Pärchen zu, das am Nebentisch saß.

»Eine letzte Frage«, bat Mads. »Hast du Henke und Lohse mal mit Hubert zusammen an einem Tisch gesehen?«

»Nein.«

»Danke.«

Jule ging zu den anderen Gästen und Mads beugte sich ein wenig zu Enno vor. »Ich hoffe, du hast verstanden, was ich vorhin über Jule meinte.«

»Na ja, sie hat doch recht. Oft geht eine Trennung von den Männern aus, weil sie ihre tollen Frauen gegen deutlich jüngere austauschen. Wenn ich je diesen teuflischen Gedanken haben sollte, erwarte ich von dir, dass du mich in ein eiskaltes Becken eintauchst, damit ich zur Vernunft komme.«

Mads lachte, weil Enno das mit einem so ernsten Gesichtsausdruck vorbrachte, dass er sofort Kopfkino hatte. »Keine Sorge, das wird bei dir nicht passieren«, beruhigte Mads seinen Partner und Freund.

»Weißt du, was ich mich gerade frage?«, begann Enno.

»Hau raus.«

»Warum Henke seine Homosexualität versteckt? In unserer Region muss sich doch niemand mehr deswegen schämen. Selbst Amir, der aus einem ganz anderen Kulturkreis kommt, lebt sie frei aus. Ganz zu schweigen von Gregor, dem man sofort ansieht, dass er schwul ist. Ich finde das echt toll, aber warum macht Henke so ein Geheimnis daraus?«

»Was mich viel brennender interessiert, ist, ob Henke und Hubert nicht doch eine heimliche Beziehung oder Affäre miteinander hatten.«

Enno schaute Mads überrascht an. »Du glaubst, Hubert war schwul?«

»Zumindest bi, oder er war emotional abhängig von Henke, warum sonst sollte er ihm das mit der Reise anvertrauen?«

»Das würde aber bedeuten, dass Lohse am Ende auch wegen der Reise gelogen hat«, antwortete Enno. Dann veränderte sich seine Miene und er sagte: »Moment mal, vielleicht wusste Lohse das und hat Carola genau deswegen das Reiseangebot geschickt, aus Sorge, dass Henke Hubert beeinflusst und er die

Reise nicht bucht. Dabei brauchte Lohse die Kohle ganz dringend.«

»Ist ein guter Gedanke, aber bringt uns das dem Mörder
näher?«

38

Amir seufzte aus tiefster Seele.

»Was ist los?«

»Die letzte Seite war doch anstrengender, als ich dachte.«

»Jammer nicht, du suchst nur nach einer Ausrede, um draußen Mittag zu machen«, zog Emma ihren Kollegen und besten Freund auf.

Amir grinste und stand auf.

»Wohin?«, fragte Emma erstaunt.

»Wir zwei gehen jetzt in die *Seaside Lounge*. Du hast eben zugestimmt.«

»Na, wenn das so ist, habe ich wohl keine andere Wahl«, antwortete Emma vergnügt, nahm ihre Handtasche und folgte Amir nach draußen.

Ein paar Minuten später hatten sie das Lokal erreicht und erblickten sogleich Mads und Enno. Sie gingen zu ihnen.

»Arbeitet der Kerl überhaupt?«, fragte Amir an Enno gewandt. »Er hat dich bestimmt überredet, herzukommen.«

»Ehrlich gesagt, war ich das«, antwortete Enno.

»Lass mich raten, du hast Emma überredet«, gab es die Retourkutsche von Mads.

Amir lachte und nach einem kurzen Geplänkel nahmen die beiden bei ihnen Platz. Mads sah Emma dabei so fragend an, dass sie spürte, dass ihm etwas auf dem Herzen lag. So gut kannte sie ihn inzwischen.

Kaum hatten sie sich gesetzt, kam Jule zu ihnen.

»Habt ihr euch abgestimmt?«, fragte sie.

»Nein, das war Zufall. Aber die Wahrscheinlichkeit, hier auf Mads zu treffen, ist schon sehr hoch«, witzelte Amir.

»Genau genommen war es meine Idee«, warf Enno erneut ein.

Amir und Emma gaben ihre Bestellung auf, dann fragte Mads an Amir gewandt: »Und was gibt es Neues?«

»Frag nicht«, sagte Amir gequält. »Nach der tollen Homestory mit Lena, die mir richtig Spaß gemacht hat, muss ich so einen dämlichen Artikel über einen Lebensmittelproduzenten schreiben, der bei der Zutatenliste geschummelt hat. Übrigens glaubst du gar nicht, wie viele tolle Leserbriefe wir bekommen. Lenas Homestory hat ein überaus positives Echo ausgelöst, und nicht wenige hoffen, dass sie frischen Wind ins Rathaus bringen und Lange bald als Bürgermeister ablösen wird. Ich gehöre zu ihren Unterstützern.«

»Sag das nicht so laut, du weißt, dass Lange Mads' Patenonkel ist«, sagte Emma.

»Das ist eine Sache zwischen Lena und Albert«, bremste Mads Amirs Euphorie. »Ich halte mich da raus, aber ich unterstütze Lena natürlich in dem, was sie tut. Bedingungslos.« Dann sah er zu Emma, sein Lächeln dabei wirkte verschlagen. »Was gibt es bei dir Neues?«

»Bei mir?«

»Ja, bei dir.« Seine Mundwinkel hoben sich noch mehr, was Emma ein wenig nervös machte, schließlich wusste sie nicht, ob er sie aus der Reserve locken wollte oder bereits über irgendetwas im Bilde war.

Und ich dachte, ich könnte seine Körpersprache lesen, dachte sie bitter.

»Nichts«, sagte sie dann leichthin.

»Nichts?« Nun wirkte seine Miene fast überheblich. Er legte seinen Arm um Emmas Schultern und fragte: »Ganz sicher, dass du keine Neuigkeiten über Hubert Stöcken hast?«

»Ganz …« Emma brach ab und schaute Amir an, der nur den Kopf schüttelte. »Hat Jule getratscht?«

»Sie hat nicht getratscht, sondern meine Fragen beantwortet.«

»Was willst du dann von mir?«

»Du bist nicht eine Sekunde auf die Idee gekommen, mich mal anzurufen und darauf hinzuweisen, dass ich mich mit Jule unterhalten sollte?« Seine Augen blitzten.

»Nein, weil ich geglaubt habe, dass du das längst weißt. Schließlich bist du fast jeden Tag hier und Jule ist ebenso deine Freundin wie meine. Außerdem habe ich angenommen, dass du als begnadeter Polizist sie gleich zu Beginn befragt hast. Du kannst doch von mir nicht erwarten, dass ich dir alles nachtrage oder deinen Job mache«, ereiferte sich Emma. Diesen Vorwurf wollte sie so nicht auf sich sitzen lassen, auch wenn er nicht vollkommen unberechtigt war. Doch in diesem Moment wollte sie Mads ganz sicher nicht recht geben. Sie war Journalistin und er Polizist, und es war bestimmt nicht ihre Aufgabe, jedes Mal zu ihm zu rennen, sobald sie Hinweise erhielt.

»Du wolltest die Infos nicht teilen aus Sorge, dein Artikel könnte dann weniger Klicks generieren. Dein Ehrgeiz stand dir mal wieder im Weg«, stellte Mads fest.

»Das ist überhaupt nicht wahr.«

»Ist es und wir beide wissen das«, blieb Mads bei seiner Meinung.

»Amir, kannst du dem sturen Esel sagen, dass das nicht stimmt?«, wurde Emma emotional.

»Das kann ich«, antwortete Amir, man sah ihm an, dass er ein Lachen unterdrückte. »Der Vergleich mit dem Esel ist gar nicht mal so unbegründet.«

Mads rollte mit den Augen. »Klar, dass dich Amir deckt. Enno, was denkst du über die Sache?«

Enno hob abwehrend die Handflächen. »Ich halte mich da raus. Wir haben die Infos und ich möchte jetzt nur meine leckere Pasta genießen und eine schöne Zeit mit euch verbringen.«

»So was kann Mads halt nicht. Wenn er nichts zu meckern hat, ist er nicht zufrieden«, schimpfte Emma weiter, damit Mads ihr nicht noch mehr Vorwürfe machte.

Angriff ist die beste Verteidigung, gerade wenn es um Diskussionen mit Mads geht, dachte sie. Dabei fand sie es eigentlich sehr amüsant, wenn Mads sich aufregte, dann leuchteten seine strahlend blauen Augen noch etwas intensiver und er hatte diesen Blick, der ihr sagte, dass er das alles gar nicht böse meinte, sondern sie nur gern aufzog. Als wäre er ein pubertierender Junge.

»Ärgert dich Mads wieder?«, fragte Jule, die mit der Bestellung zu ihnen kam.

»Hast du je erlebt, dass Mads mal nett zu mir war?«, konterte Emma.

»Mads halt, wir sind leider nicht mehr Anfang zwanzig, da würde er sich uns gegenüber ganz anders verhalten.«

Amir lachte und Enno huschte ein Lächeln übers Gesicht, was er aber sofort unterdrückte.

»Nicht mein Problem, wenn ihr euch alt fühlt«, erwiderte Mads.

»Möchtet ihr noch was? Ein Dessert vielleicht?« Jule sah fragend in die Runde.

»Mads ganz sicher nicht, ist ja kein Cheatday«, zog Amir ihn auf.

»Ich nehme die Tonkabohnen-Crème-Brûlée. Die ist ein wahrer Genuss«, sagte Enno.

»Weißt du was, die nehme ich auch«, ergänzte Mads kurz entschlossen.

»Ist also doch Cheatday?« Jule sah Amir erstaunt an, aber der hob nur lachend die Schultern. »Zweimal Tonkabohnen-Crème-Brûlée. Sollt ihr haben.«

»Wenn wir fertig sind, nehmen wir das auch«, sagte Amir, dabei sah er plötzlich Richtung Ausgang.

Emma folgte seinem Blick. Sabrina und Paul betraten das Restaurant.

»Hallo, ihr Süßen«, sagte Sabrina, die Runde grüßte zurück. »Ich habe dich heute beim Surfen vermisst«, fuhr sie an Mads gewandt fort.

»Ich hab's leider nicht geschafft.«

»Nicht geschafft oder fällt es dir zu schwer, zu akzeptieren, dass ich besser bin?«, entgegnete Sabrina in ihrer kecken Art, die auf Emma flirty wirkte.

Paul schien das überhaupt nicht zu stören.

»Bis du besser bist, musst du noch sehr viel üben«, hielt Mads dagegen. »Du surfst nicht, oder, Paul?«

»Nicht wirklich«, antwortete der, er wirkte etwas verlegen.

»Dafür hast du andere Stärken, mein Schatz«, sagte Sabrina und gab Paul einen intensiven Zungenkuss. Dabei sah sie Mads an, was Paul gar nicht bemerkte. Emma hingegen fiel das sofort ins Auge und sie fand dieses Verhalten unmöglich.

»Dann wollen wir euch nicht weiter stören«, sagte Sabrina. »Ich bin morgen um 7:30 Uhr wieder am Strand, da kannst du beweisen, ob du wirklich besser bist.«

»Ich muss nichts beweisen, was ich schon weiß«, antwortete Mads selbstbewusst.

Sabrina lachte und ging mit Paul an einen freien Tisch. Wie es der Zufall wollte, saß sie genau so, dass sie Mads beobachten konnte.

Die will nichts von Mads, ernsthaft?, dachte Emma zynisch.

»Sabrina war ja ganz schön flirty unterwegs, obwohl Paul direkt neben ihr stand«, bemerkte Enno.

»Und ich dachte, ich bilde mir das ein«, entfuhr es Emma.

»Das ist Sabrinas Art. Sie ist halt superlocker, nicht so steif wie andere. Paul wird das wissen und ist dementsprechend ge-chillt«, erklärte Mads.

Sein kurzer Seitenblick zu Emma gefiel ihr nicht, denn er sagte ihr eindeutig, dass er mit »steif« sie meinte.

»Bevor das Ganze noch im Tratsch untergeht«, fuhr er fort, »ich wollte dich eh was fragen, Amir.«

»Was möchtest du denn von mir wissen?«

»Kennst du einen Ronald Henke?«

Amir verdrehte die Augen.

»Was ist mit ihm?«, fragte Emma.

Wenn Mads so eine Frage stellte, konnte das nur etwas mit seinen Ermittlungen zu tun haben.

»Was kannst du über ihn sagen?«, wiederholte Mads, ohne sie zu beachten.

»Warum möchtest du das wissen?«

»Er ist Teil unserer Ermittlungen.«

»Ronald ist ein verkappter Schwuler. Er wohnt auch in Niendorf. Ich habe ihn vor einiger Zeit in einer Schwulen-kneipe in Hamburg getroffen, da hätte er sich am liebsten ver-steckt, als er mich erkannt hat. Ich habe ihm gesagt, dass es keinen Grund gibt, sich so anzustellen.«

»Aber?«, hakte Enno nach.

»Er hat mich gepackt und mir gedroht, dass ich echt Ärger kriegen würde, wenn ich jemandem erzähle, dass er schwul ist. Er sei nur wegen eines Freundes hier. Kurz darauf hat er die Kneipe verlassen.«

»Welcher Freund war das?«

»Ein älterer Herr …« Amir brach ab. Er schien plötzlich selbst überrascht, als würde die Erinnerung an Henkes Beglei-tung etwas in ihm auslösen.

»War es Hubert Stöcken?«, fragte Mads.

39

»Hattest du nicht gesagt, dass Lena die Selbstständigkeit an den Nagel hängen und im Rathaus anfangen wollte?«, fragte Gustav auf dem Weg zum Da Antonio.

»Das klang auch so.«

»Aber?«

»Nichts aber. Keine Ahnung, was Kevin ihr da eingeflüstert hat. Möchtest du, dass ich mit ihm spreche und ihn auf unsere Seite bringe?«

»Bist du verrückt?«, widersprach Gustav. »Nicht, dass er das am Ende Lena erzählt. Es ist ja schon ein Erfolg, dass sie sich überhaupt mit dem Gedanken beschäftigt, im Rathaus zu arbeiten. Ein Schritt nach dem anderen.«

»Die Einstellung finde ich sehr löblich. Ein Schritt nach dem anderen.« Albert schmunzelte zweideutig, was Gustav sagte, dass er dabei gar nicht mehr an Lena dachte.

»Was erheitert dich denn so sehr?«, fragte er daher.

»Wenn wir ehrlich sind, war das heute echt gut.«

»Was?«

»Na, unsere gemeinsame Besprechung.«

»Es war meine Besprechung, du warst nur ein geduldeter Gast.«

»Na komm, gib dir einen Ruck. Selbst Mads hat mich gelobt.«

»Seit wann ist Mads für dich ein Maßstab?«, konterte Gustav.

»Jetzt wirst du unfair. Du weißt, dass ich viel von Mads

halte, und ganz im Ernst, eigentlich habe ich jedes Recht, öfter in solchen Besprechungen zu sein.«

»Wie bitte?« Gustav konnte nicht glauben, was er da hörte. »Das war eine Ausnahme, wie kommst du auf diesen Unsinn?«

»Die Gemeinde soll doch zwei Millionen Euro in die Polizei investieren, und jetzt schau mal nach Niedersachsen. Das Land ist Anteilseigner von VW und der Ministerpräsident sitzt im Aufsichtsrat.«

»Dir ist echt nicht zu helfen.« Gustav schnaubte. »Die Polizei ist doch kein Unternehmen.«

»Wir sollten sie aber sinnvollerweise als Unternehmen betrachten. Du bist der CEO und ich als größter Investor wäre der größte Anteilseigner, somit hätte ich Anspruch auf den Vorsitz im Aufsichtsrat und wäre damit berechtigt – nein, nicht berechtigt, es wäre meine Pflicht, dir über die Schulter zu schauen.«

Gustav hob die Hände. »Was rege ich mich auf. Ich werde sofort einen zweiten Bürotisch in mein Büro bringen lassen. Komm und schau mir über die Schulter, wann immer es dir beliebt, dann soll es so sein. Ich habe die ewigen Diskussionen satt. Du hast deinen Willen.«

Albert sah Gustav prüfend an. »Du ziehst mich gerade auf, oder?«

»Nein, das ist mein voller Ernst. So wie du das mit der Firma argumentiert hast, klingt das schon plausibel. Als Unternehmen können wir sicherlich effizienter arbeiten.«

»Natürlich«, schoss es aus Albert heraus. Er rieb sich die Hände.

Gustav lachte auf. »Du spinnst.«

Hatte Albert wirklich geglaubt, dass er das ernst meinte? Andererseits, bei Albert konnte man sich da nie so sicher sein.

»Meine Idee ist gut, das weißt du ganz genau, und glaub mir, wenn die Polizei mehr wie ein Unternehmen funktionieren würde, wäre sie viel besser gegen die Kriminellen gewappnet«, beharrte Albert. »Aber in einer Behörde, in der jedes Bundesland seine eigenen Befugnisse und Kompetenzen hat, darf es nicht verwundern, dass Entscheidungen ewig lange dauern. Der tägliche Behördenwahnsinn halt.«

»Tu mir nur einen Gefallen«, gab Gustav zurück.

»Welchen?«

»Kein Wort davon zu Lena. Sie wird glauben, dass du langsam komplett den Verstand verloren hast. Ich als CEO der Polizei Timmendorfer Strand?« Er schüttelte den Kopf.

»Du bist halt kein Visionär, aber wenn es dich glücklich macht, bleibt das unter uns.«

»Es macht mich glücklich«, erwiderte Gustav gut gelaunt.

Das brachte Albert scheinbar kurz aus dem Tritt, er sah Gustav entgeistert an.

Vor der Anschrift des *da Antonio* fand Gustav einen Parkplatz, und kaum waren sie ausgestiegen, stieß Lena zu ihnen. Sie begrüßten sich und betraten das Restaurant, wo sie sich einen Tisch in einer ruhigen Ecke suchten und auch gleich vom Kellner mit den Menükarten versorgt wurden.

»Ich glaube, ich werde mir eine Pizza Funghi bestellen«, sagte Lena.

»Nimm, worauf du Appetit hast, Albert zahlt«, erwiderte Gustav. »Ich habe auch Lust auf Pizza.«

»Da gehe ich mit. Wie wäre es mit einem Glas Merlot dazu?«, fragte Albert.

»Warum nicht. Ist der perfekte Begleiter zu einer Pizza, vor allem wegen des geringen Tanningehaltes. Möchtest du auch?« Gustav sah Lena an.

»Zu einem Glas sage ich nicht Nein.«

»Als Vorspeise würde ich Bruschetta und Vitello tonnato empfehlen.«

»Das hätte ich auch gesagt«, stimmte Albert zu.

»Na, dann kann ich das wohl kaum ablehnen«, gab sich Lena geschlagen.

Gustav rief den Kellner zu sich, gab die Bestellung auf und orderte außerdem noch eine Flasche Wasser.

»Jetzt erzähl uns mal von deinem Vorschlag«, bat Gustav seine Nichte.

»Ich möchte dieses Programm unbedingt machen«, begann sie. »Genau das fehlt in der Gemeinde, und es könnte sich positiv auf das Image auswirken, wenn es endlich angepackt wird. Amir hat sich bereit erklärt, das Programm medial zu begleiten, dadurch bekommen wir Kontakte zu weiteren Medien. Gerade in Zeiten von Sparmaßnahmen ist es eine wunderbare Botschaft, wenn es in Deutschland noch eine Gemeinde gibt, die die Schwächsten der Gesellschaft nicht ignoriert.«

»Das sind wirklich gute Nachrichten«, sagte Albert äußerst zufrieden, er strahlte.

Gustav war klar, woran das lag: Es winkte kostenlose Werbung für die Gemeinde, die noch mehr Touristen anlocken und die Einnahmen steigern würde. Am Ende würde die Aktion die Gemeindekassen zusätzlich füllen. Albert hatte einfach ein Händchen fürs Finanzielle, das musste Gustav ihm neidlos zugestehen.

»Glaubst du denn, dass du das Programm neben deiner Arbeit durchziehen kannst? Als Selbstständige hast du doch viel um die Ohren«, tastete sich Gustav vorsichtig zum Kern der Sache.

»Ich denke schon.«

»Am Ende musst du das wissen, ich denke da nur an Opa Mikkels Satz, dass man sich immer auf eine Sache konzentrieren soll. Sobald man zu viele Dinge gleichzeitig macht, riskiert man, dass man nichts mit vollem Einsatz erledigt«, baute Gustav vorsichtig Druck auf. Ihm wäre es am liebsten, wenn Lena ihre Selbstständigkeit aufgeben und eine feste Anstellung im Rathausfinden würde.

»Da ist was dran. Aber ich habe so viel Energie in meine Selbstständigkeit gesteckt, da wäre es schade, das alles aufzugeben. Ich weiß, dass der Erfolg momentan auf sich warten lässt, trotzdem bin ich zuversichtlich.«

Welcher Erfolg?, wäre es Gustav fast herausgerutscht, denn er wusste, dass Lenas Unternehmen gerade mal so viel abwarf, wie man zum Leben brauchte.

Der Kellner brachte ihnen die Getränke und sie stießen alle mit dem Rotwein an.

»Das ist ein valides Argument«, sagte Albert dann. »Ich glaube an dein Programm, Lena, was du da machst, wird der Gemeinde und den Menschen zugutekommen. Ich schätze auch deinen Ehrgeiz, was deine Selbstständigkeit anbelangt. Du weißt, dass Gustav früher Kapitän auf einem Kreuzfahrtschiff werden wollte, weil er ein großer Fan vom Traumschiff und Sascha Hehn …«

»Als ich Kapitän werden wollte, lief das Traumschiff noch gar nicht«, unterbrach Gustav seinen besten Freund. Wobei es nicht gelogen war, dass er die Serie mochte und ihm Sascha Hehn in seiner Rolle wirklich gefallen hatte.

»Nur eine kleine, unwichtige Randnotiz«, erwiderte Albert leichthin. »Darum geht es aber gar nicht, es geht darum, dass sich die Dinge manchmal in eine andere Richtung entwickeln, in eine bessere. Schau dir deinen Onkel an, er ist heute der erfolgreichste Polizeichef in Deutschland. Keine Dienststelle der Republik hat eine bessere Quote, was die Aufklärung von Kriminalfällen anbelangt, als wir, und das wiederum ist nur möglich, weil Gustav weiß, worauf es ankommt. Weil er mit mir zusammenarbeitet. Im Team sind wir stark, und ich möchte, dass wir beide auch ein Team sind.« Er sah Lena auffordernd an.

»Das möchte ich auch, und ich freue mich auf die Zusammenarbeit mit dir, weil ich weiß, dass du mir alle Freiheiten geben wirst, die ich brauche, und mir nicht ständig vorschreiben wirst, was ich zu tun habe. So gut kenne ich dich.«

Natürlich wirst du eigenverantwortlich arbeiten können, Albert hängt ja den ganzen Tag in meinem Büro rum, dachte Gustav spöttisch. Doch er verkniff sich einen Kommentar, weil er wusste, dass Albert versuchte, Lena auf subtile Weise klarzumachen, dass sie sich auf eine Sache fokussieren sollte.

»Darauf hast du mein Wort. Am Ende ist es deine Entscheidung. Ich akzeptiere sie ohne Bedingungen.«

»Wirklich?« Lena blickte ihn skeptisch an.

»Ja«, versicherte Albert.

»Ich möchte es sehr gern, aber ich möchte auch meine Selbstständigkeit nicht aufgeben.« Lena hielt kurz inne, ehe sie hinzufügte: »Was hältst du davon, wenn wir es für drei Monate versuchen? Dann sehen wir, ob es klappt oder nicht.«

»Warum nicht?«

»Dann komme ich drei Monate lang für zwei Tage ins Rathaus, ehrenamtlich. Deal?« Lena streckte die Hand aus.

Ehrenamtlich? Gustav warf Albert einen kurzen Blick zu. Er wollte nicht, dass seine Nichte ehrenamtlich tätig war, sie konnte das Geld sehr gut gebrauchen.

»Das spricht für deinen Charakter. Wir haben einen Deal«, willigte Albert ein und ergriff Lenas Hand. »Drei Monate ehrenamtlich, dann sehen wir weiter.«

Gustav hatte Mühe, sich zu beherrschen. Sobald sie allein wären, würde Albert ein Donnerwetter zu hören bekommen, weil er offensichtlich an Lenas Gehalt sparen wollte. Ausgerechnet!

Im selben Moment betraten zwei Frauen das Restaurant, Gustav war kurz abgelenkt.

»Moin«, grüßte Carola Stöcken und setzte sich mit ihrer Begleitung einen Tisch weiter.

40

Die Zeit rannte. Dass in zwei Monaten das Jahr schon vorbei sein sollte, fühlte sich seltsam an. Mads kam es eher so vor, als wären erst einige Monate vergangen.

Ob an dem Spruch etwas dran war, dass die Zeit schneller verging, je älter man wurde? Wahrscheinlich schon. In seinem Fall kam noch hinzu, dass er wenig Freizeit hatte und die Tage deshalb verflogen. Er musste sich daher bewusst Freiräume schaffen, zum Beispiel beim frühmorgendlichen Joggen, so wie jetzt.

Er hatte sich für die Strecke nach Timmendorf entschieden und war bereits auf dem Rückweg, um einen kurzen Zwischenstopp in der *Seaside Lounge* einzulegen und dort zu frühstücken.

Als er nicht mehr weit von dem Lokal entfernt war, sah er eine Person mit einem Surfbrett unter dem Arm aus dem Wasser kommen. Die Person schaute in seine Richtung und winkte ihm zu.

Sabrina.

»Moin«, begrüßte Mads sie mit einem Küsschen auf die Wange.

»Hast du Angst, nass zu werden?«, zog sie ihn auf, da er sie nicht wirklich umarmt hatte.

»Und du hast ein paar Wellen gebändigt?«, gab er zurück, ohne auf ihren kindischen Kommentar einzugehen.

Zugegeben, Sabrina sah in ihrem Neoprenanzug unglaublich sexy aus, weil er ihren sportlichen Körper geschickt betonte.

»Nicht nur ein paar«, antwortete sie. »Die lassen sich leichter bändigen als manches Männerherz.«

»Wäre es nicht langweilig, wenn einem immer alles zufliegt?«, erwiderte Mads.

»Sag du es mir. Du hattest doch seit jeher leichtes Spiel bei den Mädels. Meine Schwester war ja sofort Feuer und Flamme für dich, daran erinnere ich mich sehr gut.«

»Die Herzen der Frauen sind mir nicht immer zugeflogen«, widersprach Mads, obwohl Sabrina gar nicht so unrecht hatte. Er tat aber auch etwas dafür, indem er auf seinen Körper achtete und Spaß daran hatte, charmant zu sein.

»Deswegen hast du meine Schwester also nach kurzer Zeit abgeschossen oder hat sie dich gelangweilt?«

»Nein, hat sie nicht. Ich war halt jung und wollte mich austoben.«

»Aber jetzt bist du im sicheren Hafen und führst ein spießiges, langweiliges Leben. Sieht dir gar nicht ähnlich.« Sie lachte frech.

»Du bist doch auch in einer Beziehung. Ich wüsste nicht, was daran spießig ist?«

»Paul ist nicht langweilig, er macht jeden Scheiß mit, den ich vorschlage, und du weißt, dass ich alles andere als spießig bin. Kann ich mir bei deiner Freundin übrigens nicht vorstellen.«

»Da irrst du dich. Victoria ist absolut nicht spießig.«

»Hat sie dir in der Sauna schon mal einen geblasen oder auf der Toilette im Restaurant?« Sie warf ihm einen anzüglichen Blick zu.

So war Sabrina. Sehr direkt und in Mads' Augen daher noch nicht wirklich reif. Er lachte und winkte ab. »Ich muss weiter, sonst komme ich zu spät auf die Arbeit.«

»Wann bist du so spießig geworden, Madsilein?«

»Das täuscht, es gibt nur Dinge, über die rede ich nicht mit jedem, und ganz sicher nicht mit dir. Ich kenne dich, da warst du noch ein Kind.«

»Jetzt bin ich eine erwachsene Frau«, hielt sie dagegen.

»Es gehört mehr dazu als nur das Geburtsjahr«, erwiderte er, gab ihr zum Abschied einen Kuss auf die Wange und fügte hinzu: »Aber das wirst du noch lernen.«

»Ich bin sehr lernfähig«, konterte sie, zwinkerte ihm zu und setzte ihren Weg fort.

Sabrina war vorlaut und sie wusste, dass sie obendrein extrem gut aussah, eine Kombination, die Mads früher magisch angezogen hätte, doch jetzt war er in einer glücklichen Beziehung und treu.

Den Gedanken, in der *Seaside Lounge* zu frühstücken, verwarf er spontan, da er Sorge hatte, dass Sabrina den gleichen Gedanken hätte und sich zu ihm setzen würde.

Dass ich jetzt Angst habe, andere könnten mich mit Sabrina beim Frühstücken erwischen, ist schon peinlich, dachte er. Doch Sabrina war nun mal wie ein rotes Tuch für seine Freunde, vor allem für Emma und Jule, und er hatte keine Lust auf Tratsch.

*

Kurz vor 9 Uhr betrat er sein Büro. Enno war noch nicht da.

Mads legte seine Sachen ab, startete den Computer und ging Richtung Küche, um für Enno und sich Kaffee zu holen. Im Flur traf er auf Enno, der ihn sofort begleitete.

»Geht's dir gut?«, fragte Mads, da Enno ziemlich blass aussah.

»Jetzt schon. Ich muss gestern was Schlechtes gegessen haben, ich habe mich heute Morgen heftig übergeben.«

»Wenn es dir so mies geht, geh besser nach Hause«, sagte Mads besorgt.

»Lieber nicht. Da langweile ich mich ja zu Tode ohne Rita«, erwiderte Enno und schickte ein verkrampftes Lachen hinterher.

Irgendetwas stimmte mit Enno nicht, das spürte Mads, und dass es nur an Ritas Abwesenheit lag, glaubte er immer weniger. Trotzdem sollte Enno auf ihn zukommen, Mads wollte nicht unnötig Druck aufbauen.

Mit den Kaffeebechern in der Hand gingen sie zurück in ihr Büro und Enno startete seinen Rechner.

»Ich schreibe noch schnell den Bericht, ich war gestern Abend mental zu erledigt, um das zu machen.«

»Mental?«, fragte Mads.

»Na ja, groggy halt, wollte ich sagen. Der Fall, keine Rita, dann das verdorbene Essen, das war alles etwas zu viel, denke ich.« Wieder lachte er so krampfig, dass es unglaubwürdig wirkte.

»Enno, du weißt, dass du zu mir kommen kannst, egal womit. Du musst dich für nichts schämen«, wagte Mads daher nun doch einen Vorstoß.

»Ich weiß«, antwortete Enno und presste die Lippen zusammen. Dann sagte er: »Du bist ein guter Mensch, ein richtig guter, mit dem Herz am rechten Fleck. Früher, als ich dein Chef war, habe ich geglaubt, dass du ein arroganter Schönling bist, der sich nichts sagen lässt, aber da lag ich falsch. Du verkörperst das, was ich unter einem echten Norddeutschen verstehe. Erst wirkst du kühl und zurückhaltend, auf manche deshalb sicher arrogant, aber wenn man dein Vertrauen gewonnen hat, zeigst du deinen wahren Charakter. Dass ich den sehen darf, bedeutet mir sehr viel.«

Über diese Worte freute sich Mads, allerdings hatte er mit so einer Reaktion nicht gerechnet. »Was ist los?«, fragte er.

»Der Magen, offenbar Stress. Kein Grund, sich Sorgen zu machen, bald wird sich alles gerade rücken«, antwortete Enno.

»Ich sollte schnell den Bericht schreiben, ehe Gustav meckert, wo er bleibt.«

»Mach das«, erwiderte Mads, da er spürte, dass Enno nicht darüber sprechen wollte. »Ich werde mal die neuesten Infos ans Whiteboard anbringen.«

Er trank einen Schluck Kaffee, schnappte sich den Whiteboardmarker und begann, weitere Notizen und Verbindungen aufzuzeichnen, dann trat er einen Schritt zurück, überlegte und ergänzte schließlich das Wort:

Affäre?

Es stand zwischen den Namen Hubert Stöcken und Ronald Henke, Mads zeichnete eine Verbindungslinie dazwischen.

Amir hatte Hubert zwar nicht in der Kneipe gesehen, die Sache lag auch schon über ein Jahr zurück, aber Pietro hatte Amir in einem kurzen Telefonat erzählt, dass er Henke dort ebenfalls mit einem älteren Mann gesehen habe. Die beiden hätten es sehr eilig gehabt, die Kneipe zu verlassen. Mads wollte das gern genauer wissen, daher hatte er sich für 11 Uhr im *Café Wichtig* mit Pietro verabredet, da dieser um die Zeit beruflich in Timmendorfer Strand war. Am vorigen Tag war er in Hamburg gewesen, sodass Mads ihn nicht mehr hatte befragen können.

»Glaubst du, dass Hubert und Henke eine Affäre hatten?«, fragte Enno in die Stille, er war zu Mads getreten.

»Warum nicht? Er wäre nicht der erste Mann, der sich sehr spät outet.«

»Wieso dann das Doppelspiel? Wäre es nicht fair gewesen, wenn er seiner Frau reinen Wein eingeschenkt hätte?«

»Natürlich, aber wann ist das Leben schon wirklich fair?«

»Da sagst du was«, bestätigte Enno und trank einen Schluck aus seinem Becher.

»Wir müssen uns mit der Witwe unterhalten und herausfinden, was sie darüber weiß. Außerdem müssen wir wegen der Reise noch mal nachhaken.«

»Spricht nichts dagegen«, bekräftigte Enno, dem es mit jedem Schluck Kaffee besser zu gehen schien.

Es klopfte an der Tür und Gustav trat ein.

»Moin. Gebt mir mal bitte ein kurzes Update, was ihr gestern so gemacht habt«, bat Gustav und stellte sich zu ihnen.

»Den Bericht habe ich gerade an dich geschickt, falls du darauf gewartet hast«, beeilte sich Enno zu erwidern.

»Die Hoffnung, dass Mads mal einen schreibt, habe ich längst begraben«, kommentierte Gustav und warf seinem Neffen einen missbilligenden Blick zu, den dieser nur mit einem müden Lächeln quittierte. »Erzählt mir von euren Gesprächen.«

Enno begann zu berichten, Gustav hörte zu, stellte hier und da Fragen und erwiderte abschließend: »Ihr glaubt also wirklich, dass Hubert eine Affäre mit Henke hatte?« Er klang nicht besonders überzeugt.

»Keine Ahnung. Mal schauen, was Pietro zu sagen hat.«

»Haltet mich auf dem Laufenden. Ich habe vorgestern mit Jutta über Hubert und seine Ehe gesprochen. Jutta hat immer angenommen, dass sie gut und skandalfrei wäre und dass dieser Umstand das Geheimnis ihrer Ehe war. Carola ließ Hubert machen, auch wenn sie persönlich ganz anders war als er. Daher spricht in meinen Augen ehrlich gesagt sehr wenig dafür, dass er homosexuell war. Ich glaube eher, dass er etwas mit Sibylle am Laufen hatte, sollte es überhaupt eine Affäre gegeben haben. Nicht jeder Mann, der extrovertiert ist und gerne feiern geht, betrügt seine Frau.«

»Das stimmt«, bestätigte Enno.

»Was hast du?«, erkundigte sich Mads.

»Auch nicht viel, nur dass ich gestern beim Mittagessen eine interessante Begegnung gemacht habe.«

»Und die wäre?«

»Carola war mit einer Freundin beim selben Italiener wie ich. Ich kenne die Frau sehr gut und Jutta meint der Beschreibung nach, dass sie eine enge Freundin von Carola ist. Ich werde ihr nachher einen Besuch abstatten.«

»Das könnte spannend werden«, bemerkte Enno.

Mads war nicht weniger neugierig, schließlich wussten sie nicht besonders viel über die Witwe, vor allem nicht aus erster Hand.

»Gut, dann macht weiter. Meldet euch, wenn was ist«, sagte Gustav und verließ das Büro.

Enno blickte wieder auf das Whiteboard und kratzte sich am Hinterkopf. »Bis jetzt haben wir drei Verdächtige: Lohse, Henke und vielleicht die Witwe.«

»Worauf willst du hinaus?«

»Die drei gehören zum engsten Kreis von Stöcken, aber wir tappen völlig im Dunkeln, was andere Personenkreise anbelangt. Jemand wie Hubert, der so erfolgreich war, dürfte doch mit dubiosen Leuten angeeckt sein, Leuten, die etwas von seinem Reichtum abhaben wollten.«

»Niemand konnte uns sagen, ob er Feinde hatte. Wo sollen wir da suchen?«, fragte Mads. Er pflichtete Enno bei, doch so ganz ohne Hinweise mussten sie sich eben auf das konzentrieren, was sie hatten.

»Vielleicht bringen die Kameraaufzeichnungen was.«

Mads nickte. Gustav hatte inzwischen die richterliche Verfügung besorgt, mit der Tim Druck beim Provider machen konnte. Der schien die Sache jedoch absichtlich hinauszuzögern, das hatte ihnen Tim in einem Telefonat bereits mitgeteilt.

Es klopfte an der Tür und Tim trat ein.

»Wenn das mal kein perfekter Auftritt ist«, sagte Enno. »Moin, Tim, wir haben gerade über dich und die Kameraaufzeichnungen gesprochen.«

»Moin. Ich hatte mich ja für 10 Uhr angekündigt«, antwortete Tim.

»Ja, klar. Hast du was vom Provider gehört?«

»Nein, deshalb habe ich beschlossen, da gleich mal hinzufahren. Manche Dinge lassen sich im persönlichen Gespräch schneller klären.«

»Da hast du recht, und wenn nicht, lass die Fäuste sprechen«, scherzte Enno.

»Wenn ich wie Mads aussehen würde, wäre das vielleicht eine Option, wobei ich Verfechter der Prämisse bin, dass Gewalt keine Lösung ist«, entgegnete Tim trocken.

Neben Mads wirkte er auch eher schmächtig, er war schlank und mit seinen eins sechzig gerade mal so groß wie Enno.

»Gute Einstellung«, lobte dieser.

»Wollen wir anfangen? Ich habe meinen Laptop dabei.« Tim klopfte auf den Rechner unter seinem Arm.

»Gern«, antwortete Mads und deutete auf den freien Schreibtisch in ihrem Büro. Tim richtete sich ein, dann erstellte er nach Mads' und Ennos Vorgaben ein Phantombild der Jugendlichen, die Lena und Jörn belästigt hatten. Glücklicherweise schien der Vorfall Lena nicht weiter zu belasten. Als Mads am vergangenen Abend mit ihr telefoniert hatte, hatte sie jedenfalls sehr fröhlich geklungen.

»Ich denke, das war es«, sagte Tim nach einer knappen halben Stunde.

»Wahnsinn, als hätte ich ein Foto von ihnen geknipst. Diese Software ist der Hammer«, schwärmte Enno.

»Das ist erst der Anfang. Warte mal ab, was KI in einigen Jahren kann.«

Enno verzog den Mund. »Das macht mir ehrlich gesagt Sorgen. Wohin das alles führen wird, liegt doch völlig im Dunkeln.«

»Man muss das als positive Chance für die Menschheit sehen. Wichtig ist die Regulation«, erwiderte Tim und klappte seinen Laptop zu.

»Eben drum, das ist es ja. Werden wir Menschen das können, oder wird es einen Staat geben, der ausschert, weil er sich einen Vorteil erhofft?«

»Darauf habe ich leider keine Antwort. Ich hoffe es jedenfalls nicht, sonst wird der Terminator Realität«, erwiderte Tim nüchtern. »Wenn ihr nichts mehr hinzuzufügen habt, würde ich ins Rathaus zu Albert gehen.«

»Der ist bei Gustav«, gab Mads trocken zurück.

»Hast du ihn da gesehen?«

»Nein, das brauche ich gar nicht. Geh zu Gustav ins Büro, da wirst du die beiden bei einem Espresso aus den besten Bohnen der Welt antreffen. Sie werden sich wie kleine Kinder zanken und anschließend über die Kunst des Essens philosophieren«, sagte Mads lachend.

Tim nickte. »Der Espresso ist wirklich der Hammer.«

»Gönn ihn dir, den hast du dir verdient.«

»Na gut, dann will ich mal hoch zu den beiden. Ich glaube dir, dass Albert in Gustavs Büro ist.«

»Denk an meine Worte«, erwiderte Mads schelmisch.

Tim verabschiedete sich und verließ das Büro.

»Mit den Phantombildern sollten wir schnell die Identität der beiden haben«, sagte Enno zufrieden.

»Abwarten. Wenn du glaubst, dass unsere IT veraltet ist, hast du noch nicht die IT im Rathaus gesehen«, entgegnete Mads.

»So schlimm?«

»Vermutlich noch schlimmer. Albert war und ist kein Freund von Digitalisierung, auch wenn er nicht müde wird, das Gegenteil zu behaupten.«

»Warum?«

»Weil er gern alles unter Kontrolle hat. Digitalisierung bedeutet Transparenz, ein Wort, das Albert so sehr scheut wie der Teufel das Weihwasser.«

»Also hat Albert Leichen im Keller?«, fragte Enno, dabei verengten sich seine Augen und seine Stimme bekam einen befremdlichen Beiklang.

41

Timmendorfer Strand

Zufrieden schaute Gustav auf seine Armbanduhr. Es war 9:58 Uhr und Albert war noch nicht bei ihm gewesen. Da Tim gleich zu ihm ins Rathaus kommen wollte, würde der Bürgermeister also auch nicht so schnell bei ihm aufschlagen.

Hat er heute Morgen wohl doch was im Rathaus zu tun gehabt, dachte er. Eigentlich hatte Albert nämlich am vorigen Tag noch erklärt, er wolle vor Tims Besuch bei Gustav vorbeischauen.

Motiviert stand Gustav auf, um sich einen Espresso zu holen, anschließend bei Mads und Enno vorbeizuschauen und gegebenenfalls Tim zu begrüßen, da er nicht wusste, ob er ohnehin zu ihm kommen würde. Er war gespannt, ob Tim mithilfe der KI ein gutes Phantomfoto erstellen könnte, und vor allem, ob es eine Übereinstimmung mit der Datenbank im Rathaus geben würde.

Als er seine Bürotür öffnete, stand er Auge in Auge mit Albert.

»Verdammt, was musst du mich so erschrecken?«, schimpfte er.

»Wieso erschrecken? Ich wollte gerade anklopfen. Was kann ich dafür, dass du ohne Ankündigung die Tür aufreißt?«, verteidigte sich Albert.

»Seit wann muss ich ankündigen, dass ich die Tür öffne?«

»Streng genommen wäre das nur fair, weil Petra auch immer anklopft, bevor sie eintritt«, erwiderte Albert in belehrendem Ton.

»Musst du nicht im Rathaus sein? Tim kommt doch bald zu dir.«

»Entspann dich, für einen schnellen Espresso mit meinem besten Freund wird es reichen, und wie ich Tim kenne, wird er eh noch mal kurz bei dir vorbeischauen.«

»Warum sollte er?«

»Weil er im Gegensatz zu dir ein höflicher und respektvoller Mensch ist.«

»Nervensäge«, knurrte Gustav. »Wo ist überhaupt Petra?«

»Sie wollte was aus der Hauptküche holen.«

»Stimmt, du bringst mich ganz durcheinander. Hol uns wenigstens einen Espresso, wenn du mir schon so einen Schreck einjagst«, gab Gustav zurück und marschierte zu seinem Schreibtisch.

Hätte mich auch gewundert, wenn er wirklich nicht aufkreuzt, fügte Gustav in Gedanken hinzu.

Im Grunde kam es ihm sogar gelegen, dass Albert hier war, denn es gab noch einen offenen Punkt, den er mit ihm besprechen wollte. Das hatte er am vorigen Tag nicht geschafft, da im Anschluss an das gemeinsame Mittagessen mit Lena der Bürgermeister von Scharbeutz aufgetaucht war und Albert sich zu ihm gesellt hatte.

Die Tür zu Gustavs Büro öffnete sich und Albert erschien. Er kam zu seinem Schreibtisch und reichte ihm eine Espressotasse.

»Wieso nur ein Keks?«, fragte Gustav.

»Es gab bloß noch drei insgesamt. Zwei bekomme ich, da bleibt am Ende einer für dich.«

»Wieso bekomme ich nicht zwei?«

»Weil du mich zu Tode erschrocken hast«, antwortete Albert und gönnte sich einen Schluck aus seiner Tasse.

Gustav sparte sich einen Kommentar. Was sollte er sich über Albert aufregen, es brachte eh nichts.

»Wie war das Gespräch mit dem Bürgermeister aus Scharbeutz?«, fragte er stattdessen.

»So unspektakulär wie er selbst«, antwortete Albert in seinem überheblichen Ton. »Er hat sich nach dem Fünf-Sterne-Tempel von Tackenberg erkundigt und erwähnt, dass er gehört habe, Tom Cruise würde zur Eröffnung kommen. Er konnte das kaum glauben. Ach, diesen neidischen Blick zu sehen, war ein Genuss.«

Gustav schaute Albert schweigend an. Albert schaute zurück.

»Da ist doch was?«, fragte er schließlich.

»Möchtest du es mir nicht sagen?«, gab Gustav zurück.

»Ich?«

»Ja, du.«

»Was sollte das sein?« Alberts Miene drückte Ratlosigkeit aus.

»Das ist nicht dein Ernst.«

»Sorry, Gustav, ich bin noch immer kein Hellseher. Wenn ich auf einer Zauberschule gewesen wäre, könnte ich vermutlich deine Gedanken lesen, aber da stellt sich mir eh die Frage: Will ich das? Jetzt komm, wo drückt der Schuh?«

»Was sollte das gestern mit Lena, dass sie ehrenamtlich für dich arbeiten soll? Sie kommt so schon mehr schlecht als recht über die Runden, und nun soll sie auch noch unentgeltlich für dich arbeiten?«

»Glaubst du, ich mache das, um Geld zu sparen?«, empörte sich Albert.

»Warum sonst?«

»Dann will ich dir mal was sagen: Wenn ich Lena bezahle, hat sie zusätzliche Einnahmen, mit denen sie ihre Selbstständigkeit indirekt finanzieren wird. Sobald sie aber ehrenamtlich arbeitet und merkt, das ist das Richtige und die Selbstständigkeit ein Irrweg, wird sie ihr Unternehmen aufgeben, allein schon, weil es finanziell ein zu großes Risiko ist.«

Nun verstand Gustav Alberts Gedanken. »Ich möchte nur verhindern, dass Lena in Schwierigkeiten gerät, das hat sie nicht verdient«, wandte er dennoch ein.

»Glaubst du, dass ich das will? Ich werde die Sache weiter beobachten, und wenn ich sehe, dass sie sich zu viel zumutet, überlegen wir gemeinsam die nächsten Schritte. Einverstanden?«

»Einverstanden«, willigte Gustav ein. »Wollen wir hoffen, dass dein Plan aufgeht.«

»Das wird er, keine Sorge. Es wäre sicher klug, wenn ich mich mal unauffällig mit Kevin unterhalte.«

»Warum?«

»Weil er Einfluss auf Lena hat.«

»Er könnte aber darauf kommen, dass du Lena über diesen Umweg beeinflussen willst. Was machst du dann?«

Alberts Mundwinkel hoben sich. »Du solltest doch wissen, dass ich der Meister der subtilen Kommunikation bin.«

»Du?« Gustav schnaufte. »Was willst du Kevin denn sagen? Hoffentlich nicht, dass Lena sich mehr in die Gemeinde einbringen soll.«

»Ach was. Ich werde ihn anrufen und berichten, dass Lena Feuer und Flamme für das Förderprogramm in Emden ist und ich ihn deshalb gern zu uns ins Rathaus einladen möchte, um die Details des Programms zu besprechen. Ich könnte mir sogar eine Kooperation vorstellen.«

»Das ist gut, sehr gut. Er darf halt nicht den Eindruck gewinnen, wir würden es nicht gutheißen, dass er Lena den Vorschlag mit der Teilzeit in den Kopf gesetzt hat«, pflichtete Gustav bei.

»Du unterschätzt mich halt.« Albert schaute auf seine Armbanduhr.

»Kann gut sein, dass Tim doch nicht kommt.«

»Er wird kommen«, erwiderte Albert, »und wenn nicht, gönne ich mir einen zweiten Espresso mit meinem CEO.«

»Ich bin Polizeichef, kein CEO, und du gönnst dir keinen zweiten Espresso, weil du Tim ganz sicher nicht im Rathaus auf dich warten lassen wirst«, regte sich Gustav auf.

Es klopfte an der Tür und Petra trat ein.

»Moin. Tim möchte mit Herrn Lange sprechen«, meldete sie.

Albert warf Gustav einen triumphierenden Blick zu.

»Lass ihn bitte rein«, sagte Gustav.

»Es wäre sehr freundlich, wenn Sie uns noch zwei Espresso bringen könnten. Einen für Tim und einen für mich«, sagte Albert.

»Was ist mit mir?«, warf Gustav ein.

»Du hattest gerade einen.«

»Ach, und du nicht?«

»Du hattest davor schon einen.«

Petra lachte. »Ich bring Ihnen allen einen mit. Sagen Sie bloß nicht, dass Sie Gustav vorhin nur einen Keks gegeben haben?«

»Es waren ja nur drei da.«

Gustav stützte entnervt die Stirn auf der Hand ab, während sich Petra und Albert die Klinke in die Hand gaben.

»Moin, ich hoffe, ich störe nicht. Mads meinte, dass Herr Lange hier wäre«, sagte Tim.

»Mads ist halt besser informiert als sein eigener Chef. Ich hoffe, Sie sind gut vorangekommen.« Albert war aufgestanden und begrüßte Tim mit Handschlag.

»Wir haben zwei perfekte Fotos rekonstruieren können.«

»Darf ich sie sehen?«

»Klar.«

»Albert, das ist meine Aufgabe«, fuhr Gustav dazwischen. »Du darfst ausnahmsweise zuhören. Tim, bau bitte deinen Laptop am Besprechungstisch auf, wir kommen zu dir.«

Tim tat wie geheißen und kurz darauf kam Petra mit den

Getränken zu ihnen. Auf Gustavs Bitte hin stellte sie alles auf den Besprechungstisch und ließ sie wieder allein.

»Ich dachte, es gibt keine Kekse mehr«, bemerkte Gustav und deutete auf die Untertassen, auf denen je zwei Gebäckstücke lagen.

»War ja auch so. Was glaubst du, warum Petra in der Hauptküche war?«

Gustav grummelte etwas Unverständliches und setzte sich zusammen mit Albert zu Tim an den Tisch.

»Allein dafür hat sich der kurze Stopp im Büro gelohnt«, sagte Tim dankbar und griff nach der Espressotasse. »Bevor ich es vergesse, ich fahre nach dem Besuch im Rathaus bei dem Provider der Sicherheitskamera vorbei. Der sperrt sich trotz der richterlichen Verfügung immer noch. Mal schauen, ob ich vor Ort etwas Druck machen kann.«

»Sehr gut. Ruf mich an, wenn was ist«, erwiderte Gustav. »Dann zeig mal die KI-Fotos.«

Tim tippte etwas in seinen Laptop, worauf zwei Fotos erschienen, die unglaublich realistisch aussahen und wenig mit den sonst bekannten Phantombildern zu tun hatten.

»Den kenne ich«, schoss es aus Gustav. Er konnte sein Erstaunen kaum verbergen.

42

Enno hatte angenommen, dass er die überstandene Panik-attacke am Morgen gut überspielt hatte, aber Mads war aufmerksam gewesen und hatte ihm gleich angesehen, dass etwas nicht stimmte. Dennoch ging Enno davon aus, dass er Mads überzeugt hatte, bloß Rita zu vermissen und Pech mit dem Abendessen gehabt zu haben.

Eines war Enno nach der Panikattacke allerdings sehr deutlich geworden, er musste endlich etwas unternehmen, seinen Plan ausführen, sonst würde das alles kein gutes Ende nehmen.

Auch wenn ich meinen Plan umsetze, wird es kein gutes Ende nehmen, dachte er und befeuchtete seine Lippen, obwohl sich sein Mund staubtrocken anfühlte.

Mads war kurz zur Toilette gegangen und Enno wartete im Büro auf ihn, da sie sich gleich mit Pietro treffen wollten.

Sein Handy vibrierte.

Enno hatte Angst, nachzuschauen, wer ihm geschrieben hatte, weil er glaubte, es zu wissen. Allerdings konnte es auch Rita sein. Mit einer fahrigen Bewegung griff er nach dem Handy und stellte erleichtert fest, dass die Liebe seines Lebens ihm geschrieben hatte:

Ich vermisse dich, Schatz,

hatte sie geschrieben, zusammen mit unzähligen Herzemojis und einem Selfie.

Und ich dich erst,

antwortete Enno ebenfalls mit Herzemojis und machte ein Selfie von sich im Büro.

Wie läuft es?,

fügte er hinzu.

Ganz gut, danke noch mal für das Taschengeld. Es ist schon wichtig, dass ich abends mit den Kollegen ausgehe. Du hattest recht.

Habe ich doch gesagt, ich möchte nicht, dass du die Außenseiterin bist,

antwortete Enno. Er freute sich, dass Rita das Geld angenommen hatte, aber noch mehr freute er sich, dass sie ihn vermisste, weil er nicht mit Worten ausdrücken konnte, wie groß seine Sehnsucht nach ihr war.

Ich weiß. Dafür liebe ich dich, dass dir mein Wohlergehen wichtiger ist als Geld. Ich hoffe, du weißt, dass es bei mir auch so ist. Du stehst immer an erster Stelle für mich. Meine große Liebe.

Ennos Herz wurde weit, ein unfassbares Glücksgefühl durchströmte ihn, er fühlte sich federleicht und hätte sich kaum gewundert, wenn er festgestellt hätte, dass er samt Schreibtischstuhl plötzlich schweben würde. Vergessen war die schlechte Laune, verflogen das Gefühl, die nächste Panikattacke könnte ihn jederzeit heimsuchen.

Du bist meine große, meine allergrößte Liebe, die Liebe meines Lebens. Du hast mir gezeigt, wie schön das Leben ist.

Rita antwortete mit unendlich vielen Herzen.

Ich muss wieder zu den Kollegen. Habe aber eine Überraschung für dich,

schrieb sie dann vieldeutig.

Welche denn?

Wirst du am Freitagabend sehen. Ich liebe dich.

Ich bin gespannt. Liebe dich noch mehr,

antwortete Enno. Er konnte sich schon denken, was für eine Überraschung Rita für ihn hatte.

Kann nicht jetzt sofort Freitag sein?, dachte er wehmütig.

Ohne Rita fühlte er sich entsetzlich einsam, wie ein halber Mensch, und er hatte keine Scheu, das vor Mads zuzugeben. Wenn man liebte, dann tat man das doch bedingungslos, ohne sich vor Kollegen oder Freunden wegen seiner Gefühle zu schämen. Die ganze Welt sollte wissen, dass er die Liebe seines Lebens gefunden hatte, und wenn die anderen dann glaubten, dass er sich zum Hampelmann machte, war das halt so. Was kümmerte es einen glücklichen Menschen, was die anderen dachten?

Enno pfiff gut gelaunt und wollte gerade aufstehen, um sich einen Kaffee zu holen, als sein Handy wieder aufleuchtete.

Er hatte eine weitere Nachricht bekommen.

»Vermisst du mich also auch so entsetzlich?«, sagte er fröhlich und öffnete die Nachricht.

Wieso werde ich seit einigen Tagen ignoriert?,

stand da. Vor Schreck hätte Enno fast das Handy fallen gelassen. Sofort war die Panik zurück, ihm wurde heiß und er fing an zu schwitzen. Ohne lange darüber nachzudenken, rannte er aus dem Büro.

Auf dem Flur kam ihm Mads entgegen.

»Wohin?«, fragte er, doch Enno lief wortlos weiter, stürzte auf die Herrentoilette, schloss sich in einer Kabine ein und übergab sich heftig.

Als nichts mehr kam, spülte er, ging zum Waschbecken und wusch sich das Gesicht. Als er den Kopf hob, blickte ihm ein leichenblasser Mann entgegen, der überhaupt keine Ähnlichkeit mit dem verliebten, glücklichen Enno hatte. Er war ein Bild des Jammers.

Wann kapierst du endlich, dass dich alle immer nur ausnutzen wollen? Du bist nicht für dieses Spiel gemacht, du bist dem nicht gewachsen. Wie konntest du dich nur darauf einlassen?

Wut stieg in ihm auf. Die Wut darüber, dass er sich erneut vor den Karren hatte spannen lassen, was er so auf keinen Fall gewollt hatte. Wut darüber, dass er nicht genug Arsch in der Hose hatte, um das Ganze einfach zu beenden und den Mächtigen die Stirn zu bieten, so wie es Gustav oder Mads taten.

Bald, versuchte er sich zu beruhigen und schlug sich erneut kaltes Wasser ins Gesicht.

Er atmete schwer und schaute seinem Spiegelbild direkt in die Augen. Sein Blick wurde ernst und er sagte mit fester Stimme: »Bald.«

»Was ist bald?«, hörte er Mads sagen, der im selben Moment in den Waschraum gekommen war.

43

Enno starrte Mads an, als würde er einen Geist sehen. Er war entsetzlich blass.

»Bald – bald ist Rita wieder da«, sagte Enno nach kurzem Zögern.

»Enno, dir geht's nicht gut, das sehe ich doch. Hast du dich übergeben?«, fragte Mads besorgt.

»Ja, du hast recht. Ich denke, dass das noch die Nachwirkungen von dem schlechten Essen waren. Jetzt geht es mir wieder besser.«

»Liegt das wirklich nur am Essen?«

»Klar«, antwortete Enno und machte eine Handbewegung, als wollte er die Aufregung herunterspielen, doch Mads war nicht überzeugt.

»Soll ich dich zum Arzt fahren?«, schlug er vor.

»Auf keinen Fall. So eine kleine Lebensmittelvergiftung haut einen Enno nicht um.« Er lachte, doch es klang nicht wie das ehrliche Lachen, das Mads von ihm gewöhnt war.

»Du weißt, wenn dich was beschäftigt, kannst du damit jederzeit zu mir kommen.«

»Natürlich, ich weiß das sehr zu schätzen. Es liegt wirklich am Essen. Aber schön zu wissen, dass du dich sorgst.«

»Logisch, wir sind Freunde.«

»Freunde«, wiederholte Enno nickend und berührte Mads' Oberarm. »Wow, beeindruckend. Angespannt?«

»Nein«, sagte Mads und lachte.

»Unglaublich. Fühlt sich an, als hättest du Stahl da drin.« Wie zum Vergleich drückte er auf seinen Oberarm. »Nicht mal annähernd.«

Nun lachte Enno so herzlich, wie Mads es von ihm kannte, sein authentisches Lachen. Dennoch war Mads nicht gänzlich überzeugt, dass wirklich alles in Ordnung war, doch er wollte Enno keinen Druck machen und ihn zwingen, nach Hause zu gehen.

»Du musst dir echt keine Sorgen machen«, bekräftigte Enno noch einmal. »Mir geht es gut und Rita hat sich eben gemeldet.«

»Das ist schön. Ich hoffe, bei ihr ist alles okay.«

»Ihr geht es hervorragend, aber sie vermisst mich total, und das Beste: Sie hat eine kleine Überraschung für mich.« Enno warf Mads einen bedeutungsvollen Blick zu.

»Verstehe«, gab Mads zurück. »Freitag ist ja schon bald. Wollen wir zu Pietro oder soll ich dich doch zum Arzt fahren?«

Enno winkte ab. »Auf zu Pietro. Ist es okay, wenn ich mir einen leckeren Pfannkuchen im *Café Wichtig* gönne?«

»Ist das eine gute Idee, bei deinen Magenproblemen?«

»Und ob. Niemand macht so köstliche Pfannkuchen wie die.« Enno strahlte voller Vorfreude.

Wie ein Kind, dachte Mads, aber diese liebenswert naive, einfache Art mochte er an seinem Kollegen.

»Vielleicht gönne ich mir auch einen«, sagte er.

»Sicher? Du hast gestern schon mit der Crème brûlée gesündigt.«

»Verstehe, du möchtest die Pfannkuchen für dich allein«, neckte Mads.

»Du hast mich durchschaut.«

***

Als sie wenig später die Terrasse des Café Wichtig betraten, saß Pietro bereits dort und erwartete sie.

»Wollt ihr rein oder ist draußen okay?«, fragte er nach der Begrüßung.

»Für mich passt das«, antwortete Mads und auch Enno stimmte zu.

Der Kellner kam und nahm die Getränkebestellung auf.

»Möchtet ihr was essen?«, fragte er dann.

»Für mich nicht, danke«, antwortete Pietro.

»Ich nehme den Pfannkuchen mit Erdbeermarmelade«, meldete Enno.

»Dem schließe ich mich an. Du solltest das auch tun, du wirst es nicht bereuen«, sagte Mads an Pietro gerichtet. »Außerdem geht das auf Polizeispesen, da das hier ein offizielles Gespräch ist. Besser, wir strapazieren das Budget als Gustav mit Albert als Gast.«

Pietro lachte. »Na dann, warum nicht.«

Der Kellner notierte die Bestellung und ging nach drinnen.

»Danke, dass du Zeit für uns gefunden hast«, begann Mads.

»Wenn ich helfen kann, gern.«

»Lass mich raten, Emma hat dich gestern schon ausgequetscht?«

Wieder lachte Pietro. Er war so ganz anders als sein Ehemann, zum Beispiel viel sportlicher. Zudem war er jünger als Amir und trug eine Glatze, allerdings nicht, weil seine Haare sich lichteten, sondern weil er das schön fand. Mit seinem unglaublich markanten Gesicht, den grünen Augen, den vollen Lippen und den hohen Wangenknochen sah er fast aus wie ein Laufstegmodel, was durch seinen trainierten Körper noch betont wurde. Allerdings war er etwas kleiner als Mads.

»Du darfst Emma das nicht krummnehmen, sie macht nur ihren Job und zwar mit Herzblut.«

»Ich nehme ihr das auch nicht übel, und du hast recht, sie ist eine ausgezeichnete Journalistin.«

»Das solltest du ihr mal sagen. Ich glaube, sie hat den Eindruck, du würdest ihre Arbeit nicht schätzen«, mahnte Pietro.

Dieser Satz berührte Mads, denn dieses Gefühl wollte er Emma keinesfalls geben. Es nervte ihn nur, dass sie sich sehr gern in laufende Ermittlungen einmischte, jedoch äußerst ungern Informationen teilte. Sie redete sich jedes Mal mit dem Informantenschutz raus, scheute sich zugleich jedoch nicht, bei Mads Informationen abzugreifen.

Machst du am Ende nicht das Gleiche?, meldete sich eine kritische Stimme in ihm.

Er sah Pietro ernst an. »Ich liebe Emmas Artikel. Sie hat einen Superschreibstil, genau wie Amir. Nur wegen ihnen beiden habe ich die Ostseezeitung abonniert.«

Pietro nickte, dann wandte er sich an Enno. »Du warst ja mal Mads' Chef. Emma meinte, mit dir wäre ihre Arbeit leichter gewesen. Aber ich stecke da nicht so drin wie Amir. Es gab da ja einiges Hin und Her.«

Natürlich hat Emma das so gesagt, dachte Mads. Logisch, dass die Zusammenarbeit mit Enno für sie unkomplizierter gewesen war, weil sie gewusst hatte, wie sie ihn manipulieren konnte, nur deshalb hatte er sie mit wertvollen Informationen versorgt.

»Stimmt, das war eine schräge Zeit, aber zum Glück gehört sie der Vergangenheit an«, erwiderte Enno, er wirkte etwas verkrampft.

Der Kellner unterbrach ihre Unterhaltung und servierte die Getränke.

»Wir müssen dir ein paar Fragen stellen wegen der Sache in der Kneipe in Hamburg«, lenkte Mads nun das Gespräch auf das Wesentliche, auch wenn er gern einfach nur mit Pietro quatschte. Er war ihm sehr sympathisch und Mads entging nicht, dass immer mal wieder Frauen in Pietros Richtung schielten. Sie wussten vermutlich nicht, dass ihr Interesse vergebens war.

»Was möchtest du denn wissen?«, fragte Pietro.

»Kennst du Ronald Henke?«

»Leider«, antwortete er, ohne zu zögern.

»Wie meinst du das?«

»Das ist ein ganz schrecklicher Kerl. Ich kannte ihn schon, bevor ich Amir kennengelernt habe.«

»Wo hast du ihn denn das erste Mal getroffen?«, fragte Mads. Mit so einer Antwort hatte er nicht gerechnet.

»Das war in Köln, ist bestimmt sieben oder acht Jahre her. Ich war mit Freunden im *Rico,* um den schönen Nachmittag bei einem Cocktail auf der Terrasse zu genießen, da ist er mir gleich aufgefallen.«

»Bei der Körpergröße kein Wunder«, bemerkte Enno.

»Du sagst es. Aber es war nicht die Größe, die mir in Erinnerung geblieben ist, sondern dieser durchdringende Blick. Er hat einen mit den Augen regelrecht ausgezogen.«

»Was ist damals passiert?«, erkundigte sich Mads.

»Dreimal Pfannkuchen«, unterbrach sie der Kellner erneut, servierte das Essen und entfernte sich wieder.

»Bin gespannt, wie der schmeckt«, sagte Pietro.

»Du hast hier noch nie Pfannkuchen gegessen?«, fragte Enno erstaunt.

»Ehrlich gesagt nicht.«

»Vertrau mir, du wirst süchtig danach.« Enno griff nach der Marmelade und schmierte sich eine ordentliche Portion davon auf den Pfannkuchen. Anschließend spießte er ein großes Stück auf die Gabel und ließ es in seinem Mund verschwinden. »Gibt fast nix Besseres«, sagte er kauend.

Pietro folgte seinem Beispiel und nickte bestätigend. »Sehr

lecker.« Dann schaute er wieder Mads an. »Um auf Henke zurückzukommen. Ich habe den Idioten ignoriert, aber abends waren wir am Rudolfplatz in einer Gay-Bar, und da stand er wieder. Als ich am Tresen was bestellt habe, hat er mich angesprochen.«

»Hat er sich mit seinem echten Namen vorgestellt?«, fragte Mads. Henke schien seine Homosexualität streng geheim zu halten. Möglicherweise war er damals extra nach Köln gefahren, weil ihn dort keiner kannte und er keine Angst haben musste, entdeckt zu werden.

»Nein, natürlich nicht«, antwortete Pietro. »Er hat sich als Peter vorgestellt und versucht, mir ein Gespräch aufzudrängen, worauf ich aber nicht eingegangen bin. Er hat mich die ganze Zeit angestarrt und mir damit komplett den Abend ruiniert. Daraufhin habe ich mit meinen Freunden die Bar verlassen und wir sind auf die Ringe gegangen, dort ist er nicht mehr aufgetaucht.«

»Das heißt, du hast ihn an dem Abend nicht mehr gesehen?«

»Nein, auch danach eine ganze Zeit nicht, erst wieder in Hamburg. Ich habe ihn gleich erkannt, während er so getan hat, als könnte er sich nicht an mich erinnern. Er hat mich ignoriert, was mir nur recht war. Am liebsten hätte ich umgehend die Bar verlassen, aber Pietro hatte Spaß und wir waren mit Freunden da, ich wollte ihnen nicht den Abend vermiesen.«

»Bist du zu dem Zeitpunkt immer noch davon ausgegangen, dass er Peter heißt?«, fragte Enno.

»Klar. Bis Amir ihn entdeckt hat und über ihn hergezogen ist. Er hat sich fürchterlich darüber aufgeregt, dass ›Ronald Henke‹ nicht zu seiner Homosexualität steht, worauf ich gesagt habe: ›Der heißt doch Peter, den habe ich vor Jahren mal in Köln gesehen.‹ Da hat mich Amir aufgeklärt, dass Henke in Niendorf wohnt und sicherlich nur nach Köln reist, weil ihn da keiner kennt und er die Leute mit seiner Fake-Identität verarschen kann. Kaum hatte er mir das erzählt, habe ich gesehen, wie Henke mit Hubert Stöcken die Kneipe verlassen hat. Sie hatten es sehr eilig. Amir konnte das nicht sehen, weil er ihnen den Rücken zugekehrt hatte.«

»Du bist dir sicher, dass Hubert Stöcken bei ihm war?«, vergewisserte sich Mads und steckte sich das letzte Stück Pfannkuchen in den Mund.

»Ganz sicher, ich kenne Hubert. Dass er gay war, hätte ich allerdings nicht gedacht. Andererseits gehen auch Heten in Gay-Kneipen, das muss also nichts heißen.«

»Aber warum verlässt er dann die Kneipe so hastig?«, fragte Enno.

»Die gleiche Frage hat mir auch Amir gestellt. Vielleicht weil er doch schwul oder bisexuell war, vielleicht aber auch, weil Henke ihn dazu gedrängt hat, damit er nicht auffliegt.«

Mads nickte. Der Gedanke war nicht von der Hand zu weisen. Möglicherweise hatte Hubert seinen Freund nur schützen wollen, weil dieser sich nicht eingestehen konnte, dass er auf Männer stand. Dass Henke nur so in der Kneipe gewesen war und das nichts mit seiner Sexualität zu tun hatte, konnte sich Mads nicht vorstellen. Gerade weil er auch in Köln in einer Gay-Bar und dem *Café Rico* gesehen worden war. Letzteres erfreute sich bei der Homosexuellen-Community in Köln großer Beliebtheit, galt jedoch nicht als reines Gay-Lokal. Auf jeden Fall wussten sie jetzt mit ziemlicher Sicherheit, dass Henke homosexuelle Neigungen hatte, aber machte ihn das zu einem Mörder?

Natürlich nicht. Zudem fehlte das Motiv.

»Möchtet ihr noch etwas?«, fragte der Kellner.

»Einen Espresso?«, fragte Mads in die Runde.

Beide stimmten zu und der Kellner ging wieder in den Innenraum des Cafés.

»Hast du Stöcken mal auf den Abend angesprochen, als du ihn wiedergesehen hast?«, erkundigte sich Enno.

»Nein. Ich wollte nicht aufdringlich sein«, antwortete Pietro.

Enno sah an Pietro vorbei und stellte bewundernd fest: »Ich dachte immer, dass Mads einen Schlag bei den Frauen hat, aber ist dir aufgefallen, wie dich die Frauen anstarren?«

Pietro lachte. »Ich bin glücklich vergeben und Frauen sind leider nicht mein Geschmack, auch wenn ich den weiblichen Körper und Frauen an sich sehr bewundere.«

»Dann solltest du mir mal einen Tag deinen Körper ausleihen«, gab Enno zurück, schlug sich aber sofort die Hand vor den Mund und stammelte: »Vergiss das. Ich bin in einer sehr glücklichen Beziehung. Niemals würde ich …«

Mads prustete los und auch Pietro stieg in das Lachen ein.

»Ihr drei scheint ja Spaß zu haben«, bemerkte der Kellner amüsiert, als er mit den Espressi zu ihnen kam, dann reichte er Pietro einen Zettel. »Der ist von der Blonden da drüben.«

Pietro las ihn und gab ihn dem Kellner zurück. »Sag der Hübschen bitte, dass ich mich sehr geehrt fühle, aber einen wunderbaren Mann habe.«

»Ich wusste, dass du das sagst, trotzdem wollte sie unbedingt, dass ich dir den Zettel gebe«, erwiderte der Kellner, der Pietro natürlich kannte, da er wie Mads ein Stammgast im Café war.

»Hast du Hubert später noch mal in einer Schwulenkneipe gesehen?«, fragte Mads nach der kurzen Unterbrechung.

»Nein, seit ich mit Pietro zusammen bin, gehen wir nicht mehr so steil, erst recht nicht, seit wir verheiratet sind.«

In diesem Moment ging Mads ein Gedanke durch den Kopf. Sie mussten sich auf jeden Fall noch einmal mit Carola Stöcken unterhalten.

44

Gustav hoffte, dass Tim mit Alberts Hilfe herausfinden würde, wie die beiden Jugendlichen hießen. Einen von ihnen hatte er wiedererkannt, er hatte ihn vor einigen Tagen vor dem Haus seiner Nichte gesehen und angenommen, dass er in der Wohnanlage wohnte. Dass er Lena da möglicherweise schon ausspioniert hatte, bereitete ihm Sorgen, allerdings wollte er nicht gleich den Teufel an die Wand malen. Die Kollegen von der Streife sollten nur Augen und Ohren offen halten und ihn sofort informieren, wenn sie einen von beiden sahen, zu diesem Zweck hatte er die KI-Bilder gleich an alle weitergegeben.

Jetzt war er auf dem Weg zu Anita Seiler, Carolas Freundin. Da sie in Timmendorf wohnte, war Gustav zu Fuß gegangen, um ein wenig frische Luft zu tanken.

Als er das Einfamilienhaus erreichte, kam sie ihm schon aus der Tür entgegen.

»Moin, Gustav«, grüßte sie ihn.

»Moin, Anita.«

»Wie kommt es, dass du zu mir willst? Hast du mich nach dem Treffen beim Italiener vermisst?«

»Ich muss mit dir sprechen«, antwortete Gustav, ohne auf die Anspielung mit ihrer Begegnung im *Da Antonio* einzugehen.

»Worüber?«, fragte sie, dabei schaute sie ihn aus ihren blauen Augen freundlich an. Sie war ein paar Jahre jünger als Gustav, Mitte fünfzig, und es hatte eine Zeit gegeben, da hatten sie sich sehr gut verstanden. Leider hatte Anita sich falsche Hoffnungen gemacht und angenommen, dass Gustav an einer

Beziehung Interesse gehabt hätte, dabei wollte er nur eine gute Freundschaft. Nach dem viel zu frühen Tod seiner großen Liebe Alva hatte Gustav sich nie wieder verliebt. Soweit er wusste, hatte Anita nie geheiratet und keine Kinder, aber Jutta hatte ihm erzählt, dass sie in einer Beziehung sei.

»Können wir im Haus weiterreden?«, bat er.

»Du machst es ja spannend. Na, dann komm doch rein«, antwortete sie und Gustav folgte ihr ins Haus.

Das Innere des Hauses passte zum ersten Eindruck, den der hübsche, gepflegte Vorgarten vermittelte. Anita hatte einen grünen Daumen und ein gutes Händchen für die Einrichtung.

»Möchtest du was trinken?«, fragte sie und lächelte, was ihre Grübchen zum Vorschein brachte und ihre positive Ausstrahlung unterstrich. Sie legte eine Strähne ihrer langen braunen Haare hinters Ohr.

»Zu einem Glas Wasser würde ich nicht Nein sagen«, antwortete Gustav.

»Sollst du haben«, sagte sie, trat in die offene Wohnküche, öffnete den Kühlschrank, holte eine Flasche Wasser heraus und füllte zwei Gläser.

Gustav war ihr gefolgt und nahm eines davon dankend entgegen, dabei wanderte sein Blick zu einem kleinen Bilderrahmen, in dem ein Foto von Anita mit einem Mann um die sechzig zu sehen war.

»Das ist mein Freund«, erklärte sie, da sie Gustavs Blick gefolgt war.

»Macht einen netten Eindruck.«

»Stimmt. Er hat das Herz am rechten Fleck und ich kann mich auf ihn verlassen, das ist mir sehr wichtig.«

»Das klingt nach einer guten Partnerschaft.«

»Was ist mit dir?«

»Noch immer Single«, antwortete Gustav und trank einen Schluck.

Sie schaute Gustav mit ihren verträumten, fragenden Augen an, dann lächelte sie und wieder wurden ihre Grübchen sichtbar.

»Du weißt, dass es da dieses Gerücht gab«, sagte sie.

»Was für ein Gerücht?«

»Dass du und Albert ein heimliches Paar wärt.«

»So was Albernes, Albert ist mein jüngerer Bruder«, erwiderte Gustav.

Er wusste von dieser dummen Klatschgeschichte, hatte ihr aber nie besondere Beachtung geschenkt, weil sie so sehr an den Haaren herbeigezogen war.

»Ich weiß. Einige haben damals halt nicht verstanden, warum du den schönsten Mädchen im Dorf einen Korb gegeben hast.«

»Mit einigen meinst du wohl deine Freundinnen«, stellte Gustav klar. »Mein Herz hat allein Alva gehört.«

»Zu dem Zeitpunkt war sie bereits verstorben.«

»Trotzdem gehört es ihr, damals wie heute«, erwiderte Gustav. Er verstand nicht, warum Anita diese alten Wunden wieder aufriss.

Anita seufzte leise. »Ich habe Alva beneidet und gehasst zugleich. Dafür beneidet, dass sie einen Mann gefunden hatte, der so dumm war, sie auch noch nach ihrem Tod mehr zu lieben als sein eigenes Leben, und dafür gehasst, dass es ausgerechnet der Mann sein musste, den ich geliebt habe.«

»Das ist Vergangenheit, Anita. Wir können die Zeit nicht zurückdrehen«, entgegnete Gustav.

»Zum Glück«, sagte Anita. »Ich bin mittlerweile in einer glücklichen Beziehung, nur manchmal denke ich, was wäre, wenn ich …« Sie stellte ihr Glas ab. »Aber du bist ja nicht hier, um über die alten Zeiten zu reden.«

»So ist es.«

»Dann schieß mal los.«

»Es geht um Carola Stöcken.«

»Du meinst den Mord an Hubert? Habt ihr schon eine Spur?«

»Wir haben ein paar Anhaltspunkte, und ich weiß, dass du mit Carola sehr gut befreundet bist.«

»Wir sind Freunde, aber keine besonders engen«, korrigierte sie ihn. »Ich hatte gestern schon so ein Gefühl, dass wir uns wiedersehen.«

»Wie lange kennst du Carola?«

»Eine ganze Weile. Wir unternehmen hier und da etwas.« Gustav nickte. »Was kannst du über ihre Ehe mit Hubert sagen?«

»Verdächtigst du sie etwa?«

»Nein, aber ich muss mehr über die Beziehung zwischen den beiden erfahren. Reine Routine.«

»Also möchtest du, dass ich meiner Freundin in den Rücken falle?«

»Ich möchte die Wahrheit erfahren«, erwiderte Gustav. »Ich kann mir schon vorstellen, warum du so herumdruckst.«

»Warum?«

»Weil du mich nicht anlügen kannst, das konntest du noch nie. Carola und Hubert hatten Eheprobleme, oder?«

Statt zu antworten, warf Anita ihm diesen Blick zu, den er von früher kannte. Der Blick, der ihm verriet, dass er recht hatte.

45

»Ich muss schon sagen, Pietro ist ein sehr angenehmer und höflicher Mensch«, stellte Enno fest, als sie Richtung Niendorf fuhren.

»Da hast du recht, vor allem ist er nicht so frech wie Amir.« Enno lachte. »Ich liebe eure Kabbeleien, ohne die würde was fehlen.«

»Hoffentlich sind wir nicht wie Albert und Gustav.«

»Ganz sicher nicht. Amirs Sprüche gehen nie unter die Gürtellinie und deine auch nicht. Aber dass dir mal jemand die Show stehlen könnte, hätte ich nicht für möglich gehalten.«

»Wie meinst du das?«

»Ich bin es ja gewohnt, dass die Frauen dich anschmachten, während ich Luft für sie bin, aber Pietro hebt das auf ein anderes Level. Ich weiß nicht, ob ich je einen so hübschen Mann gesehen habe, der dazu auch noch so lieb ist.«

»Du wirst Rita hoffentlich nicht untreu?«, witzelte Mads.

»Wo denkst du hin? Ich hab nur kein Problem damit, zuzugeben, wenn ein Mann gut aussieht.«

Mads grinste zweideutig, worauf Enno einen flirty Augenaufschlag hinlegte, der Mads zum Lachen brachte.

»Vielleicht schmachten die Frauen ihn ja genau deswegen an, weil sie wissen, dass er schwul ist und er sie niemals belästigen würde«, sagte er dann.

»Du meinst, so wie man Babys immer süß findet, obwohl es auch hässliche gibt?«, erwiderte Enno.

»Nicht ganz. Gibt es überhaupt hässliche Babys?«

»Natürlich, ich habe schon einige gesehen«, lästerte Enno.

Es ging ihm mittlerweile deutlich besser. Die Zeit mit Pietro im Café hatte ihm gutgetan, die dunklen Wolken waren weitergezogen, nur eins hatte sich fest in seinen Gedanken verankert: Er würde seinen Plan bald durchziehen müssen.

Keine Ausreden mehr, ermutigte er sich in Gedanken.

»Wollen wir erst die Witwe oder Henke mit den neuen Informationen konfrontieren?«, fragte er.

»Henke. Oder möchtest du lieber zur Witwe?«

»Henke passt schon«, antwortete Enno. Er runzelte die Stirn und dachte nach. »Eifersucht ist ein starkes Motiv. Wenn das alles so stimmt, könnte Hubert ihm zu verstehen gegeben haben, dass das zwischen den beiden keine Zukunft hat und er seine Frau nicht verlässt.«

»Das ging mir auch schon durch den Kopf«, bestätigte Mads.

»Es würde alles passen«, führte Enno seinen Gedanken weiter aus. »Henke wird wütend, er sieht den Bentley vor der Villa, läuft rüber, stellt Hubert zur Rede, es kommt zu einem Wortgefecht, dann zückt er das Messer und schlitzt ihm den Hals auf.«

»Eine Sache wundert mich nur, es gab keine verräterischen Nachrichten zwischen den beiden«, wandte Mads ein. »Jedenfalls hat Tim nichts dergleichen erzählt.«

»Mich wundert das nicht. Henke möchte partout nicht, dass die Welt erfährt, dass er homosexuelle Neigungen hat, da wird er solche Nachrichten ganz sicher nicht an einen verheirateten Mann schicken. So jemand ist äußerst vorsichtig und würde befürchten, dass die Ehefrau die Nachrichten entdecken könnte. Außerdem sind sie Nachbarn, sie sehen sich regelmäßig. Warum also anzügliche Nachrichten schreiben?«

»Stimmt, klingt plausibel«, antwortete Mads, dann erhellte sich seine Miene plötzlich. »Weißt du was?«

»Sieht aus, als hättest du gerade einen Geistesblitz.«

»Lass uns zu Lohse fahren. Gut möglich, dass sie davon wusste. Dann hätten wir noch mehr gegen Henke in der Hand.«

»Das ist eine geniale Idee.«

Mads bog Richtung Paduaweg ab und parkte direkt vor dem Reisebüro, sie stiegen aus.

Sibylle Lohse war allein, und sie wirkte nicht sonderlich begeistert, die beiden Beamten zu sehen.

»Ich habe gleich einen sehr wichtigen Call mit einem Reiseveranstalter, den kann ich nicht verschieben«, sagte sie nach der Begrüßung.

»Nur eine kurze Frage«, erwiderte Mads.

»Das sagen Sie immer. Was wollen Sie wissen?« Lohse verschränkte ihre Arme vor der Brust.

»Wussten Sie, dass Ronald Henke und Hubert eine Affäre hatten?«

Direkte Konfrontation, erst gar nicht so tun, als wüssten wir das nicht. Cleverer Schachzug, dachte Enno.

»Hat sich Carola bei Ihnen ausgekotzt?«, gab Lohse zurück und bestätigte damit, was sie bereits ahnten.

»Wie hat Carola Stöcken davon erfahren?«

»Ich habe es ihr gesagt. Mir blieb keine Wahl«, antwortete Lohse und legte ihre Hände auf den Schreibtisch.

Ein kurzer Blick zu Mads sagte Enno, dass sie ihr Zeit geben sollten, um sich alles von der Seele zu reden.

Lohse atmete durch, dann fuhr sie fort: »Carola hat geglaubt, dass Hubert und ich eine Affäre haben, dabei habe ich ihn bloß eine Zeit lang gedeckt. Für Hubert war das alles ein Spiel, er war nicht schwul, fand es aber irgendwie aufregend. Vermutlich hatte er sich schon ein bisschen in Henke oder seine Persönlichkeit verliebt ...« Sie brach ab. »Seine Persönlichkeit«, wiederholte sie spöttisch. »Huberts Gedankengänge konnte man manchmal wirklich nicht nachvollziehen.« Sie schaute Mads an, ihr Atem wurde schwerer. »Was hätte ich denn machen sollen? Er war mein Freund, und natürlich habe ich ihn gedeckt, als Carola stutzig geworden ist. Einmal hat sie mich angepflaumt und mir unterstellt, dass ich eine Affäre mit Hubert hätte, weil der Trottel einen Knutschfleck am Hals hatte. Da habe ich Hubert gesagt, dass er entweder seiner Frau die Wahrheit erzählen muss oder ich das Spiel nicht weiter mitspielen kann.«

»Wie hat er darauf reagiert?«

»Er hat Verständnis gezeigt, behauptet, dass das nur eine Spielerei sei und er ja gar nicht schwul. Ronald würde ihm einfach guttun.«

»Er hat seiner Frau aber nichts davon erzählt?«, vergewisserte sich Enno.

»Nein, natürlich nicht. Vor einem guten Monat rauschte Carola in mein Reisebüro und rastete total aus, sie schlug mir ins Gesicht, weil ich ihr angeblich den Mann wegnehmen wolle. Da ist mir rausgerutscht, dass ihr Mann sich von einem Kerl ficken lässt.«

Ihre Augen blitzten und sie atmete heftig, als würde sie die Szene gerade noch einmal erleben.

»Wie hat Carola Stöcken darauf reagiert?«, fragte Mads.

»Sie hat mich beschimpft und der üblen Nachrede bezichtigt, aber ich habe in ihren Augen gesehen, dass sie mir geglaubt hat. Bevor sie wieder raus ist, hat sie noch gesagt, sie würde es mir sehr übel nehmen, dass ich ihr nichts davon erzählt habe, ich sei deshalb keinen Deut besser als ihr Mann.« Nachdenklich senkte sie den Blick.

»Hat Hubert die Affäre daraufhin beendet?«

Lohse hob den Blick wieder. »Das war aber jetzt mehr als eine Frage«, erwiderte sie zynisch.

Mads und Enno sahen sie schweigend an.

»Hubert hat Carola trotz ihrer Unterschiede geliebt«, fuhr sie schließlich fort. »Ich weiß nicht, was im letzten Monat passiert ist, ob es ein klärendes Gespräch zwischen den beiden gegeben hat oder so. Jedenfalls hat er mir nichts davon erzählt und ich habe nicht nachgefragt. Manchmal war es besser, wenn man bei Hubert nicht weiter nachbohrte, er konnte ein ziemlich sturer Kerl sein. Allerdings hat er die Affäre beendet, das weiß ich.«

»Wie hat Henke darauf reagiert?«

»Keine Ahnung, wie gesagt, Hubert hat nicht darüber gesprochen. Er hat grundsätzlich nicht viel über seine Affäre mit Henke geredet. Henke wollte eh nicht, dass die Leute wissen, dass er homosexuelle Neigungen hat. Das hat Hubert akzeptiert, weil er auch nicht wollte, dass die Leute von dieser Affäre erfuhren. Er hatte schließlich Sorge um seinen Ruf als Notar. Irgendwie saßen die beiden im selben Boot.«

Dieser Satz stimmte Enno nachdenklich. Es steckte viel Wahrheit in diesen einfachen Worten und sie waren auf eine Menge Situationen übertragbar.

46

Niendorf

Dass sie sich zuerst mit Sibylle Lohse unterhalten hatten, hatte sich als Glücksgriff erwiesen. Sie hatten dadurch noch mehr gegen Henke in der Hand.

»Wenn der Täter heute gesteht, nehmen wir uns morgen frei«, sagte Mads zuversichtlich.

»Wir?« Enno schaute Mads überrascht an.

»Klar, dann fahren wir zwei morgen in die Ostsee Therme, wenn du Lust hast. Einfach mal einen Tag relaxen, es uns gut gehen lassen. Wie gesagt, wenn du Lust hast, und bis Rita zurückkommt, wären wir schon wieder raus.«

»Da musst du mich nicht zweimal fragen. Dir ist aber klar, dass wir auch die Rutschen benutzen werden. Ich hoffe, du hast keine Höhenangst«, sagte Enno und rieb sich voll Vorfreude die Hände.

»Sehe ich aus, als hätte ich Höhenangst?«, gab Mads trocken zurück.

»Dumme Frage. Gibt es überhaupt etwas, wovor ein Mads Johannsen Angst hat?«

»Jedenfalls nicht vor Höhe«, antwortete Mads und zwinkerte ihm zu.

Das war nicht mal gelogen, er hatte sich schon in vielen Situationen befunden, in denen Angst durchaus angebracht gewesen wäre. Bevor er zurück zur Polizei nach Timmendorf gegangen war, hatte er einige Jahre bei einer geheimen Spezialeinheit der Bundeswehr gedient, die in Afghanistan und anderen Krisenherden stationiert gewesen war. Eine Zeit, die ihn sehr geprägt hatte. Dort hatte er gelernt, dass die Angst einem den Tod bringen konnte und man sie deshalb besser schnell ablegte.

Dennoch kannte Mads Angst, Angst, dass einem seiner Familienmitglieder etwas passieren könnte, seiner Freundin Victoria oder seinen besten Freunden wie Emma und Amir.

Vor allem Emma, dachte Mads, weil sie ein Talent dafür hatte, Gefahren anzuziehen.

»Ich kann dir gern ein paar ausleihen, zum Beispiel meine Phobie vor Schlangen«, sagte Enno. »Wie gut, dass es hier keine Schlangen gibt. Ich könnte nie nach Australien reisen, da soll es ja nur so vor Schlangen wimmeln. Der Inlandtaipan, die giftigste Schlange der Welt, lebt dort.« Enno schüttelte sich. »Stell dir vor, du denkst nichts Böses, willst deine Schuhe anziehen und da hat es sich so ein Vieh in deinem Schuh gemütlich gemacht. Der blanke Horror.«

»In Deutschland haben wir auch Schlangen, und der Inlandtaipan ist um die zwei Meter lang, den würdest du sehen, ehe du dir die Schuhe anziehst.«

»Trotzdem, lieber gar nicht erst so ein Risiko eingehen«, beharrte Enno. »Die deutschen Schlangen sind ja harmlos, wobei ich denen auch nicht begegnen möchte. Aber stell dir mal vor, dass da plötzlich eine Kobra, ein Inlandtaipan oder eine Würgeschlange vor dir auftaucht. Ich habe mal gelesen, dass ein Netzpython in Indonesien eine ganze Frau verschluckt hat. Das hat sicherlich für einige Tage satt gemacht. An mir hätten die wochenlang was zu verdauen. Ich glaube, ich wäre eine begehrte Mahlzeit für einen Netzpython.« Enno klopfte sich auf den Bauch und lachte dabei auf eine Weise, die Mads so mochte.

Überhaupt war ihm aufgefallen, dass es Enno deutlich besser ging, seit sie im *Café Wichtig* gewesen waren. Vielleicht hatte er sich wirklich nur den Magen verdorben und jetzt war er wieder ganz der Alte. Sollte er irgendwann wieder derart neben der Spur sein, würde Mads sich allerdings nicht so schnell abspeisen lassen. Ob Enno eine ernste Krankheit hatte?

»Was hältst du davon, wenn wir Amir und Pietro fragen, ob sie mit in die Therme wollen? Wir könnten uns einen Männertag machen«, schlug Enno vor.

»Vermisst du Pietro etwa schon?«, witzelte Mads. »Klar, können wir machen. Ich weiß nur nicht, ob sie zusammen frei haben.«

»Ein Anruf beantwortet diese Frage. Na ja, wir wissen ja nicht mal, ob Henke tatsächlich unser Täter ist. Wir sollten keine großen Pläne machen, bevor wir ein Geständnis haben.«

»Auf jeden Fall«, erwiderte Mads.

Kurz darauf erreichten sie die Anschrift von Henke, stiegen aus und klingelten.

»Er kommt«, sagte Enno und schaute nach rechts auf die Straße.

Mads folgte seinem Blick. Tatsächlich, da fuhr Henke auf dem Fahrrad, bei seiner Größe war er leicht zu erkennen.

Henke bremste vor seinem Haus und stellte sein Fahrrad ab.

»Moin, kommen Sie doch bitte rein«, sagte er und schloss die Haustür auf.

Mads und Enno folgten ihm.

Henke schien gut gelaunt, er hatte ein Kuchenpaket vom Bäcker in der Hand.

»Hatte Lust auf was Süßes«, bemerkte er, stellte das Paket ab und wandte sich wieder an Mads und Enno. »Wie kann ich Ihnen helfen?«

Ein Blick zu Enno verriet Mads, dass sein Kollege ihm den Vortritt lassen wollte.

»Möchten Sie uns vielleicht etwas erzählen?«, fragte Mads. Er wollte Henke die Möglichkeit geben, von sich aus mit der Wahrheit herauszurücken.

»Ich wüsste nicht, was. Worauf wollen Sie hinaus?«

»Auf Ihre Beziehung zu Hubert Stöcken.«

»Das hatte ich doch schon gesagt. Wir waren freundschaftlich verbunden, er war ein angenehmer Nachbar.«

»Waren Sie also nur Freunde und Nachbarn?«, hakte Mads nach.

Henke schaute ihn verständnislos an. »Möchten Sie mir nicht sagen, worauf Sie hinauswollen? Ich bin kein Freund von Ratespielen.«

»Und ich keiner von Geheimnissen«, konterte Mads.

»Was für Geheimnisse?«

»Wir wissen von Ihren homosexuellen Neigungen.«

»Wovon?« Henkes Augen weiteten sich und er fuhr sich mit der Zunge über die Lippen.

»Herr Henke, Sie sollten diese Spielchen in Ihrem eigenen Interesse sein lassen. Wir wissen aus mehreren Quellen, dass Sie homosexuelle Neigungen haben. Wenn Sie nicht möchten, dass das an die Öffentlichkeit kommt, ist das Ihr gutes Recht, aber hier geht es um einen Mordfall. Da können wir auf persönliche Befindlichkeiten keine Rücksicht nehmen.«

»Was hat meine Sexualität mit Ihren Ermittlungen zu tun?«, beschwerte sich Henke und machte damit sein erstes Eingeständnis.

»Eine Menge. Wir wissen, dass Sie eine Affäre mit Hubert Stöcken hatten.«

»Das ist eine unverschämte Unterstellung«, platzte Henke heraus.

Mads gab ihm kurz Zeit, sich zu beruhigen.

Enno warf ihm einen Seitenblick zu, dann sagte er freundlich zu Henke: »Sie sollten jetzt wirklich die Wahrheit sagen. Sie machen es sonst nicht nur schlimmer, sondern belasten sich am Ende noch selbst damit.«

Henke schluckte und schaute auf Enno herab, der den Kopf zu ihm erhoben hatte.

»Und wenn schon, das hat doch nichts zu sagen«, antwortete er dann.

»Wann hat die Affäre begonnen?«

»Es war keine wirkliche Affäre, eher ein Techtelmechtel, eine Flirterei«, lenkte er ein. »Hubert und ich haben uns schon immer gut verstanden, haben tolle Gespräche geführt, und eines Abends, nach ein paar Gläsern Wein, habe ich ihm zum Abschied einen Kuss auf den Mund gegeben. Es ist einfach passiert, ich war betrunken und fühlte mich in dem Moment zu ihm hingezogen. Er hat auch keine Szene daraus gemacht, sondern den Kuss erwidert und gesagt, dass wir das unbedingt wiederholen sollten.« Henke fuhr sich übers Gesicht und starrte ins Leere.

»Ist es zu einer Wiederholung gekommen?«, fragte Mads.

Henke gab sich einen Ruck und sah zu Mads. »Ja, warum auch nicht? Wir sind beide erwachsene Menschen und haben uns gut verstanden. Es waren keine Gefühle im Spiel und es kam nicht oft vor.«

»Sicher, dass Sie keine Gefühle für Hubert hatten?«, bohrte Mads weiter. Er nahm Henke dieses Herunterspielen der Affäre nicht ab.

»Absolut. Ich bin nicht schwul«, reagierte Henke scharf.

»Warum hat man dann Sex mit einem Mann?«, gab Enno spontan zurück.

»Wir haben nur geknutscht, wir hatten keinen Sex.«

»Herr Henke, wir waren gerade auf einem guten Weg«, sagte Mads. »Wir wissen, dass Sie eine Affäre hatten, und wir wissen, dass Sie sich regelmäßig in Gay-Bars oder Kneipen aufhalten. Uns interessiert Ihre Sexualität nicht und es gibt keinen Grund, sich für seine Vorlieben zu schämen. Wir wollen einzig und allein die Wahrheit über Ihre Beziehung zu Herrn Stöcken erfahren.«

»Sie haben ja keine Ahnung«, reagierte Henke hitzig.

»Mein Vater hat mich krankenhausreif geschlagen, als er ein Schwulenmagazin unter meiner Matratze gefunden hat. Ich möchte ja auch gar nicht schwul sein, das ist einfach passiert.«

Mads hatte so etwas bereits geahnt. Viele Ängste oder Phobien wurden durch Ereignisse in der Kindheit oder Pubertät ausgelöst.

»Sie haben sich in Hubert verliebt«, sagte Enno in mitfühlendem Ton, »und glauben Sie mir, ich weiß, wie es ist, wenn diese Gefühle nicht erwidert werden. Ich habe mich in der Schule mal unsterblich in ein Mädchen verliebt, aber sie hat mich nicht mal beachtet. Ich war Luft für sie. Das tat verdammt weh.«

»Was meinen Sie, wie weh das tut, wenn dieser eine Mann Sie beachtet, aber nur wegen seines Hausdrachens nicht zu Ihnen stehen kann?«, entgegnete Henke verbittert.

Mads hätte Enno am liebsten auf die Schulter geklopft. Seine Worte mussten eine Blockade bei Henke gelöst haben.

»Hat Carola Stöcken Sie zur Rede gestellt?«, fragte er, um die Gunst der Stunde zu nutzen.

»Nein, natürlich nicht, dann hätte sie sich ja eingestehen müssen, dass ihr Mann schwul ist. Das hätte eine Person wie Carola niemals getan, eher hätte sie Hubert eine Affäre mit einer Frau verziehen als mit einem Mann.«

»Also hat sie ihren Ehemann zur Rede gestellt.«

»Ja, aber sie hat dabei so getan, als hätte er was mit einer jungen Frau am Laufen. Sie hat ihn vor die Wahl gestellt: Entweder beendet er das Ganze sofort oder sie trennt sich von ihm, dann müsste er allerdings die Villa umgehend verlassen. Er solle sich seine Entscheidung sehr genau überlegen, weil er damit nicht nur seine Ehe wegwerfen, sondern auch seinen Ruf als Notar aufs Spiel setzen würde.«

»Da Herrn Stöcken sein Ruf und seine Karriere aber alles

bedeuteten, hat er die Affäre mit Ihnen beendet«, schlussfolgerte Mads.

»So ist es. Nichts war Hubert wichtiger als seine Karriere. Nur deswegen hat er Carola überhaupt geheiratet.« Henke atmete durch. »Ich habe Hubert verstanden, auch wenn es wehgetan hat, und irgendwie habe ich immer gehofft, dass er irgendwann zu mir zurückkehrt.«

»Wegen dieses Vorfalls wollte Herr Stöcken dann vermutlich die Reise stornieren, richtig?«, tippte Mads.

Stöckens Ehe war ein einziger Scherbenhaufen gewesen. Er hatte sich zwar für seine Frau entschieden, aber eine monatelange Reise mit ihr auf hoher See war vermutlich zu viel für ihn gewesen.

Henke nickte. »An dem Tag, als er das Magazin unter meiner Matratze gefunden hat, hat mein Vater mein Leben zerstört«, flüsterte er. »Ich habe nie jemanden richtig geliebt, bis Hubert in mein Leben getreten ist. Da wusste ich plötzlich, was echte Liebe bedeutet.«

»Hatten Sie danach noch mal Kontakt zu Carola?«, erkundigte sich Mads.

»Nein. Ich habe sie gestern auf dem Weg zum Bäcker gesehen, und sie hat die Straßenseite gewechselt, als sie mich erkannt hat.« Henkes Blick wurde ernst. »Ich habe Hubert nicht getötet, ich habe ihn geliebt.«

47

Jutta klopfte ihrem Sohn auf den Oberschenkel. »Ich kann dir da leider nicht weiterhelfen«, sagte sie.

Gustav hatte sie zu einer Runde Kaffee und Kuchen auf die Terrasse der *Bäckerei Junge* eingeladen und ihr ein paar Fragen zur Ehe von Carola und Hubert Stöcken gestellt.

»Ich hatte nicht den Eindruck, dass die beiden Eheprobleme haben, aber mir würde kein Grund einfallen, warum Anita dich belügen sollte.«

»Mir auch nicht.«

»Zumal du immer einen besonderen Platz in ihrem Herzen hattest. Du hättest sie damals zur Freundin nehmen können.«

»Hättest du nach Papas Tod eine neue Beziehung eingehen können?«, gab Gustav zurück.

»Das war doch etwas anderes, mein Sohn, ich war schon viel älter und hatte erwachsene Kinder. Du warst damals jung, du hättest eine eigene Familie gründen können.«

»Hätte ich nicht. Alva war die Liebe meines Lebens, keine Frau hätte ihr gerecht werden können, ich hätte alle mit ihr verglichen. Gerade du müsstest das doch verstehen.«

Jutta nickte nur, berührte Gustavs Hand und schaute ihn mit ihren warmherzigen Augen an. Es lag kein Tadel in ihrem Blick, sondern nur Liebe. Nichts anderes hatte Gustav in all den Jahren in ihren Augen gesehen, auch wenn er ihr ganz sicher öfter einen Grund für Vorwürfe und Kummer gegeben hatte.

Einen Moment war es still, sogar Meiko, der zu Juttas Füßen lag, schien zu schlafen. Gustav ließ den Blick zur Seebrücke und zur Ostsee schweifen. Es herrschten angenehme Temperaturen, die Sonne schien und über ihren Köpfen breitete sich der strahlend blaue Himmel aus. Zwei Möwen kreisten über dem Platz vor der Seebrücke.

»Lena wird ihren Weg gehen«, durchbrach Jutta das kurze Schweigen. »Ich bin stolz auf sie und natürlich auf Albert und dich, dass ihr nie müde werdet, Lena zu unterstützen.«

»So wie ich Albert kenne, wird er noch Kapital aus Lenas Förderprogramm schlagen und es am Ende als seine Idee verkaufen«, gab Gustav ironisch zurück.

»Denk nicht so schlecht von ihm, das wird er nicht. Wenn das Programm aber hilft, die Gemeinde in einem guten Licht dastehen zu lassen, wäre es sogar sein gutes Recht, das zu tun«, hielt Jutta dagegen. »Du weißt, wenn du Albert einen Tag lang nicht ärgern würdest, würde er dich auch nicht ärgern.«

»Ich?« Gustav sah sie entsetzt an.

»Ja, du, mein lieber Sohn«, antwortete Jutta mit sanfter Stimme und lächelte. »Du warst schon immer der Frechere von euch beiden, du hast es nur gut verstanden, das zu kaschieren. Du hast Albert mit deinen Streichen jedes Mal angesteckt. Als ihr noch klein wart, hat Albert sehr an dir gehangen, er hat regelrecht an dir geklebt und selbst da hast du ihm schon Streiche gespielt.«

»Daran kann ich mich gar nicht erinnern. Ich habe da einen anderen Albert im Gedächtnis«, erwiderte Gustav, und das war nicht einmal gelogen, weil er sich tatsächlich überhaupt nicht mehr an seine ersten Lebensjahre erinnern konnte.

»Manchmal ist es gut, wenn man sich nicht erinnert«, sagte sie ernst und schaute Gustav aus ihren braunen Rehaugen lange an, als würde ihr etwas auf dem Herzen liegen. Sie atmete kurz aus. »Was hältst du davon, wenn du und Albert am Wochenende zu mir kommt. Ich habe auch Emma und Amir eingeladen.«

»Ganz schlechte Idee«, wehrte Gustav ab. »Albert ist auf die beiden nicht gerade gut zu sprechen.«

»Das weiß ich, aber vielleicht wäre das die Gelegenheit, sich näherzukommen.«

»Mama, ich weiß, du meinst es nur gut, aber wenn du Amir und Emma den Nachmittag nicht ruinieren willst, lädst du uns zwei lieber nicht ein. Also, streng genommen nur Albert.«

»Wie du meinst. Ich muss leider los, mein Sohn. Danke für die Einladung.« Sie griff nach dem Tablett, doch Gustav bremste sie.

»Ich mach das«, sagte er.

»Danke, mein Schatz. Komm doch heute mit Albert zum Abendessen zu mir.« Sie lächelte. »Ich bin so glücklich, dass Lena im Rathaus arbeiten wird. Wart's ab, vielleicht erfüllt sich Mikkels Traum noch. Er hatte immer gehofft, dass das Bürgermeisteramt und die Leitung der Polizei in den Händen der Familie Lange und Johannsen bleiben würden. Leider hatte das Schicksal mit Albert seine besonderen Pläne, aber er ist immerhin ein Johannsen, und wenn Lena Bürgermeisterin wird, würde das Amt in gewisser Weise auch in Alberts Familie bleiben.«

Juttas Augen wirkten plötzlich traurig, und Gustav wusste, warum, er würde sie jedoch nicht darauf ansprechen. Über manchen Ereignissen sollte für immer der Mantel des Schweigens liegen, das wusste Gustav besser als manch anderer. Er hielt das schließlich auch so, Mads durfte niemals erfahren, dass er Gustavs leiblicher Sohn war.

Jutta stand auf und auch Meiko erhob sich.

»Pass gut auf Mama auf«, sagte Gustav und streichelte seinen Hund.

Nachdem sie sich verabschiedet hatten, brachte er das Tablett in die Bäckerei, stellte es in den dafür vorgesehenen Tablettwagen, ging zurück nach draußen und rief Mads an, um sich kurz mit ihm und Enno abzustimmen, denn er hatte beschlossen, Carola Stöcken gleich einen Besuch abzustatten.

»Moin, Gustav, wir sind gerade bei Ronald Henke raus und wollten jetzt zu Carola Stöcken«, sagte Mads.

»Kommt bitte erst mal zur *Bäckerei Junge* an die Seebrücke.«

»Was machst du in der Bäckerei? Wieder am Naschen?«

»Nein, Mads, ich habe mich mit Jutta auf einen Kaffee getroffen.« Er unterdrückte den Drang, Mads einen Spruch für seine dumme Bemerkung reinzudrücken, stattdessen fragte er: »Ich warte hier auf euch. Möchtet ihr was trinken?«

»Zu einem Kaffee und einem Berliner würde ich nicht Nein sagen«, hörte er Enno aus dem Hintergrund.

»Für mich bitte nur einen Kaffee. Ein Espresso wird kalt sein, bis ich da bin«, sagte Mads.

»Natürlich kein Kuchen, deine Muskeln könnten ja schmelzen«, erlaubte sich Gustav nun doch eine spitze Bemerkung.

»Wenigstens habe ich welche«, konterte Mads und Gustav konnte förmlich sehen, wie er dabei überheblich grinste und seinen Bizeps anspannte.

»Mehr aber auch nicht«, erwiderte Gustav bissig und beendete das Gespräch. Anschließend ging er nach drinnen, um die Getränke und den Berliner zu holen und beschloss spontan, auch einen zu essen. Allein aus Trotz.

Als er draußen Platz nahm, kamen Enno und Mads auf ihn zu.

»Mach dir keine Hoffnungen, Enno, der zweite Berliner ist garantiert für Gustav«, bemerkte Mads.

»Ist er auch, und ich werde ihn genießen, trotz deiner kindischen Kommentare«, gab Gustav zurück und biss in den Berliner.

Die beiden setzten sich, Enno zog sich den Teller heran.

»Du weißt nicht, was dir entgeht, die sind echt lecker«, sagte er.

»Ich habe heute schon mit dem Pfannkuchen gesündigt«, erwiderte Mads und griff nach dem Kaffeebecher.

»Genug mit dem Kindergarten. Erzählt mir lieber, wie die Gespräche mit Pietro und Henke waren.«

Mads und Enno umrissen ihre Erlebnisse mit den beiden und berichteten von ihrem Besuch bei Lohse.

»Hätte ich nicht gedacht, dass Hubert und Henke eine Affäre hatten«, sagte Gustav erstaunt. »Klar, Hubert war ein Lebemann, aber ich hatte angenommen, wenn da was war, dann eher mit Sibylle.«

»Das Leben kann einen immer wieder überraschen. Rita und ich sind das beste Beispiel«, pflichtete Enno ihm bei.

Mittlerweile wusste jeder auf der Dienststelle von dieser großen Liebe, und Enno wurde nicht müde, es stets zu wiederholen. Gustav fand diese Marotte liebenswert, weil er sich ehrlich für Enno freute.

»Glaubt ihr Ronald Henke?«, fragte er.

»Ich neige dazu«, bestätigte Enno. »Er hatte kaum Körperspannung, als er das alles zugegeben hat, und auch sonst hat er auf mich den Eindruck gemacht, als würde ihn Huberts Tod extrem belasten. Ich kann mir nicht vorstellen, dass er ihn umgebracht hat.«

»Ich bin noch unschlüssig und würde das Gespräch mit Carola abwarten«, ergänzte Mads. »Was hast du für Neuigkeiten?«

»Ich hatte ein Gespräch mit Anita Seiler«, antwortete Gustav.

»Wer ist das?«

»Eine enge Freundin von Carola. Ich habe sie gestern zufällig im *Da Antonio* gesehen, als ich mit Albert und Lena zu Mittag war.«

»Nehmt ihr jetzt meine Schwester mit, damit ihr eure vielen Mittagessen aufs Spesenkonto setzen könnt?«, scherzte Mads.

»Wir setzen unsere Essen nicht aufs Spesenkonto, was soll der Unsinn?«, regte sich Gustav über die freche Bemerkung auf.

»Was ist denn bei dem Gespräch rausgekommen?«, erkundigte sich Enno, als wollte er den nächsten Schlagabtausch zwischen Onkel und Neffe verhindern, und Gustav begann zu erzählen.

»Carola und Hubert haben sich also letzte Woche gefetzt?«, fragte Mads, nachdem er geendet hatte.

»Ja, nicht nur letzte Woche, das ging den ganzen letzten Monat so. Carola hat Anita erzählt, dass Hubert die Reise gern stornieren wollte, sie aber auf keinen Fall, weil sie hoffte, dass sie sich auf der Kreuzfahrt wieder näherkommen würden.«

»Oder dass er von Bord geht«, bemerkte Enno.

Gustav starrte ihn an und Enno ließ den angebissenen Berliner sinken. »Hab ich was Falsches gesagt?«, fragte er erschrocken.

»Nein, das war vollkommen richtig, denn du hast mich damit auf eine Idee gebracht«, erklärte Gustav. »Was wenn das Carolas eigentliches Ziel war? Sie ist eine sehr stolze und dominante Frau, sie könnte sich durch die Affäre zutiefst verletzt gefühlt haben. Bei Kreuzfahrten gehen immer wieder Menschen über Bord. Ich habe mal gelesen, dass es jährlich um die zwanzig Personen sein sollen. Wenn Hubert in den Ozean gestürzt wäre, hätte man ihn nie wiedergefunden.«

»Zudem hätte es keine Ermittlungen gegeben und Carola hätte sich keine Sorgen um das Erbe machen müssen«, beendete Enno Gustavs Gedanken.

Gustav runzelte die Stirn. »Aber traut ihr der Witwe zu, dass sie ihrem Mann die Kehle durchschneidet?«

»Einer betrogenen Ehefrau traue ich alles zu«, bekräftigte Enno. »Für uns wäre es nur hilfreich, wenn noch jemand anders die beiden streiten gesehen hätte.«

»Außer Anita werden wir da niemanden haben, deswegen werde ich mich gleich mit Carola unterhalten. Ich weiß, wie ich die Wahrheit aus ihr herausbekomme. Mads, du begleitest mich.«

»Ist es okay, wenn ich so lange hier warte und mir noch einen Kaffee gönne?«, fragte Enno.

»Spricht nichts dagegen«, antwortete Gustav.

In diesem Moment klingelte Mads' Handy.

48

»Moin, Tim«, meldete sich Mads.

»Moin, Mads. Hast du Zeit oder soll ich später anrufen?«

»Passt, es sitzt nur Gustav neben mir«, erlaubte sich Mads einen lockeren Spruch, und nahm gut gelaunt zur Kenntnis, dass Gustav sofort darauf reagierte und die Augen verdrehte.

»Ist er bei dir auch so?«, fragte Gustav an Enno gewandt.

»Mads ist immer cool«, antwortete Enno, was bei Gustav für Gelächter sorgte.

»Ich schalte dich mal kurz auf Lautsprecher«, sagte Mads in den Hörer, da neben ihnen niemand saß und ihr Gespräch somit nicht belauscht werden konnte.

»Moin, Tim. Mads tut die frische Ostseeluft nicht gut. Was hast du?«, fragte Gustav.

»Ich bin gerade im Serverraum des Providers. Manchmal kann ein persönliches Gespräch doch einiges aus dem Weg räumen.«

»Sehr gut. Hast du schon was?«, fragte Gustav.

»Deswegen rufe ich an. Ich konnte die Woche vor dem Kameraausfall rekonstruieren.«

»Also waren die Daten doch noch gespeichert? Ich dachte, die werden nach 72 Stunden gelöscht?«

»Werden sie auch, aber selbst wenn ich Daten auf einer Festplatte lösche, kann ich sie mit einer Spezialsoftware in den meisten Fällen wiederherstellen, wenn ich auf bestimmte Partitionen zugreifen kann.«

»Tim, Gustav versteht nur Bahnhof«, mischte sich Mads ein. »Wichtig ist, dass du die Daten retten konntest. Hast du was Interessantes gefunden?«

»Ja, einen heftigen Streit zwischen den Eheleuten am 10. Oktober. Es kam zu Handgreiflichkeiten.«

»Hat Hubert seine Frau geschlagen?«, fragte Gustav.

»Nein, sie ihn. Leider hat die Kamera keinen Ton übertragen. Er hat sich von ihr lösen können und ist in seinem Wagen weggefahren.«

»Sehr gut, Tim. Gibt es noch mehr?«

»Nichts von Belang. Ich werde aber eine Weile hierbleiben, da ich ziemlich viele Aufzeichnungen reformatieren kann.«

»Halte mich auf dem Laufenden. Was ist im Rathaus rumgekommen?«, wollte Gustav wissen.

»Wir sind leider zu keinem Ergebnis gekommen. Die beiden Personen sind entweder nicht in der Gemeinde Timmendorfer Strand gemeldet oder haben sich nicht beim Bürgeramt registriert.«

»Ich werde mit Albert sprechen, dass er das Foto an die anderen Gemeinden schicken soll.«

»Brauchst du nicht«, gab Tim zurück. »Herr Lange kümmert sich darum, dass jeder Bürgermeister in Schleswig-Holstein die KI-generierten Fotos erhält.«

»Endlich denkt er mit, statt nur Däumchen zu drehen.«

»Ich glaube nicht, dass der Bürgermeister das tut. Als ich bei ihm war, gab es jede Menge Betrieb, keine Ahnung, wie viele Unterschriften er geleistet und Anrufe er erledigt hat. Herr Lange ist schon ein Multitaskingtalent.«

Mads lachte, als er den erstaunten Blick seines Onkels sah.

»Lass dich nicht täuschen, diese Scharade hat Albert nur aufgeführt, damit du mir das so berichtest.«

»Sah ziemlich echt aus«, hielt Tim dagegen.

»Albert ist ein Profi in solchen Illusionen.« Gustav machte

eine wegwerfende Handbewegung. »Wie auch immer. Meld dich, wenn du mehr hast.«

»Mach ich.«

»Danke dir, Tim«, sagte Mads und beendete das Gespräch.

»Komm«, sagte Gustav an Mads gerichtet. »Enno, wir kommen nachdem Gespräch zu dir.«

»Gebt mir rechtzeitig Bescheid, dann geht die nächste Runde Kaffee und Kuchen auf meinen Nacken«, sagte Enno.

»Der Schönling isst keinen Kuchen.«

»Da freut sich meine Kasse, wieder was gespart«, erwiderte Enno lachend.

Sie waren gerade aufgestanden, da überquerte Jörn die Straße und trat zu ihnen.

»Welch schönes Bild! Mein Lieblingszauberer, dazu Thor und der Vater von Thor. Ich hoffe, euch geht es gut.«

»Tut es, Jörn, dir hoffentlich auch«, erwiderte Gustav.

»Seid ihr auf dem Sprung?«

»So ist es«, bestätigte Mads, weil er wusste, worauf Jörn aus war: Er wollte sich was erschnorren.

»Ich lade dich gern zu Kaffee und Kuchen ein, ich bleibe noch hier«, sagte Enno.

»Ist das auch kein fauler Trick?«, fragte Jörn und sah Mads argwöhnisch an.

»Ist es nicht, da musst du mich nicht anschauen. Die Einladung kommt von Enno.«

»Wenn das so ist, großer Houdini, nehme ich die Einladung gern an. Darf ich auch eine Schokolade mit Sahne statt Kaffee haben?«

»Klar«, antwortete Enno und klopfte Jörn auf die Schulter.

»Auch eine große?«

»Werd nicht frech«, ermahnte Mads ihn. Man musste Jörn seine Grenzen aufzeigen, sonst kannte er nichts.

»Ist ja gut, dann eine mittlere«, willigte Jörn ein.

»Mads, wir sollten«, drängte Gustav.

Sie verabschiedeten sich von Enno und Jörn und gingen zur Anschrift von Carola Stöcken.

»Es hat doch einen Grund, dass ich dich begleite«, sagte Mads auf dem Weg.

Gustavs Miene wurde ernst. »Das stimmt, mich beschäftigt da was. Geht es Enno gut?«

»Ich denke schon. Warum?«

»Du denkst es oder du weißt es?«

»Ich sagte, ich denke. Brauchst du inzwischen ein Hörgerät?«

»Verdammt, Mads«, reagierte Gustav aufgebracht.

»Entschuldige, was habe ich denn jetzt Falsches gesagt?«

»Wieso erinnert mich dein Verhalten an eine ganz andere Person?«

»Vergleich mich nicht mit Albert.«

»Doch. Ihr beide könnt nämlich eine Sache hervorragend.«

»Gut aussehen?«, gab Mads frech zurück.

»Nein, dumme Sprüche klopfen, da steht ihr euch in nichts nach. Kannst du nicht eine Woche …« Gustav brach ab, weil er lachen musste, »einen Tag mal keinen kindischen Spruch raushauen, wenn ich anwesend bin?«

»Enno findet das cool.«

»Enno ist zu nett, um dir zu sagen, dass das albern und unreif ist.«

»Ehrlich gesagt, kämen die Sprüche nur halb so gut, wenn du nicht darauf anspringen würdest.«

»Ich will das ja überhaupt nicht. Was meinst du, was los gewesen wäre, wenn ich mir solche Sprüche bei deinem Opa Mikkel erlaubt hätte?«

»Dann hätte er gemerkt, dass du doch nicht so steif bist.«

»Ich bin nicht steif.«

»Aber sicher. Hast du Albert je Bro oder Digger genannt?«

»Warum sollte ich das tun?«

Mads zuckte die Achseln. »Du bist halt oldschool.«

Gustav blieb stehen und schaute seinen Neffen an. »Wenn du jemanden nach seinem Wording beurteilst, ist dir nicht zu helfen. Nein, ich werde Albert nicht Bro nennen und ich werde auch nicht das Wort Digger benutzen. Wenn du meinst, dass Worte darüber entscheiden, ob jemand eingerostet ist oder nicht, hast du echt ein Problem, und jetzt reiß dich zusammen. Wir haben einen Mörder zu finden, dafür brauche ich meinen besten …« Gustav korrigierte sich: »Meine beiden Ermittler in bester Verfassung, und zumindest bei Enno habe ich gerade nicht den Eindruck, dass er ganz auf der Höhe ist.«

»Ich habe Enno schon darauf angesprochen. Es geht ihm gut, nur heute Morgen war er neben der Spur, weil er gestern Abend was Schlechtes gegessen hat.«

»Das kann ich mir nicht vorstellen, ich habe ihn zweimal gesehen, wie er sich im Wald gegenüber erbrochen hat, und einmal sah es aus, als würde er im Auto sitzen und weinen.«

Das erstaunte Mads. Er hatte zwar auch das Gefühl, dass mit Enno etwas nicht stimmte, aber er hatte ihn noch nicht weinen gesehen.

»Ich möchte ihm nicht zu viel Druck machen«, erklärte Mads. »Ich hatte ihn wirklich mal darauf angesprochen, allerdings ist er ein erwachsener Mann. Wenn er mit mir reden will, werde ich zuhören.«

»In Ordnung, das erwarte ich von dir. Enno macht seine Arbeit nämlich richtig gut.«

Einen Moment herrschte Schweigen, bis Gustav sagte: »Ich bin wirklich gespannt, was Carola uns jetzt sagen wird.«

»Ich auch. Soll Tim uns die Aufzeichnung der Überwachungskamera schicken?«

»Gute Idee, dann haben wir was in der Hand, falls sie sich

querstellt. Aber so wie ich Tim kenne, hat er das längst getan. Statt platte Sprüche rauszuhauen, denkt er nämlich mit.«

»Du hast gesagt, dass Enno und ich deine besten Beamten sind.«

»Da hast du dich verhört«, gab Gustav leichthin zurück. »Schau lieber in dein Postfach.«

Mads nahm sein Handy und checkte seine E-Mails. Gustav hatte recht, Tim hatte die Datei bereits geschickt.

»Ist da«, meldete er.

»Nichts anderes habe ich erwartet.«

Als er aufschaute, sah er in kurzer Distanz Ronald Henke. Dieser bemerkte sie ebenfalls und wechselte sofort die Straßenseite, dabei tat er so, als würde er sie nicht sehen.

»Was war das denn?«, fragte Gustav.

»Keine Ahnung. Wenn du mich fragst, hat der Typ einige psychische Probleme, nicht nur was seine Sexualität anbelangt.«

»Ehrlich gesagt, traue ich ihm eher den Mord zu als Carola.«

»Ich auch.«

Sie erreichten die Villa und Gustav verlangsamte seinen Schritt.

»Ich glaube, es wäre besser, wenn ich mich doch allein mit Carola unterhalte«, sagte er plötzlich.

»Du verarschst mich gerade, oder?« Mads sah ihn erbost an.

49

»Ich weiß, dass du das anders siehst. Aber ich kenne Carola schon ziemlich lange, mir gegenüber könnte sie …«, begann Gustav.

»Könnte«, unterbrach Mads ihn. »Wir sind Beamte und wir sollten nie allein zu Verdächtigen gehen. Außerdem könnte dich deine Nähe zu der Witwe befangen machen.«

»Ich und befangen?«

Statt zu antworten, betrat Mads das Grundstück. Ein klares Statement, dass er Gustavs Bitte gar nicht erst in Erwägung zog. Er drückte auf die Klingel und nahm Gustav damit endgültig die Option, seinen Neffen umstimmen zu können.

Die Tür wurde geöffnet und eine sichtlich überraschte Carola Stöcken schaute erst Mads an, dann Gustav.

»Moin, Carola, wir müssten uns kurz mit dir unterhalten«, sagte Gustav.

»Kommt rein«, erwiderte sie und ließ die beiden eintreten.

Sie trug an diesem Tag eine blaue Bluse, die bis zum obersten Knopf zugeknöpft war, dazu eine dunkelgraue Anzughose und wirkte insgesamt gefestigter als bei ihrer letzten Begegnung. Wie gewohnt geleitete sie die beiden ins Wohnzimmer.

»Wir haben noch ein paar Fragen«, begann Gustav, dabei wanderte sein Blick zum Tisch, auf dem ein DIN-A4-Briefumschlag lag. Wer Empfänger und wer Absender war, konnte er leider nicht erkennen.

»Worum geht es?«

»Wir möchten die Beziehungen zwischen Hubert, Sibylle und Ronald Henke verstehen.«

»Dann solltest du die fragen, nicht mich.«

»Wir möchten aber deine Sichtweise hören.«

»Was soll ich dazu sagen? Ich gehöre nicht zu den Ehefrauen, die ihrem Mann den Kontakt zu anderen Menschen verbieten.«

»Hatten Sie denn nie Sorge, dass Ihr Ehemann Sie mit Frau Lohse betrügen könnte?«, hakte Mads nach.

»Ich bitte Sie«, kam es spöttisch über Carolas Lippen. »Würde Ihre Freundin Sie mit Ihrem Zwergenkollegen betrügen?«

»Was ist mit Herrn Henke?«

»Das wird ja immer lächerlicher. Herr Henke ist ein Mann, ein sehr hässlicher sogar. Was wollen Sie meinem verstorbenen Ehemann unterstellen?«

»Wir unterstellen gar nichts, wir möchten nur wissen, ob Sie geglaubt haben, dass sie betrogen wurden«, verteidigte sich Mads.

»Ich wurde nicht betrogen«, giftete Carola ihn an. »Ich bin keine Frau, die man betrügt. Das hätte sich mein Mann niemals getraut.«

Das Thema schien sie deutlich mehr zu treffen, als sie zugeben wollte, was Gustav vor Augen führte, wie sehr das Fremdgehen ihres Mannes sie belastet hatte und dass es sie noch immer nicht kaltließ. Dass sie gerade so heftig reagierte, konnte allerdings auch einen anderen Grund haben: Sie wurde mit dem Druck nicht fertig, weil sie ihren Mann ermordet hatte und nun befürchten musste, dass man sie des Mordes überführen könnte.

An sich kannte Gustav sie als eine Frau, die ihre Nerven recht gut im Griff hatte, in diesem Moment wirkte sie aber nicht so.

»Nur weil Sie glauben wollen, nicht betrogen worden zu sein, heißt das nicht, dass es auch so war«, provozierte Mads weiter und untergrub damit Gustavs eigentliche Strategie, doch er ließ seinen Neffen gewähren.

Er wollte sehen, wohin das Ganze führte.

»Was erlauben Sie sich? Gustav, ist dein Neffe immer so unverschämt?«, wandte sich Carola entrüstet an ihn.

»Wusstest du, dass Hubert dich betrügt?«, erwiderte Gustav ruhig.

»Spinnst du?«, schnauzte sie ihn an, doch ihre Augen wirkten leer. Es war ihr anzusehen, dass sie die Wahrheit verbergen wollte.

»Carola, wir wissen, dass du es wusstest. Mach es dir nicht unnötig schwer.«

»Das, das stimmt nicht …«, setzte sie erneut an.

»Uns ist bekannt, dass Hubert dich mit Ronald Henke betrogen hat.«

»Er hat meinen Mann verhext«, platzte es nun völlig unerwartet aus ihr heraus. »Hubert war nicht schwul. Ronald hat irgendwas mit ihm gemacht, weil er an sein Geld wollte. Er hatte es nur auf das Geld meines Mannes abgesehen, auf mein Erbe. Es war aber auch mein Geld. Das konnte ich doch nicht zulassen.«

Am Ende geht es immer nur ums Geld, dachte Gustav bitter.

»Ihr Mann hatte homosexuelle Neigungen, daran besteht kein Zweifel«, fuhr Mads fort, »und er hatte eine Affäre mit Ronald Henke. Ich kann mir gut vorstellen, wie sehr Sie das verletzt hat.«

»Sie können sich überhaupt nichts vorstellen«, empörte sich Carola. »Das war doch alles ein abgekartetes Spiel von Sibylle. Sie hat Ronald als Marionette benutzt, um meinem Mann das Geld aus der Tasche zu ziehen.«

Langsam wurde das alles etwas zu wirr. Es erhärtete jedoch

Gustavs Verdacht, dass Carola dem Druck nicht mehr stand-
hielt.

»Das sehe ich nicht so«, erwiderte Mads. »Ihre Ehe bestand nur noch auf dem Papier. Hubert lebte sein Leben,
Sie wohnten bloß unter einem Dach. Als Sie dann herausgefunden haben, dass er Sie betrügt, ist es zum endgültigen
Zerwürfnis gekommen. Ihr Mann wollte die Kreuzfahrt
stornieren, auf die Sie sich so lange gefreut hatten, weil er
sich unter diesen Voraussetzungen nicht vorstellen konnte,
monatelang mit Ihnen auf einem Schiff zusammen zu
sein.«

»Was ist denn mit mir?«, wurde Carola laut. »Ich bin
hier die Betrogene, nicht Hubert. Er hat mich mit einem
Mann betrogen.« Ihre Augen blitzten und die nächsten
Worte spie sie geradezu aus: »Mit einem Mann, einer
Schwuchtel. Ich bin hier das Opfer, weil Hubert sich einen
Dreck um meine Gefühle geschert hat. Immer nur er, er, er!
Wie konnte er mich mit einem Mann betrügen? Dazu noch
mit diesem widerlichen Ronald. Hat er mich so sehr ge-
hasst?« Sie schaute Gustav an, ihre Augen wirkten leer, ihr
Blick hoffnungslos.

»Hubert wollte die Trennung«, tippte Gustav, denn das
war die einzig logische Schlussfolgerung.

»Eher hätte ich ihn ermordet, als der Trennung zuzu-
stimmen. Diesen Sieg hatte er nicht verdient«, grollte sie.

Es klang, als wäre diese Ehe ein Wettkampf gewesen,
und vielleicht kam es ihr nach all der Zeit auch so vor, als
hätte sie ihre besten Jahre an Hubert verschwendet, weshalb
sie es nicht ertragen konnte, dass er mit einem anderen
Menschen glücklich wurde. Solch eine Konstellation hatte
Gustav schon bei vielen Ehepaaren erlebt, die nur noch zusammen waren, weil sie schon so lange verheiratet waren
oder weil einer der Partner nicht wollte, dass der andere mit

einer jüngeren oder einer dritten Person glücklicher wurde.

»Du hattest jeden Grund, wütend auf ihn zu sein, ihn zu hassen«, sagte er sanft.

»Den hatte ich, darauf kannst du wetten. Er hat mich verhöhnt, mein Vertrauen missbraucht. Ohne mich wäre er niemals so erfolgreich gewesen, ich habe ihm immer den Rücken freigehalten, und wie dankt er es mir? Indem er mich betrügt, mir ins Gesicht lügt und sagt, dass er sich nicht von mir trennen würde. Dass das alles nur ein großes Missverständnis wäre.« Sie machte ein abfälliges Geräusch. »Ich habe mich vor dem Mann, mit dem ich so lange verheiratet war, geekelt. Ich konnte ihm nicht mehr in die Augen schauen, geschweige denn ihn berühren. Er hat mich angewidert.«

Gustav warf Mads einen flüchtigen Blick zu. Er sollte Carola sprechen lassen, ihr keine Fragen stellen, denn in ihren Augen lag das Verlangen, endlich ihr Herz auszuschütten und sich von dem Druck zu befreien.

»Trotzdem hat er so getan, als wäre nichts passiert«, fuhr sie fort, »er wollte ganz normal zur Tagesordnung übergehen. Das hat mich nur noch wütender gemacht. Als wäre ich, als wären all die Jahre unserer Ehe ohne Bedeutung! Und dann wollte er die Reise stornieren, weil ich angeblich gerade nicht zu ertragen wäre. Ich? Wer hat denn wem das Herz herausgerissen?«

Carola atmete schwer, ihr Blick war noch immer leer, ohne Hoffnung.

»Ihr habt euch letzten Sonntag heftig gestritten, nicht wahr?«, fragte Gustav, da sie schon eine Weile schwieg. Es wirkte, als hätte sie ganz vergessen, dass sie nicht allein war.

»Wir haben in der letzten Zeit fast jeden Tag gestritten«, antwortete sie tonlos. »Er hat mich nicht ernst genommen, geglaubt, die Sache aussitzen zu können. Dann höre ich, wie er am Sonntag mit Ronald telefoniert und sagt, er würde sich nächste Woche melden. Ich dachte, ich spinne. Da telefoniert er noch mit dem Mistkerl, der meine Ehe zerstört hat. Ich bin komplett ausgerastet, und Hubert ist wütend geworden, er hat mich weggeschubst, mir vorgeworfen, dass ich nicht mehr bei Sinnen sei. Mir?«

Ihre Augen waren weit aufgerissen, ihr rechtes Augenlid zuckte und sie fuhr sich mit der Zunge über die trockenen Lippen, ehe sie weitersprach: »Hubert hat sich über mich lustig gemacht, dann hat er sich umgedreht und seine Autoschlüssel genommen. Ich habe ihn ermahnt, zu bleiben, da wir noch nicht fertig seien, dass er mich nicht einfach links liegen lassen könne. Da schaut er mich an und sagt: ›Ich habe dich nie geliebt.‹« Carola atmete schwer. »Ich habe ihn nur angestarrt. Das war das Schlimmste, was er hätte sagen können. Ich bin ihm nachgelaufen, als er bereits ins Auto stieg und losfahren wollte. Ich bin schnell auf den Rücksitz …« Sie brach ab und schluckte, als ahnte sie, dass sie zu viel gesagt hatte, als hätte sie Angst vor ihren eigenen Worten.

»Du wolltest, dass er aussteigt und sich mit dir unterhält, so wie es Erwachsene tun«, baute Gustav ihr eine Brücke, um sie zu einem kompletten Geständnis zu bewegen.

»Das wollte ich, aber er lachte mich aus und wiederholte, was für eine schlimme Person ich sei, dass ich ihm die Luft zum Atmen nehmen würde, dass er mich nicht liebe. Ronald hätte ihm immer zugehört, während ich ihm laufend Vorwürfe gemacht hätte. Da habe ich rot gesehen. Ich habe die Mittelkonsole geöffnet, wo das Klappmesser liegt.« Carola hielt inne, ihre Augen wurden feucht. »Er hat mich ausgelacht und verhöhnt, weil ich eh keinen Mumm hätte, zuzustechen.« Sie schwieg und ihr Blick ging erneut ins Leere, während sie eine Handbewegung machte, als würde sie jemandem die Kehle durchschneiden. »Es war so einfach, ich habe das Messer bloß an seinen Hals gehalten und eine Linie gezogen.«

50

Timmendorfer Strand, 1. November

Sie hatten die Mörderin überführt, der Fall war abgeschlossen, daher hatte Gustav Mads und Enno freigegeben. Bei den vielen Überstunden, die sie angehäuft hatten, und dem schnellen Ermittlungserfolg hatten sie sich das absolut verdient.

Gustav fuhr seinen Rechner herunter, er würde früher Feierabend machen und sich gleich mit Albert im *Café Wichtig* treffen, um danach zu seiner Mutter zu fahren, wo auch Meiko war, und den restlichen Tag mit ihr zu verbringen.

»Petra, du kannst auch Feierabend machen«, sagte er, als er das Vorzimmer betrat.

Sofort packte seine Sekretärin ihre Sachen zusammen.

»Du bist nicht auf der Flucht«, sagte Gustav irritiert.

»Wenn du so großzügig bist, muss man schnell sein. Nicht, dass du es dir noch anders überlegst.«

Gustav winkte ab. »Genieß dein Wochenende.«

»Du auch«, antwortete Petra.

Gustav verließ die Dienststelle und ging gemächlich zur Timmendorfer Promenade. Sein Auto ließ er stehen, er wollte sich die Füße vertreten und später das Auto holen, um nach Niendorf zu fahren. Das Wetter war noch immer angenehm, obwohl es schon der 1. November war.

Als er die Terrasse des *Café Wichtig* erreichte, sah er, wie Albert gerade Platz nahm. Gustav begrüßte seinen besten Freund und setzte sich zu ihm, dann schauten sie auf die Promenade und genossen die spätherbstlichen Sonnenstrahlen.

»Wie geht es Jutta?«, fragte Albert.

»Gut. Sie ist zwar überrascht, dass Carola die Täterin ist, aber sie macht einen gefestigten Eindruck. Ich fahre nachher zu ihr.«

»Ich weiß, ich werde dich nämlich begleiten.«

»Ich dachte, du musst arbeiten?«

»Multitasking. Hat Tim dir nicht erzählt, wie effektiv ich arbeite?«, fragte Albert und zeigte seine weiße Zahnreihe.

»Nein, nur dass du eine ganz große Show abgezogen hättest.«

»Das hat Tim gesagt?« Albert sah ihn ungläubig an.

»Er hat dich halt durchschaut. Multitasking, dass ich nicht lache. Ganz billiger Taschenspielertrick.«

»Moin, möchtet ihr was bestellen?«, fragte sie ein Kellner.

Beide gaben ihre Getränkebestellung auf, dann wandte sich Albert wieder Gustav zu.

»Von wegen billiger Taschenspielertrick. Tim war wirklich erstaunt über meine effektive Arbeitsweise, er hat sogar lobend erwähnt, dass ich trotz allem die Zeit finde, öfter bei dir in der Dienststelle vorbeizuschauen.«

»Öfter? Du meinst wohl jeden Tag«, spottete Gustav.

»Übertreib nicht, das wäre ja geradezu übermenschlich. So produktiv sehe ich mich gar nicht.«

Gustav schüttelte nur den Kopf über so viel Arroganz.

»Kommst du wirklich mit?«, fragte er dann.

»Selbstverständlich, ich halte mein Wort. Jutta wird sich über die gemeinsame Zeit freuen.«

»Das wird sie. Du weißt, dass sie am liebsten ständig ihre ganze Familie um sich hat«, bestätigte Gustav.

Jutta blühte geradezu auf, wenn Gustav Albert im Schlepptau hatte, und noch mehr, wenn auch Mads und Lena dabei waren, was in letzter Zeit leider nicht mehr so häufig der Fall war.

Der Kellner kam mit den Getränken zu ihnen und entfernte sich wieder.

»Was wird jetzt eigentlich aus Carola?«, fragte Albert und nahm einen Schluck von seinem Espresso.

»Sie hat ein Geständnis abgelegt. Über das Strafmaß müssen Gerichte entscheiden.«

»Ich hätte es nicht für möglich gehalten, dass sie ihren eigenen Mann ermordet, ihm einfach so die Kehle durchschneidet. Wie kann man so eiskalt und skrupellos sein?«

»Carola ist nicht eiskalt und skrupellos.«

»Wie bitte?« Albert warf seinem besten Freund einen verständnislosen Blick zu.

»Carola ist keine abgebrühte Mörderin. Ihre Gefühle, ihre Wut und die bittere Enttäuschung haben sie erst dazu gemacht. Sie hat diesem Mann ihre besten Jahre geschenkt, seine Marotten und sein ausschweifendes Leben ertragen, obwohl sie überhaupt nicht der Typ für so etwas war, und dann betrügt dieser Mann sie nicht mit einer Frau, sondern mit einem Mann, einem Nachbarn. Für einen konservativen Menschen wie Carola ist das die Höchststrafe. Es kam zum Streit, der im Auto eskaliert ist. Ihr Verstand war ausgeschaltet. Sie hat das Messer genommen und ihm die Kehle durchgeschnitten, aber trotz ihrer Panik hat sie realisiert, dass auf dem Messer jetzt ihre Fingerabdrücke waren. Also säubert sie den Schaft und legt das Messer auf Huberts Schoß. Vorher sorgt sie dafür, dass Huberts Fingerabdrücke darauf zu finden sind.«

»Das ist in meinen Augen schon ziemlich skrupellos«, erwiderte Albert.

»Das mag sein, dennoch war es ein Akt des Selbstschutzes. Entscheidend ist die Tat, und die war nicht geplant. Sie hat danach nur versucht, ihre Haut zu retten. Sie ist keine berechnende Mörderin. Leider gibt es immer wieder solche Fälle, in denen ganz normale Menschen, Menschen aus der bürgerlichen Mitte oder aus gutem Hause, plötzlich Dinge tun, die man ihnen niemals zutrauen würde. Die sie sich selbst niemals zutrauen würden.«

»Du meinst wie der Arzt, der seine Frau und seine drei Kinder ermordet hat, weil er überschuldet war und nicht mit dieser Schmach leben konnte? Oder der Mann, der seine Kinder ermordet hat, weil seine Frau sich von ihm getrennt hat und er nicht zulassen wollte, dass die Kinder einen fremdem Mann Papa nennen?«

»Genau das«, stimmte Gustav zu. »Es gibt unzählige solcher tragischen Fälle. Jeder Mensch ist unter bestimmten Umständen zu einem Mord fähig.«

»Da magst du recht haben.«

»Ich habe recht. Leider.«

Albert lehnte sich zurück. »Ihr hattet aber auch Glück.«

»Warum?«

»Weil sie ein Geständnis abgelegt hat.«

»Stimmt, das hat uns einen kleinen Zeitvorteil verschafft, aber unsere gesammelten Informationen sprachen immer mehr gegen Carola. Heute findet die Obduktion statt. Würde mich nicht wundern, wenn dort weitere Hinweise gefunden werden, die sie belasten. Ich habe ihr übrigens angesehen, wie erleichtert sie war, dass die Wahrheit endlich raus ist, und das unterscheidet sie von einem eiskalten Mörder oder Psychopathen. Der Druck wurde immer größer, sie hat dem nicht standgehalten. Es kommt nicht selten vor, dass sich gerade solche Täter früher oder später freiwillig der Polizei stellen. Vermutlich wäre das auch bei Carola der Fall gewesen. Am Ende bleibt das aber Spekulation. Sie hat ein Geständnis abgelegt, damit ist die Arbeit der Polizei erledigt.«

Albert nickte. »Ich bin übrigens an der Sache mit den KI-Fotos dran«, sagte er.

»Hast du schon Antworten aus den anderen Städten und Gemeinden erhalten?«

»Nach und nach trudeln sie ein, aber bislang gibt es keine Übereinstimmung. Wie schaut es bei dir aus? Hat keiner von der Streife die beiden gesehen?«

»Nein, sie scheinen sich in Luft aufgelöst zu haben«, antwortete Gustav. »Trotzdem müssen wir sie finden.«

»Das werden wir. Jutta weiß aber nichts davon, oder?«

»Nein, und das soll auch so bleiben. Vielleicht war das ja nur ein Dummejungenstreich.«

»Glaubst du, es könnte mehr dahinterstecken?«, fragte Albert.

»Ich weiß es nicht. Ich will die beiden in meiner Dienststelle sehen, den Rest finde ich dann heraus.«

Albert nickte nur und für einen Augenblick schwiegen sie.

Gustav ließ seinen Blick über die Promenade wandern, die heute weniger belebt war als die Wochen zuvor. Die Saison hatte geendet, die meisten Tagesgäste und Urlauber waren verschwunden, dennoch war die Terrasse des Cafés noch gut besucht.

»Was hältst du davon, wenn wir Jutta einpacken und übers Wochenende nach Kopenhagen fahren?«, schlug Albert vor. »Mit der Fähre sind es nur ein paar Stunden. Es würde Jutta von all dem Mist der vergangenen Tage ablenken und du könntest dein Dänisch ein bisschen auffrischen. Es klingt bei dir schon fast wie Holländisch.«

»Ich werd dir was, von wegen auffrischen, mein Dänisch ist perfekt«, protestierte Gustav.

Die Johannsens gehörten zur dänischen Minderheit in Schleswig-Holstein und seine Eltern hatten immer viel Wert darauf gelegt, dass ihre zwei Söhne und Enkelkinder die Sprache beherrschten, um ihre Wurzeln nicht zu vergessen.

»Jutta hat am Sonntag Amir und Emma zu Kaffee und Kuchen eingeladen«, ergänzte er dann.

»Bis dahin sind wir zurück. Am Sonntag nach dem Frühstück checken wir aus.«

»Na gut, das könnte passen«, willigte Gustav ein. »Der Sonntag wird dadurch ziemlich stressig, aber Jutta wird sich freuen. Ich finde die Idee trotzdem gut.«

»Wieso trotzdem?«

»Weil sie von dir ist«, erwiderte Gustav lachend.

»Das finde ich nicht witzig.«

»Deswegen habe ich auch nicht gelacht.«

»Weswegen dann?«

»Weil du die Rechnung übernimmst und ich mir noch ein Gläschen Wein gönnen werde.«

Nun lachte auch Albert, er legte Gustav den Arm um die Schulter und Gustav spürte wieder einmal, wie schön Familie war. Er freute sich auf das Wochenende in Kopenhagen.

51

Niendorf

Das richtige Timing war alles. Bei allem, was man tat, kam es auf den richtigen Zeitpunkt an, davon war Sabrina überzeugt, und davon, dass es Dinge gab, die mächtiger waren als die Menschen. Dinge, vor denen sich der Mensch nicht verstecken oder denen er sich entziehen konnte.

Dazu gehörte auch das Schicksal, und Sabrina war sich sicher, dass eben dieses Schicksal sie aus Hamburg zurück an die Ostsee geführt hatte, dass Mads wegen irgendwelcher Ermittlungen ihre Tanzschule besucht hatte und dass sie sich dadurch wiedergetroffen hatten – jetzt, wo sie eine junge attraktive Frau war und kein Kind mehr, so wie Mads sie in Erinnerung hatte.

Mads war noch immer der begehrenswerteste Mann, dem sie je begegnet war, und an dem Tag, als er sie in der Tanzschule gesehen hatte, hatte sie gewusst, dass er zu ihr gehörte. Seitdem arbeitete sie mit viel Geduld darauf hin, dass er erkannte, nur mit ihr glücklich sein zu können.

Der nächste Coup würde ihr Meisterstück sein, davon war Sabrina überzeugt.

Zufrieden sah sie auf das Display ihres Laptops, auf dem ein Foto von Emma und Mads zu sehen war. Es zeigte, wie Mads sie küsste.

Das Foto hatte sie vor über einer Woche zufällig am Strand gemacht, als sie Mads und Emma dort gesehen hatte. Sie hatten sich zwar nur umarmt und nicht geküsst, aber daran hatte sie was drehen können.

Bis heute war sie nicht hinter das Verhältnis zwischen Emma und Mads gestiegen. Von Gregor, der zu der Clique der beiden gehörte, hatte sie erfahren, dass die zwei nur gute Freunde seien und Emma bald mit ihrem Freund Stefan nach Mannheim ziehen würde, daher hatte sie Emma von der Feindesliste gestrichen. Aber das Foto würde sie nutzen, um Victoria von Mads zu trennen.

Ihr Freund Paul war Grafiker und er benutzte eine KI-Software, mit der man Fotos manipulieren konnte. Diese Software hatte sie sich heruntergeladen und in den vergangenen Tagen geübt, bis sie endlich das perfekte Foto hatte.

»Sabrina: 1, Victoria: 0«, sagte sie siegessicher.

Sie hatte schon einiges unternommen, um Mads und Victoria auseinanderzubringen, leider bisher ohne Erfolg. Diesmal würde ihr das jedoch gelingen, denn dieses Foto würde der langweiligen Victoria das Herz brechen und sie würde einsehen, dass sie keine Zukunft mit Mads hatte.

»Er gehört mir, allein mir, nur an meiner Seite wird er glücklich werden. Ich werde ihn heiraten und ihm viele kleine Madsileins schenken.«

Selbstverständlich würden sie nur Jungs bekommen, Sabrina hasste Mädchen, sie wollte keine Mädchen, sondern ausschließlich kleine freche Jungs.

Doch jetzt wartete erst einmal der nächste Schritt. Sie meldete sich bei ihrem Fake-Instagram-Account an, den sie vor einer Stunde angelegt hatte, und rief Victorias Profil auf, das auf öffentlich gestellt war.

Victoria hatte ein paar Tausend Follower und tat in ihren Storys und auf ihren Fotos so, als wäre sie eine wichtige Influencerin, was Sabrina total nervte.

»Friss das, du Schlampe«, sagte sie zu sich und schrieb als Kommentar unter ein Foto:

PN.

Dann schickte sie das Foto ab und lehnte sich zufrieden zurück.
Diese hübsche Aufnahme würde der Beziehung von Victoria
und Mads den Dolchstoß versetzen.

52

Scharbeutz

Mads ruhte sich auf einer der Liegen aus, während die anderen sich noch eine Runde Riesenrutsche gönnten. Nach einer Weile gesellte Amir sich zu ihm.

»Na, keine Lust mehr zu rutschen?«, fragte Mads.

»Ich glaube, ich bin über zehnmal hintereinander gerutscht, langsam reicht es«, antwortete er augenzwinkernd und ließ sich auf die Nachbarliege sinken. »Enno und Pietro scheinen noch lange nicht genug zu haben. Ich muss echt sagen, es ist schön, Enno mal von dieser Seite zu erleben. Er ist für sein Alter verdammt jung geblieben, ihn trennen doch nur ein paar Jahre von Gustav, und ich kann mir schwer vorstellen, dass dein Onkel so oft die Riesenrutsche runtersausen würde.«

Mads lachte. »Ich kann ihn mir gar nicht erst auf der Rutsche vorstellen.«

»Du hast wirklich einen tollen Kollegen. Seine Rita muss ich langsam mal kennenlernen.«

»Hat er dir auch schon ein paar Geschichten von ihr erzählt?«, fragte Mads ironisch.

»Ach, ich finde das schön. Er scheint mit ihr die Liebe seines Lebens gefunden zu haben, und ich kann jedes Wort nachvollziehen, das er sagt, weil ich das Gleiche mit Pietro erlebe. Seit er bei mir ist, hat mein Leben dieses Extra.«

»Welches Extra?«, fragte Mads.

»Na, dieses Extra, das etwas rund macht, wie die Kirsche auf der Sahnetorte oder der Zucker auf dem Popcorn. Hast du mal Popcorn ohne Zucker gegessen oder einen Berliner ohne Füllung?«

»Also denkst du an Essen, wenn du an deine Beziehung mit Pietro denkst?«, zog Mads ihn auf.

Amir lachte. »Du weißt, was ich meine, oder wirst es wissen, wenn du die Liebe deines Lebens gefunden hast.«

»Vielleicht habe ich das ja schon«, antwortete Mads.

»Sicher?« Amir schaute Mads prüfend an. »Du weißt, dass ich Victoria sehr gern habe, wir sind inzwischen richtig gute Freunde und ich glaube, dass ihr beiden toll zusammenpasst und supersüße Kinder bekommen würdet, aber ist sie deine Kirsche auf der Torte?«

Mads antwortete nicht gleich. So ein offenes Gespräch hatte er mit Amir noch nie geführt.

»Kann schon sein«, erwiderte er ausweichend, weil er diese Frage fairerweise nicht eindeutig beantworten konnte. Er liebte Victoria, daran zweifelte er keine Sekunde, aber gehörte ihr sein Herz so bedingungslos, wie es beispielsweise seiner Oma oder seiner jüngeren Schwester gehörte?

»Kann schon sein, ist zu wenig, Mads, das weißt du, oder bist du nicht dafür gemacht, die Liebe deines Lebens zu finden, weil du Angst hast, deine Freiheit zu verlieren?«

»Das stimmt nicht. Ich möchte Familie und Kinder«, widersprach er sofort.

»Das meinte ich nicht. Du liebst deine Freiheit, das hast du schon immer getan. Entweder willst du es dir nicht eingestehen oder ich irre mich.«

»Wir gehen in die Sauna«, rief Pietro den beiden zu.

»Ich komme auch«, rief Amir zurück, dann wandte er sich wieder an Mads. »Was ist mit dir?«

»Ich möchte hier noch ein bisschen chillen.«

»Wie du meinst.« Amir stand auf und sah ihn ernst an: »Wir werden alle nicht jünger, und ich würde mich sehr freuen, wenn Victoria die Liebe deines Lebens wird.« Er lächelte. »Vielleicht ist es aber auch eine ganz andere und du hast sie längst gefunden, nur hindert dich die Angst vor der Wahrheit daran, sie an dich zu binden.«

»Ich und Angst?«

»Ja, auch ein furchtloser und arroganter Mads Johannsen kann vor etwas Angst haben. Vor echten Gefühlen, die stärker sind als sein Ego.«

»Ich bin nicht arrogant, nur selbstbewusst«, gab Mads wie gewohnt zurück.

Amir winkte lachend ab und ging Pietro hinterher, während Enno zu Mads gelaufen kam.

»Möchtest du wirklich nicht mitkommen?«, fragte er.

»Gleich, ich wollte hier noch eine Weile entspannen.«

»Wie du magst.« Enno griff nach seinem Handtuch. »Danke noch mal.«

»Wofür?«

»Für diesen tollen Tag. Amir und Pietro sind super, wir verstehen uns blendend. Ich würde euch ja gern heute Abend alle zum Abendessen einladen, aber Rita kommt wieder und …«

»Ist schon gut, Enno, dafür haben wir alle Verständnis«, unterbrach Mads ihn.

»Du bist ein wahrer Freund, Mads, und du sollst eins wissen: Der Enno, den du heute siehst, der bin ich. Der war ich schon immer und der möchte ich auch zukünftig wieder sein.«

»Aber sicher«, erwiderte Mads. Er verstand nicht so recht, was Enno ihm damit sagen wollte.

»Du kannst dich darauf verlassen, unabhängig von den Konsequenzen.« Er schlang sich das Handtuch um die Hüfte. »Willst du wirklich nicht mit?«

»Gleich, geht ruhig schon vor. Bleib aber nicht zu lange in der 90-Grad-Sauna. Nicht, dass du ohnmächtig wirst und Amir Mund-zu-Mund Beatmung bei dir machen muss.«

Enno lachte. »Beeil dich, es ist schon fast 18 Uhr und um 20 Uhr muss ich leider los.« Er winkte ihm zu und ging zum Saunabereich. Mads sah ihm nach. Er musste unwillkürlich an das Gespräch mit Gustav denken und was dieser über Enno gesagt hatte. Momentan wirkte Enno überhaupt nicht wie jemand, der gesundheitliche Probleme hatte, er schien mit sich und seiner Umwelt im Reinen zu sein, deswegen wollte Mads ihn auch nicht darauf ansprechen. Ob er das am Montag tun würde, wusste er noch nicht, das würde er davon abhängig machen, wie es Enno am Montag ging.

Er hoffte darauf, dass mit der Rückkehr von Rita alles wieder seinen gewohnten Gang gehen würde.

Eine junge Frau ging an ihm vorbei und sah ihn freundlich an, Mads erwiderte den stummen Gruß und schaute ihr kurz nach.

Ob Amir recht hat?, schoss es ihm durch den Kopf. War das der eigentliche Grund, das Haupthindernis, warum er Victoria keinen Heiratsantrag machte, obwohl sie ihm eindeutige Hinweise in diese Richtung gab?

Erst gestern hatte sie das wieder in einem Nebensatz erwähnt, weil eine Freundin von ihr sich frisch verlobt hatte. Mads hatte die Anspielung verstanden, sie aber freundlich übergangen.

War er also am Ende gar nicht der Typ für Ehe und Kinder? Bildete er sich das nur ein?

Er war unschlüssig.

Oder lag es doch daran, dass er die Liebe seines Lebens längst gefunden und Angst vor diesen Gefühlen hatte?

Emma?

Schnell wischte er den Gedanken weg.

Das Klingeln seines Handys ließ ihn aufschrecken, es war sein Hautarzt und sofort waren seine Gedanken mit viel beängstigenderen Dingen beschäftigt.

Vor gut zwei Wochen hatte er einen kleinen dunklen Fleck am Oberkörper bemerkt und ihn untersuchen lassen. Der Hautarzt hatte ihn sicherheitshalber in der vergangenen Woche herausgeschnitten und eine Gewebeprobe ins Labor geschickt.

Über den Ermittlungen hatte er die Sache längst verdrängt, aber jetzt war der Fleck wieder präsent, samt der Sorge, dass es möglicherweise Krebs war.

Seine Mutter war bereits an dieser heimtückischen Krankheit gestorben.

Ein flaues Gefühl machte sich in Mads' Magen breit, als er das Gespräch annahm.

53

Victoria hatte früher Feierabend gemacht. Eigentlich hätte sie den freien Nachmittag gern mit Mads verbracht, da er als Polizeibeamter nicht gerade über viele solcher freien Stunden verfügte, aber er hatte Enno den Besuch in der Therme versprochen. Zudem hatte er ihr erklärt, dass es Enno momentan mental nicht so gut gehe, daher hatte sie Verständnis gezeigt.

Stattdessen hatte sie sich mit ihrer Freundin Sunny verabredet und inzwischen saßen sie in der *Cafebar* in der Lübecker Hüxstraße. Dass sie hier einen Platz gefunden hatten, war pures Glück. Sogar ihre Getränke waren ihnen bereits gebracht worden.

»Schön, dass du so kurzfristig Zeit freischaufeln konntest«, sagte Victoria.

»Ich freue mich auch, dass wir uns endlich wiedersehen. Ich hoffe, du musst nicht gleich wieder los?«

»Ich habe bis 21 Uhr Zeit, vorher wird Mads nicht zu Hause sein, und wenn es länger dauert, dann ist es so. Er kann auch mal auf mich warten.«

»Richtige Einstellung. Meine Oma sagt immer: Willst du was gelten, mach dich selten«, erwiderte Sunny.

»Vielleicht hätte ich mal auf deine Oma hören sollen«, gab Victoria zurück und nippte an ihrem Aperol.

»Wie meinst du das?«

»Ich war möglicherweise etwas zu forsch.«

»Womit?«

»Mit dem Hinweis, dass ich bereit bin für den nächsten Schritt.«

Sunny riss die Augen auf. »Du meinst einen Antrag?«

»Genau. Ich habe das mal so nebenbei erwähnt …«

»Lass mich raten«, unterbrach ihre Freundin sie, »Mads hat nicht so reagiert, wie du es erwartet hättest?«

»Ich glaube, er hat es überhaupt nicht ernst genommen. Ich habe es dann scherzweise ein zweites Mal erwähnt und er hat es wieder gekonnt umschifft.«

»Umschifft oder nicht ernst genommen?«

»Kommt bei Mads auf dasselbe raus. Manchmal werde ich nicht schlau aus ihm. Wir haben eine wunderbare Beziehung auf Augenhöhe, er lässt mir alle Freiheiten und der Sex ist hammer. Fehlen nur noch Kinder und der Ring.« Victoria hob die Hand und wackelte mit den Fingern. »Ich glaube, das würde mir sehr gut zu Gesicht stehen.«

»Das würde es, aber vielleicht findet Mads es perfekt, genau so, wie es ist. Vielleicht ist er nicht der Mann für Heirat und Kinder und mag es nur nicht zugeben.«

Victoria verzog zweifelnd den Mund. »Das glaube ich nicht. Ich sehe ja, wie er mit seiner Oma und Lena umgeht, selbst bei Gustav zeigt er sich als totaler Familienmensch. Er wird auch nicht müde, zu erwähnen, wie wichtig ihm Familie ist, und meine Eltern haben ihn richtig gern. Da kann man doch den nächsten Schritt gehen. Worauf will er warten?«

»Das solltest du Mads fragen.«

»Ich möchte ihm aber keinen Druck machen.«

»Es gibt halt Männer, die brauchen einen kleinen Schubser.«

»Darauf ist er nicht eingegangen.« Victoria seufzte. »Ich sollte mich vielleicht nicht so darauf versteifen, zu heiraten.«

»Damit willst du ihm nur gefallen«, hielt Sunny dagegen.

»Natürlich, ich liebe ihn wirklich. Mit ihm ist es anders als mit den Männern zuvor. Ich lerne Seiten an mir kennen, die mir vollkommen neu sind.«

»Welche denn?«

»Dass ich zu eifersüchtig bin. Dass ich mich gerade frage, ob er tatsächlich mit Enno und seinen Freunden in der Ostsee Therme ist oder sich heimlich mit einer Frau trifft.«

»Warum sollte er? Schreib ihm doch, dass er dir ein Foto schicken soll«, schlug Sunny vor.

»Bist du verrückt? Mads schickt nie Fotos von sich, wenn er irgendwo ist. Er hat mich auch noch nie danach gefragt, er hat es nicht so mit Instagram und Co.«

»Aber er hat Instagram.«

»Klar, er postet nur selten was.«

Sunny schmunzelte. »Dabei hätte er echt Potenzial, er sieht gut aus, ist verdammt sportlich …«

Victoria erhob gespielt erschrocken die Hand. »Bring ihn bloß nicht auf dumme Gedanken. Das fehlt mir noch, dass die ganzen billigen Tussis ihn auf Instagram anbaggern.«

Sunny lachte. »So eifersüchtig kenne ich dich gar nicht.«

»Ich mich auch nicht.«

»Okay, du musst Mads zeigen, was für eine tolle Frau er hat und dass du auch ohne ihn Spaß haben kannst. Er darf nicht den Eindruck bekommen, dass du selbstverständlich bist.«

»Stimmt, da hast du recht.«

Sunny zückte ihr Handy. »Einmal freundlich lächeln«, sagte sie und Victoria hob ihr Glas.

Ihre Freundin machte ein Foto und postete es auf Instagram. Sogleich öffnete Victoria ihre Instagramapp, um das Foto zu reposten, dabei sah sie, dass jemand ein Foto von ihr mit dem Kürzel »PN« kommentiert hatte.

Das war seltsam, trotzdem schaute sie gleich in ihren Nachrichtenverlauf unter Anfragen und sah, dass sie eine neue Nachricht bekommen hatte:

Kannst du Mads wirklich vertrauen?,

stand da. Im Anhang war ein Foto. Sie öffnete es und ließ vor Schreck ihr Handy fallen. Die Aufnahme zeigte Mads am Strand mit Emma, sie küssten sich.

54

Haffkrug, 4. November

Das Wochenende war wunderschön gewesen und selten hatte Enno klarer gesehen. Er wusste, dass er das Richtige tun würde: Er würde die Konsequenzen für sein Handeln tragen wie ein Mann, denn er hatte Mist gebaut.

Natürlich hätte er gleich zu Beginn Nein sagen können, doch das hatte er nicht, weil er geglaubt hatte, dass es der bessere Weg wäre, und irgendwann hatte er zu tief drin gesteckt, als dass er noch hätte zurückrudern können.

Hinzu kamen einige andere Punkte, warum passiert war, was passiert war, doch jetzt endlich hatte er den Mut gefunden, das Ganze zu beenden.

Rita hatte er nichts davon erzählt, weil er sich einerseits von ihrer Meinung nicht beeinflussen lassen und sie andererseits nicht mit hineinreißen wollte. Sie würde seine Entscheidung verstehen und akzeptieren, das hoffte er jedenfalls.

»Schatz, bist du heute rechtzeitig zu Hause?«, fragte Rita, als Enno sich an diesem Morgen seine Schuhe anzog.

»Das bin ich. Wir haben ja gerade den Fall aufgeklärt, derzeit ist es sehr ruhig.«

»Perfekt. Dann koche ich was Schönes für uns beide.«

»Was denn?«

»Das wird eine Überraschung. Bei der Gelegenheit wollte ich mich auch noch über was anderes mit dir unterhalten.«

»Worüber?«

»Über die Wohnung.«

»Was ist damit?«

»Ich würde sie gern ein bisschen kuscheliger, persönlicher einrichten. So wie eine Pärchenwohnung.«

Enno lachte. »Du hast recht, ich bin da ziemlich pragmatisch. Was immer dir gefällt, wird auch mir gefallen.«

»Klingt gut. Soll ich dir mal Vorschläge machen? Ich habe da schon ein paar nette Accessoires gefunden und die Couch würde ich auch gern austauschen.«

»Notiere es als akzeptiert. Du hast einen viel besseren Geschmack als ich.«

»Du bist so süß«, sagte Rita und umarmte Enno. »Wenn wir schnell sind, bekommen wir sogar eine Null-Prozent-Finanzierung.«

»Wir finanzieren nicht, wir zahlen das cash«, widersprach Enno.

»Sicher? Ich möchte ungern an dein Erspartes.«

»Mach dir da mal keine Sorgen. Ich will, dass du dich in der Wohnung wohlfühlst. Außerdem soll die ganze Welt sehen, dass es unsere Wohnung ist. Es liegt einiges auf der hohen Kante. Ich bin kein Freund von diesen Krediten.«

»Ich eigentlich auch nicht. Womit habe ich nur so einen tollen Mann verdient?« Rita drückte Enno einen dicken Kuss auf die Lippen.

»Und ich eine so tolle Frau wie dich«, erwiderte Enno. »Ich muss leider los, Schatz. Wir sehen uns heute Abend.«

»Ich freue mich.«

Enno umarmte sie noch einmal, nahm Jacke, Baskenmütze und Tasche und verließ die Wohnung. Auf dem Weg in die Dienststelle nach Timmendorfer Strand fragte er sich jedoch, ob er gleich wirklich das Richtige tun würde.

Sollte ich das nicht vorher mit Rita besprechen?, fragte er sich im Stillen.

»Nein!«, sagte er mit entschlossener Stimme. »Du wirst sonst daran kaputtgehen. Das ist nicht deine Liga.«

Enno wusste, dass weder Gustav noch Mads es ihm verzeihen würden, er würde ihr Vertrauen für immer verlieren und bei Mads auch die Freundschaft. Das konnte er ihnen nicht mal verübeln, weil er schäbig gehandelt hatte und diese wertvolle Freundschaft ganz sicher nicht verdient hatte.

Dass jemand wie Mads einmal mit ihm befreundet sein würde, ohne sich einen Vorteil davon zu erhoffen, hätte er nie für möglich gehalten, aber es war passiert, und irgendwie schien Mads ihn für cool zu halten. Viel mehr, als es Enno je selbst getan hätte. Sogar Amir und Pietro schienen ihn zu mögen.

Sie hatten einen tollen Tag in der *Ostsee Therme* gehabt, aber dass Mads nun erfahren würde, dass er ihm die ganze Zeit über einen Dolch in den Rücken gestoßen hatte, ließ Enno nicht kalt.

Vollkommen in Gedanken versunken erreichte er die Dienststelle und parkte. Ausgerechnet im selben Moment stellte Gustav sein Fahrzeug neben ihm ab, als würde das Schicksal ihn ermahnen, jetzt keine kalten Füße zu bekommen.

»Moin, Gustav«, grüßte Enno seinen Chef.

»Moin, Enno.«

»Ich muss dich kurz sprechen«, sagte er.

»Worum geht es?«

»Das würde ich gern in deinem Büro besprechen.«

»Ist was passiert?«, fragte Gustav erstaunt.

»Bitte im Büro, bevor ich den Mut verliere.«

Gustav sah ihn fragend an. »Na gut, dann komm.«

Sie gingen in Gustavs Büro und mit jedem Schritt spürte Enno, wie er nervöser wurde. Sein Herz schlug schneller und seine Hände fingen an zu schwitzen.

»Ist Petra heute nicht da?«, fragte er, da das Vorzimmer leer war und er verzweifelt nach einem Anker suchte, um seine wilden Gedanken zu bändigen.

»Sie kommt später, hat einen Arzttermin«, antwortete Gustav.

»Ich hoffe, es ist nichts Schlimmes.«

»Nein. So schnell haut Petra nichts um.«

»Da bin ich erleichtert. Sie ist ein Unikat, eine echte Persönlichkeit. Du kannst dich glücklich schätzen, sie als Assistentin zu haben.«

Gustav lachte auf. »Das sagt Albert auch immer.«

»Wo er recht hat, hat er recht.«

»Willst du mir nicht endlich verraten, was du an einem Montagmorgen gleich zu Dienstbeginn von mir willst?«

»Ich würde mich gern erst hinsetzen.«

»Du machst es wirklich spannend«, sagte Gustav und öffnete die Bürotür, dann bot er ihm einen Platz vor seinem Schreibtisch an.

Enno lächelte gequält und versuchte, sich seiner Angst nicht zu ergeben.

»Jetzt raus mit der Sprache, wo drückt der Schuh?«, forderte Gustav.

Enno schluckte, seine Kehle wurde staubtrocken. Er starrte Gustav an und fühlte sich wie gelähmt.

Sag es!, ermahnte er sich.

»Enno?«, fragte Gustav und sah ihn fast mit besorgter Miene an.

»Ich …« Enno brach ab und befeuchtete die Lippen. »Ich kündige mit sofortiger Wirkung.«

»Du tust was?«, fragte Gustav geschockt.

»Es tut mir leid, aber ich kann nicht mehr in deinem Team arbeiten. Ich kündige. Ich kann kein Polizist mehr sein.«

Gustav schien für einen Augenblick zu keiner Regung fähig. »Ist das ein Scherz, zu dem dich Mads angestiftet hat?«, fragte er dann. »Ihr wart doch in der Therme, seitdem habe ich nichts mehr von ihm gehört.«

»Nein, Mads hat mich zu nichts angestiftet.«

»Ist er trotzdem der Grund für diese überraschende Nachricht? Ich weiß, dass Mads gern mal Sprüche klopft und seine Grenzen nicht kennt. Ich glaube, dieses ganze Thor-Gerede von Jörn unterstützt nur seine Eitelkeit. Hat er dich unter Druck gesetzt? Dumme Sachen gesagt, Grenzen überschritten?«

»Nein, überhaupt nicht. Ich kenne keinen selbstloseren Menschen als Mads. Sein Verhalten mir gegenüber ist tadellos. Er ist der beste Partner, den ich mir wünschen kann«, antwortete Enno aufrichtig.

»Mads und selbstlos? Reden wir vom selben Mads?« Gustav beugte sich etwas vor. »Enno, warum willst du kündigen?«

»Ich habe meine Gründe.«

»Wir alle haben manchmal zu viel Druck und glauben, dass uns der Job über den Kopf wächst, und ich weiß, dass die Ermittlungen kräftezehrend waren. Vielleicht solltest du dir eine Woche freinehmen, dann sieht das alles ganz anders aus.«

Enno schüttelte den Kopf. »Nein, ich muss mir nicht freinehmen. Ich habe seit Monaten nicht mehr so klar gesehen. Ich kann mich nicht mehr mit dem Polizeiberuf identifizieren, und ich habe bereits ein neues Jobangebot, mit geregelten Arbeitszeiten. Dann hätte ich auch mehr Zeit für Rita.«

Natürlich hatte er kein Jobangebot, das wollte er Gustav aber nicht verraten. Er hatte das nur gesagt, damit Gustav ihn nicht weiter unter Druck setzte, wenn er wusste, dass Enno schon einen neuen Job hatte.

»Wenn es an den Arbeitszeiten liegt, dann finden wir eine Lösung«, schlug er auch sofort vor.

»Nein, Gustav. Ich habe mich entschieden. Du bist der beste Chef, den ich je hatte, ich werde die Zeit hier niemals vergessen und auch nicht, dass du mir eine zweite Chance gegeben hast. Du bist ein sehr guter Mensch, wie alle Johannsens. Trotzdem muss ich leider kündigen.«

»Ich hole uns erst mal einen Espresso, dann reden wir noch mal darüber«, erwiderte Gustav. Er wollte die Kündigung offenbar nicht so einfach hinnehmen.

Wenn er wüsste, was für ein Verräter ich bin, würde er mich hochkant aus dem Büro werfen, dachte Enno.

Gustav stand auf und verließ den Raum.

Enno war erleichtert, dass es endlich raus war. Jetzt würde er sich auch nicht mehr von Gustav umstimmen lassen. Dank der Kündigung würde Gustav zudem nicht das ganze Ausmaß des Schlamassels erfahren müssen, in das Enno verwickelt war.

Wenn das je ans Tageslicht käme, würde er sicher mit ganz anderen Konsequenzen rechnen müssen, die er sich nicht mal in seinen Albträumen auszumalen wagte.

Der Ton seines Handys ließ ihn aufschrecken. Er hatte eine Nachricht bekommen. Enno nahm sein Handy und sah, dass sie von Clemens kam:

Ich brauche mehr belastendes Material über Gustav,

stand da.

Zum ersten Mal kümmerte Enno das nicht. Er hatte gekündigt und dieses Mal rebellierte sein Magen auch nicht.

»Wem musst du belastendes Material von mir schicken?«, ertönte da plötzlich Gustavs Stimme hinter ihm. Er war unbemerkt zurückgekommen und stand hinter Enno.

– Ende –

Anmerkungen des Autors

Was für ein Finale!

Auf meiner Autorenseite auf Facebook hatte ich Ihnen ja versprochen, dass in diesem Band einige Handlungsstränge erklärt werden. Bevor ich allerdings zu den privaten Ereignissen bei den Johannsens komme, möchte ich ein paar Worte über den Fall verlieren.

Ich hoffe, dass Ihnen dieser Band spannende Lesestunden beschert hat und dass Sie erst zum Ende des Buches den Mörder erkannt haben.

Eifersucht und gekränkter Stolz sind leider häufig vorkommende, starke Motive für einen Mord. So hat vor Kurzem ein Neunundzwanzigjähriger einen Bekannten mit mehreren Messerstichen ermordet, weil dieser auf dieselbe Frau stand wie er. In einem anderen wahren Fall hat ein Vierundvierzigjähriger sechsmal auf den neuen Partner seiner Exfrau eingestochen, ein Fünfunddreißigjähriger ermordete seine Frau aus Eifersucht, weil sie sich von ihm getrennt hatte. Das Internet ist voll von solch schrecklichen Beispielen.

Carola Stöcken ist eine sehr stolze Frau, sie ist selbstbewusst und fest in dem Glauben verankert, dass ihr Mann seine Karriere ihr zu verdanken hat. Weil sie ihn liebt, lässt sie ihm einige Eskapaden durchgehen, aber im Laufe all der Jahre haben sich auch Wut und Enttäuschung angestaut, vor allem als sie sich vor Augen führt, dass sie ihre besten Jahre diesem Mann geschenkt hat.

Als sie dann erfährt, dass eben dieser Mann sie betrügt, steht sie an einem Kipppunkt, und wie so oft ist es dieser kritische Punkt, der Menschen zu Mördern macht. Ganz normale Menschen, die sich im Normalfall niemals vorstellen könnten, jemanden zu ermorden.

Einige Randthemen, die im Buch erwähnt werden, beruhen ebenfalls auf wahren Begebnissen. So wurde tatsächlich eine beachtliche Menge Kokain an den Strand von Sylt gespült, und auch die Geschichte mit der Python stimmt, in Indonesien wurde eine Frau von der riesigen Würgeschlange komplett verschluckt. Ebenso ist der Ratschlag, Funkschlüssel des Autos in eine Schutzhülle zu legen, nicht aus der Luft gegriffen. Die Hüllen für Keyless-Go-Schlüssel schützen davor, dass Kriminelle Autotüren über eine Software öffnen.

Nun zu den privaten Ereignissen im Umfeld der Johannsens, die in diesem Band und in zukünftigen Bänden eine Rolle spielen werden.

Was hat es mit den zwei Jugendlichen auf sich, die Lena und Jörn angegriffen haben? War das nur eine kurze Ablenkung, um Sie auf eine falsche Fährte zu führen, oder haben die beiden Schlimmeres vor? Einen Hinweis dazu gibt es in den kommenden Bänden.

Sicherlich wird Ihnen auch ein neuer Name aufgefallen sein: Rikke. Jutta erwähnt sie einmal nebenbei und es scheint, als wäre er mit einer schmerzvollen Erinnerung verbunden. Aber wer ist sie und was ist aus ihr geworden?

Einen kleinen Hinweis kann ich Ihnen geben: Rikke wird in Band 2 der neuen Küstenkrimireihe »Die Johannsens« Erwähnung finden. Wann genau die Reihe an den Start geht, gebe ich auf meiner Autorenseite auf Facebook bekannt.

Nun zu Mads. Ein Kapitel endet mit dem Anruf seines Hautarztes. Welche Neuigkeiten hat er für Mads? War der dunkle Fleck bösartig oder kommt Mads glimpflich davon? Könnte ich so gemein sein und einer der beliebtesten Figuren so ein Schicksal antun?

Wie könnte die Reihe ohne Mads weitergehen?

Ich habe Antworten darauf, muss Sie aber um Geduld bitten. Im nächsten Band werden wir mehr darüber erfahren, auch darüber, welche Auswirkungen das Foto haben wird, das Sabrina an Victoria geschickt hat.

Wird Victoria ihm verzeihen und ihm abnehmen, dass es nur ein Fake-Foto war, oder wird Sabrina gewinnen und die beiden trennen sich? Wird damit der Weg für Sabrina frei oder gar für Emma?

Auch hier kann ich versprechen, dass es darauf eine Antwort im nächsten Band geben wird. Dass sie jeden zufriedenstellen wird, darf bezweifelt werden, allerdings machen diese kleinen Wendungen ein gutes Buch, eine Buchreihe aus. Es läuft nicht immer so, wie man es sich wünscht – wie im wahren Leben. Sonst wäre es ja langweilig.

Kommen wir abschließend zu Enno. Endlich hat er den Mut gefunden, für sein Verhalten Verantwortung zu übernehmen. Mit der Kündigung hat er gehofft das Geheimnis für sich behalten zu können, aber dummerweise hat Gustav eine der geheimen Nachrichten auf Ennos Handy mitgelesen.

Im nächsten Band gibt es die Auflösung dazu. Fraglich ist weiterhin, welche Rolle Rita spielen wird …

Sie sehen, es bleibt spannend und dramatisch an der Lübecker Bucht.

In diesem Sinne

Ihr
Salim Güler

Wichtige reale Locations im Buch:

Roof, Scharbeutz
Bayside Hotel, Scharbeutz
Café Wichtig, Timmendorfer Strand
Peter Pane, Timmendorfer Strand
Niederegger, Lübeck
Ahoi Kaffee, Niendorf
Rendezvous, Niendorf
Restaurant Fischkiste, Niendorf
Wullenwever, Lübeck
Da Antonio, Niendorf
Rico, Köln
Ostsee Therme, Scharbeutz
Cafebar, Lübeck
Bäckerei Junge, Niendorf

Ausgedachte Locations:
Seaside Lounge, Niendorf, heißt jetzt *Bootshaus Niendorf*
Olis & Alis Imbiss
Reisebüro Lohse, Niendorf

Eine Bitte / Werke

Sollte Ihnen das Buch gefallen haben, würde ich mich sehr über eine kurze positive Bewertung im Internet freuen.

Weitere Bücher, als Ebook oder Taschenbuch erhältlich:

Köln/Mannheim/Lübeck Thriller/Krimi:
Band 1: *Narben*

Köln Krimi:
Band 1: *Die Stillen müsst ihr fürchten* – Tatort Köln
Band 2: *Fürchte die Nacht* – Tatort Köln
Band 3: *Dann war Stille* – Tatort Köln
Band 4: *Wenn Tote nicht schweigen* – Tatort Köln
Band 5: *Sterben ohne Tod* – Ein Köln-Lübeck Krimi
Band 6: *Niemand* – Tatort Köln
Band 7: *Oh du Stille* – Tatort Köln
Band 8: *Gespalten* – Tatort Köln
Band 9: *Schmerz* – Tatort Köln
Band 10: *ELKE* – Tatort Köln/Lübeck
Band 11: *In der Nacht* – Tatort Köln
Band 12: *Totes Leben* – Tatort Köln
Band 13: *Der Herzenmacher* – Tatort Köln
Band 14: *Stille Wut* – Tatort Köln
Band 15: *Der Fremde* – Tatort Köln
Band 16: *Zorn* – Tatort Köln
Band 17: *Schuld* – Tatort Köln
Band 18: *Tödliche Lügen* – Tatort Köln
Band 19: *Gewagtes Spiel* – Tatort Köln
Band 20: *Abgründe* – Tatort Köln
Band 21: *Wut und Herz* – Tatort Köln / Paris (1)
Band 22: *Mord und Herz* – Tatort Köln / Paris (2)

Band 23: *Blonde Schatten* – Tatort Köln

Band 24: *Walter* – Tatort Köln

Küstenkrimi:

Band 1: *Küstenkind*	Band 12: *Küstenaffaire*
Band 2: *Küstenschmerz*	Band 13: *Küstenkläger*
Band 3: *Küstenstolz*	Band 14: *Küstenwette*
Band 4: *Küstenherz*	Band 15: *Küstentanz*
Band 5: *Küstenträne*	Band 16: *Küstensühne*
Band 6: *Küstenhass*	Band 17: *Küstendrama*
Band 7: *Küstenkalt*	Band 18: *Küstenopfer*
Band 8: *Küstennachbarn*	Band 19: *Küstenzoff*
Band 9: *Küstengier*	Band 20: *Küstenfalle*
Band 10: *Küstenleid*	Band 21: *Küstenleid*
Band 11: *Küstenpost*	Band 22: *Küstenrau*

Lübeck Krimi:

Band 1: MORD §78 – Ein Lübeck Krimi

Band 2: VERSTUMMT – Ein Lübeck Krimi

Band 3: SEBASTIAN – Ein Lübeck Krimi

Band 4: TOTENBLÄSSE – Ein Lübeck Krimi

Frankfurt Krimi:

Band 1: Das Fenster – Ein Frankfurt Krimi

Mannheim Thriller/Krimi:

Band 1: *Der Würger*

Band 2: *Unwürdig*

Band 3: *Lüge*

Codename Jericho – Ein Peter Walsh Thriller (1/2)

Codename Wüstentunnel – Ein Peter Walsh Thriller (2/2)

Walters Weg

Pandemie: Der Beginn

1830: Ein Rémy Roman

Rémy – Roman

Geh nicht mit – Thriller

Die Schuld in uns – Thriller

MORGEN LERNST DU WIE MAN WEINT – Thriller

SNIPER - Kaltes Blut (Mannheim Krimi)

Honigblau

Täuschung

Wüstengrab

Nächstenliebe (Das Jesus Sakrileg)

I Walsh Zurück – (Peter Walsh Thriller 1)
Wut – (Peter Walsh Thriller 2)
Abrechnung – (Peter Walsh Thriller (3)
Ein Tag zum Sterben – Ein Peter Walsh Thriller

Sowie die Thriller-Miniserie **Peter Walsh**

Gerne können Sie auch direkt mit mir in Kontakt treten, alle Informationen dazu finden Sie auf Facebook und Instagram:

https://www.facebook.com/salimgueler.autor
https://www.instagram.com/salimgueler

oder auf meiner Homepage:

www.salim-gueler.de

Herzlichen Dank für Ihre Unterstützung
Ihr
Salim Güler